Nés à Minuit

C.C. Hunter

Nés à Minuit

Tome 2
Soupçons

Traduit de l'anglais (États-Unis)
par Marianne Roumy

Michel LAFON

DÉJÀ PARU

Nés à minuit, tome 1 : *Attirances*

À PARAÎTRE

Nés à minuit, tome 3

Titre original
Shadow Falls, Awake at Dawn

Première publication par St. Martin's Press.

7-13, boulevard Paul-Émile-Victor – Ile de la Jatte
92521 Neuilly-sur-Seine Cedex
www.lire-en-serie.com

À mon époux, Steve Craig, mon associé, mon meilleur ami et mon héros. Ton amour, ton soutien et ton enthousiasme pour faire les lessives m'ont aidée à transformer mes rêves en réalité. Merci pour le rôle que tu joues dans mes rêves. Je t'aime.

chapitre 1

– Tu dois l'arrêter, Kylie. Il le faut. Sinon, cela arrivera à quelqu'un que tu aimes.

Les paroles inquiétantes de l'esprit flottèrent derrière Kylie Galen pour venir se mêler aux crépitements et aux bruits secs de l'immense feu de joie, à un peu plus d'un mètre à sa droite. La poche d'air glaciale annonçait distinctement sa présence, même si ces mots n'étaient destinés qu'aux oreilles de la jeune fille et non à celles des trente campeurs de Shadow Falls qui se trouvaient dans le cercle de la cérémonie.

Miranda, à côté de Kylie, inconsciente de l'existence du fantôme, serra plus fort la main de son amie.

– C'est trop cool, marmonna-t-elle, et elle regarda Della, de l'autre côté.

Non seulement Miranda et Della étaient ses copines les plus proches, mais en plus, elles partageaient son bungalow.

– Nous vous remercions pour cette offrande.

Chris, ou Christopher, comme il se faisait appeler ce soir,

se tenait en plein milieu du cercle et brandissait la coupe sacrée vers le ciel obscur, tout en bénissant son contenu.

– Il faut que tu l'arrêtes, murmura de nouveau l'esprit derrière l'épaule de Kylie, l'empêchant de se concentrer sur le rituel.

Fermant les yeux, Kylie le visualisa tel qu'il lui était apparu à plusieurs reprises : trente-cinq ans, de longs cheveux bruns, et en robe blanche – maculée de sang.

La frustration résonna dans le ventre déjà noué de Kylie. Combien de fois avait-elle supplié cet esprit de lui expliquer : qui, quoi, quand, où et pourquoi ? Seulement pour que la morte lui répète le même avertissement.

Le fin mot de l'histoire, c'était que les fantômes qui venaient de sortir du placard étaient nuls côté communication. Probablement autant que ceux qui savaient parler aux esprits lorsqu'ils débutaient et essayaient de les faire communiquer. La seule option de Kylie était d'attendre que la revenante lui explique sa mise en garde. Mais là, ce n'était pas le moment idéal.

Je suis un peu occupée en ce moment. À moins que tu ne puisses développer, pourrions-nous discuter plus tard ? Kylie garda ses paroles dans sa tête, en espérant que l'esprit puisse lire ses pensées. Heureusement, le froid glacial qui parcourut sa colonne vertébrale s'évapora et la chaleur de la nuit revint – celle du Texas, lourde, humide et moite, malgré le feu de camp.

Merci. Kylie tâcha de se détendre. Mais ses épaules restèrent nouées de tension. Et pour une bonne raison : la cérémonie de ce soir-là était une autre première dans sa vie.

Une vie bien plus simple avant qu'elle n'apprenne qu'elle n'était pas totalement humaine. Bien sûr, cela l'aiderait si elle parvenait à identifier son côté inhumain. Malheureusement, l'unique personne qui connaissait la réponse était Daniel Brighten, son vrai père. Elle ne savait rien de son existence jusqu'à ce qu'il vienne lui rendre visite voilà plus d'un mois. Et il avait manifestement opté pour qu'elle gère sa crise d'identité toute seule.

Il venait rarement la voir, désormais, ce qui donnait une toute nouvelle dimension aux « papas démissionnaires ». Eh oui, Daniel était mort, avant sa naissance. Kylie ignorait s'ils proposaient des cours sur l'art d'être parents dans l'au-delà, mais elle lui aurait bien suggéré de les suivre. Parce que, à présent, lorsqu'il passait, elle le surprenait en train de l'observer, et juste au moment où elle l'interrogeait, il disparaissait, ne laissant qu'un froid glacial et ses questions sans réponse.

– OK, dit Chris, lâchez-vous les mains, éclaircissez-vous les idées, mais ne brisez pas le cercle.

Kylie, comme tous les autres, suivit ses instructions. Pourtant, quand elle s'exécuta, son esprit refusa de s'éclaircir.

Son papa démissionnaire craignait-il qu'elle ne lui demande conseil en matière de sexe ou autre ? Cela avait toujours eu le don de faire disparaître sa mère. Elle partait en courant chercher une autre brochure destinée aux ados. Mais Kylie ne lui avait pas vraiment demandé de conseils dans ce domaine. Honnêtement, elle était la dernière personne vers laquelle elle se tournerait pour avoir ce genre d'avis. Le simple fait qu'un garçon intéresse Kylie faisait paniquer sa mère.

Heureusement, depuis que l'on avait envoyé Kylie à Shadow Falls, la provision de brochures sur le sexe avait diminué.

Qui savait ce qu'elle avait manqué le mois passé ? On avait peut-être découvert des MST qu'elle ne connaissait pas… Sa mère devait sans aucun doute amasser la documentation à ce sujet pour son retour dans trois semaines. Une visite que Kylie n'attendait pas avec impatience. Bien sûr, elles s'étaient plus ou moins rabibochées, depuis que sa mère lui avait avoué que Daniel était son vrai père. Mais le nouveau lien mère/fille paraissait bien fragile…

Kylie ne pouvait s'empêcher de se demander si leur relation n'était pas trop précaire pour qu'elles réussissent à passer plus de quelques heures ensemble. Et si elle rentrait chez elle pour se rendre compte que rien n'avait vraiment changé ? Et si l'indifférence de sa mère persistait ? Et que dire de la situation avec Tom Galen, l'homme que Kylie avait toute sa vie considéré comme son vrai père, l'homme qui les avait quittées, sa mère et elle, pour une fille qui n'avait que quelques années de plus qu'elle ? Kylie avait été morte de honte de le voir embrasser à pleine bouche son assistante bien trop jeune. Au point qu'elle ne lui en avait même pas parlé.

Une brise de fin de soirée envoya la fumée du beau feu de joie dans son visage. Elle cilla pour faire disparaître la douleur dans ses yeux, mais n'osa pas s'aventurer hors du cercle. Comme Della le lui avait expliqué, ce serait perçu comme un manque de respect envers la culture vampirique.

– Videz-vous la tête, répéta Chris, et il tendit la coupe à un campeur de l'autre côté du feu.

Les yeux fermés, Kylie tâcha de suivre ses instructions, mais elle reconnut le bruit de l'eau qui tombait. Ouvrant les yeux d'un coup, elle regarda en direction des bois. Les cascades étaient-elles si proches ? Depuis qu'elle avait entendu parler de la légende des anges de la mort aux chutes d'eau, elle s'était sentie comme poussée à s'y rendre. Mais elle n'avait pas pour autant hâte de se retrouver nez à nez avec ceux-ci. Elle était déjà bien occupée avec les fantômes. Pourtant, elle ne pouvait chasser cette impression que les cascades l'appelaient.

– Tu es prête ? murmura Miranda en se penchant vers elle. Il se rapproche.

Prête pour quoi ? fut la première pensée de Kylie. Puis elle se souvint.

Miranda plaisantait, hein ?

Kylie fixa du regard la coupe que l'on se passait à l'intérieur du cercle. Elle eut le souffle coupé quand elle s'aperçut qu'il n'y avait plus que dix personnes à qui ce serait le tour avant qu'on ne la lui mette dans la main. Inspirant une grande bouffée d'air qui sentait la fumée, elle s'efforça de cacher son dégoût.

En vain. L'idée de boire une gorgée d'un récipient sur lequel tout le monde avait collé ses lèvres atterrit quelque part dans sa tête entre « dégoût » et « nausée ». Mais assurément, le facteur le plus « dégueu » restait le sang.

Regarder Della consommer sa ration quotidienne était devenu plus facile ce mois-ci. Mince alors ! Kylie avait même donné une pinte pour la cause – les surnaturels faisaient ce genre de chose pour leurs copains vampires. Mais devoir goûter à cette substance qui les faisait vivre était une tout autre histoire.

– Je sais que c'est écœurant. Fais comme si c'était du jus de tomate, murmura Miranda à leur amie Helen, assise à côté d'elles.

Mais chuchoter ne servait pas à grand-chose, vu la foule.

Kylie regarda le cercle des campeurs, les visages éclairés par les lueurs que projetait le feu de joie. Elle remarqua Della, qui les fixait d'un air renfrogné, de ses yeux rayonnant couleur or. Son ouïe ultrasonique n'était qu'un de ses dons. Pas de doute, Della ne manquerait pas de reprendre Miranda plus tard pour sa remarque – « écœurant »… Ce qui, en gros, signifiait que Kylie devrait convaincre ces deux-là de ne pas s'entretuer. Comment deux personnes pouvaient-elles être amies et se disputer en permanence, cela la dépassait. Jouer les conciliatrices était un travail à temps plein.

Elle observa un autre campeur porter la coupe à ses lèvres. Sachant que cela comptait pour Della, Kylie se prépara mentalement à accepter le verre et à siroter une gorgée de sang sans avoir de haut-le-cœur. Mais cela n'empêchait pas pour autant son estomac de vouloir se rebeller.

Tu dois le faire. Tu dois le faire. Pour Della.

« Peut-être que tu aimeras le goût du sang, lui avait confié celle-ci un peu plus tôt. Ce serait cool, hein, si finalement tu étais un vampire ? »

Non, songea Kylie, mais elle se garderait bien de le dire. Elle supposait qu'être un vampire ne serait pas pire qu'être un loup-garou ou un métamorphe. Mais elle se souvenait que Della avait pratiquement pleuré lorsqu'elle avait parlé du dégoût de son ex-petit copain pour son corps glacial. Kylie préférait conserver sa température, merci bien. Et l'idée de survivre grâce à un régime à base de sang… ? Elle qui mangeait rarement de la viande rouge…

Si Holiday, la directrice du camp, son mentor, lui avait confié qu'il était peu probable qu'elle se mette à subir d'immenses changements métaphysiques, elle avait aussi affirmé que tout était possible. La vérité, c'était que Holiday – une fée à part entière – ne pouvait pas lui dire ce que l'avenir lui réservait, car Kylie était une anomalie.

Et Kylie détestait être une anomalie.

Elle ne s'était jamais sentie à sa place dans le monde humain, et tant pis si on ne l'acceptait pas ici non plus. Mais heureusement, les autres campeurs ne la rejetaient pas. Au contraire, elle se sentait plus proche de ces surnaturels que des autres ados. En tout cas, depuis qu'elle avait appris que personne au camp ne voudrait d'elle en guise de déjeuner ! Eh oui, Della et Miranda étaient devenues ses deux meilleures copines – elle partageait tout avec elles. Le don de sang le prouvait bien, d'ailleurs.

D'accord, il y avait une chose que Kylie ne pouvait pas partager avec ses deux plus grandes amies : les fantômes. La plupart des surnaturels avaient un problème avec ceux-là.

Kylie aussi, mais cela n'empêchait pas ces satanés esprits de lui rendre de petites visites régulières.

Toutefois, de quelque type de surnaturel qu'elle fût, son don, c'était d'être un aimant à fantômes. Ou plutôt… l'un de ses dons. Holiday croyait que savoir parler aux morts constituait sûrement l'un des nombreux dons de Kylie et que les autres se manifesteraient au fil du temps. Kylie espérait simplement que ceux-ci, quels qu'ils soient, seraient plus faciles à gérer que des morts indécis qui avaient du mal à communiquer.

– Elle arrive ! lança Miranda.

Kylie regarda quelqu'un passer la coupe à Helen. Sa gorge se serra de nouveau. Son regard se posa sur Derek, le demi-Fae châtain, assis trois campeurs avant Helen. Kylie ne l'avait pas vu boire du sang. Mais sans regrets. La prochaine fois qu'ils s'embrasseraient, elle n'avait pas envie de l'imaginer en train de boire du sang.

Il sourit tendrement, et Kylie comprit que Derek pouvait sentir son émoi. Aussi fou que cela puisse paraître, son aptitude à lire ses sentiments était à la fois ce qui l'attirait vers lui et ce qui l'empêchait de se rapprocher un peu plus.

Enfin, ce n'était pas tant son aptitude à lire en elle qui l'empêchait de laisser leur relation s'approfondir, mais plutôt celle de contrôler ses émotions. En étant un demi-Fae, Derek non seulement pouvait lire les sentiments de Kylie, mais, d'un simple contact, il pouvait les modifier, transformer la peur en fascination, la colère en calme. Qu'y avait-il donc de surprenant à ce que Kylie soit en admiration devant ce beau gosse ?

Traitez-la de parano, mais après avoir constaté que son père – enfin, son beau-père – avait trompé sa mère, puis que Trey, son ex, l'avait plaquée parce qu'elle hésitait à aller jusqu'au bout, faire confiance au sexe masculin s'avérait difficile. Et à celui qui avait le pouvoir de manipuler ses sentiments, encore plus.

Mais cela ne l'empêchait pas d'aimer Derek ni d'espérer se laisser aller un jour avec lui. Même là – elle avait le ventre noué à l'idée de boire du sang, entourée du camp entier –, elle se sentait attirée par lui. Elle avait envie de se presser contre sa poitrine, de se rapprocher suffisamment pour voir les paillettes or dans ses pupilles se fondre dans le vert vif de ses yeux. Elle voulait sentir ses lèvres sur les siennes, une fois de plus. Goûter à ses baisers. Elle avait découvert ces dernières semaines qu'il embrassait très, très bien...

Un raclement de gorge de Miranda la fit redescendre sur Terre. Quand elle vit le sourire de Derek, elle comprit qu'il avait deviné son excitation ; ses joues s'échauffèrent et elle se détourna du garçon pour poser les yeux sur Miranda.

Mince ! Son amie lui tendait la coupe. C'était l'heure de vérité.

Elle la prit. La coupe était chaude dans sa paume, presque comme si l'on venait tout juste d'ôter sa source vitale au liquide qu'elle contenait. Kylie ignorait si le sang était humain ou animal.

N'y pense pas.

Elle inspira. L'odeur de cuivre, semblable à celle de vieilles pièces, emplit ses narines, et avant que la coupe ne touche ses lèvres, son envie de vomir menaça de se réaliser.

Fais-le. Montre à Della que tu respectes sa culture.

Elle déglutit, inclina la coupe un peu plus haut et espéra plus que tout que Della apprécierait son geste. Elle se dit qu'elle ne devrait que goûter et attendit que le liquide humecte sa bouche.

À la seconde où le liquide chaud mouilla ses lèvres, elle allait retirer la coupe, mais l'épaisse substance rouge se faufila tout de même entre ses lèvres serrées. La nausée devint insoutenable, pourtant le goût explosa sur le bout de sa langue. Presque comme des cerises noires, mais en mieux, un peu comme des fraises bien mûres, au parfum plus fort et plus sucré. La saveur exotique lui avait fait ouvrir la bouche et avaler goulûment. Alors que le liquide glissait dans sa gorge, l'odeur de vieux cents se volatilisa, remplacée par une fragrance fruitée et épicée.

Elle avait vidé pratiquement toute la coupe d'un trait lorsqu'elle se rappela ce qu'elle buvait. Elle retira la coupe de ses lèvres d'un coup sec, mais ne put empêcher sa langue de lécher le coin de sa bouche et de rattraper une goutte qui tentait de s'échapper.

Immédiatement, l'intensité de tous les yeux rivés sur elle lui fit prendre conscience d'une réalité plus profonde. Des murmures emplirent ses oreilles…

– Au moins maintenant, nous savons ce qu'elle est.

– Comment ça se fait qu'elle ne soit pas froide ?

Va falloir augmenter notre réserve de sang !

Le cri de victoire de Della retentit ensuite.

Les mains de Kylie se mirent à trembler. La fumée du feu de camp envahit son nez et sa gorge, et elle eut du mal à respirer.

Mince ! Mince ! Mince ! Qu'est-ce que cela voulait dire ? Était-elle… un vampire ?

Elle passa en revue les visages aux yeux écarquillés à la recherche d'Holiday. Elle avait besoin de voir son sourire rassurant, qui lui signifierait que tout allait bien, que… cela ne voulait rien dire. Mais quand elle trouva la directrice, l'expression de celle-ci reflétait la même réaction que celle des autres : le choc.

En cillant, Kylie espéra chasser des larmes imminentes et fourra la coupe presque vide dans les mains de son voisin. Se moquant désormais de faire preuve de respect, elle s'enfuit à toute allure.

Cinq minutes plus tard, Kylie courait encore. Et plus vite qu'elle le pensait. Mais filait-elle à la vitesse d'un vampire ? L'air estival chaud, lourd et humide emplissait ses poumons et ressortait en halètements. Même si la température nocturne avoisinait les vingt-sept degrés, un frisson parcourut sa colonne vertébrale. Était-elle en train de se transformer en vampire ? Se refroidissait-elle ? Della ne lui avait-elle pas expliqué que c'était douloureux ? Voire atrocement douloureux ?

Souffrait-elle ? Émotionnellement, oui. Mais physiquement ? Pas encore.

Elle continua sa route. Le bruit de ses pas envahit ses oreilles, et celui des plantes grimpantes épineuses qui s'accrochaient à son jean puis s'en détachaient lui paraissait trop fort. Sa conscience l'élançait au rythme des battements de son cœur. Poum, poum, poum.

Combien de fois avait-elle dit à Della qu'elle n'était pas un monstre ? Et pourtant, rien que l'idée qu'elle puisse être un vampire lui était… insupportable.

L'odeur de la fumée du feu de camp imprégnait ses vêtements et emplissait ses narines. Cependant, le goût du sang sucré subsistait sur sa langue. Elle accéléra. Sa vitesse prouvait-elle qu'elle était un vampire ?

Elle ne voulait pas y penser.

Ni l'admettre.

Ses poumons finirent par abandonner, par rejeter l'air qu'elle essayait d'y faire entrer de force. Les muscles de ses jambes furent pris de crampes et ses genoux tremblèrent. Elle s'arrêta. Ses jambes refusaient de soutenir son poids et elle s'effondra au milieu d'un champ envahi de buissons épineux. Elle ramena ses jambes contre sa poitrine, serra ses tibias et laissa tomber sa tête sur ses genoux.

Elle aspira de l'air chaud dans ses poumons en manque d'oxygène. Un souffle, puis deux. Physiquement épuisée, elle s'immobilisa quand elle finit par comprendre. Si elle était un vampire, n'aurait-elle pas l'endurance de Della ? Peut-être cela surviendrait-il avec le changement de sa température corporelle. Ses joues humides lui indiquèrent qu'elle pleurait.

L'air se refroidit brusquement.

Pas un froid de vampire.

Un froid de mort.

Elle n'était pas seule – un autre esprit l'avait rejointe. Mais qui était-ce, cette fois ? Holiday avait expliqué qu'avec le temps, ses aptitudes s'amélioreraient et qu'elle devrait gérer plus d'un fantôme à la fois. Mais pour l'heure, elle ne voulait en voir qu'un seul. Elle ne désirait qu'une seule chose.

Des réponses.

– Daniel ? (Elle cria le nom de son père. Puis, plus fort :) Daniel Brighten ? Que suis-je ?

Comme il n'apparaissait pas, elle hurla encore son nom, encore et encore. Sa gorge s'irrita, mais elle continua :

– Viens tout de suite ! Tu me donnes des réponses ou je te jure qu'à l'avenir je ferai comme si tu n'étais pas là. JE FERAI COMME SI TU N'ÉTAIS PAS LÀ. Je m'isolerai de toi, je te ferai disparaître de mon esprit et refuserai de te voir, de te parler ou même de penser à toi.

Alors que la menace s'échappait de ses lèvres, elle ne savait même pas si elle avait le pouvoir de la mettre à exécution, mais quelque chose au fond d'elle lui disait que oui.

Soudain, le froid se rapprocha. Elle le sentit l'entourer, l'étreindre très fort. Ce n'était pas n'importe lequel, c'était celui de Daniel.

Elle leva la tête et vit son esprit s'agenouiller à ses côtés. Son regard bleu croisa le sien, du même bleu. Les yeux de Daniel et presque tous ses traits, de son visage ovale à son nez légèrement retroussé, ressemblaient tellement aux siens que c'en était déconcertant. Quand son bras se posa sur ses épaules, le nœud dans la gorge de Kylie se resserra.

– Ne pleure pas. (Il essuya une larme sur sa joue.) Ma petite fille ne devrait jamais pleurer.

Le contact glacial n'aurait pas dû la réconforter, mais c'était le cas.

– J'ai bu du sang, et c'était bon, cracha-t-elle, comme un aveu.

– Et tu trouves ça mal ?

– Ça… ça me fait peur.

– Je sais. Je me souviens avoir ressenti à peu près la même chose.

– Tu as bu du sang ? Sommes-nous des… vampires ?

Le mot refusait presque de sortir.

– Je n'en ai jamais bu. (Son expression devint empathique.) Mais Kylie, tu n'as rien fait de mal.

Sa voix était douce, ses paroles, réconfortantes. Le froid, le sien, atténua sa peur de l'inconnu et elle se sentit… aimée. Elle comprit aussitôt que l'amour ne connaissait pas de frontières, ni même la mort. L'amour ne connaissait pas de température. Peut-être qu'avoir froid n'était pas en soi quelque chose de mauvais. Elle s'appuya contre lui et tira du réconfort de cette proximité.

Les minutes passèrent. En s'essuyant le visage, elle regarda fixement le père qu'elle n'avait jamais connu de sa vie. Pourtant, même si la mort les séparait, elle ressentait le lien.

– Dis-moi. Je t'en supplie, dis-moi ce que je suis.

Le sourire dans les yeux de Daniel s'évanouit.

– J'aimerais pouvoir te donner cette réponse, mais je ne la connais pas. J'étais plus âgé que toi quand j'ai compris que j'étais différent de tout le monde. Mais il m'a fallu attendre d'avoir dix-huit ans et d'entrer à l'université pour que des événements commencent à se produire.

– De quel genre ? demanda-t-elle, lorsqu'elle comprit subitement. Tu voyais des fantômes ?

Il opina et joignit ses mains.

– Je pensais que j'avais perdu la tête. Puis, un jour, j'ai rencontré un vieil homme qui pêchait. Il m'a raconté qu'il était Fae.

– T'a-t-il expliqué ce que tu étais, toi ?

– Non, juste que je n'étais pas humain et, bien sûr, je l'ai pris, lui, pour un fou. J'ai mis des mois à le croire. Quand je suis revenu le voir, il avait disparu.

– Mais tes parents ? demanda Kylie. Ils ne t'ont rien dit ?

– Non, et lorsque je me suis aperçu de mon aptitude à reconnaître d'autres surnaturels, j'ai compris qu'ils étaient tous les deux humains. À ce moment-là, j'ignorais que je ne pouvais pas être leur fils. Depuis ma mort, j'ai appris qu'ils m'avaient adopté. Mais ce n'est pas pour autant qu'ils ne sont pas mes parents. Ils m'aimaient. Et ils t'auraient aimée, toi aussi.

– Ils ne t'ont jamais dit que tu avais été adopté ? Comment ont-ils pu te mentir sur ce point ?

– À l'époque, il valait mieux que l'adoption reste secrète, même pour l'enfant. Je ne sais toujours pas qui sont mes vrais parents, ni ce qu'ils sont. Donc, tu vois, les réponses que tu cherches sont les mêmes que celles que j'ai voulu trouver juste avant ma mort. Peut être peux-tu les découvrir, pour nous deux.

– Mais…

– Mais quoi ?

– Je pensais que les fantômes avaient le don de voir partout. Dans les films, c'est comme ça, en tout cas ! Personne de l'autre côté ne peut te le dire ?

Daniel sourit.

– C'est ce que l'on pourrait croire, mais non. Même là-bas, ils veulent que l'on trouve ses propres réponses.

Trop nul ! lança Kylie. Être mort devrait au moins avoir des avantages !

Il rit encore. Ce son était familier à Kylie. Encore autre chose qu'elle avait héritée de lui – son rire. Elle pensa alors à son beau-père, l'homme qu'elle avait tant aimé et qui, pourtant, leur avait tourné le dos, à sa mère et elle. Elle ne savait toujours pas si elle pourrait lui pardonner un jour. Si elle voulait lui pardonner. Puis une pensée étrange l'envahit : elle n'avait pas aimé le bon père.

Sa gorge se serra de nouveau.

– Toute ma vie, tu m'as manqué, déclara-t-elle. Je ne le savais pas jusqu'à aujourd'hui. Tu étais censé être là.

Il mit une main sur sa joue.

– J'étais là. Je t'ai vue faire tes premiers pas. Le jour où tu es tombée de vélo et où tu t'es cassé le bras, j'ai essayé de te rattraper. Tu as atterri pile dans mes bras. Et souviens-toi du jour où tu as raté ton épreuve de maths : tu étais tellement énervée que tu t'es enfuie pour fumer une cigarette.

Elle fronça les sourcils.

– Je déteste les maths. Mais la clope aussi.

– Moi aussi, gloussa-t-il. J'étais là, Kylie, mais je ne peux pas rester plus longtemps.

Ses paroles résonnèrent dans la tête de la jeune fille et touchèrent son cœur dans un bruit sourd.

– Ce n'est pas juste ! Je viens seulement de faire ta connaissance !

– Mon temps dans ce royaume est limité. Je m'en suis beaucoup servi pour te regarder devenir la femme que tu es aujourd'hui.

– Alors, demandes-en plus !

Sa gorge se serra. Elle avait déjà perdu un père ; elle ne voulait pas en perdre un autre. Pas maintenant. Pas avant même de mieux le connaître.

– Je vais essayer, mais ça ne marchera peut-être pas. Je ne regrette pas d'avoir passé tout mon temps avec toi. (Les coins de ses yeux se ridèrent en un nouveau sourire.)

Je vois en toi le meilleur de ta mère et le meilleur de moi. Et si je sais que tu ne tiens pas à entendre ça maintenant, je vois aussi le meilleur de Tom Galen. Il n'est pas si mauvais que ça, Kylie.

Elle voulait dire à Daniel qu'il se trompait, insister et l'assurer qu'elle ne ressemblait pas à Tom Galen, mais un coup de vent interrompit ses pensées. Il survint si vite, comme si quelque chose était passé devant elle à toute allure, quelque chose de si rapide que son œil humain ne l'avait pas détecté. Quelque chose de non humain.

Le silence mystérieux qui s'ensuivit indiqua à Kylie qu'elle avait raison.

– Je parie que c'est Della qui me cherche, dit-elle en regardant autour d'elle.

Mais au moment même où elle terminait sa phrase, elle sentit le froid de la présence de son père s'évanouir.

– Non, je t'en prie... ne t'en va pas !

Son dernier mot résonna dans le silence ardent, mais lugubre et solitaire.

Parti. Il était parti.

Sa poitrine se serra, puis elle comprit que même s'il était venu la voir, il ne détenait pas les réponses qu'elle souhaitait. Son projet infaillible de résoudre sa crise d'identité venait d'être réduit à néant.

Se mordant la lèvre, elle chassa les pensées de son père et se prépara à affronter Della. Pourrait-elle lui expliquer, sans la blesser, ses réserves sur le fait d'être un vampire ? Serait-elle furieuse qu'elle ait brisé le cercle et qu'elle n'ait pas respecté la culture vampirique ? La connaissant, elle pensa que la réponse serait oui !

Della avait en elle une profonde colère non exprimée, et il ne fallait pas grand-chose pour la rendre furieuse. Une partie de son angoisse pouvait être due à son identité de vampire – ceux-ci n'étaient pas du tout affectueux, c'était bien connu –, mais la plupart de ses problèmes étaient liés à sa famille. Apparemment, son père, extrêmement strict, avait constaté des changements chez sa fille depuis sa transformation, et il ne les appréciait pas. Comme elle ne pouvait pas lui avouer qu'elle était vampire, Della avait gardé le silence, ce qui incitait son père à l'accuser de tout, d'être paresseuse jusqu'à se droguer. Ce qui était triste dans tout ça, c'était que Della aimait son père si fort que le décevoir lui brisait le cœur.

Kylie attendit que Della revienne à toute allure, puis s'arrête dans un sifflement. Mais non. Son amie, qui avait peur des fantômes, avait-elle senti la présence de son père et continué sa route ? L'absence de bruit devint brusquement menaçante.

– Della ? cria-t-elle.

Pas de réponse. À moins que le silence de mort en fût une. Kylie se souvint de Chan, le cousin de Della, et de la visite impromptue qu'il leur avait rendue peu de temps après son arrivée à Shadow Falls. Sa présence avait généré ce genre de silence de mort.

Le souvenir de cette nuit envahit la tête de la jeune fille. Della lui avait promis qu'il ne faisait que plaisanter quand il l'avait traitée de casse-croûte, mais après la petite prise de bec entre Kylie et les Frères de sang, la bande de vampires escrocs – lorsqu'elle avait failli se transformer en snack pour de bon –, accorder sa confiance à un vampire qu'elle ne connaissait pas lui demandait quelques efforts.

Comme la tranquillité nocturne subsistait, Kylie se força à prendre la parole :

– Je sais qu'il y a quelqu'un par ici.

Elle se leva, espérant que son courage feint devienne réel. Le coup de vent rapide réapparut.

– Si c'est toi, Della, ce n'est pas drôle !

Personne ne répondit. Kylie resta plantée sur place, à essayer de trouver ce qu'elle allait faire. Puis elle l'entendit. Très léger, tel un bruissement dans les buissons : il y avait quelqu'un derrière elle. En retenant son souffle, elle se retourna d'un coup.

chapitre 2

Au début, Kylie ne vit rien, puis son regard se posa plus bas, par terre, et s'arrêta sur deux yeux – ils étincelaient d'or dans l'obscurité de la nuit. Ce n'étaient pas ceux d'un vampire. Non, ce n'était pas la teinte dorée de Della qui exprimait sa colère. Ils n'étaient même pas humains.

Canins ?

Non.

Un loup.

Elle faillit trébucher en reculant, tandis que son cœur lui hurlait de s'enfuir. Mais le nom qui lui traversa ensuite l'esprit coupa court à toute tentative de fuite : Lucas ?

Sa poitrine se serra encore plus fort, mais plus de peur. Quelque chose qui ressemblait à du désir lui réchauffa le cœur. Puis cette sensation de chaleur un peu mièvre se transforma en trahison. Le loup-garou sexy l'avait embrassée à en perdre la raison, au point qu'elle avait eu très envie de lui... Puis il s'était enfui avec Fredericka.

Le regard de Kylie se posa sur la lune cachée par les nuages. Même à travers le brouillard gris, elle pouvait deviner qu'elle n'était pas pleine. Cela ne se produirait pas avant la semaine prochaine, quand les loups-garous du camp prévoyaient leur propre cérémonial.

Ce qui signifiait que le loup qui la regardait fixement ne pouvait être Lucas. Que c'était donc un vrai. Un animal sauvage. Ce qui signifiait aussi qu'elle ferait mieux de prendre ses jambes à son cou avant qu'il ne décide de l'attaquer.

Son regard se reposa sur la bête sauvage, et si son esprit fabriquait des images de la créature qui grognait, prête à charger, ce qu'elle vit était loin d'être aussi effrayant. Les yeux dorés soutenaient son regard. Le nuage qui assombrissait la lune avait dû se déplacer, et Kylie put distinguer le loup de taille moyenne dans le détail : son pelage semblait épais et rêche, composé d'un mélange de couleurs, du gris au roux. Elle ne le trouvait pas vraiment beau, mais il n'avait absolument rien de menaçant.

En baissant le museau, il avança lentement. Même si la créature ne paraissait toujours pas hostile, Kylie recula d'un pas. Comme si elle sentait sa peur, la bête se coucha, en position de soumission.

– Qu'est-ce que tu es ? Un animal de compagnie ?

Une autre pensée envahit Kylie : un vrai loup n'aurait pas pu produire le coup de vent supersonique… mais un vrai métamorphe, si.

La jeune fille posa ses mains sur ses hanches et gratifia la créature d'un regard froid et dur.

– Mince alors ! Perry, c'est toi ?

Perry, le puissant métamorphe du camp, adorait faire des farces. Mais Kylie en avait plus qu'assez de ses blagues. Trop, c'était trop !

– La partie est finie, sinon je te coupe les oreilles !

Kylie attendit que les étincelles en forme de diamants

emplissent l'air autour du loup quand il retrouverait sa forme humaine.

– Tout de suite !

Pas d'étincelles.

La créature s'approcha légèrement à quatre pattes.

– Non, insista Kylie, qui admettait maintenant que ce soit un vrai loup. Tu restes ici. (Elle tendit la main et l'animal parut écouter.) Ne le prends pas mal, mais je préfère les chats.

Sa voix était forte et elle lui fit reprendre conscience de l'absence de bruits nocturnes.

Pas de criquets. Pas d'oiseaux. Même le vent n'osait pas souffler. Elle leva les yeux sur les sommets des arbres, si immobiles que l'on aurait dit des photos. Même la végétation du Texas semblait paralysée de peur.

Elle réprima la sensation de danger qui s'agitait dans sa poitrine et regarda la bête, plus sûre que jamais que ce danger n'était pas lié à la présence de la créature. Non, quoi que ce fût, c'était bien plus mauvais qu'un animal sauvage. Des frissons remontèrent le long de sa colonne vertébrale en faisant des claquettes et firent se dresser le duvet sur sa nuque.

Le loup se releva d'un coup, renifla et grogna. Il recula d'un pas, puis se retourna. Ses yeux dorés croisèrent ceux de Kylie, comme pour l'avertir du danger.

Mais elle n'avait pas besoin qu'on la mette davantage en garde. Son cœur manqua un battement. Le courant d'air froid repassa, mais plus près cette fois, et il laissa une odeur fétide, celle de la mort. Le grognement du loup s'intensifia.

– Kylie ?

Son nom résonna au loin, comme s'il sortait d'un fourré. Elle tourna la tête et le courant d'air repassa devant elle à toute allure. Mais cette fois, Kylie eut le sentiment qu'il poursuivait sa route. Qui ou quoi que ce fût, il voulait qu'elle soit seule. Elle croisa les bras sur sa poitrine et tâcha de ne pas frissonner.

Le loup laissa échapper un gémissement doux. Elle le regarda de nouveau. Il bougea légèrement la gueule, comme s'il lui faisait ses adieux, puis se retourna et, dans un léger bruissement de végétation, il disparut.

– Kylie !

Encore son nom, transporté par un léger coup de vent. Cette fois, elle reconnut la voix de Derek.

– Je suis là ! hurla-t-elle.

Et, ne souhaitant pas être seule une seconde de plus, elle détala.

Elle courut vers la voix de Derek. Le cœur battant la chamade, elle esquiva des arbres et enjamba des arbustes épineux. Elle continua à courir. Comme si elle pouvait échapper à la peur qu'elle venait de ressentir, comme si elle pouvait échapper à ses problèmes. Oh oui, elle souhaitait tant les laisser derrière elle ! À chaque bruit sourd que produisaient ses pieds sur la terre dure, elle sentait son angoisse s'éloigner de plus en plus, mais pas ses problèmes. Ils résistaient, mais le déploiement d'énergie était tout de même agréable. Jusqu'à ce qu'elle heurtât quelque chose… ou plutôt quelqu'un.

Derek.

De son corps musclé s'échappa un halètement, et il tomba dans un grand bruit. Kylie, déséquilibrée, s'effondra sur lui. Son odeur de propre, épicée, envahit ses narines au moment même où ses bras protecteurs l'enveloppaient.

– Tu as envoyé le loup ! marmonna-t-elle, toujours à bout de souffle, alors qu'elle venait de se souvenir que le garçon avait le don de communiquer avec les animaux.

– Quel loup ? (Son regard alla vers la gauche, puis vers la droite.) Tu vas bien ?

Il la fit rouler sur le dos. L'une de ses jambes reposait encore sur celle de Kylie, et son bras gauche, sur son ventre, tandis que sa paume tenait tout juste dans la courbure de sa taille. De son contact irradiaient chaleur et réconfort. Il dégagea le rideau de cheveux de son visage avec son autre main. Son regard, rempli d'inquiétude, croisa le sien, et elle réprima la grosse boule d'émotion qui remontait dans sa gorge.

– Kylie, parle-moi.

Son ton exprimait la même affection que celle qu'elle décelait dans ses yeux, et la sensation de chaleur qu'elle ressentait toujours quand il la touchait se répandit dans sa poitrine.

– Zut alors ! Tu vas bien ?

Elle le regarda en cillant. Elle voulut lui répondre oui, mais la vérité sortit :

– Non. Je ne vais pas bien.

– Que s'est-il passé ?

Le bras de Derek se resserra autour de sa taille.

Tous ses problèmes lui tombèrent dessus comme des couteaux, dont l'un la toucha en plein cœur.

– J'ai bu du sang.

– Nous en avons tous bu. Cela faisait partie de la cérémonie, déclara-t-il, et elle eut le sentiment qu'il essayait de dire ce qu'il fallait.

– Mais j'ai aimé, répondit-elle.

– Je sais, avoua-t-il. Tes émotions étaient en vrac : passion, euphorie, joie.

Elle souleva la tête d'un centimètre.

– Qu'est-ce que ça veut dire ? Sérieux, qu'est-ce que ça veut dire ?

– Peut-être que tu as aimé, tout simplement, répliqua-t-il d'un ton prudent.

– Ou peut-être que je suis un vampire ? rétorqua-t-elle.

Elle fit retomber sa tête par terre et ferma les yeux.

Pendant une minute, il se tut, puis prit la parole :

– Tu as vu un loup ? Tu as parlé d'un loup, tout à l'heure.

– Ouais, répondit-elle. Il se comportait bizarrement, presque amicalement.

– Il n'est plus là, annonça Derek, comme si son don lui permettait de détecter les animaux dans les bois alentour. Ça devait simplement être un chien errant.

– Il ressemblait à un loup.

– Alors c'était sûrement un hybride.

– Sûrement, admit-elle, en se disant qu'elle avait dû halluciner.

Ils gardèrent le silence pendant quelques minutes. En fermant les yeux, elle savoura la sensation du corps de Derek contre le sien et se détendit lentement. Quand elle les rouvrit, les étoiles brillaient dans le ciel avec un éclat de conte de fées. Autour d'eux, l'herbe haute dansait dans le vent. Derek recommençait, rendait le monde qui l'entourait utopique, trop parfait. Même l'air se parfumait de l'odeur poivrée des plantes, avec une touche de l'arôme des fleurs sauvages. Elle ferma de nouveau les yeux, de peur de se laisser complètement entraîner dans le monde qu'il avait créé.

– Tu crois que tu es un vampire ? demanda-t-il.

Sa question la ramena sur Terre. Elle le regarda.

– Je ne sais pas. Je suis tellement paumée.

Il passa la main sur sa joue.

– Ce que tu es importe-t-il vraiment, Kylie ? Moi, je m'en moque éperdument.

– Bien sûr que ça compte !

Elle se releva sur un coude.

– Tu ne comprends pas parce que tu sais ce que tu es. Tu as toujours su ce que tu étais. Tout ce que j'avais appris à propos de moi-même, de qui je suis, ce que je suis, qui est mon père, tout cela a été mis en pièces. Tout ce qui me reste, c'est un tas de questions. Rien n'est comme je le pensais.

Des larmes emplirent ses yeux.

– Et…

La bouche de Derek toucha la sienne. Ses yeux se fermèrent dans un battement de paupières. La douceur de son baiser envoya balader son chaos intérieur. Elle s'autorisa à savourer l'instant. À se laisser chavirer par les sentiments et non par la pensée. Et comme c'était bon !

Quand il s'écarta, elle n'était pas prête à ce que cela se termine. Elle rouvrit les yeux. N'étant plus sous la douce emprise de ce baiser, elle ne savait pas ce que lui inspirait le fait qu'il lui ait cloué le bec. Elle s'assit bien droite.

– Pourquoi as-tu fait ça ?

– Fait quoi ?

– M'embrasser alors que j'essayais de parler ?

Un sourire se lut dans ses yeux.

– Tu n'aimes pas que j'utilise mon don pour te calmer, alors je me suis dit qu'à la place, j'allais me servir de mon charme.

– Si c'est juste ton charme, et pas ton don, comment ça se fait qu'avec toi le monde ait l'air fantastique ?

Il secoua la tête. Ses cheveux châtains effleurèrent son front.

– Je te l'ai dit, je n'y suis pour rien.

Elle pencha la tête de côté et lui adressa un regard accusateur.

– Si je le fais, ce n'est pas exprès. Je te le jure. Être avec toi me rend heureux, et peut-être qu'être heureux intensifie mon charme.

Son sourire était contagieux, et tout sentiment qui s'installait dans la poitrine de Kylie, tel que la colère ou la méfiance, s'évanouit.

Elle asséna une grande tape sur l'épaule de Derek.

– Tu te crois irrésistible, hein ?

Son sourire s'élargit.

– Je crois que tu aimes bien que je t'embrasse.

Son regard se porta sur sa bouche, dont elle sentait encore le contact.

– Vraiment ? le taquina-t-elle. Tu es aussi sûr de toi ?

– Je suis certain que tu n'es plus contrariée, en tout cas. Et c'est ce qui compte, non ? (Il passa un doigt sur ses lèvres.) Parce que je ne supporte pas que tu sois contrariée.

Son cœur se serra, et elle se demanda s'il était en train de lui avouer qu'il manipulait ses sentiments. Mais bon, était-ce mauvais de vouloir rendre quelqu'un heureux, de chasser ses peurs ? Qu'attendait-elle au juste ? Qu'est-ce qui l'empêchait de dire oui à tout ce que Derek désirait ? Oui pour sortir avec lui. Oui à d'autres baisers… et à ce qui se passerait ensuite, quoi que ce soit. Elle s'approcha, souhaitant goûter de nouveau ses lèvres.

– Tu vois ! fit-il d'un ton taquin en arquant les sourcils. Avoue-le !

Il s'avança. Sa bouche était si proche de celle de Kylie qu'elle la sentait pratiquement bouger quand il parlait.

– Avouer quoi ?

Elle prit une voix légèrement provocante, en espérant qu'elle le rendrait fou comme lui la rendait folle.

– Avoue que tu aimes quand je t'embrasse. Et accepte de sortir avec moi.

Elle le fixa du regard et se fendit d'un grand sourire.

– Je veux bien admettre que j'adore tes baisers, mais toi, tu aimes les miens ?

– Plus que tout. (Il combla l'infime distance qui les séparait.) Dis-moi oui.

Il l'embrassa de nouveau. Doucement pour commencer, puis plus intensément. Elle sentit sa langue se glisser dans sa bouche. Elle sentit aussi sa main se faufiler sous son tee-shirt et effleurer sa taille nue. Il l'avait déjà touchée de la sorte, mais elle avait le sentiment qu'il ne la caresserait pas plus haut, qu'il ne pousserait pas l'intimité plus loin sans son consentement. Savoir qu'il respecterait son choix, quel qu'il soit, signifiait tant de choses pour elle. Mais cela suffisait-il pour faire ce saut dans l'inconnu ?

Elle lui prit la main, envisagea sérieusement de la remonter légèrement, de lui donner la permission de…

– Vous devez retourner au camp, vous deux !

Kylie et Derek se séparèrent dans un sursaut. Burnett, le codirecteur provisoire de la colo et membre de l'URF, une unité surnaturelle du FBI, se tenait au-dessus d'eux. Le visage de Kylie s'embrasa.

Derek, lui, ne semblait pas gêné du tout. Il se releva d'un bond et regarda autour de lui.

– Qu'y a-t-il ?

Kylie se leva. Ce ne fut qu'à ce moment-là qu'elle se rappela le ton sinistre de Burnett et constata que ses yeux étincelaient de rouge. Un signe qu'il était sur la défensive. De toute évidence, le danger rôdait.

– Que s'est-il passé ? s'enquit Derek.

– Il y avait quelqu'un d'autre, tout à l'heure, répondit Burnett.

– Qui ? parvint à demander Kylie.

– Je ne sais pas. Mais ce sont des vampires, et pas vous. Maintenant, retournez au camp.

– Et si je vous accompagnais ? proposa Derek.

– Pour la laisser seule ? demanda Burnett d'un ton ferme en plissant le front.

Derek reposa les yeux sur la jeune fille, puis sur Burnett.

– Vous avez raison. Je m'assurerai qu'elle rentre bien et qu'elle soit en sécurité. Voulez-vous que je vous rejoigne ?

– Non. Ça ira. Mais gardez un œil sur le camp. Ordonnez à tout le monde d'être sur le qui-vive et de rester groupés.

« Pour la laisser seule ? » La question de Burnett ne cessait de repasser dans la tête de Kylie, et chaque fois elle était plus embêtée. Elle voulait protester : elle pouvait prendre soin d'elle toute seule. Della piquerait des crises d'hystérie si on la traitait comme si elle avait besoin d'être protégée. Puis Kylie se rappela la peur qu'elle avait éprouvée avant de prendre ses jambes à son cou et de trouver Derek. De toute évidence, Kylie n'était pas Della.

Pour autant, n'était-elle pas un vampire ? Ou juste un vampire à qui il manquait tout ce qui pouvait s'apparenter à du courage ? Les vampires trouillards existaient-ils seulement ?

Burnett poursuivit :

– Ne laissez pas non plus Holiday s'en aller. Ligotez-la s'il le faut. Compris ?

– Compris.

Derek attrapa Kylie par le coude et se mit en route.

Elle ne bougea pas.

– Je l'ai senti tout à l'heure, lâcha-t-elle. Il est passé plusieurs fois devant moi. Comme s'il me taquinait ou me testait.

Elle se souvenait qu'il n'avait pas cessé de repasser à toute vitesse, se faisant connaître sans se faire voir.

– C'est étrange. D'habitude, les vampires ne sont pas taquins. Et ne testent pas non plus, déclara Burnett. Ils détectent une proie et l'attaquent pour la tuer. Maintenant, retournez au camp.

Des frissons montèrent et redescendirent le long des jambes de Kylie. Derek sentit sa peur parce qu'il lui attrapa la main et la serra affectueusement pour la calmer. L'angoisse de la jeune fille s'atténua.

– Viens, rentrons.

Derek la prit de nouveau par le coude. Le bruit de sa voix aida le cerveau de Kylie à se connecter à ses membres, et elle se mit en route.

Ils avancèrent rapidement, en silence. De temps en temps, on entendait les criquets et les hiboux dans l'obscurité. Leur musique ne dérangeait pas Kylie. Elle était agréable. Cela signifiait qu'il n'y avait pas d'intrus à proximité.

– Pourquoi tu ne m'as pas dit qu'un vampire était venu te voir ? demanda Derek, la frustration renforçant l'intensité de sa voix.

– Je… Au début, je pensais que c'était Della, puis… (Puis elle avait cru que c'était Chan, mais elle ne pouvait pas parler de celui-ci à Derek. Elle l'avait promis à son amie.) Et je t'ai entendu m'appeler. Alors je me suis mise à courir et je n'ai plus eu peur. Je t'ai parlé du loup, ajouta-t-elle en regardant son front plissé.

– Je pense que le vampire était plus important.

– Oui, et je t'en aurais bien… parlé, mais tu m'as embrassée.

– Et donc, c'est ma faute ?

Son ton était plus dur.

– Plus ou moins, répondit-elle.

Elle n'appréciait pas qu'il se mette en colère contre elle alors que quelques minutes plus tôt ils s'embrassaient. Elle accéléra son pas.

Ils continuèrent à avancer dans un silence tendu pendant cinq minutes. À chaque nouveau pas, elle se rendait compte que leur dispute était stupide.

– J'aurais probablement dû t'en parler tout de suite, dit-elle. Je n'ai pas réfléchi.

Elle commença à s'éloigner de lui, de crainte qu'il n'accepte pas sa proposition de trêve.

Elle l'entendit inspirer.

– Je suis désolé. Je n'aurais pas dû râler. (Il attrapa de nouveau sa main. Sa paume était agréable.) Ça me fait juste flipper de penser que… que l'on aurait pu te faire du mal.

Il paraissait soudain plus âgé. Sa voix devint plus grave, son besoin de la protéger lui donnant une nouvelle couleur. Même si elle était encore un peu agacée qu'il l'estime incapable de se protéger toute seule, elle aimait ce nouveau ton. Cela lui donnait l'impression d'être moins en danger.

Oui, avec Derek, elle se sentait en sécurité. Mais cela ne l'empêcha pas de regarder les arbres et de prier pour que le vent ne cesse pas de souffler, pour que la nuit ne redevienne pas silencieuse.

chapitre 3

– Que s'est-il passé ?

Vingt minutes plus tard, Miranda la coinça dans un coin du réfectoire.

Dès que Derek eut parlé à Holiday du vampire escroc qui rôdait, celle-ci avait convoqué tout le monde.

Intérieurement, Kylie tremblait encore. Était-ce de peur ou à cause de l'humeur glaciale de Della ? Elle n'en savait rien. On pouvait sentir que Della la snobait depuis l'autre bout de la salle.

– Allez, crache le morceau ! insista Miranda. Et ensuite, j'aurai quelque chose à te raconter.

Kylie regarda de nouveau Della.

– Elle est vraiment en colère contre moi ?

Miranda jeta un coup d'œil à travers la pièce.

– Sur une échelle de un à dix, dix étant « une super colère de vampire », je dirais qu'elle en est à quinze… et que ça continue à monter.

– Super ! marmonna Kylie.

Miranda haussa les épaules.

– Elle s'en remettra. Tu sais comment elle est… Maintenant, raconte-moi ce qui s'est passé.

Kylie secoua la tête.

– Je suis partie en courant et…

– Mais pourquoi ? Pourquoi… as-tu bu le sang comme si c'était une bière fraîche lors d'une chaude soirée de week-end ?

Kylie regarda ses chaussures. Elle ne voulait pas en parler, pas tout de suite.

– Je ne sais pas.

– Ça t'a plu, non ?

Miranda avait l'air vexé.

Le maximum que Kylie put faire fut de hocher la tête.

– D'accord. Alors que s'est-il passé ensuite ?

Kylie ravala la douleur dans sa gorge.

– Allez, vas-y ! insista Miranda d'un ton sec.

– Je courais, et puis j'ai senti quelqu'un – du genre vampire. Puis j'ai entendu Derek. Je crois qu'il a fait peur à celui ou celle qui était là. J'ai détalé, j'ai trouvé Derek et nous…

– Vous quoi ? demanda Miranda, suspendue à ses lèvres.

Ça devenait chaud entre nous.

– Rien. Burnett a débarqué.

Un courant d'air les frappa au moment où Della vint brusquement se planter à côté de Kylie.

– Et tu lui as dit que tu pensais que c'était Chan, hein ?

Manifestement, Della les avait écoutées depuis le début de leur échange.

Kylie la regarda.

– Non, pas du tout.

– Qui est Chan ? demanda Miranda.

– Personne, lui répondit Della d'un ton sec. Occupe-toi de tes affaires.

À l'évidence, Della ne souhaitait pas que l'on sache que son vampire et délinquant de cousin avait brisé l'une des plus grandes règles de Shadow Falls : pas de visiteurs sans autorisation. Cela s'appliquait plus particulièrement à ceux qui étaient contre les tentatives de l'URF de gouverner les surnaturels.

Miranda, mécontente, foudroya immédiatement Della du regard.

– C'était Chan ? demanda Kylie, qui se moquait bien que Miranda entende.

Kylie comprenait la loyauté de Della envers lui. Il avait été le seul à aider Della à supporter le douloureux changement. Toutefois, il semblait logique que si Chan avait violé le règlement une fois, il pourrait très bien recommencer.

– Je t'ai dit qu'il ne reviendrait pas, lança Della d'un ton sec.

– Mais comment peux-tu en être aussi sûre ?

Kylie se souvint soudain qu'elle avait été morte de peur dans les bois quand elle avait rencontré le cousin prétentieux de Della. Elle croisa les bras sur sa poitrine, comme sur la défensive. Ce n'était pas parce que Della était convaincue que Chan ne représentait pas une menace que c'était la vérité. Il pouvait très bien faire partie du gang des Frères de sang.

– Parce que j'ai confiance en lui, contrairement à d'autres. Je pensais que Miranda et toi étiez mes amies. Tout ce que je demandais, c'était que tu respectes le fait que cette soirée comptait beaucoup pour moi. Que…

La frustration de Kylie atteignit son apogée.

– Merde, Della ! Pourquoi faut-il que tu ramènes toujours tout à toi ?

À peine ces mots furent-ils sortis de sa bouche que Kylie remarqua l'expression dans le regard de son amie. C'était celle qu'elle avait chaque fois que ses parents venaient lui rendre visite. Celle qui faisait dire à Kylie que Della avait l'impression d'être une paria.

Elle décida de changer d'attitude.

– Je ne voulais pas me montrer irrespectueuse. J'ai juste flippé, d'accord ?

– Pourquoi ?

Si la colère de Della résonnait dans sa voix, c'était la douleur qui colorait ses yeux.

– Pourquoi quoi ? demanda Kylie.

Mais au fond d'elle, elle savait ce que son amie lui demandait. Il lui fallait juste quelques secondes pour trouver comment le formuler afin que ça n'ait pas l'air trop horrible.

Della s'approcha.

– Tu as flippé parce que tu ne veux pas être un vampire, pas vrai ? Tu penses que je suis un monstre, hein ? Tu es morte de trouille à l'idée de devenir comme moi. C'est pour ça que tu as pété un plomb, hein ?

Kylie ouvrit la bouche pour lui répondre, mais aucun mot n'en sortit. Sûrement parce qu'elle ne pouvait pas lui mentir. Le vampire connaîtrait la vérité. Della fit mine de partir. Kylie tendit le bras pour l'arrêter, mais il était trop tard.

– Où est-elle allée ? demanda-t-elle en passant deux fois en revue le réfectoire sans la trouver.

La salle grouillait de campeurs excités.

– Laisse-la se calmer, conseilla Miranda.

– Je ne peux pas.

Kylie savait combien cela peinait Della.

Enfin, elle remarqua les cheveux bleu nuit de son amie derrière un groupe de métamorphes. Elle se dirigea vers eux.

Miranda la suivit.

– Sérieux, et si tu lui donnais un peu de temps ?

– Non, dit Kylie, obstinée.

Les yeux or de Della étincelaient de colère. Puis sa lèvre supérieure se retroussa juste assez pour révéler ses longues canines. À une époque, la voir ainsi aurait fichu une trouille bleue à Kylie, mais plus maintenant. Elle n'avait pas peur d'elle.

– Je ne te prends pas pour un monstre, dit Kylie. Mais ce n'est pas pour ça que je n'ai pas eu peur.

– Menteuse, grogna Della.

– Je ne mens pas. Vérifie mes pulsations, si tu ne me crois pas. Écoute mon cœur, tu verras si je baratine.

Della entreprit de tourner les talons, mais Kylie la rattrapa juste à temps par le coude.

– N'imagine même pas que tu vas t'en aller, insista-t-elle.

– Laisse-moi partir, grommela Della à voix basse.

Comme Kylie ne la lâchait pas, le vampire se retourna d'un coup, les yeux plus brillants, et montra ses dents.

Kylie entendit quelques murmures dans la foule. Leur dispute avait, à l'évidence, attiré l'attention. Della perçut, elle aussi, ces murmures parce qu'elle regarda autour d'elle et siffla. Les quelques personnes à proximité s'éparpillèrent comme des souris affolées.

Kylie n'avait toujours pas peur.

– Euh… on devrait y aller, nous aussi, suggéra Miranda, en donnant un coup de coude à Kylie. Maintenant, elle est vraiment furax !

Kylie ne regarda pas Miranda. Elle continuait à fixer Della pour lui faire comprendre qu'elle n'avait pas peur.

– Je ne partirai pas tant qu'elle ne m'aura pas écoutée jusqu'au bout.

– Je n'ai pas à t'écouter. Je sais ce que tu penses.

Le regard noir de Della, empli d'une peine intense, lui fit l'effet d'une gifle.

Ce n'est pas juste, lâcha le vampire.

À son tour, Kylie fusilla du regard son amie en colère.

– Ce qui n'est pas juste, c'est que je croyais que tu étais mon amie !

L'or de ses yeux faisait étinceler plus vivement encore la douleur dans le regard de Della.

– Je suis ton amie, et je t'ai donné mon sang ! déclara Kylie.

– Moi aussi, ajouta Miranda, l'air nerveux.

Comme l'expression de Della ne changeait pas, Kylie poursuivit :

– Et je me souviens que tu m'avais confié que tu avais vraiment flippé en apprenant que tu te transformais. Que tu avais redouté tout ce qu'il t'arrivait. Que tu ne voulais pas changer.

Della fit de nouveau mine de partir. Mais Kylie continuait de parler et refusait de lâcher son coude.

– Serais-tu la seule à avoir le droit d'avoir peur ? (Kylie sentit l'émotion enfler dans sa poitrine et les larmes emplir ses yeux.) Serais-tu exceptionnelle au point que personne d'autre ne pourrait ressentir la même chose ?

Kylie s'attendait presque à ce que Della file comme une flèche et se déboîte le bras dans la précipitation. Mais elle n'en fit rien. Elle ne se retourna pas non plus. Della se contenta de rester immobile pendant de longues secondes. Une, deux, trois. Kylie compta et patienta, espérant que cela signifiait…

– Très bien, lâcha Della, de frustration.

Puis elle finit par se retourner. Ses yeux n'étaient plus dorés. Elle les baissa, puis les releva.

– Tu as raison. (Elle regarda Kylie.) Je suis désolée.

– Merde alors ! s'exclama Miranda, un peu fort. Je ne savais pas que les vampires pouvaient même s'excuser !

Della lui lança un regard glacial.

– Je ne t'ai pas présenté mes excuses, à toi. Et si tu allais chercher ton manche à balai et t'envolais pour Tombouctou ? À condition que ton sens de l'orientation merdique de dyslexique veuille bien t'y emmener ! Et surtout, ne prends pas la peine de revenir !

Miranda avança d'un pas offensif en direction de Della.

– Ce que tu peux être méchan…

Della montra les dents et grogna.

– Je t'ai entendu dire à Helen que le sang était « écœurant ». Tu as promis que tu respecterais…

– Est-ce irrespectueux d'être honnête ? demanda Miranda.

Kylie intervint :

– Vous pouvez vous balancer des insultes, vous traiter de tous les noms et même vous entretuer. Mais pour l'instant… (Elle regarda Miranda.) J'ai besoin d'une minute en tête à tête avec Della. S'il te plaît ?

Miranda releva légèrement le menton. Ça ne lui plaisait pas, mais elle s'en alla. C'était là la faiblesse de Miranda : elle pouvait s'énerver en moins de deux, presque aussi rapidement que Della, mais elle se calmait tout aussi vite. Della, en revanche… Cette fille savait se montrer très rancunière. Et si elle feignait que rien ne pouvait la toucher, Kylie avait pu déceler son point faible, et il était encore plus gros que celui de Miranda.

Une fois seules, Della et Kylie se fixèrent du regard. Kylie fut la première à prendre la parole :

– Je suis désolée, moi aussi. Je ne voulais pas manquer de respect à ta culture. J'ai pété un plomb, voilà tout.

Della opina.

– J'ai compris. Au début, je n'avais rien pigé, et puis… maintenant si. (Elle soupira et un sourire effleura ses lèvres.) Ça t'a plu, hein ? Le sang. C'était bon !

Kylie n'en était pas fière, mais elle avoua la vérité :

– C'était génial.

Della lui toucha le bras.

– Mais tu es encore chaude.

Kylie hocha la tête.

– Si j'étais un vampire, je serais déjà froide, non ?

– Je ne sais pas, dit honnêtement Della. Peut-être que tu ne t'es pas encore transformée, voilà tout. Mais ça ne devrait pas tarder.

Kylie se souvint que Della lui avait expliqué que la transformation ressemblait à de l'eau bouillante qui parcourait ses veines.

– Je serai là pour toi, lui assura Della, comme si elle avait lu dans les pensées de Kylie. Je t'aiderai à le vivre. Si cela se produit. Il ne faut pas que tu sois seule. Je crois que je me rappelle presque tout ce que Chan a fait pour moi.

– Je sais que tu seras là.

Kylie tâcha de sourire. Juste alors, elle remarqua Miranda, qui les regardait fixement à l'autre bout de la pièce, avec un air de chiot perdu. Kylie s'en voulait de lui avoir demandé de partir.

– Miranda aussi. Elle sera là pour moi. Et elle serait là pour toi aussi. Je… j'aimerais vraiment que vous cessiez de vous disputer, toutes les deux.

Della haussa les épaules.

– Elle est douée quand il s'agit de me prendre la tête.

– Et toi, la sienne ! rétorqua Kylie.

– Ouais, mais elle n'est pas comme toi. On dirait que tu sais ce que je ressens, tu arrives toujours à dire ce qu'il faut. (Della plissa le front, comme perdue dans ses pensées.) On dirait presque que tu es empathique. Tu sais, comme Derek et Holiday, qui savent lire ce que l'on ressent ?

– Non, dit Kylie, mais tout au fond d'elle, elle ne put s'empêcher de se poser la question.

N'avait-elle pas toujours su lire chez les autres ? Chez sa mère, par exemple, elle avait toujours senti la distance que celle-ci maintenait entre elles, que quelque chose l'empêchait de s'attacher totalement à elle.

– Tout va bien ?

La voix féminine et familière résonna derrière Kylie.

Les filles jetèrent un coup d'œil à Holiday.

– Oui, répondirent-elles en chœur.

Holiday serra affectueusement le bras de Kylie.

– Nous devons parler de ce qui s'est passé ce soir. Et nous le ferons dès que le calme sera revenu.

Kylie opina. Si l'effleurement de Holiday la réconforta un peu, elle ne put s'empêcher de se demander si celle-ci ne l'avait pas touchée rien que pour vérifier sa température. Pour savoir si elle s'était transformée en vampire.

– Plus tard, d'accord ? fit Holiday.

– Oui.

Kylie avait envie de parler à Holiday et, pourtant, elle sentait que la directrice lui dirait ce qu'elle lui avait toujours dit : « Je n'ai pas toutes les réponses. Je pense que tu devras les trouver par toi-même. »

Mais comment Kylie était-elle censée les trouver ? Son projet de soutirer des informations à Daniel était tombé à l'eau. Que lui restait-il ?

Le gazouillement du portable de Holiday la ramena dans la réalité.

La directrice colla le téléphone à son oreille.

– Burnett ? (Son expression se durcit.) Non, vous vous êtes trompé de numéro.

Kylie décela la frustration dans sa voix. Pas de doute, elle se faisait du souci pour Burnett. Une partie de cette inquiétude se fraya un chemin dans l'esprit de Kylie. C'était elle qui avait échappé au vampire. S'il arrivait quelque chose à Burnett, ce serait sa faute. Les yeux rivés sur les murs du réfectoire en rondins, elle essaya d'affronter sa culpabilité.

Puis elle se souvint que Burnett était sûrement la dernière personne au monde qui ne saurait pas se défendre. Du haut de son mètre quatre-vingt-dix de muscles purs, il avait des pouvoirs de vampire qui comptaient parmi les plus puissants. Du moins, c'était ce que Della avait affirmé. Depuis que Burnett était passé codirecteur provisoire, la jeune fille faisait partie de ses plus grandes fans.

– Je suis sûre qu'il va bien ! lança Kylie, et elle s'appuya contre une chaise.

– Personne n'a aucune chance contre lui, insista Della.

Mais ni la remarque de Kylie ni celle de Della ne servirent à rien : le front de Holiday restait plissé, et c'était plus que d'inquiétude. Kylie avait senti l'attirance entre ces deux-là la première fois qu'elle les avait vus ensemble. Ce n'était pas parce que Holiday ne souhaitait pas s'impliquer avec lui qu'elle s'en moquait.

Holiday composa un numéro, puis referma son téléphone d'un coup sec.

– Pourquoi couper son portable ? (Ses yeux se plissèrent.) Il doit bien se douter que j'aurai besoin de le joindre !

– Je sais pourquoi, répondit Della. Tu vois, quand tu es dans les bois en train de chercher quelqu'un, en espérant le trouver avant que lui ne te trouve, rien ne te desservirait davantage qu'un téléphone qui sonne !

La vérité des paroles de Della fit pincer les lèvres de Holiday.

– Il aurait pu appeler avant de partir ! Ce qu'il peut être… difficile, alors ! C'est vrai, vivement qu'ils embauchent quelqu'un d'autre ! Je ne peux simplement pas bosser avec cet homme !

Della se fendit d'un grand sourire.

– Tu ne peux pas travailler avec lui, tu prétends que tu ne l'aimes pas, mais regarde dans quel état tu es !

– Je ne suis pas inquiète… enfin… si, mais non… enfin… c'est juste…

– … qu'il compte beaucoup pour toi, conclut Della avant de poursuivre. On dirait même que tu craques pour lui ! Craques-tu vraiment pour lui ? Tu sais, on pourrait croire que tu cr…

Vous craquez pour moi ?

La voix grave de Burnett résonna alors qu'il se postait derrière Holiday.

La jeune femme rougit – de colère ou de gêne, Kylie l'ignorait. Puis elle se retourna brusquement et se retrouva face au vampire grand et ténébreux. Les yeux de celui-ci croisèrent brièvement ceux de Kylie, et il hocha la tête.

Kylie se souvint de ce qu'elle faisait lorsque Burnett l'avait prise en flagrant délit un peu plus tôt, et elle était sûre qu'elle était aussi rouge que Holiday en cet instant.

– Pas possible, vous êtes en vie ! lança Holiday d'un ton sec.

Si sa voix exprimait la colère, son expression indiquait tout autre chose – un soulagement sincère. En voyant cette émotion, Kylie oublia sa propre gêne. Pas de doute, Burnett comptait beaucoup pour Holiday. Sûrement plus qu'elle ne voulait l'avouer.

– Vous n'avez pas répondu, dit-il. Vous craquez pour moi ou pas ?

Un sourire étincela dans ses yeux foncés.

Carrant les épaules, Holiday prit la parole :

– Della a imaginé que je craquais pour vous. Et vous savez ce que l'on dit : « Quand on suppose quelque chose mais qu'on ne sait rien… »

– « … on se ridiculise et on me ridiculise avec… », termina Della.

Holiday réprimanda Della du regard et fit mine de partir. Elle fit trois pas, puis se retourna d'un coup.

– Vous venez ? proposa-t-elle à Burnett d'un ton sec.

– Vous ne me l'aviez pas demandé, répliqua-t-il.

– Eh bien, j'ai supposé que vous auriez compris que nous devions parler de ce qui s'est passé.

Il arqua un sourcil brun.

– Et que venez-vous juste de dire à propos de « supposer » ?

Della se fendit d'un grand sourire – visiblement, Holiday et Burnett semblaient bien l'amuser –, mais les pensées de Kylie partirent dans une tout autre direction. Elle s'éclaircit la gorge.

– Vous n'aviez pas décidé de nous tenir au courant de tout, maintenant ? Alors pourquoi vous en allez-vous ? Pourquoi ne pouvons-nous pas écouter ce que vous avez à dire ?

Holiday se renfrogna.

– Elle a raison. (Burnett tendit les deux mains.) C'est en effet ce que vous aviez déclaré à la réunion. Je crois que c'était à celle où vous m'aviez traité d'enfoiré.

Les yeux de Holiday étincelèrent de frustration. Apparemment, cet homme ne savait pas se taire.

– Bien, dit-elle entre ses dents. (Tous les deux se regardèrent fixement, mais aucun ne cilla. Comme le silence se prolongeait, la jeune femme laissa échapper un profond soupir.) Et si vous vous adressiez à tout le monde ? (Elle désigna le devant de la salle d'un geste de la main.) La parole est à vous.

– Je pense que c'est dans mes cordes, répondit Burnett, mais son expression indiquait qu'il n'aimait pas vraiment s'adresser au groupe.

Kylie eut alors le sentiment que Holiday était au courant.

Holiday détala et Burnett la regarda s'en aller.

– Je ne sais pas ce qui est pire : parler à tout le monde ou lui parler à elle seule.

Il leva les yeux sur Kylie et tressaillit, comme s'il n'avait pas eu l'intention de dire cela à voix haute. Puis il regarda Della. Kylie aurait pu jurer le voir articuler un « merci ».

Quand il partit au-devant de la salle, Kylie scruta Della.

– Depuis combien de temps savais-tu que Burnett était dans la pièce ?

– Pratiquement depuis l'arrivée de Holiday. (Della se

fendit d'un grand sourire.) Hé, il faut bien que les vampires se serrent les coudes !

Elle donna un coup de coude à Kylie, comme pour dire que celle-ci était des leurs. Kylie n'en était pas sûre. Mais elle n'était pas sûre non plus de ne pas l'être.

La porte du réfectoire s'ouvrit dans un bruissement. Kylie regarda. Derek entra et son regard se posa directement sur elle. Le sourire doux qu'il lui adressa lui rappela les baisers qu'ils avaient échangés un peu plus tôt. Une chaleur provoquée par ce souvenir envahit son ventre au moment même où un froid surnaturel effleurait sa peau.

La chair de poule se forma sur ses bras quand elle entendit de nouveau l'esprit :

– Tu dois l'arrêter. Il le faut. Sinon cela arrivera à quelqu'un que tu aimes. Bientôt, très bientôt. Cela arrivera bientôt.

– Qui ? Quand ? marmonna Kylie dans sa barbe.

La morte se matérialisa à une trentaine de centimètres seulement de son visage. Elle portait encore sa robe maculée de sang, mais cette fois il gouttait du bord du vêtement, pour former une flaque à ses pieds. Kylie en eut le souffle coupé, et si c'était la dernière chose à laquelle elle voulait penser, son esprit l'y emmena. Vers le goût sucré et addictif du sang.

– Comment ça, « quand » ? dit Della.

Kylie laissa aller son regard de la mare de sang qui grandissait aux yeux de Della, légèrement en amande, qui évoquaient son héritage asiatique. Puis elle vit ces yeux s'écarquiller de peur. Della frissonna et recula d'un pas.

– Tu as encore de la compagnie, pas vrai ?

Elle détala. Au même moment, d'autres campeurs battirent en retraite, comme s'ils avaient compris, eux aussi, ce qui se passait. Se sentant mise en quarantaine, Kylie eut la gorge serrée et ses sinus la piquèrent.

Elle essaya de chasser les larmes de ses yeux. Quand elle voulut regarder de nouveau l'esprit, il avait disparu et l'air avait perdu son froid glacial.

Les poumons de Kylie se gonflèrent de frustration – générée sans aucun doute par toutes ces questions sans réponse. Toute sa vie n'était qu'une grosse question sans réponse.

– Excusez-moi. (La voix grave et autoritaire de Burnett envahit la pièce.) Pourrais-je avoir votre attention, s'il vous plaît ? Je sais que ce qui s'est passé ce soir suscite votre curiosité à tous. Et comme Kylie m'a rappelé que Holiday et moi avions promis de vous tenir informés, je crois que je ferais mieux de vous expliquer.

chapitre 4

Quand elle entendit Burnett prendre la parole, Kylie sentit le nœud dans sa gorge se desserrer. Tous les regards se portèrent sur le devant de la salle.

– Nous avons eu un visiteur inattendu au camp ce soir, expliqua Burnett. Un vampire.

– Faisait-il partie de ce gang ? Celui qui vous a attaqués au parc animalier ? demanda Helen avant de jeter un coup d'œil sur Kylie.

Celle-ci se rapprocha légèrement du devant de la salle, car elle ne souhaitait pas manquer la réponse de Burnett.

– Je n'en suis pas sûr.

Il passa la pièce en revue, comme s'il cherchait quelqu'un. Une seconde plus tard, son regard se posa sur Holiday et son expression s'adoucit.

– Mais, poursuivit-il, je ne crois pas qu'ils étaient en chasse. Il – ou elle – avait une proie facile à sa merci et il l'a laissée filer.

Son regard se posa sur Kylie, montrant clairement, du

moins aux yeux de la jeune fille, que c'était elle, « la proie facile ».

Proie facile. Proie, peut-être, mais facile ? Cela l'ennuyait plus qu'elle ne voulait l'admettre. Certes, elle n'était pas franchement Superwoman, mais elle avait elle-même tenu tête aux Frères de sang, cette nuit-là, au parc animalier. D'accord, Daniel l'avait un peu aidée, mais elle avait assuré un max, avec tous les autres. Ne pouvait-on pas le lui reconnaître ?

Burnett s'éclaircit la gorge.

– Il y a de fortes chances que ce soit juste quelqu'un que la curiosité a attiré sur le camp.

Kylie se souvint qu'elle s'était sentie menacée ces quelques minutes dans les bois quand elle avait perçu la présence du vampire. Ce n'était pas de la simple curiosité. Plutôt de la menace. Si Derek n'avait pas débarqué, Kylie ignorait ce qui se serait passé – rien de bon, certainement.

– Ou il pourrait s'agir du gang qui tenait à nous informer qu'on ne lui avait pas fait peur. Ou simplement d'un ami ou d'un proche qui cherchait quelqu'un et qui ne voulait pas passer par notre contrôle visiteur. Si par hasard l'un d'entre vous avait un ami vampire qui pourrait faire ce genre de chose, veuillez lui faire savoir clairement que pénétrer dans ce camp sans laissez-passer visiteur est considéré comme une grave infraction. Si je le trouve, je le traiterai comme un ennemi. Et cela est valable pour toutes les espèces, même les humains.

Kylie espérait que Della écoutait. Personnellement, elle se moquait bien de Chan, mais elle savait que ce n'était pas le cas de son amie, et Kylie ne supporterait pas qu'il lui arrive quelque chose.

Le regard de Burnett devint froid, puis il poursuivit :

– Si je ne considère pas cela comme une véritable menace, je ne pense pas non plus que nous devrions baisser complètement la garde. Le gang des Frères de sang a été assez stupide pour tenter quelque chose. Si ça se trouve, il sera assez bête pour réessayer.

– Je ne comprends toujours pas ce qu'il a contre nous, lança une copine sorcière de Miranda.

– Je vais répondre à cette question, annonça Holiday en se dirigeant à son tour au-devant de la pièce. Vous remarquerez que nous comptons plus de vampires ici que toute autre espèce. La raison est simple : le virus se transmet. La plupart des parents d'un vampire qui vient de se transformer ne sont même pas conscients de l'existence des surnaturels. Vivre chez soi devient donc extrêmement difficile pour un nouveau vampire, qui sera tenté d'intégrer un gang. Mais depuis l'ouverture du camp, nous avons empêché plus de quatre cents d'entre eux d'emprunter ce chemin obscur. Shadow Falls constitue donc un obstacle pour le potentiel de croissance des gangs.

Elle marqua une pause.

– D'autres questions ? (Comme personne ne prenait la parole, elle ajouta :) Il est presque 2 heures du matin, si vous retourniez tous vous reposer dans votre bungalow ? Mais n'oubliez pas ce que Burnett a dit : restez vigilants.

Alors que la foule s'apprêtait à se disperser, Kylie alla rejoindre Miranda qui jouait sur son téléphone, toute seule dans son coin. Dès qu'elle vit Kylie, elle pencha la tête de côté et lui sourit d'un air bête – comme un chiot mignon, mais énervé.

– Alors comme ça, une fois que tout le monde t'abandonne, tu viens me voir ? dit Miranda.

Kylie se renfrogna.

– J'ai fait du mal à Della. J'avais juste besoin de m'excuser.

Et je ne pouvais pas le faire quand vous vous arrachiez verbalement les yeux toutes les deux.

– Mais ça t'est bien égal de me faire du mal, rétorqua Miranda. Ça fait plaisir de voir que je compte pour toi !

– Tu ne penses pas un mot de ce que tu dis, répliqua Kylie.

– Ah bon ? (Elle secoua la tête. Ses cheveux multicolores – roses, verts et noirs – étincelèrent sur ses épaules.) Est-ce que ça va se passer comme ça à partir de maintenant ? Parce que si vous êtes toutes les deux des vampires, vous ne voudrez plus de moi.

– Non. Pas du tout. Et… nous ne savons pas si je suis un vampire.

– Tu as aimé le sang.

– Ça ne fait pas de moi un vampire.

La frustration enfla dans la poitrine de Kylie. Mais quand elle croisa le regard de son amie, elle y lut son manque d'assurance et cessa de penser à ses propres peurs.

– Et pour info, je suis désolée si je t'ai fait du mal. Je n'en avais pas l'intention.

– Et pour info, moi non plus, ajouta Della qui les rejoignit.

– Waouh ! (Miranda regarda Della.) C'est presque une excuse ! Et à une sorcière dyslexique, en plus !

– Ne pousse pas le bouchon trop loin ! lança Della.

– Très bien. (Un sourire illumina les yeux de Miranda.) Concluons un pacte : quoi que Kylie soit en fin de compte, quoi qu'il se passe, nous resterons toujours ensemble.

Della grogna.

– Sur quelle planète vivais-tu ? Nous l'avons déjà conclu, ce pacte !

Toutes trois se dirigèrent vers la porte, mais s'arrêtèrent lorsque Holiday cria le nom de Kylie.

– Je peux te voir une minute ? demanda-t-elle.

Della et Miranda lui dirent qu'elles l'attendraient dehors. Kylie rejoignit Holiday.

– Je sais que tu veux parler des événements de ce soir, mais avant tout, j'aimerais me débarrasser de ma discussion avec Burnett. Si tu es d'accord, je passerai dans ton bungalow et nous pourrons discuter dans ta chambre.

Kylie se souvint que Holiday avait déclaré qu'il se faisait tard.

– Si tu préfères attendre demain matin, nous…

– Non. (Le front de Holiday se plissa.) Tu ne veux pas en parler ce soir ?

Kylie arrêta d'essayer d'être polie.

– Si, j'aimerais bien.

Holiday l'étreignit rapidement.

– Ça ira.

Si Kylie s'aperçut qu'elle n'avait plus aussi peur de l'éventualité d'être un vampire, une belle ambivalence s'agitait encore en elle.

– Je sais.

Elle sourit, espérant qu'elle paraissait plus confiante qu'elle ne l'était en réalité.

Quand Kylie ressortit, tout le monde avait disparu, sauf Della et Miranda, assises dans de grands rocking-chairs blancs sous le porche devant le bureau.

– Que voulait-elle ? s'enquit Miranda.

– Me dire qu'elle passerait chez nous dans quelques minutes pour discuter.

– Pour discuter de quoi ? demanda Della.

– De trucs.

Elle ne tenait pas à mettre sur le tapis toute cette histoire de vampire et risquer que Della saute sur l'occasion.

Miranda descendit du fauteuil d'un bond.

– Prêtes, les filles ?

Elles prirent le sentier jusqu'à leur bungalow. Entre les étoiles et la lune, il ne faisait pas trop sombre. La nuit entonnait sa chanson, ce qui réjouissait largement Kylie. C'était lorsque la musique nocturne s'arrêtait que la jeune fille se faisait du souci.

– On m'a embrassée, ce soir, lâcha étourdiment Miranda.

– Waouh ! s'écria Kylie. Ça y est, Perry a enfin fait le premier pas ?

– Il était temps que des couilles lui poussent, à celui-là ! gloussa Della.

– Ce n'était pas Perry.

Miranda donna des coups de pied dans le chemin de terre.

– Pas Perry ? (Kylie attrapa Miranda par le coude.) Qui c'était ?

– Oui, qui c'était ? (Della scruta Miranda très attentivement.) Si tu réponds que c'est Steve, je botte ton petit cul de sorcière. Tu sais que je craque pour lui.

– Ce n'était pas Steve, ton métamorphe chéri. (Miranda se renfrogna.) C'était Kevin.

Kylie ouvrit la bouche en grand.

– Pas Kevin, le coloc de Perry ? Son super pote ? Je t'en prie, dis-moi que ce n'est pas ce Kevin !

– Eh bien, si. (Miranda laissa tomber son visage entre ses mains.) Que vais-je faire ?

Elle regarda ses amies à travers ses doigts.

– Ce n'est pas bien, observa Kylie.

Miranda continua à les scruter à travers ses doigts.

– Je ne voulais pas ! (Elle écarta ses mains.) Je rentrais au bungalow en pensant vous y trouver quand je suis tombée sur Kevin. Je me faisais du souci pour toi. Nous nous sommes mis à marcher, à bavarder, et puis… il m'a embrassée, et puis…

– Et puis quoi ? demanda Della.

– Je l'ai laissé faire.

– Mais c'était bien ? demanda Della.

– Si l'on veut. Un peu. Je ne sais pas. Pourquoi je me sens tellement coupable ?

Kylie regarda fixement Miranda.

– Parce qu'on dirait que Perry te plaît, à voir ton comportement…

– Mais pas à voir le sien ! D'accord, il vient s'asseoir à côté de moi au dîner et au déjeuner, parfois ; mais tu ne crois pas que s'il m'aimait, il m'aurait déjà embrassée ?

– Je crois qu'il est stressé, c'est tout, dit Kylie.

– Je crois qu'il n'a pas de couilles, ajouta Della.

– Arrête ! lança Miranda, qui devint rouge pivoine.

– Arrête quoi ? demanda Della.

– Arrête de parler des parties intimes de Perry ! C'est dégoûtant et je n'aime pas ça.

Della se fendit d'un grand sourire.

– Oh là là ! J'en connais une qui apprécie suffisamment Perry pour défendre ses bijoux de famille !

– Et alors, qu'est-ce que ça peut te faire ? rétorqua Miranda en mettant une main sur ses hanches.

– Rien, répondit Della d'un ton agacé. À moi, rien, mais à Kevin, si – vu que tu lui as roulé des patins pas plus tard que tout à l'heure !

– Stop ! lança Kylie. Ça suffit ! Vous ne pouvez pas passer cinq minutes sans vous prendre la tête, toutes les deux ?

– C'est elle qui a commencé, dirent Miranda et Della en même temps.

Kylie laissa aller son regard de l'une à l'autre.

– C'est vous deux qui avez commencé. Et vous deux qui devez arrêter. J'en ai marre de tout ça. (Elle mit une main sur son front.) Sérieusement, je…

– Chuuut !

Della posa un doigt sur les lèvres de Kylie.

– Qu'y a-t-il ? murmura Miranda.

– Tu ne sais pas ce que « chut » veut dire ? demanda Della.

Kylie écarta le doigt de son amie et écouta. Le silence avait empli la nuit. Pas le genre de silence total qui régnait dans les bois, parce qu'au loin, presque comme une musique de fond, elle pouvait entendre les insectes et les oiseaux, mais tout près, le calme s'y était fait.

Kylie se pencha et murmura :

– Est-ce un autre vampire ?

chapitre 5

Della leva le nez en l'air.

– Pas un vampire, un loup. Il nous suit depuis plusieurs minutes. Je l'ai senti tout à l'heure et je pensais qu'il ne faisait que passer. Mais non.

Elle montra les bois du doigt.

– Que fait un loup si près du camp ? demanda Miranda.

Juste alors, Kylie se souvint du loup qu'elle avait vu ce soir. Comme Derek n'en avait pas fait toute une histoire, elle s'était dit qu'en effet, ça n'en valait pas la peine.

– Vous voulez que je m'occupe de ce loup ? proposa Della.

Ses yeux s'illuminèrent, comme si cette pensée la réjouissait.

Kylie se souvint du loup et de sa posture de soumission. Celle-ci n'avait rien eu de menaçant.

– Non, je ne veux pas que tu t'en « occupes ».

Elle prit Della par le coude.

– Pourquoi pas ? dit celle-ci. Ce n'est pas un loup-garou, c'est juste un animal.

– Ouais, un vrai animal vivant, et il ne nous fait pas de mal, dit Kylie. Alors pourquoi toi, tu lui en ferais ?

– Il nous suit. Et c'est flippant, expliqua Della.

Miranda les interrompit :

– Je déteste devoir le dire, mais je suis d'accord avec Della. C'est flippant.

Kylie regarda fixement dans les bois et, entre les arbres, elle remarqua les yeux dorés qui la fixaient. Un frisson parcourut sa colonne vertébrale. Flippant ? Peut-être, mais il n'avait tout de même fait de mal à personne. Puis elle ne put s'empêcher de s'interroger : et si la présence de la bête était une sorte de message, ou la pièce d'un puzzle ? Ou simplement ce que Derek avait dit ? Juste un animal hybride, avide de compagnie ?

– Oh non ! Est-ce que ce sont ses yeux ? demanda Miranda en désignant les bois.

– Ouais, répondit Della d'un ton sec. Et ça ne me plaît pas. Je suis vraiment d'humeur à m'en occuper !

En s'apercevant que Della était sérieuse, Kylie ramassa une petite pierre et la jeta en direction du loup.

– Va-t'en ! hurla-t-elle.

Le bruissement des sous-bois couvrit le silence quand l'animal détala. Puis Kylie leva les yeux sur Miranda et Della.

– Ça y est, il est parti. Contentes ?

Le bruit des insectes recommença.

– Pas vraiment, dit Della. Ça aurait été plus drôle si je m'étais écoutée. J'aurais pu me servir d'un bâton.

– Dis-moi que tu ne l'aurais pas tué, insista Kylie.

– Juste un peu, répliqua Della, tout sourire.

Kylie roula des yeux, espérant que sa copine plaisantait.

– Il est vraiment parti ? demanda Miranda en passant la lisière des bois en revue.

– Ouais, répondit Della, et elles se remirent en route.

Mais Kylie ne put s'empêcher de se retourner et de se demander ce que le loup fabriquait ici, au juste. Puis une pensée l'envahit et elle eut l'impression que son cœur heurta ses côtes pendant une seconde. Et si c'était Lucas qui essayait de lui envoyer un message ?

– Revenons à mon problème, dit Miranda alors qu'elles approchaient du bungalow. Qu'est-ce que je vais faire, pour Kevin ?

– C'est simple. (Della sauta sur le perron du bungalow, puis se retourna et regarda Miranda.) Tu dois te décider. (Elle tendit la paume droite.) Veux-tu Kevin ? (Elle tendit la paume gauche.) Ou veux-tu Perry ? Ce n'est pas si dur que ça. Kevin ? (Elle leva la main droite.) Ou Perry ? (Elle leva la main gauche plus haut.)

– Et si je choisissais Perry, mais que lui ne me choisissait jamais ? Ne faisait jamais le premier pas ? Ne m'embrassait même pas ? Et si je finissais par être la plus vieille sorcière vierge sur Terre ?

– Alors, tu sauras que tu as tout fait foirer, répondit Della en haussant les épaules.

– Tu ne m'aides pas beaucoup ! dit Miranda. (Elle regarda Kylie.) Et toi, qu'en penses-tu ?

– Que… (Kylie se souvint avoir embrassé Derek ce soir-là, avoir souhaité que les choses aillent plus loin, mais elle avait le sentiment que quelque chose l'empêchait toujours de sauter le pas. Puis elle se revit, déchirée entre Lucas et Derek.) Je pense que tu ne devrais pas me demander de conseils en matière de garçons. Je suis nulle dans ce domaine !

Kylie monta les marches quatre à quatre et entra dans le bungalow.

Une demi-heure plus tard, Kylie se réfugia dans son lit avec le chaton que Lucas lui avait offert. Derrière la porte, elle entendait Miranda et Della parler à Holiday. Quand la directrice avait frappé à la porte de leur bungalow, Kylie avait remonté la couette sur sa tête et fermé les yeux. Elle sentit le chat grimper sur la couverture et jouer de la patte. Ce n'était pas qu'elle ne souhaitait plus parler à Holiday. Disons plutôt qu'elle doutait que cette conversation serve à grand-chose.

Combien de fois avait-elle dû entendre Holiday lui sortir : « Je ne sais pas, Kylie. Ce sont des réponses que tu vas devoir trouver toute seule » ? Pourquoi Kylie pensait-elle que cette discussion-là ne serait différente en rien ? N'était-ce pas la définition de la folie ? Faire et refaire la même chose en espérant d'autres résultats ?

– Kylie ?

La voix de Holiday traversa la couette quand elle frappa à la porte.

Sans enlever la couette de sa tête, Kylie cria :

– Entre !

Elle entendit la porte de sa minuscule chambre s'ouvrir, se refermer, puis Holiday s'arrêter.

– Il y a plus chaleureux, comme accueil ! observa-t-elle.

– Tu veux que je fasse semblant ?

Kylie ôta la couette de sa tête et s'assit bien droit. Socks vint se blottir contre elle.

Holiday sourit et s'installa au pied du lit.

– Je sais que c'est dur.

– À qui le dis-tu !

Kylie remonta ses genoux contre sa poitrine et regarda Socks s'approcher de son amie et frotter son visage sur son bras.

– J'avais un plan pour obtenir toutes les réponses. Il fallait juste que je pousse Daniel à rester suffisamment longtemps pour qu'il m'explique ce qu'il était, afin que je devine ce que moi, je suis. Il s'est enfin montré ce soir, mais il n'a aucune réponse.

La gorge de Kylie se serra.

Holiday eut l'air sincèrement perplexe.

– Comment peut-il ne pas en avoir ?

– Parce qu'il a été adopté. Il ne savait pas qu'il n'était pas humain jusqu'à ses dix-huit ans. Et maintenant, je ne sais même pas par où commencer pour trouver des réponses.

– Tu vas y arriver, dit Holiday en caressant Socks de la tête à la queue. Je le crois du fond du cœur.

Les yeux de Kylie se mirent à lui piquer, ce qui, en gros, signifiait que les larmes étaient en route.

– Aimer le goût du sang fait-il de moi un vampire ?

Holiday hésita.

– Attends, reprit Kylie. Laisse-moi deviner. Tu ne sais pas, pas vrai ? Et ensuite tu vas me sortir que c'est à moi de trouver les réponses toute seule.

Kylie essuya la première des larmes dans ses yeux.

Holiday poussa un profond soupir, avant de prendre la main de Kylie.

– Tu n'as qu'en partie raison. Parce que j'ignore totalement si tu es un vampire. Mais je crois pouvoir affirmer qu'aimer le sang ne veut pas dire que tu es un vampire. J'ai entendu parler d'humains qui l'apprécient, et cela ne fait pas d'eux des vampires. Même si certains sont fêlés et qu'ils se prennent pour des vampires !

– Donc tout cela pourrait n'avoir aucun sens.

Kylie ôta sa main de celle de Holiday.

– Oui, acquiesça Holiday, dont le ton trahissait un tas de doutes.

– Mais tu ne le crois pas.

– Je pense que cela doit signifier quelque chose. Mais j'ignore si cela veut dire que tu es un vampire.

– Mais sinon, quel autre sens cela pourrait-il avoir ?

Holiday regarda Kylie intensément : une grande compassion brillait dans ses yeux verts.

– Je ne sais pas, mais… si tu continues à chercher, tu trouveras toutes les réponses dont tu as vraiment besoin.

– Vraiment besoin ? Comme s'il ne me les fallait pas toutes ?

Holiday arqua son sourcil droit.

– Nous ne pourrons jamais tout comprendre, Kylie. Certaines choses sont censées rester un mystère.

– Certaines, peut-être. Mais pas ça. Pas ce que je suis. J'ai l'impression que tout restera en suspens dans ma vie tant que je n'aurai pas obtenu cette réponse.

– Alors, continue à chercher.

Kylie laissa tomber sa tête sur ses genoux et marmonna :

– Tu vois, je savais que tu dirais ça.

Socks courut vers elle, comme pour s'assurer qu'elle allait bien.

Holiday mit sa main sur le sommet du crâne de la jeune fille.

– Lorsqu'une porte se ferme, trouves-en une autre.

Kylie leva les yeux sur elle.

– Et s'il n'y en avait pas d'autre ?

– Alors essaie la fenêtre.

– Et s'il n'y avait pas de fenêtre ?

– Alors, emploie les grands moyens. La vie n'est pas censée être simple. En général, plus quelque chose est difficile, plus les résultats sont gratifiants.

– Mais si j'échouais ? Et si quelqu'un se faisait massacrer à coups de couteau parce que je n'ai pas été assez intelligente pour trouver les bonnes réponses ? J'ai fait ce que tu m'as conseillé : j'ai posé des questions précises, et tout ce que le fantôme fait, c'est répéter sa mise en garde. Elle continue à dire que « ça va arriver à quelqu'un d'autre » si je n'arrête pas. Elle refuse de m'expliquer qui, quand, où. Comment suis-je donc supposée trouver ces réponses ?

– Comment sais-tu que quelqu'un sera tué à coups de couteau ? demanda Holiday.

– Parce qu'elle saigne abondamment et qu'on dirait que sa robe a été lacérée. Des impacts de balle, c'est rond, non ?

– Tu en as déjà vu ? s'enquit Holiday.

– À la télévision.

Holiday réprima un sourire.

– OK, je comprends pourquoi tu penses qu'il est question d'agression à coups de couteau et qu'elle essaie de te le dire. Mais souviens-toi, la première fois que Daniel est venu te voir, tu croyais qu'on l'avait accusé à tort d'un crime de guerre, non ?

Kylie retomba sur son oreiller.

– Je suis nulle là-dedans.

– Dans quoi ? demanda Holiday. Dans la communication avec les morts ? Je te l'ai dit, ce sont eux qui ont besoin d'un cours de rattrapage pour faire passer leur message.

– Pas uniquement les fantômes. Tout. Je suis nulle dans le fait de ne pas être humaine.

– Faux. (Holiday lui tapota l'épaule.) Tu t'en sors beaucoup mieux que je l'aurais cru.

Kylie posa les yeux sur la directrice.

– C'est censé être un compliment ?

Holiday gloussa.

– Oui ! (Elle marqua une pause.) Hé, si cela peut te rassurer, parfois je suis persuadée d'être nulle en tout, moi aussi.

Kylie la regarda fixement et vit une once de regret briller au fond de ses yeux.

– Cela aurait-il un rapport avec Burnett, par hasard ?

– Et si nous changions de sujet ?

Holiday laissa échapper un profond soupir, de frustration, sans aucun doute, et Kylie fut convaincue qu'il concernait Burnett.

Elle se souvint avoir expliqué à Miranda qu'elle ne devrait pas lui demander de conseils à propos des garçons, mais, sans savoir pourquoi, elle décida de jouer la franchise :

– Della avait raison ce soir quand elle disait qu'il avait l'air de compter pour toi.

Holiday tortilla sa queue-de-cheval.

– Ce qui compte pour moi, c'est la paix dans le monde. Ce qui compte pour moi, c'est la morale mutilée des hommes politiques aujourd'hui. Le fait est que beaucoup de choses comptent pour moi, et que cela ne changera rien du tout – surtout pas une histoire entre moi-même et ce vampire borné, égoïste et macho.

– Il te plaît, insista Kylie. Et n'essaie pas de le nier. Tu me l'as même avoué.

– OK, je ne le nie pas. Il a ce corps musclé et ce magnétisme de vampire qui jouent en sa faveur.

– Ça pourrait marcher si tu en avais envie.

– Je n'ai pas cette patience.

– Hum… Une personne très intelligente vient de me dire que plus une chose est difficile, plus les résultats sont gratifiants.

Holiday scruta Kylie.

– N'as-tu pas suffisamment de soucis à régler pour vouloir prendre les miens en charge, en plus ?

– Ceux des autres sont apparemment bien plus simples que les miens ! observa Kylie en souriant.

– Tu n'as jamais entendu ce proverbe sur l'herbe qui est toujours plus verte ailleurs ? Eh bien, c'est la même chose avec les problèmes. Nous avons tous nos obstacles à surmonter. Donc, et si tu surmontais les tiens et me laissais m'occuper des miens ? (Holiday plaça une mèche derrière l'oreille de la jeune fille.) Mais merci de t'en soucier.

Elle sourit et Kylie sentit de nouveau le lien se resserrer

entre elles. Elle s'était longtemps demandé ce que ce serait d'avoir une grande sœur. Elle ne put s'empêcher de se dire qu'elle n'avait jamais approché ce genre de relation de plus près.

Holiday jaugea Kylie du regard et ses sourcils s'agitèrent. Kylie savait qu'elle la testait pour vérifier si elle avait ouvert les portes de son esprit. Le premier jour au camp, elle avait découvert que les surnaturels avaient l'aptitude de lire les configurations cérébrales. Les surnaturels s'autorisaient également entre eux à lire plus profondément, pour avoir un aperçu de qui et de ce qu'ils étaient.

Pas Kylie, bien sûr. La seule configuration cérébrale qu'elle avait pu voir était celle du fantôme de son vrai père. Et si les autres surnaturels pouvaient déchiffrer celle de Kylie, elle devait encore apprendre à s'ouvrir pour qu'ils puissent la lire plus intensément.

– Tu fais tes exercices mentaux ? s'enquit Holiday.

– Oui, répondit Kylie, puis elle regarda le front de la jeune femme se plisser.

Kylie était censée méditer au moins vingt minutes par jour, mais, jusque-là, cela n'avait servi à rien, ou si c'était le cas, personne ne l'en avait informée.

– Alors ? dit Kylie, qui ne souhaitait plus passer pour le canard boiteux de service.

– Rien, tu es tendue comme un tambour. Tu as réussi à lire quelqu'un ?

– Non. Je suis peut-être une surnaturelle attardée !

Holiday roula des yeux.

– Bien au contraire. Je pense que ton cerveau se retient de t'octroyer ces pouvoirs tant qu'il ne te croit pas suffisamment capable ni mature pour les affronter.

– Me traiterais-tu d'immature ? demanda Kylie en lui tirant la langue.

– Pas immature, gloussa Holiday. Tu es plus mûre que

la plupart des filles de ton âge. (Elle retrouva son sérieux.) Mais cela ne veut pas dire que tu n'as pas beaucoup à apprendre. (Elle se leva.) Tu vas pouvoir dormir maintenant ?

– Peut-être, répondit Kylie, mais au fond d'elle, elle en doutait.

Holiday s'approcha de la porte, puis se retourna.

– Au fait, pour ce qui est de tes problèmes avec le fantôme… La prochaine fois qu'elle te rend visite, préviens-la que tu te fermeras si elle n'a rien de plus concret à te proposer. Puis fais-le. Si elle ne te donne rien de plus, change de canal. Rien n'énerve plus un fantôme que d'être ignoré. En général, ça le force à trouver une meilleure approche.

– Comment est-ce que je change de canal ?

– Concentre-toi sur autre chose. Sur ce à quoi tu as envie de penser. (Holiday leva les sourcils comme si elle venait de se souvenir de quelque chose.) Du style, embrasser Derek...

Kylie décela quelque chose dans les yeux de la directrice et comprit.

– Burnett t'a dit.

Holiday hocha la tête.

– Et je ne tiens pas à m'en mêler, mais promets-moi que tu ne fais rien que tu regretteras.

– Il ne s'est rien passé.

– Cette fois.

Holiday laissa échapper un autre de ses profonds soupirs.

Kylie s'assit un peu plus droite.

– Derek ne me mettrait jamais la pression pour faire… quoi que ce soit.

Le menton de Holiday se baissa et son regard se dirigea pile sur la jeune fille.

– Ce n'est pas à son sujet que je m'inquiète, Kylie.

Celle-ci, mise à nue, regarda ses mains. Comment Holiday devinait-elle qu'elle était à deux doigts de céder ? Puis elle se souvint que la jeune femme était exactement comme Derek : elle savait lire les sentiments. À l'évidence, rien que le fait d'être aux côtés de Derek avait fait émettre à Kylie des vibrations de désir. Oups ! Autant accrocher une pancarte autour de son cou qui proclamerait : « J'ai envie de lui ! » Charmant !

– Kylie… tu n'as aucune raison d'avoir honte. Et je ne te demande pas de ne pas… Ce que je te demande, c'est, lorsque tu prendras cette décision, de la prendre en toute connaissance de cause, après réflexion. Tu comprends la différence ?

Kylie opina.

– Bien.

Holiday sortit.

Mais une fois la porte fermée, la poitrine de Kylie s'emplit d'autres sentiments – de la gêne, de l'incertitude et une once de ressentiment. Elle voulait que ni Holiday ni personne ne connaisse ses émotions et désirs les plus intimes.

Puis elle se souvint du lien fraternel qu'elle avait noué avec Holiday, celui que Kylie appréciait plus que tout. Elle se dit que toute médaille avait son revers. Qu'une vraie grande sœur, même complètement humaine, se serait sentie obligée de parler sexe avec elle.

Lorsque Kylie laissa retomber sa tête sur l'oreiller, elle se rappela ce qu'elle avait ressenti en embrassant Derek et se demanda si elle pourrait, un jour, prendre une décision rationnelle à son sujet. D'autant plus qu'il avait le don de contrôler ses sentiments.

Socks sauta sur le matelas, et Kylie fut totalement prise au dépourvu quand elle s'imagina en train d'embrasser non plus Derek mais Lucas.

Super. Génial, même ! Elle serra son coussin si fort que

s'il avait été vivant, elle l'aurait tué. Socks laissa échapper un miaulement pathétique et se précipita au pied du lit. Kylie marmonna dans l'oreiller. Elle avait déjà bien du mal à s'endormir, et voilà que maintenant, elle devrait réfléchir longuement à toute cette histoire : Derek ou Lucas.

chapitre 6

Une heure plus tard, elle n'avait pas encore fermé l'œil. Enfin, pas plus de quelques secondes. Chaque fois qu'elle y arrivait presque, elle ressentait cette étrange sensation de flotter ou de voler. Et ce sentiment étrange la tirait brusquement de sa fragile somnolence. Une fois, juste avant de se réveiller, elle avait vu Lucas, comme si elle était sur le point de rêver de lui.

Des espèces de nuages l'entouraient et un vent froid remuait l'atmosphère brumeuse. Juste au moment où elle parvenait à le voir correctement, un autre nuage passait et le cachait. Il portait une chemise déboutonnée et le vent en soulevait le bas pour révéler sa poitrine et son ventre plat. C'était à ce moment-là que l'atmosphère nuageuse s'était mise à avancer plus vite, et que la sensation de voler s'était intensifiée et l'avait réveillée brusquement.

Reprenant son souffle, Kylie s'assit et dégagea ses cheveux de son visage. La déception s'ébaucha, mais elle la chassa. Elle ne pouvait même pas penser à l'autre rêve

« Lucas » – eux deux dans l'eau, partiellement habillés – sans rougir. Elle n'avait absolument pas besoin d'ajouter un deuxième rêve à sa liste de choses impensables.

Elle roula sur le côté et martela l'oreiller de coups de poing, comme si l'enveloppe de mousse était le responsable. Puis, assise bien droite, elle alluma et, sans savoir ce qu'elle avait l'intention de faire, elle sortit la lettre. Celle de Lucas. Celle que Holiday lui avait donnée des semaines auparavant, mais qu'elle n'avait pas lue.

Salut Kylie,

J'ai commencé cette lettre des dizaines de fois, puis je l'ai froissée et je l'ai jetée. Peut-être parce que je ne sais pas quoi dire… Il y a si peu à dire pour l'instant. Peut-être parce que je ne devrais pas t'écrire, parce qu'il… ne faut pas. Il existe tant de raisons pour lesquelles je ne devrais pas penser tout le temps à toi, des raisons qui n'ont rien à voir avec toi, qui ne concernent que moi. Je sais que ça ne veut rien dire, et si je le pouvais, je te dirais tout. Bon sang ! Si jamais les choses se passent comme je le souhaite, je pourrai t'expliquer. Pas sûr que cela change quoi que ce soit, mais si tu savais comme je l'espère !

Tu comprends pourquoi je n'arrête pas de déchirer cette lettre ? Elle n'a pas de sens, pas vrai ?

Ce qui a du sens, en revanche, c'est cela : tu es exceptionnelle, Kylie. Et je suis désolé de ne pas te l'avoir dit en face. Je suis désolé de ne pas t'avoir avoué tout de suite que je me souvenais de toi. Mais j'ai été tellement sous le choc de te voir ce premier jour au camp. Choqué et fou de joie. Tu connaissais des trucs sur moi que j'avais essayé de garder cachés – à tout le monde, moi y compris. Mes parents ont fait des choses vraiment nulles, et quand j'étais petit et que j'étais dupe, j'y ai pris largement part. Si tu savais le mal que je me donne pour oublier cette partie de ma vie !

En fait, tu étais la seule que je ne voulais pas oublier. La petite voisine blonde qui ressemblait à un ange et qui était un mystère. Qu'étais-tu ? Tu me faisais peur et tu m'intriguais à la fois, même à l'époque. Je ne comprenais pas ce que tu me faisais ressentir intérieurement. J'avais envie de tuer ces garçons qui te balançaient des pierres ; je voulais te toucher les cheveux pour voir s'ils étaient aussi doux qu'ils en avaient l'air ; les soirs de pleine lune, je t'observais, dans l'espoir que tu te transformes. Qu'en fin de compte, tu sois un loup-garou.

Je crois que je viens de comprendre pourquoi je devais t'écrire cette lettre. Pour que tu saches ce que tu signifiais pour moi, au cas où je n'arriverais jamais à te le dire en face. Maintenant, si je parvenais à la mettre dans une enveloppe avant de décider que c'est idiot et de la jeter à la poubelle…

Je pense à toi,

Lucas

P.-S. : Rêve de moi.

Sa dernière phrase résonnait dans sa tête… « Rêve de moi. » S'il savait…

Puis les vestiges de sa colère chassèrent tous les autres sentiments de Kylie. Que voulait-il dire au juste par « Rêve de moi » ? Rêver de lui en train de faire quoi ? De jouer à saute-mouton avec Fredericka ?

Kylie rangea la lettre dans l'enveloppe, puis dans le tiroir. Croyait-il que cette lettre la réconforterait ? S'il la trouvait exceptionnelle à ce point, pourquoi avait-il dû s'enfuir avec Fredericka ? Pourquoi n'avait-il même pas tenté de le lui expliquer dans son courrier ? Pourquoi toutes ces cachotteries ?

Croyait-il qu'elle ne saurait pas que Fredericka était avec lui ? Croyait-il que cela n'avait aucune importance ? Il avait reconnu avoir couché avec cette fille. Il avait reconnu qu'elle pensait qu'ils formaient un couple. Et à présent, il s'enfuyait avec elle. Comment pouvait-il s'imaginer que cela ne bouleverserait pas Kylie ? Les hommes n'étaient-ils tous que des chiens ? Non… attendez… tous des loups ?

Non, elle devait vraiment oublier Lucas. Aller de l'avant. Et c'était exactement ce qu'elle avait l'intention de faire. Elle éteignit la lumière et se laissa retomber sur son oreiller. Puis elle eut une vision de Lucas et du loup-garou en pleins ébats, et elle redonna un dernier coup de poing à son oreiller.

Le lendemain matin, Kylie dut se tirer du lit pour s'habiller et se coiffer. Elle avait essayé de se rendormir après s'être réveillée à l'aube avec le frisson glacial de la visite de l'esprit. Cela n'avait pas marché. À présent, après seulement une heure ou deux de sommeil, elle aurait vraiment voulu enfouir sa tête sous l'oreiller et ignorer le train-train quotidien. Qui avait besoin d'un truc comme le petit déjeuner ou même de se nourrir ? Elle laissa retomber ses fesses sur son lit.

Elle s'était presque rendormie quand une pensée la réveilla complètement. N'avait-elle pas faim parce qu'elle avait bu du sang la veille au soir ? Perdait-elle déjà son appétit de nourriture humaine ?

– Tu viens ? cria Miranda.

– Ouais, j'arrive.

Elle retomba sur l'oreiller, fixa le plafond du regard et essaya de déchiffrer tout ce que cela lui inspirait dans la lumière matinale. D'accord, l'idée de devenir un vampire ne lui semblait plus la fin du monde, mais cela restait encore une grosse calamité. De plus, elle avait besoin de savoir. Elle avait le droit de savoir ce qu'elle était.

– Tu viens au siècle prochain ? hurla Della, trois minutes plus tard.

En la traitant de tous les noms entre ses dents, Kylie entreprit de s'asseoir.

– Toi-même ! lui cria Della en retour.

Kylie inclina la tête et écouta les bruits tout autour d'elle pour vérifier si son ouïe était devenue supersonique dans la nuit. Mais pas du tout, elle n'entendait pas mieux que la veille. Holiday pouvait donc avoir raison : qu'elle aime le sang ne voulait pas dire que Kylie était un vampire.

Ou du moins pas encore.

En se forçant à se relever, elle passa une main dans sa chevelure, avant d'aller affronter ses colocs et la journée qui l'attendait.

– Bonjour à toi aussi ! lui lança Miranda, comme Kylie sortait de sa chambre sans dire un mot à ses amies.

Kylie lui adressa un sourire feint. Puis elle fit ce qu'elle faisait tous les matins : elle scruta Miranda, agita les sourcils et regarda intensément son front dans l'espoir de déchiffrer sa configuration. Mais rien. Juste un tout petit bouton à la naissance de ses cheveux. Kylie se garderait bien de le lui dire – à tous les coups, son amie péterait un plomb.

– Quelle pêche tu as, ce matin ! railla Della en les rejoignant.

– Mal dormi, répondit Kylie.

– Moi aussi ! lança Miranda en poussant un soupir pathétique. Que vais-je faire si Perry apprend que Kevin m'a embrassée ?

Della gloussa.

– Partir te cacher en courant avant qu'il ne se transforme en dragon cracheur de feu et ne te brûle les fesses.

– Je suis sérieuse ! rétorqua Miranda d'un ton sec.

– Parce que tu crois que moi, je ne le suis pas ?

Miranda la foudroya du regard.

Della haussa les épaules comme si elle cédait et se dirigea vers la porte.

– D'abord, tu dois décider ce que tu veux faire.

– Comment ça ? dit Miranda quand elles sortirent du bungalow.

Puis, en attendant que sa coloc réponde, Miranda se retourna et agita la main de haut en bas devant la porte pour mettre en place un sortilège de protection.

La sorcière avait commencé la semaine précédente, au prétexte qu'elle sentait qu'une présence importune essayait d'entrer. Une partie de Kylie se demandait si c'étaient les fantômes que son amie souhaitait tenir à distance. Mais ça ne fonctionnait pas. Tous les matins, dès l'aube, le froid réveillait Kylie.

– Ce que je veux dire, reprit Della, c'est : vas-tu te mettre à aimer Kevin ou as-tu l'intention de traîner avec le métamorphe dans l'espoir que Perry…

– Stop ! Laisse tes hormones en dehors de notre discussion ! lança Miranda en menaçant la jeune fille du doigt.

Della descendit le reste des marches en sautant, puis leva les yeux sur Miranda, faussement innocente.

– Je ne comptais pas parler de mes hormones !

Au sourire sur le visage de Della, Kylie comprit que le vampire mentait. Quoi qu'il en soit, cette dernière avait marqué un point.

– Elle a raison. (Kylie ajouta son grain de sel.) Tu dois te décider.

Miranda se renfrogna et attacha ses cheveux. Elles marchèrent quelques minutes en silence. La sorcière semblait réfléchir.

– Mais je ne suis pas obligée de prendre cette décision, genre… maintenant, tout de suite, si ? Parce qu'il y a une chance que Kevin oublie juste que ça s'est passé… Ce n'était même pas un super baiser !

– Salut, Miranda !

La voix venait d'une centaine de mètres derrière elles. Les filles se retournèrent en même temps et se retrouvèrent face au médiocre embrasseur qui descendait le chemin.

– Raté, il ne risque pas d'oublier ! rétorqua Della avant de renifler. Et vaut mieux pas que je te parle de ses hormones en ce moment ! Ce mec est raide dingue de toi !

– Vraiment ? dit Miranda. Je croyais que tu ne pouvais

pas lire les hormones et les phéromones d'un métamorphe ? Quand Perry était un oiseau, tu as dit…

– Que je ne savais pas ce que sentaient les oiseaux en chaleur. Mais dans leur état naturel, les métamorphes polluent l'air avec leur désir sexuel comme n'importe qui.

Elle agita une main devant elle.

Miranda laissa aller son regard de Della à Kevin, qui s'approchait d'elles.

– Salut !

Il s'arrêta pile devant les filles. Kylie n'avait pas vraiment remarqué le jeune homme auparavant, mais elle le trouvait plutôt canon dans son genre. Loin d'être aussi beau gosse que Derek, mais il avait du charme. Il était même plus mignon que Perry, mais Kylie aimait bien ce dernier ; plus les semaines passaient, et plus le métamorphe lui plaisait.

– Tu as bien dormi ? demanda Kevin à Miranda, en fourrant ses mains dans les poches de son short en treillis.

Kylie remarqua que son tee-shirt marine était un peu grand pour sa silhouette moyenne. Ses cheveux, d'un blond foncé, étaient plutôt longs sur les côtés. Il se fendit d'un large sourire et ses yeux bleus se posèrent directement sur Miranda, avec un romantisme évident.

– Ouais, répondit Miranda, ce qui était un mensonge, et Kylie constata que Della roulait des yeux.

– Je me suis dit que l'on pourrait prendre le petit déjeuner tous les deux, lança Kevin.

– D'accord.

Miranda regarda Kylie, comme pour lui demander si elle trouvait que sa réponse était une erreur.

Kylie ne savait quoi penser, elle se contenta donc de sourire nonchalamment. Pas de doute, si Perry apprenait que Miranda et Kevin sortaient ensemble, il en souffrirait. Si Kylie n'avait pas peur de Perry, bien d'autres campeurs redoutaient ses pouvoirs. Par conséquent, faire du mal à Perry n'était pas forcément une très bonne idée. Mais Kylie vit ensuite Miranda rougir, et elle constata également que sa copine se tenait un peu plus droite. À tort ou à raison, l'intérêt que Kevin lui portait faisait des merveilles sur le capital de confiance de son amie.

Quand Miranda et Kevin partirent devant, Della et Kylie restèrent plantées en arrière, sans rien dire, jusqu'à ce que les amoureux prennent le virage dans le sentier qui leur offrait un peu d'intimité.

– T'en penses quoi ? demanda Kylie à Della alors qu'elles marchaient lentement pour ne pas les rattraper.

– J'en pense que tôt ou tard, ils seront dans la merde jusqu'au cou !

– Ouais, mais tu as remarqué comme ses yeux s'illuminaient ? s'enquit Kylie. Ça fait toujours plaisir, de se sentir aimée ! Peut-être que Perry le verra et se rendra compte qu'il doit se bouger les fesses !

– C'est là que nous serions dans la merde ! On ne joue pas avec les sentiments d'un métamorphe, surtout pas aussi puissant que lui. Crois-moi, c'est un miracle que Perry ne se soit pas transformé en sanglier et ne t'ait pas encorné le derrière, le soir où tu lui as tiré l'oreille. C'est la première chose que Chan m'a expliquée sur le monde des surnaturels. Méfie-toi des métamorphes, ce sont des durs à cuire.

Soudain, Della pencha la tête de côté, tout ouïe.

– Oh merde ! Ce sera plus tôt que tard !

– Quoi ? demanda Kylie, mais son amie ne répondit pas.

Della avait disparu. Kylie ne comprit que lorsqu'elle entendit Miranda hurler et qu'un mugissement grave ponctua l'air matinal.

Courant de toutes ses forces, extrêmement plus vite qu'un mois plus tôt, Kylie parvint juste à temps au sentier en V pour voir deux énormes ours noirs se donner des coups de griffes.

Della tenait Miranda, qui essayait de s'échapper comme si elle voulait séparer les deux bêtes qui se battaient. Kylie mit une demi-seconde pour se rendre compte que ce n'étaient pas deux ours géants comme les autres. Pas du tout. Ce devait être Perry et Kevin.

Quand le plus gros griffa l'épaule de l'autre et que du sang gicla sur le chemin cendré, Kylie hurla :

– Arrêtez !

Elle aurait obtenu plus d'attention de la part d'un mur de briques. Les deux animaux en rage continuaient à se rouer de coups. Soudain, des étincelles emplirent l'air et l'un des ours se métamorphosa en lion, de la taille d'une fourgonnette. Il rugit si fort que Kylie eut mal aux oreilles. En quelques secondes, l'autre se transforma aussi en lion, mais plus gros que le premier. Entre deux rugissements perçants, on entendait le bruit de crocs qui s'entrechoquaient, et du sang mouilla la terre sèche sous leurs pattes.

Kylie ne savait pas si les dégâts causés par les deux métamorphes étaient permanents ou si, lorsqu'ils se retransformeraient, ils disparaîtraient. Quand un des lions attrapa l'autre par la gorge, elle se rendit compte qu'elle ne pouvait pas rester sans rien faire à regarder ces deux-là s'entretuer. Sans réfléchir aux conséquences, elle se jeta dans la mêlée, empoigna le plus gros par la crinière et le tira le plus fort possible.

– Ne fais pas ça ! hurla Della.

Si Kylie ne pouvait pas la voir, elle se doutait bien que Della s'adressait à elle. Et juste au moment où elle envisagea d'écouter les conseils de son amie, l'énorme chat se dressa sur ses pattes arrière et l'entraîna avec lui. Les deux poings mêlés dans les poils roux de la bête, Kylie virevolta en l'air. Le lion ouvrit la gueule. Du sang gouttait de ses dents, et il rugit avec une fureur comme Kylie n'en avait jamais entendu. Les yeux furieux du félin se reposèrent sur elle.

Elle les vit passer de l'or foncé au pourpre. À cet instant, elle comprit que c'était Perry.

– Repose-moi et arrête de te battre ! hurla-t-elle.

En ce moment précis, l'autre félin chargea Perry sur le flanc. Le coup fit reculer Perry dans une secousse, et Kylie faillit lâcher sa crinière. Elle regarda par terre, à deux bons mètres sous elle. La chute serait sûrement douloureuse et elle pourrait bien se casser un os, mais elle survivrait. Toutefois, sa chute la positionnerait exactement dans la trajectoire des coups de patte furieux de Kevin et de ses redoutables mâchoires. Survivre risquait d'être un peu plus difficile. Elle resserra donc son étreinte sur la crinière à laquelle elle s'accrochait désespérément.

Perry secoua la tête, comme pour se débarrasser de sa présence. Kylie se balança de droite à gauche, comme une peluche mal-aimée dans les mains d'un enfant en colère. Les doigts de Kylie glissèrent. Elle jeta un coup d'œil en bas, tâcha de trouver une échappatoire, mais se ravisa en voyant les mâchoires de Kevin s'enfoncer dans le ventre soyeux de Perry. Resserrant sa prise sur l'épaisse crinière, elle donna un coup de pied à l'attaquant pour l'empêcher de tuer Perry. Kevin se recula et Kylie vit du sang ruisseler de sa gueule.

Perry rugit, de douleur ou de fureur. Peut-être des deux.

Elle entendit Della crier quelque chose. Puis elle la sentit filer devant elle, comme pour essayer de la sauver, mais chaque fois qu'elle passait, Perry changeait de direction et mettait Kylie hors de portée de son amie.

– Ça suffit ! hurla Kylie aux lions. Arrêtez, vous deux ! Arrêtez, sinon j'appelle les anges de la mort !

À peine eut-elle prononcé ces mots que la température baissa autour d'elle. L'air dans sa gorge était glacial. Sa menace dans le vide résonnait à ses oreilles. Elle ne put s'empêcher de s'interroger : avait-elle réellement le pouvoir de convoquer les anges de la mort, ou était-ce juste Daniel ou un autre fantôme qui se faisait connaître à un moment inopportun ?

Ou peut-être opportun.

Daniel ne l'avait-il pas aidée dans le passé ? D'un seul coup, ça ne compta plus, parce qu'elle vit des étincelles orange vif surgir autour de Kevin. Perry leva sa patte droite comme pour attaquer Kevin pendant qu'il se transformait.

– Ne fais pas ça, Perry ! ordonna Kylie.

Celui-ci rugit comme s'il se plaignait, mais il retomba sur ses quatre pattes. Kylie relâcha sa crinière et sauta. Elle atterrit en déséquilibre sur les pieds, puis tomba sur les fesses. Quand elle leva les yeux, des étincelles apparurent autour de Perry et elle le vit reprendre sa forme humaine. Avec des vêtements – ouf !

Il baissa sur elle des yeux étincelant d'un jaune vif, tandis qu'une rage noire se lisait encore sur son visage. Mais il ne saignait pas.

– C'était stupide de ta part. Ne jamais, jamais se mêler d'une bagarre entre métamorphes. Tu aurais pu mourir !

– Tu m'engueules ? demanda Kylie, sidérée qu'il ait le culot de la réprimander. Ce n'est pas moi qui ai tenté de déchiqueter mon coloc ! Et je voulais juste te protéger.

Elle s'appuya sur une hanche et frotta son derrière meurtri.

– Je n'ai pas besoin de protection.

La voix de Perry était tonitruante et son regard se posa aussitôt sur Miranda.

Jetant un coup d'œil sur Kevin, Kylie s'aperçut que sa métamorphose prenait plus de temps que celle de Perry. Dès que Kevin réapparut, il s'éloigna de l'autre garçon.

– Ce n'est pas terminé. Nous finirons ça plus tard ! lança Perry à Kevin, la voix proche d'un rugissement.

– Bien, répondit Kevin en fixant Perry du regard.

Kylie crut presque qu'ils allaient recommencer, mais Kevin tourna les talons.

Kylie se rendit compte qu'il fallait beaucoup de courage pour tourner le dos à Perry quand vous veniez d'arracher un morceau de son ventre. Mais le fait que Kevin parte sans un regard pour Miranda une seule fois ne lui laissa pas le moindre doute sur qui était le plus puissant des deux.

Une fois que Kevin eut disparu dans les bois, Kylie attendit que Perry dise quelque chose à Miranda, mais personne ne parla. Au loin, les oiseaux entonnèrent de nouveau leur chant.

– Tu vas bien ? s'enquit Miranda.

Kylie leva les yeux pour lui assurer que oui, mais elle comprit que son amie ne lui adressait pas la parole à elle, mais à Perry. Kylie le dévisagea. Il semblait en forme. Pas une seule égratignure. Ce qui signifiait que quand les métamorphes reprenaient leur apparence humaine, ils guérissaient de toutes les blessures subies sous leur forme animale. Et, donc, que Kylie s'était jetée au beau milieu de la bagarre et retrouvée avec des bleus au derrière pour rien. Elle aurait pu les laisser se mettre en pièces. Elle aurait dû.

Génial. Toujours assise par terre, elle regarda Miranda se rapprocher de Perry.

– Pourquoi tu as fait ça ? (Miranda semblait à moitié honorée qu'il se soit battu pour elle et à moitié énervée parce que, euh… il s'était battu pour elle.) Dis-moi.

Elle se rapprocha encore de lui.

– J'en avais envie, gronda Perry en retour.

Sa rage était devenue apparente : son corps s'était raidi à la minute où elle s'était rapprochée. Ses cheveux blonds pendouillaient en vrac sur son front en sueur. Ses yeux furent bleus une seconde, avant de redevenir vert vif.

Il continuait à avoir l'apparence féroce d'un lion en colère – disparu, le boute-en-train de service, le type qui avait toujours quelque chose de drôle ou de sarcastique à dire !

Et pour la première fois, Kylie comprit pourquoi tout le monde avait un peu peur de lui.

– Tu n'as pas fait ça pour moi ? demanda Miranda, qui ne comprenait manifestement pas la fureur qu'il portait comme une deuxième peau. Parce que tu étais jaloux ?

Perry ne lui répondit pas. Il se contenta de la scruter et posa sa propre question :

– Alors, c'est vrai ?

– Qu'est-ce qui est vrai ?

– Tu l'as embrassé ! lança Perry. Je ne l'ai pas cru quand il me l'a raconté. Je pensais qu'il voulait juste m'énerver, mais il n'a rien inventé, n'est-ce pas ? Tu l'as vraiment fait. Tu l'as embrassé.

Les yeux de Miranda s'agrandirent quelque peu.

– Oui.

Le silence plana dans l'air matinal chaud.

– Non, lâcha-t-elle étourdiment, et elle secoua la tête, ses mèches de cheveux roses, vertes et noires se mêlant à chacun de ses mouvements. Je ne l'ai pas embrassé. Il m'a embrassée.

– Mais tu lui as rendu son baiser, l'accusa-t-il.

Kylie retint son souffle. Della vint se poster à côté d'elle et lui tendit la main. Kylie accepta son aide et, une fois debout, elle frotta de nouveau son derrière.

– Réponds-moi ! exigea Perry.

Kylie reposa les yeux sur Miranda et Perry. La tension qui émanait du couple semblait aspirer tout l'oxygène dans l'air et il devenait presque impossible de détourner les yeux.

– Ça sent le roussi ! observa Della.

chapitre 7

Kylie croisa les doigts pour que toute cette histoire connaisse un dénouement heureux. Et pour que la seule chose qui sente le roussi, ce soit ses fesses endolories.

– Sois honnête, exigea Perry.

Miranda hésita avant de répondre.

– Je... je ne l'ai pas embrassé.

Della rapprocha sa tête de l'oreille de Kylie et murmura :

– Elle ment.

Perry avança d'un pas vers Miranda et la sonda comme s'il essayait de décider s'il la croyait.

– Pourquoi est-ce que je ne te crois pas ? (Il marqua une pause.) Et même si tu ne l'as pas embrassé, tu ne l'en as pas empêché.

Miranda hésita, puis ses épaules s'affaissèrent, comme si elle abdiquait, et Kylie comprit qu'elle avait choisi de jouer franc-jeu.

– Non, je ne l'ai pas arrêté. Et, oui, peut-être que je l'ai un peu embrassé. Mais...

– C'est tout ce que j'ai besoin de savoir.

Une douleur brute et amère emplit les yeux de Perry qui changèrent de couleur et, l'espace d'une seconde, Kylie ne pensa qu'à cette même souffrance qu'elle avait ressentie lorsqu'elle avait croisé Trey avec sa nouvelle copine collée à lui. Puis il y avait eu l'épreuve de voir Mandy embrasser Derek. Sans oublier le jour où elle avait appris que Lucas s'était enfui avec Fredericka.

– Ce n'est pas juste ! lança Miranda.

– Ce n'est pas juste, mais c'est surtout dommage, dit Perry. Ça aurait pu être bien entre nous.

Il tourna les talons et s'en alla.

Il devait avoir parcouru une centaine de mètres lorsque Miranda lui cria :

– Ça ne t'intéresse pas de savoir pourquoi je ne l'ai pas arrêté ?

Perry se retourna :

– Ce qui m'intéresse, c'est surtout de savoir pourquoi tu crois que ça pourrait m'intéresser.

Les paroles de Perry interloquèrent Miranda. Elle fit plusieurs pas vers lui.

– J'ai laissé Kevin faire parce que… j'en avais marre d'attendre que tu m'embrasses.

– Vraiment ?

Perry parcourut les quelques mètres qui le séparaient de la jeune fille. Il passa son bras droit autour d'elle et l'attira contre lui. Il ne marqua pas de pause, n'hésita pas une seconde. Il l'embrassa, mais ce ne fut pas un simple bisou sur la bouche. Kylie se dit qu'il s'agissait d'un vrai baiser, comme celui de Derek, la veille au soir. Le genre de baiser qu'une fille pouvait sentir jusqu'à ses orteils. Et vu comme Miranda se collait à lui, Kylie devina que les orteils de celle-ci ne restaient pas insensibles, eux non plus.

– Waouh ! murmura Kylie, et elle sourit.

– Oui, waouh ! (Della s'approcha d'elle.) Je crois que Perry vient de s'en faire pousser une paire !

Kylie se mordit la langue pour ne pas rire.

– Si c'était un film, il y aurait une musique de fond.

– Je pourrais chanter ! proposa Della.

– Et tout gâcher, rétorqua Kylie d'un ton taquin. Je t'ai entendue sous la douche.

Tout sourire, elles contemplèrent le couple qui s'embrassait.

Perry fit tomber ses bras et recula d'un pas. La soudaineté avec laquelle le baiser s'était achevé semblait déplacée. Et Kylie ne fut pas la seule à le penser. Miranda eut bien du mal à comprendre, elle aussi.

Perry regarda fixement Miranda ; son expression n'était pas vraiment celle que l'on pourrait trouver sur le visage d'un type qui venait d'échanger un baiser torride avec une fille. La colère et la douleur que Kylie avait remarquées plus tôt dans son regard n'avaient pas été balayées par le baiser. Perry paraissait même encore plus furieux.

– Ça, lança Perry dont le ton s'accordait à l'émotion visible dans ses yeux, c'était juste pour te montrer que ça aurait valu le coup de m'attendre.

– « Aurait » ? fit Miranda, la voix tremblante.

– Ouais, « aurait ».

Perry tourna les talons et s'en alla. Mais il tendit la main droite et lui fit un doigt d'honneur.

– Qu'est-ce que c'était censé vouloir dire ?

– Devine ! cria-t-il sans s'arrêter.

Miranda se retourna d'un coup vers Kylie et Della. Elle porta une main à ses lèvres et ses yeux brillèrent d'humidité.

– Oh mince ! lança Kylie, le cœur serré pour son amie.

– Enfoiré ! hurla Della à Perry.

Holiday dévala le sentier. Elle s'arrêta, les regarda toutes les trois, puis Perry qui s'en allait.

– Que s'est-il passé ? demanda-t-elle.

– Rien, répondit Della.

Holiday laissa aller son regard de Della à Miranda, larmoyante, qui, paralysée sur place, observait Perry, au loin. Puis la directrice reposa les yeux sur Della.

– J'ai tout entendu.

– OK… alors presque rien, dit Della, avant de hausser les épaules.

Holiday, comme si elle lisait en elle le chamboulement affectif de Miranda, s'approcha et la prit dans ses bras.

– Viens, allons discuter.

– Que fais-tu ? demanda Della en entrant dans la cuisine d'une démarche chancelante à 2 heures du matin.

Kylie leva les yeux de l'écran de l'ordinateur.

– J'emploie les grands moyens.

Della recula d'un pas.

– Serais-tu en train de refaire un de ces rêves géniaux ?

Kylie sourit.

– Non. Je cherche combien il y a de Brighten à Dallas.

– Combien de quoi ?

Della s'assit à la table de la cuisine.

– De Brighten. Le nom de mon père, c'était Brighten, et ma mère m'a raconté que ses parents vivaient à Dallas quand ils se sont rencontrés. Comme Daniel est incapable de m'expliquer ce que je suis, il me faudra le découvrir toute seule.

– Mais… je croyais… Tu ne m'as pas dit qu'il avait été adopté ?

– Si. (Kylie reposa les yeux sur l'écran et fronça les sourcils.) Zut ! Il y a plus de cent Brighten dans la circonscription de Dallas ! Qui aurait cru que c'était un nom aussi populaire ?

– S'il a été adopté, alors en quoi cela t'aidera-t-il à trouver ce que tu es ?

Della se pencha pour regarder l'écran.

– Peut-être que cela va m'aider à retrouver ses vrais parents.

– J'adorerais être une petite souris quand tu auras cette conversation : « Salut, papy et mamie ! Je suis la petite-fille dont vous n'avez jamais su l'existence, mais moi, je sais que vous avez adopté mon père qui est mort avant ma naissance, et je me fiche bien de vous, en fait, je souhaite juste connaître mes vrais grands-parents. »

Kylie regarda Della d'un air renfrogné.

– Tu m'es d'une grande aide, vraiment ! railla-t-elle.

– J'appelle juste un chat un chat…

– Eh bien, je ne préférerais pas.

Kylie ferma les yeux et tâcha de se raccrocher à l'infime espoir qui lui restait. Mais au fond d'elle, elle craignait que Della ait raison. Les chances de trouver les bons Brighten étaient quasi nulles. Et pour les pousser à lui parler des parents biologiques de Daniel alors qu'elle n'aurait même pas dû savoir qu'il avait été adopté, il faudrait sûrement plus qu'employer les grands moyens.

– Hé, dit Della en lui donnant un petit coup de coude dans l'épaule, imprime ces numéros, et Miranda et moi pourrons t'aider à les appeler.

Kylie reposa les yeux sur elle.

– Tu ferais ça ?

– Tu m'as donné ton sang.

– Ouais, c'est vrai, acquiesça Kylie.

Elle regarda de nouveau l'écran, puis elle lança l'impression.

– Laissez-moi partir ! Laissez-moi partir !

Deux matins plus tard, quelque chose réveilla Kylie en sursaut. Ne comprenant pas très bien pourquoi elle se débattait dans son propre lit, elle ouvrit les yeux d'un coup. La buée que formait son souffle flottait au-dessus de son visage en décrivant des motifs semblables à des serpents. L'air glacial dans la pièce lui donna l'heure : l'aube.

Elle remonta la couette sur son cou et ferma les yeux. Et boum ! Le rêve qu'elle venait de faire revint l'écraser.

« Laissez-moi partir ! Laissez-moi partir ! »

Elle entendit son hurlement en écho, comme s'il se réverbérait depuis les recoins sombres de sa chambre. Son cœur battait la chamade, martelait les os de sa poitrine comme un animal pris au piège. Papam, papam.

Elle serra la couette dans ses mains et se battit mentalement pour que le rêve ne l'emporte pas de nouveau. Ses efforts furent vains. Le rêve devint sa réalité.

Des liens lui entaillèrent les bras quand on essaya de la ligoter. Cillant, elle tâcha de faire la mise au point, mais sa vision semblait affaiblie. Tout paraissait affaibli. Elle avait la tête qui tournait. Elle compta une, deux, voire trois silhouettes floues qui se tenaient au-dessus d'elle. Elle balança les jambes en l'air, mais une mollesse irrésistible entrava sa force.

Elle tira sur les cordes, mais les silhouettes qui se dessinaient indistinctement se multiplièrent. Leurs mains attrapèrent ses jambes plus vite qu'elle ne pouvait les bouger. Les liens autour de ses poignets se resserrèrent. Incapable de remuer, elle regarda, horrifiée, une autre silhouette floue s'approcher d'elle, armée d'un couteau.

– Non !

Son hurlement la tira de son cauchemar. Ouvrant les yeux subitement, elle serra le poing et fixa le plafond, craignant que si elle battait des cils, on vienne la reprendre.

– Juste un rêve, juste un rêve.

Elle répéta les mots inlassablement. Roulant sur le côté, elle tâcha de se lever, mais les vertiges de son rêve tourmentaient à présent son corps pour de bon. Elle retomba sur son lit.

– Juste un rêve, juste un rêve.

Elle compta ses inspirations, ses expirations, et ce ne fut que lorsque la température chuta dans la pièce qu'elle essaya de se relever. La vague de stupeur était passée, mais la panique persistait. Son esprit passa en revue les images effrayantes. Puis elle se rendit compte, horrifiée, que dans le rêve, elle était la femme. Elle était le fantôme.

Elle s'empara de son jean et l'enfila sous sa chemise de nuit. Sans prendre la peine de mettre des chaussures, elle sortit de sa chambre à la hâte, puis du bungalow. Son cœur continuait à battre la chamade quand elle parvint au pied des marches extérieures. En dépit de l'heure, l'obscurité planait comme une grande cape sur le ciel ; seule une faible lueur déchirait l'horizon, à l'est.

Elle fixa le chemin qui menait chez Holiday, puis se souvint que celle-ci avait déclaré qu'elle se rendait au bureau dès l'aube.

Virevoltant sur elle-même, Kylie descendit le sentier en courant. La facilité et la vitesse avec lesquelles elle avançait auraient dû la réconforter, mais elles ne servirent qu'à lui rappeler que tout changeait dans sa vie. Et elle n'avait pas la moindre idée de l'endroit où ces changements allaient la mener.

Elle se trouvait à mi-chemin du bureau quand ses poumons finirent par réclamer plus d'oxygène. Respirant profondément, elle plia légèrement les genoux et posa les paumes sur ses cuisses. Fixant du regard ses pieds nus, elle se démena pour empêcher les images de ses rêves de repasser comme un mauvais film dans sa tête.

– Juste un rêve, murmura-t-elle dans le silence obscur.

Et ce fut à ce moment-là qu'elle le remarqua. Le calme. Le silence de mort.

Le genre de silence qui signifiait qu'elle n'était pas seule. L'absence de froid lui indiqua que ce n'était pas un esprit. Elle se souvint du vampire qui avait osé pénétrer dans le camp. Celui qui, aux dires de Burnett, aurait pu la croquer si telle avait été son intention. Avait-il changé d'avis ?

Elle se tint bien droite. Son premier instinct fut de courir.

Son deuxième, de hurler.

Son troisième, moins fort que les deux premiers, fut de se comporter en grande fille et d'affronter qui que ce fût – ou quoi que ce fût.

Avant qu'elle n'envisage pleinement l'option numéro trois, le monde autour d'elle se réanima. Trouvant du réconfort dans le chant des grenouilles, d'un oiseau de-ci de-là, et le gazouillement des insectes, elle chassa la panique de sa poitrine. Pas de doute, ces derniers jours l'avaient rendue légèrement méfiante. Une seconde de silence dans la symphonie de l'aube ne voulait pas dire qu'on la suivait.

En tout cas, pas un vampire. Pour une raison quelconque, elle se rappela… Elle posa les yeux sur le bord du chemin, où des arbres se dressaient de manière imposante, comme s'ils gardaient les bois. Pas d'yeux dorés de loup qui la regardaient fixement dans l'obscurité. Pas de créatures de la nuit non plus. À l'évidence, la seule chose qui la suivait en ce moment, c'était sa propre paranoïa. Renforcée par le cauchemar.

Expirant l'oxygène qu'elle retenait depuis longtemps, elle reprit le sentier dans l'autre sens. Elle avait parcouru quelques mètres quand elle l'entendit. Avant qu'elle ne puisse réagir, le coup de vent de début de matinée passa devant elle à toute allure.

Prête à sauver sa peau, ne pensant qu'aux vampires escrocs et déterminée à prouver qu'elle n'était pas une proie facile, elle leva les bras.

Alors elle le vit.

Pas un vampire.

L'immense oiseau – un croisement entre un grand héron bleu et une créature qui avait dû exister à la préhistoire – posa ses pattes devant elle. Il battit de ses ailes, qui devaient avoir une envergure de deux mètres. Choquée et incrédule, Kylie haletait. La chose la dominait d'une bonne soixantaine de centimètres. Sans savoir que faire, Kylie recula d'un pas. Les étincelles se formèrent immédiatement.

Croisant les bras sur sa poitrine, elle se sentit idiote de ne pas avoir deviné sur-le-champ.

– Ce n'était pas drôle, siffla-t-elle lorsque Perry apparut.

– Qu'est-ce qui n'était pas drôle ? demanda-t-il sur un ton sérieux qu'elle avait rarement entendu chez lui.

– Tu m'as fichu une de ces trouilles… c'est tout. J'en ai plus que marre de…

– Désolé. Je ne voulais pas te faire peur. Je t'ai vue courir. Je tenais à m'assurer que tout allait bien.

Elle ignorait si c'était son ton ou son expression, mais elle savait qu'il lui disait la vérité. Il ne lui faisait pas de farce. Il était réellement inquiet.

– Tout va bien.

Pourtant, quand elle regarda ses yeux plus attentivement, elle se rendit compte que rien n'allait.

Perry, le boute-en-train de service, souffrait énormément. Kylie voyait cette même douleur qu'elle avait vue dans les yeux de Miranda. Et c'était tellement bête ! S'ils tenaient tant l'un à l'autre, pourquoi ne passaient-ils pas outre à toute cette histoire avec Kevin ?

– Elle t'aime vraiment bien, Perry, déclara Kylie.

– Elle aime bien Kevin, aussi.

– Elle n'aime pas Kevin. Il l'a embrassée, c'est tout. Et vous deux ne sortiez même pas ensemble.

– Elle savait qu'elle me plaisait. Je m'asseyais à côté d'elle presque tous les jours au déjeuner.

– Ouais, mais un petit copain est censé faire plus que s'asseoir à côté de toi au déjeuner.

– Je sais, rétorqua-t-il, piqué au vif. Et j'aurais… j'attendais simplement le bon moment.

– Et pourquoi maintenant, ce n'est pas le bon moment ?

– C'est trop tard, répondit-il.

Elle secoua la tête.

– Tu vas laisser un baiser se mettre entre toi et quelqu'un qui compte vraiment à tes yeux ? Serais-tu à ce point…

– Têtu ? finit-il. Oui, c'est aussi ça, être un métamorphe. Ce à quoi tu ne connais absolument rien, manifestement, vu que tu as failli te faire tuer.

– Mais si elle compte pour toi, alors…

– Comptait, rectifia-t-il. Elle comptait pour moi. Miranda appartient au passé. (De petites étincelles de lumière se mirent à se former autour de lui.) Oh, reprit-il, merci d'avoir essayé de me protéger l'autre matin. Mais, sérieusement, ne recommence plus jamais.

L'oiseau géant réapparut. Quand il passa devant Kylie, le battement de ses ailes fit voler ses cheveux et, en même temps, une douleur intense palpita au creux de son ventre.

Quand Kylie prit le dernier virage, elle tomba sur la lumière dorée qui inondait la fenêtre du bureau. Elle s'arrêta et se contenta de la regarder, en se souvenant de l'expression morne dans les yeux de Perry et en souhaitant la changer.

Gravissant les marches, elle ouvrit la porte et cria le nom de Holiday afin que celle-ci ne s'inquiète pas et sache qui lui rendait visite à cette heure indue.

– Dans mon bureau ! hurla-t-elle.

Kylie entra dans la pièce. Holiday lui fit signe de s'asseoir. La jeune fille se laissa tomber sur la chaise.

– Tu vas bien ? demanda la directrice en passant un tas de lettres en revue.

Kylie soupira.

– Miranda déprime encore. Je viens de rencontrer Perry et j'ai essayé de lui parler, mais il refuse de m'écouter. Pourtant, il a l'air aussi abattu que Miranda. Il ne plaisante même plus. Della va avoir ses règles et, du coup, elle n'a plus de patience vis-à-vis de Miranda qui ne souhaite que manger de la glace en pleurnichant parce qu'elle a perdu Perry.

Kylie s'arrêta une seconde pour reprendre son souffle. Puis elle poursuivit. Elle radotait, mais c'était plus fort qu'elle.

– Mais ce n'est pas vraiment Miranda ni son syndrome prémenstruel qui mettent Della dans un tel état. C'est l'idée de rentrer chez ses parents pour le week-end. Or Miranda, même quand elle ne déprime pas, n'a jamais aimé les sautes d'humeur de Della. Du coup, maintenant, ces deux-là menacent de s'arracher le cœur et de le donner à manger à mon chat. En fait, non, je crois que Della voulait le foie de Miranda, et Miranda, le cœur de Della. Donc, pour répondre à ta question... non, rien ne va.

Holiday leva les yeux de son courrier et dit un seul mot :

– Intéressant.

– Qu'est-ce qui est intéressant ?

Kylie se revit vaguement dans le bureau du docteur Day, quand celle-ci l'analysait.

Holiday reposa les yeux sur son courrier.

– Plusieurs choses, à vrai dire. (Elle mit une lettre de côté avant de relever les yeux.) Mais commençons par le fait que je ne t'ai pas demandé comment Miranda allait, ni Della, ni Perry. Je t'ai demandé comment toi, tu allais.

– Et donc, je suis une fêlée parce que je pense à mes amis ? s'enquit la jeune fille, brusquement agacée.

Eh oui, elle aurait bientôt ses règles, elle aussi, donc le syndrome prémenstruel pouvait y être pour quelque chose. Ou la centaine d'autres problèmes qui pesait sur ses épaules.

– Je ne voulais pas insinuer que tu étais une fêlée !

Le ton doux et bienveillant de Holiday exaspérait plus Kylie que son attitude de psychanalyste. Sûrement parce qu'il lui donnait l'impression d'être moins une tarée qu'une garce.

Holiday fit tomber son menton dans ses mains – un geste tellement holidesque que Kylie avait la sensation que son menton reposait en permanence dans sa main.

– J'insinuais que tu te caches à toi-même tes propres problèmes en te concentrant sur ceux des autres.

Kylie se souvint que son excursion matinale dans le bureau de Holiday n'était pas franchement liée à Perry ni à Miranda. Alors d'accord, Holiday avait raison. Mais Kylie n'était pas prête à le reconnaître tout de suite.

– Mais bon, peut-être que je suis simplement quelqu'un de gentil !

Kylie s'enfonça encore plus dans sa chaise et regretta d'être de mauvais poil. Aucun de ses problèmes ne pouvait être imputé à Holiday, et même, ce lien qui se renforçait entre elles deux était sûrement l'une des rares choses positives dans la vie de Kylie à ce moment-là. Pour cette raison, elle ponctua sa phrase d'un sourire d'excuse.

– Gentille ? Oh, je n'en doute pas ! (Holiday se fendit d'un grand sourire.) Essayons donc une dernière fois : comment vas-tu, Kylie ?

Kylie s'assit bien droite et posa ses coudes sur le bureau.

– Combien de temps as-tu ?

– Tout le temps dont tu auras besoin.

Holiday laissa quelques secondes s'écouler, puis demanda :

– Que se passe-t-il entre Derek et toi ?

– Rien. Pourquoi ?

Holiday arqua un sourcil méfiant.

– Je t'ai vue sortir en douce du réfectoire hier soir quand il est entré, et tu as fait la même chose au dîner.

– Je ne voulais pas lui parler, voilà tout.

C'était la vérité – en partie, tout du moins. Elle ne souhaitait pas non plus que quiconque doué de la capacité de lire ses sentiments ou de sentir ses hormones sache que le simple fait de regarder Derek la mettait dans tous ses états. Jusqu'à ce qu'elle puisse maîtriser ses pensées imprévisibles, mieux valait ne pas se trouver tout près de lui au milieu d'une foule. Ou seule avec lui, s'avoua-t-elle. Eh oui, tôt ou tard, elle devrait l'expliquer à Derek. Tard, de préférence.

– Alors, quelque chose ne va pas ? demanda Holiday.

Kylie croisa les bras sur sa poitrine.

– Tu ne m'as pas dit de veiller à ne pas... (Elle ne tenait pas à le formuler haut et fort.) Tu m'as prévenue de faire attention quand il se trouvait dans les parages, et maintenant que je fais attention, tu fais comme si j'avais tort. Qu'attends-tu donc de moi ?

Holiday tordit ses lèvres, réfléchissant.

– Attention, oui. Mais je ne voulais pas dire qu'il fallait que tu l'évites.

– Peut-être, mais pour l'instant, c'est ma façon de faire attention. De gérer ça.

Holiday leva la main.

– Bien. Comme tu veux. (Elle marqua une pause, puis laissa échapper un autre soupir qui indiquait à Kylie qu'elle n'approuvait pas.) As-tu déjà parlé à ton beau-père ?

Kylie roula des yeux.

– Ma mère t'a encore appelée ? Franchement, je ne comprends pas pourquoi elle trouve que c'est une si bonne idée que je pardonne à ce type, alors qu'elle n'a pas la moindre intention de l'excuser au cours du siècle prochain !

La bouche de Holiday se tordit de nouveau vers la droite, comme si elle réfléchissait à ce qu'elle allait dire.

– C'est de ta mère qu'il divorce, pas de toi.

Ouais, sa mère avait déclaré plus ou moins la même chose, mais Kylie n'y adhérait pas.

– Je ne suis absolument pas d'accord. (Elle se revoyait encore le supplier de la laisser partir vivre avec lui. Mais non, il n'avait pas voulu d'elle, et pourquoi ? Elle reposa les yeux sur Holiday.) Ma mère t'a-t-elle aussi précisé qu'il couche avec une fille qui n'a que quelques années de plus que moi ?

– Non. Mais toi, oui. Le jour où on est allées manger une glace. (La compassion envahit ses yeux.) Écoute, Kylie, je ne dis pas qu'il n'a rien fait de mal. Mais tout de même, cela ne vous concerne pas tous les deux. Si je laissais la relation entre mon père et ma mère influer sur mes sentiments envers eux, je les détesterais tous les deux.

– Je suis désolée, mais je ne suis pas du tout d'accord. Peut-être que ça ne nous concerne pas, lui et moi, mais ce qu'il a fait m'a touchée. Et à bien des égards. Par exemple, ma mère m'a appelée hier pour me dire qu'elle envisageait de vendre la maison. Celle où j'ai grandi, celle que, toute ma vie, j'ai appelée mon chez-moi.

Holiday se cala dans sa chaise.

– C'est dur. Je me souviens encore comme je me suis énervée quand ma mère a vendu notre maison. Mais…

– Il n'y a pas de « mais », répliqua Kylie. Ma mère ne devrait pas me pousser à faire quelque chose qu'elle n'arrive même pas à faire. Elle ne peut pas lui pardonner. Peut-être que moi non plus. Alors dis-le-lui la prochaine fois qu'elle appellera. Sinon je m'en chargerai.

Holiday fronça les sourcils.

– Ce n'est pas ta mère qui a téléphoné, mais ton beau-père. Et il a dit que…

– Sérieux ? Il t'a appelée ? (Kylie se souvint de la honte qu'elle avait ressentie quand son père avait dragué Holiday, béat devant elle comme si elle était un bonbon et qu'il adorait le sucre.) Je t'en prie, ne me dis pas qu'il t'a demandé de sortir avec lui ni rien de ce style ?

– Non, il avait l'air sincèrement inquiet. Il m'a raconté qu'il n'arrêtait pas de t'envoyer des e-mails et de t'appeler, mais que tu ne répondais jamais.

– S'il stressait tellement, il pourrait venir le jour des parents. Mais est-ce qu'il le fait ? Non. Et tu sais pourquoi ? Je parie que c'est parce que sa copine ne veut pas. Ses parents ne lui donneraient sûrement pas la permission de sortir de la ville !

– Ou peut-être que c'est parce qu'il pense que tu n'as pas envie de le voir. (Holiday secoua la tête.) Je crois… que tu devrais essayer de lui parler. (Elle se mordit la lèvre et sa bouche se tordit de nouveau sur la droite.) Tu connais déjà mon avis sur la question, et plutôt deux fois qu'une. Je crois aussi que tu choisis la fuite pour éviter d'affronter tout ce qui ne va pas dans ta vie en ce moment. Ton père, et maintenant Derek. Et franchement, permets-moi d'ajouter que l'évitement est une piètre excuse pour ne pas regarder les choses en face. Je le sais, parce que je l'ai déjà pratiqué une fois ou deux.

– Ouais, répondit Kylie, qui repassait en mode « garce », bien malgré elle. Mais jusqu'à ce qu'une autre méthode pour affronter les problèmes apparaisse d'un coup de baguette magique dans mon sac de prestidigitatrice, celle-ci devra faire l'affaire.

Elle avait presque envie de se défendre et de rétorquer à Holiday qu'elle n'évitait rien du tout. Elle avait passé un jour et demi à appeler la circonscription de Dallas pour essayer de localiser les parents adoptifs de son père. Pour qu'elle puisse retrouver ses vrais parents. Pour qu'elle découvre enfin ce qu'elle était.

Holiday fronça les sourcils.

– Nous devons tous apprendre à la dure, n'est-ce pas ?

– J'imagine, répondit Kylie, qui se demandait si ça pourrait devenir encore plus dur. Simplement, je ne suis pas prête à affronter mon père… mon beau-père, ni ce que je ressens pour Derek. Est-ce trop te demander de m'accorder un sursis ?

– Non, ce n'est pas trop me demander. Mais en général, plus tu remets un problème à plus tard, plus il est difficile à résoudre. Parfois, il suffit d'affronter les choses. Mon père avait l'habitude de dire qu'il fallait regarder les problèmes en face et leur cracher à la figure.

– Je n'ai jamais maîtrisé l'art de cracher, répondit Kylie.

Holiday sourit, puis jeta un coup d'œil à son courrier. Dans un soupir, elle leva les yeux.

– Veux-tu aussi l'éviter ?

Elle poussa une lettre sur le bureau.

– Quoi ?

Kylie fixa du regard l'enveloppe et reconnut le nom griffonné dans une écriture familière. Celle de Lucas. Il lui avait écrit une autre lettre.

chapitre 8

Une partie de Kylie voulait repousser la lettre. N'avait-elle pas promis d'oublier Lucas ? Elle savait que Holiday ne la forcerait pas à la prendre. Kylie n'avait-elle pas déjà beaucoup à faire en ce moment ? Pourquoi accepter encore d'autres soucis ?

Holiday remit la lettre de côté sur son bureau.

Levant les yeux sur elle, Kylie s'attendait à lire de la désapprobation dans son regard, parce que, une fois de plus, elle n'avait pas envie d'affronter ses problèmes. Mais tout ce qu'elle y décela, ce fut de l'empathie.

– Je ne suis pas sûre de vouloir la lire, avoua Kylie.

– Pourquoi ?

– Il s'est tiré avec une autre.

– Je ne crois pas qu'il considère Fredericka comme sa…

– Mais elle, si. Et si elle lui saute dessus, eh bien… c'est un mec.

– Je sais. Toutefois, tous les garçons ne…

– Mais certains, si. Et faire la différence, c'est comme

les maths… c'est difficile. Tu penses que tu as tout compris, puis tu te rends compte que tu t'es trompée. Et n'essaie pas de me soutenir le contraire, parce que c'est la raison pour laquelle tu ne tenteras même pas le coup avec Burnett.

Holiday fit retomber son menton dans sa paume et ne discuta pas l'affirmation de Kylie. Après plusieurs minutes de silence, elle déclara :

– Je pourrais très bien la ranger dans un tiroir, et si tu décides de la lire plus tard, tu peux.

Oui, Holiday pourrait le faire. Mais Kylie pourrait-elle vraiment s'en aller sans emporter la lettre ? Pourrait-elle faire comme si Lucas ne comptait pas pour elle ? Comme si elle ne s'était pas inquiétée pour lui depuis son départ ? À cause de ce qu'il ne pourrait pas lui dire et parce qu'une partie de ce qu'il ne pouvait pas lui dire concernait Fredericka...

Et si elle s'intéressait encore à Lucas, qu'éprouvait-elle en réalité pour Derek ? Et Derek jouait-il avec ses sentiments ?

Oh non ! Sa vie pourrait-elle être encore plus en vrac ?

Autant prendre la lettre, et advienne que pourrait.

Kylie l'attrapa sous la paume de Holiday. Après l'avoir contemplée durant quelques secondes, elle la plia et la fourra dans la poche de son jean. Plus tard, seule, quand elle aurait envie de cracher à la figure de ce problème, elle s'y mettrait.

Lorsqu'elle leva les yeux, Holiday hochait la tête pour lui confirmer qu'elle avait pris la bonne décision. Mais Kylie n'en était pas sûre. Comme de très peu de choses dans sa vie, en ce moment.

Le silence gênant envahit de nouveau la pièce et Holiday passa à un autre sujet, tout aussi déconcertant.

– Du nouveau avec le fantôme ?

– Du nouveau, oui. De l'utile, non.

Kylie fronça les sourcils ; elle aurait bien voulu éviter ce problème, comme elle l'avait fait avec son beau-père et Derek. Mais la violence et la menace que véhiculait le fantôme ne lui laissaient pas grand choix.

– Je crois que ses ravisseurs l'ont torturée.

– Aïe ! rétorqua Holiday. Et tu penses que ça s'est vraiment passé ou que c'est juste elle qui essaie de te communiquer quelque chose ?

– À mon avis, ça s'est passé. (Kylie se mordit la lèvre et songea à la mise en garde du fantôme – cela arriverait à quelqu'un qu'elle aimait si elle ne parvenait pas à l'arrêter.) Ça paraissait si réel, un peu comme mon rêve dans lequel Daniel se faisait tuer. J'étais elle, dans le rêve. Et ils s'approchaient de moi avec des couteaux bizarres. J'avais l'impression d'être droguée, et quand j'ai essayé de me débattre, ils m'ont ligotée.

En se rappelant la terreur qu'elle avait éprouvée, Kylie sentit son rythme cardiaque s'accélérer. L'angoisse envahit de nouveau sa poitrine.

Holiday lui toucha la main. À son contact, une chaleur apaisante gagna son bras. La peur qui avait submergé son cœur se volatilisa.

Kylie leva les yeux sur la directrice.

– Merci, mais ça ne réglera rien. C'est comme un pansement sur une blessure par balle.

– Je sais. (Holiday fronça les sourcils.) Mais quand tout ce que tu peux offrir à quelqu'un, c'est un contact réconfortant, tu veux le lui offrir.

Kylie laissa échapper un profond soupir.

– Que se passera-t-il si je ne trouve pas de solution ?

La main de Holiday, sur le poignet de Kylie, se réchauffa.

– Tu admets que tu as fait tout ce qui était en ton pouvoir pour tâcher de l'arrêter et tu vas de l'avant.

L'énormité des paroles de son amie, assortie à la responsabilité qui reposait sur ses épaules, fut brusquement trop pour elle. Elle ôta d'un coup sa main de sous la paume de Holiday.

– Non… je ne pourrais pas… je ne pourrais pas le supporter. C'est vrai, si je comprends bien ce qu'elle essaie de me dire, quelqu'un va mourir. Mou-rir, et en plus, ce ne sera pas une mort facile.

Tous les problèmes dans la vie de Kylie rebondirent autour d'elle, comme des balles de ping-pong. Des larmes emplirent ses yeux. Elle avait encore mal quand elle pensait aux funérailles de sa grand-mère – elle ne pouvait pas perdre quelqu'un d'autre.

– Échouer n'est pas envisageable.

L'esprit de Kylie se mit à tourner à cent à l'heure, essaya de trouver qui, parmi ceux qu'elle aimait, pourrait être en danger. Sa mère ? Quelqu'un chez elle ? Ou ici au camp ? Ce pourrait même être Holiday. Oh non ! Et si c'était Derek ou Lucas ? Elle jeta un coup d'œil à la porte et réprima le désir irrésistible de s'en aller.

Holiday s'éclaircit la gorge.

– Autant nous n'avons jamais envie d'échouer, autant notre don ne nous garantit pas d'aider forcément tout le monde. Parfois, nous devons accepter de ne pas pouvoir tout arranger.

Kylie secoua la tête.

– Peut-être que toi, tu peux l'accepter, mais pas moi. (Elle se mordit la lèvre jusqu'à ce qu'elle ait mal.) J'aurais dû rejeter ce don. Je ne peux pas le faire. J'aurais dû le renvoyer avec un mot qui aurait dit : « Merci bien, mais non. » (Le nœud grossit dans sa gorge, submergea ses amygdales.) Est-ce qu'il est trop tard pour le refuser, maintenant ?

– J'en ai bien peur, répondit Holiday. Tu t'es ouverte quand…

Kylie se releva d'un bond, si vite que la chaise en bois se renversa, emplissant le petit bureau d'un craquement bruyant.

– Kylie, attends !

La voix de Holiday poursuivit Kylie qui se rua vers la porte, mais elle n'y fit pas attention. Tant pis. Elle devrait trouver une solution pour déchiffrer le message du fantôme. Elle le devrait, parce que si elle ne le faisait pas, quelqu'un qu'elle aimait mourrait, et ça, Kylie ne pourrait pas le supporter.

La gorge toujours nouée d'émotion, Kylie gravit les marches de son bungalow juste au moment où le soleil montrait enfin le bout de son nez dans le ciel occidental. Le rai de lumière dorée projeta son ombre allongée sur le perron. Quand elle fit un autre pas, le soleil avait dû s'élever dans le ciel car son ombre semblait danser sur les planches du porche. Les ombres qui dansaient lui faisaient penser aux… cascades.

Kylie retint son souffle. Elle devait se rendre aux cascades. Aussi fou que cela pût paraître, c'était comme si quelque chose lui disait qu'elle y trouverait les réponses. Elle laissa l'idée s'enfoncer dans son cerveau fatigué. Et comme le soleil dans son dos, la première lueur d'espoir grandit peu à peu.

Inspirant un grand bol d'air par le nez, elle se sentit brusquement revigorée, stimulée.

Elle pourrait le faire. Simplement, elle ne voulait pas s'y coller toute seule. Son regard se reposa sur la porte du bungalow. Pourquoi devrait-elle agir en solo ? Elle avait des amies. Qu'il s'agisse de fantômes ou pas, elles l'aideraient si elle le leur demandait.

Bon d'accord, elle leur avait déjà proposé d'y aller et elles avaient catégoriquement refusé, mais cette fois, c'était différent. Cette fois, elle les implorerait. Elles accepteraient, n'est-ce pas ? Il n'y avait qu'une façon d'en avoir le cœur net.

Elle passa le seuil à toute allure, esquiva Socks qui adorait ses chevilles et ouvrit la porte de la chambre de Della d'un coup brusque.

– J'ai besoin de toi, réveille-toi !

Elle regarda Della lever la tête et la scruter d'un air endormi. Elle n'était pas du matin.

Ensuite, Kylie se précipita chez Miranda et ouvrit la porte à la volée.

– Miranda, réveille-toi ! J'ai besoin de vous, les filles !

Miranda s'appuya sur un coude. Ses yeux étaient bouffis – comme si elle avait sangloté dans son oreiller toute la nuit, ce qu'elle avait d'ailleurs probablement fait. Kylie fut triste pour son amie et elle faillit dire : « Ce n'est pas grave. » Mais elle réprima l'envie de capituler, car elle tenait plus que tout à ce que Miranda et Della l'accompagnent. Et peut-être Della avait-elle raison : il était temps que Miranda cesse de broyer du noir et transcende la douleur.

– Je t'en prie, insista Kylie, avant que Miranda ne puisse geindre.

Kylie alla les attendre à la table de la cuisine, mais elle était trop inquiète pour s'asseoir. Alors elle fit les cent pas en attendant que ses deux meilleures amies se lèvent et qu'elle puisse commencer à les supplier.

– Ça a intérêt à être important ! lança Della en entrant dans la cuisine d'un pas chancelant avant de s'affaler sur une chaise. Tu sais l'heure qu'il est ? Même pas 6 heures ! C'est là que je récupère le mieux !

Miranda sortit de sa chambre quelques secondes plus tard, en tee-shirt, short et chaussons lapin. Kylie les regarda : les oreilles rebondissaient à chacun des pas de la jeune fille, tandis que, encore endormie, Miranda se dirigeait vers une chaise vide en traînant les pieds. Une fois installée, elle leva les yeux :

– Que se passe-t-il ? marmonna-t-elle.

– Nous formons une équipe, n'est-ce pas ? dit Kylie. Nous sommes là les unes pour les autres. C'est bien ce que nous avons dit ?

– Qu'est-ce qui me fait penser que c'est un coup monté ?

Della fit tomber sa tête sur la table en chêne et son front heurta le bois dans un bruit sourd. À sa place, n'importe qui aurait probablement été assommé ou se serait au moins retrouvé avec une belle bosse. Mais pas un vampire.

– Dis-nous ce qui se passe, lui intima Miranda.

Elle croisa les bras sur la table et posa le menton sur son poignet. Ses cheveux multicolores décrivirent un éventail.

Kylie laissa aller son regard de Miranda à Della, le visage toujours collé à la table, et son cœur battit un peu plus vite. Si elles refusaient, ça la piquerait au vif.

Della avait dû entendre le martèlement du cœur de son amie, car elle leva la tête et la regarda intensément.

– Crache le morceau, Fantômette ! Ça craint à ce point ?

Déglutissant, Kylie s'exécuta. Et cracha le morceau :

– Il faut que vous m'accompagniez aux cascades, toutes les deux. J'aimerais juste…

– Oh que non ! répondit Della.

– Même pas en rêve, ajouta Miranda, qui s'assit bien droite.

– Mais je dois y aller ! insista Kylie.

– Alors vas-y.

Della lui désigna la porte de la main. Kylie avala le nœud dans sa gorge.

– Je ne veux pas y aller seule !

– Et donc, tu souhaites que nous nous sacrifiions, rétorqua Della.

– Il ne se passera rien.

– Alors pourquoi devons-nous t'accompagner ? s'enquit Miranda, une moue désapprobatrice sur les lèvres.

– Il n'arrivera rien de grave.

Kylie se laissa tomber sur une chaise. Leur attitude lui faisait perdre espoir.

– D'après qui ? demanda Della.

– D'après moi, répondit Kylie. C'est juste que… que… je n'ai pas envie d'y aller toute seule.

– Parce que tu es morte de peur, insista Della. Et pour une sacrée bonne raison : tu ne sais pas ce que font les anges de la mort !

Kylie hésita.

– Ce sont ceux qui jugent les surnaturels, finit-elle par dire.

Elle répétait ce qu'on lui avait raconté, mais en vérité, elle ne comprenait pas complètement les anges de la mort. Comment le pourrait-elle, alors que personne ne souhaitait vraiment parler d'eux ? Enfin, personne à part Holiday, qui se bornait à raconter qu'elle n'en avait jamais rencontré un seul.

– Oui, ce sont ceux qui nous jugent, et parfois ils administrent aussi la sanction, dit Miranda. Je connaissais une fille, Becca. Elle… s'amusait à jeter des sorts sur ceux qui l'énervaient. Et qui, en réalité, ne le méritaient pas. Alors, peut-être qu'elle était méchante, mais bon, ses sorts n'étaient pas si terribles. Un jour, alors qu'elle était sortie, ses vêtements ont pris feu. Pouf ! D'un seul coup, elle est partie en fumée ! Aujourd'hui, elle est défigurée et tout le monde raconte que ce sont les anges de la mort qui lui ont donné une bonne leçon.

– Ou peut-être quelqu'un à qui elle avait jeté un sort et qui lui a simplement rendu la monnaie de sa pièce ! rétorqua Kylie.

– Le conseil des sorcières a interrogé une par une ses « victimes » : toutes déclarées innocentes.

Kylie secoua la tête.

– Nous ne savons même pas si les anges de la mort existent. Si ça se trouve, ce ne sont que des fantômes puissants, décréta Kylie, qui répétait ce que Holiday lui avait dit.

Si Della et Miranda avaient été au courant ne fût-ce que de la moitié de ce que Daniel avait fait – il l'avait entraînée dans ses rêves en la faisant entrer dans son corps pour qu'elle puisse revivre sa mort –, eh bien, elles penseraient probablement qu'il était un ange de la mort.

Della mit sa chaise en équilibre sur deux pieds.

– Si tu ne crois pas à leur existence, pourquoi veux-tu quand même y aller ?

– Parce que s'il y a la moindre chance qu'ils existent, et s'ils sont plus puissants que les fantômes normaux, alors ils pourraient bien m'aider à sauver quelqu'un que j'aime.

Elle n'avait jamais expliqué cela à Della ni à Miranda. Comment pouvait-elle le faire quand, à la minute où elles entendaient le mot « fantôme », elles flippaient comme des folles ?

– Sauver qui ? demanda Della qui, toujours perchée sur sa chaise en équilibre, se mit à passer la pièce en revue comme si elles avaient de la compagnie.

– Je ne sais pas. Ça pourrait être toi. (Kylie sonda les yeux noirs de Della.) Ou toi. (Elle désigna Miranda.) Il y a une morte qui n'arrête pas de me dire que quelqu'un que j'aime va mourir. Et que c'est à moi de…

– J'espère que ce n'est pas l'une de nous ! déclara Miranda.

Della s'étrangla de rire.

– Si ça se trouve, c'est bien l'une de nous, et nous mourrons parce que tu vas nous offrir en sacrifice aux anges de la mort !

– Tu sais que je ne ferais jamais cela.

La frustration bourdonna autour de son ventre encore plus fort qu'avant. Elle tapa de son pied gauche nu sur le carrelage, tâchant d'être patiente, mais, ces jours-ci, elle semblait toucher ses limites.

Della secoua la tête.

– Ce n'est déjà pas facile d'accepter que des fantômes viennent tout le temps te rendre visite, mais partir carrément à la recherche des anges de la mort… (Elle fit tomber la chaise dans un grand coup sec.) Je ne veux pas me retrouver avec des cicatrices partout sur la figure ! Pas question.

Kylie foudroya ses amies du regard, tour à tour.

– Très bien. Même s'ils existaient, qu'avez-vous fait l'une ou l'autre qui soit si grave au point… qu'ils vous mettraient le feu ? (Elle lança un coup d'œil à Miranda.) Tu ne jettes plus de sorts. (Elle posa les yeux sur Della.) Et toi, tu ne…

– Tu ne sais pas ce que j'ai fait ! lança Della d'un ton sec, les yeux rougeoyant davantage. Merde, je ne le sais même pas, moi ! Il y a un moment où, quand tu te transformes en vampire, tu perds totalement la boule, et c'est ce qui est arrivé. Je ne sais pas ce qui s'est passé pendant deux jours entiers. Et je ne veux pas le savoir. Voilà pourquoi je ne vis pas dans une maison de verre. Voilà pourquoi je ne perds pas de temps à juger les autres. Et voilà pourquoi je ne fréquente pas les lieux où les anges de la mort sont censés traîner. Peut-être que tu n'as jamais péché, mais moi, je ne suis pas parfaite.

Kylie perçut le sentiment de culpabilité sous-jacent dans le ton de Della.

– Je ne crois pas que tu aies fait quoi que ce soit de si grave.

– Je ne parierais pas là-dessus, dit Miranda en faisant la grimace. Regarde comme elle est vache avec moi ! articula-t-elle silencieusement.

Della fusilla Miranda du regard.

– Arrête, je n'ai jamais été vache avec toi !

– Et ces derniers jours, alors ? Je souffre, et tout ce que tu sais faire, c'est te moquer de moi.

– Ouais, mais je le fais par amitié. Pour te faire comprendre que tu es idiote. Pleurer pour un type qui sort de ses gonds simplement parce que l'un de ses potes t'a roulé un patin ! Tu devrais être en train d'embrasser tous ses copains rien que pour lui montrer que tu t'en fiches. Pas être en train de pleurnicher…

– Je ne suis pas idiote ! répliqua Miranda en tendant son auriculaire.

– Je t'ai dit de ne jamais me menacer avec ce fichu petit doigt !

Della se leva d'un bond et se mit à hurler des trucs, comme quoi toutes les sorcières devraient être condamnées à l'enfer, etc.

Kylie resta assise à les écouter se balancer des insultes. Puis, frustrée et totalement à bout de patience, elle se leva, ramassa ses chaussures près de la porte et sortit.

Elle s'arrêta sur le perron pour chausser ses Reebok. Della ou Miranda s'étaient-elles même rendu compte qu'elle était partie ? Ce fut alors qu'elle s'aperçut que la frustration et l'impatience n'étaient pas les seuls sentiments qui se disputaient la place dans sa poitrine. Cela faisait mal.

Ne comprenaient-elles pas que Kylie avait besoin d'elles en ce moment ? Elle espéra qu'elles changeraient d'avis. Qu'elles décideraient que leur amitié était suffisamment importante pour lui faire confiance, sur ce coup-là.

Tout en laçant ses baskets, elle les entendait encore se hurler dessus. Elles ne s'étaient toujours pas aperçues que Kylie était partie. Ou peut-être que si, mais elles s'en moquaient. Ça faisait mal, ça aussi.

Si jamais l'une d'elles avait eu besoin d'elle, elle aurait été là.

Kylie se mit debout. Elle se rendit compte qu'elle portait une chemise de nuit sur son jean, sans soutien-gorge, mais ça lui était égal.

Elle se mit à courir dans le chemin, sans même savoir comment parvenir aux cascades. Mais quelque chose au fond d'elle lui disait qu'elle les trouverait. Qu'elle y arriverait. Et qu'elle y arriverait toute seule.

Très vite, Kylie s'arrêta à la lisière des bois. Elle ne savait pas trop où aller. Elle se souvenait avoir entendu les cascades depuis leur rocher, à Derek et elle. Elle se rappelait aussi les avoir entendues à la rivière, où il y avait les traces de dinosaures. Les chutes d'eau devaient se trouver entre les deux, elle décida donc de prendre le sentier. Elle avait à peine parcouru quelques mètres sous l'épais rideau d'arbres que la lueur cendrée de l'aube devint d'un gris pourpre brumeux.

La chaleur de début de matinée chassa la fraîcheur de la nuit, comme de force, sous la forme d'un brouillard qu'elle sentit sur son visage. Mais la brume nuageuse collait aux arbres et planait à quelques mètres du sol. L'appréhension lui picota la nuque. Se croyant légèrement paranoïaque, Kylie ignora cette sensation et poursuivit sa route. Elle accéléra.

Au bout de quatre cents mètres environ, elle s'aventura en dehors du chemin dégagé en espérant que le bruit des cascades l'appelle, comme il l'avait déjà fait. L'ouïe en alerte, elle continua son sprint. Pas de chutes d'eau. Seul le bruit de ses semelles qui frappaient la terre, accompagné des sons habituels de la nature.

Elle avança entre les arbres, tantôt trouvant un chemin, tantôt en créant un. Les épines des buissons épais s'accrochaient à son jean, comme si elles essayaient de l'empêcher d'aller plus loin. Elle ne ralentit pas. De temps en temps, une branche basse surgissait sur sa route, mais elle l'esquivait de justesse ou la repoussait de ses bras.

Elle se rappela avoir tenté de suivre Della à travers des bois identiques à ceux-ci, le soir de son premier feu de camp. Elle avait eu du mal à les traverser. Ce n'était plus le cas. Ses jambes galopaient sans effort.

Cette pensée l'envahit de nouveau : changement. Tout changeait. Elle le sentit dans sa façon de se mouvoir, la vitesse à laquelle elle avançait, elle le sentit dans la façon dont sa bouche aspirait de l'oxygène pour ses poumons. Quoi d'autre pourrait bien changer ?

Pas important, pas tout de suite, se dit-elle. La seule chose qui comptait, c'était qu'elle comprenne le message du fantôme. Sauver une vie était prioritaire. Ensuite, elle pourrait se faire du souci pour elle-même.

Elle cilla, puis dégagea d'un coup un bouquet de feuilles basses de son visage. Un craquement bruyant s'ensuivit et elle aurait pu jurer que c'était la grosse branche qui se cassait, mais non. Plus elle s'enfonçait dans les bois, plus les buissons s'épaississaient, et plus elle courait vite. Et plus son cœur battait vite, dans un mélange de peur et d'impatience. Tout son corps tremblait sous la montée d'adrénaline.

Était-elle folle de se rendre aux cascades ? Et si Miranda et Della avaient raison ? Et si les anges de la mort examinaient ses péchés et décidaient de la punir ?

Son esprit chercha les erreurs qu'elle avait accumulées au fil de sa vie. Mentir à sa mère. Regarder sans rien faire une fille martyriser un autre enfant à l'école, heurter un écureuil pendant les cours de conduite au lycée. Plus elle y pensait, plus la liste de ses péchés lui semblait longue.

Cherchait-elle les problèmes en se rendant aux chutes d'eau ? Ou sauvait-elle quelqu'un qu'elle aimait de quelque chose d'horrible ?

Puis elle l'entendit. Ou plutôt, elle ne l'entendit pas. Les seuls bruits que réverbéraient les arbres étaient ceux de ses chaussures et des plantes rampantes qui se prenaient dans son jean, puis s'en décrochaient. Elle s'arrêta, croisa les bras sur sa poitrine. Essoufflée, elle se plia en deux. Quand elle reprit son souffle par à-coups, le calme envahit les bois. L'air silencieux planait lourdement, plus encore que le brouillard qui s'était levé de quelques mètres et qui serpentait désormais à travers les arbres. Et juste alors, elle comprit. Elle avait de la compagnie.

chapitre 9

Le bruit des brindilles que l'on écrasait indiqua à Kylie que cette compagnie était juste derrière elle. Elle se paralysa sur place, la peur s'enfonçant au creux de son ventre. Les anges de la mort l'avaient-ils trouvée ?

Elle n'avait pas décidé ce qu'elle allait faire quand elle entendit :

– Merde alors, c'était trop drôle !

Kylie reconnut la voix chantante. Elle réprima sa panique et se retourna. Elle ne parvenait pas à croire ce qu'elle voyait : Miranda, qui s'accrochait au dos de Della, les jambes enroulées autour de la taille du vampire.

– On est arrivées ! Ouvre les yeux, nous l'avons trouvée !

Della détacha les chevilles de Miranda et, d'un coup de coude, la fit descendre de son dos, mais sans jamais quitter Kylie des yeux.

– Tu vas bien ? lui demanda-t-elle. Ton cœur bat hyper vite ! Quelque chose ne va pas ?

Même si la panique brute coulait encore dans ses veines,

Kylie ne put s'empêcher de sourire. Elles étaient venues. L'émotion envahit sa poitrine, monta brusquement et fit un nœud dans sa gorge. Des larmes inattendues emplirent ses yeux.

– Tu l'as laissée faire toute la route sur ton dos ? s'enquit-elle, en espérant qu'elles ne remarqueraient pas qu'elle était émue aux larmes.

– C'était soit ça, soit l'attendre. Elle est encore plus lente qu'une tortue à trois pattes qui se sert d'un déambulateur cassé !

– Pas vrai, dit Miranda.

– Archi vrai, rétorqua Della.

Kylie tâcha de ravaler la boule dans sa gorge.

– Qu'y a-t-il ? demandèrent les filles en même temps, réduisant à néant les espoirs de la jeune fille que son émotion passerait inaperçue.

Non pas que cela comptât vraiment. Elles l'avaient déjà vue pleurer.

– Nous sommes désolées de t'avoir dit non, lança Miranda, en donnant un coup de coude à Della. N'est-ce pas ?

– Ouais, acquiesça celle-ci. Tu vas bien, tu es sûre ? Ton cœur bat vraiment super vite ! Pas comme un humain.

Kylie cilla de nouveau. Elle se sentait bizarre, en effet, mais pas bizarre dans le sens négatif.

– Je vais bien. En fait, mieux que bien, maintenant que vous êtes là toutes les deux. Merci.

Les mots sortirent avec émotivité et d'autres larmes se formèrent dans ses yeux.

Della haussa les épaules.

– Ouais, enfin, si je meurs ou quoi, je reviendrai te hanter.

– Ne t'inquiète pas, dit Miranda à Kylie dans un demi-sourire. Si elle se met à te hanter, je connais un sortilège qui l'enfermera au purgatoire pour douze ans minimum !

Della gratifia Miranda d'un faux air boudeur, puis elle prit Kylie par le coude.

– Viens, allons trouver les anges de la mort.

– Est-ce que je peux remonter sur ton dos ? demanda Miranda en se frottant les mains.

– Non, et si tu racontes à quiconque que tu as voyagé sur mon dos, je te brise les rotules. Je n'ai pas envie de devenir le taxi de service !

– Sauf si c'est pour trimballer un garçon, hein ? gloussa Miranda.

– Beurk ! lança Della, et Miranda ricana encore plus fort.

Kylie regarda ses amies et s'aperçut que c'était la première fois depuis longtemps qu'elle entendait Miranda rire.

– Je vous aime, les filles.

– Ouais, on sait, rétorqua Miranda, et elles se mirent en route.

L'ambiance légère disparut lentement dans l'obscurité que formaient les arbres.

Elles marchèrent en silence. Un oiseau pépia au-dessus de leur tête, les feuilles bruissèrent dans le vent. Kylie supposa qu'elles allaient dans la bonne direction, car Della ne prit jamais la parole, et elle lui avait confié un peu plus tôt qu'elle pourrait trouver les cascades rien qu'en écoutant.

En avançant, même en trébuchant, et en traversant parfois les broussailles épaisses, Kylie s'aperçut que sa cadence valait celle de Della. Miranda, elle, semblait peiner à tenir le rythme.

Elles parcoururent une centaine de mètres environ et Kylie constata que Della la scrutait sous ses cils. Avait-elle, elle aussi, remarqué la nouvelle énergie de Kylie ?

– Qu'y a-t-il ? demanda Kylie.

– Rien, répondit Della. C'est juste que… ton cœur… bat encore très vite… et tu… es… différente.

– Différente ? releva Kylie, laissant aller son regard de Miranda à Della. Comment ça, différente ?

Della continua à avancer.

– Tes seins.

Kylie baissa les yeux sur sa poitrine.

– Tu m'as déjà vue sans soutien-gorge.

Della s'arrêta.

– Ce n'est pas parce que tes seins ne sont pas soutenus. C'est parce qu'ils sont plus gros.

– Non. (Kylie s'arrêta et prit ses bonnets B dans ses mains en coupe. Et la plus folle des choses se produisit. Quelque chose n'allait pas. Ses seins étaient…) Oh non !

Ils étaient plus gros.

– Elle a raison.

Miranda prit les siens dans le creux de ses mains, comme pour les vérifier.

– Oh non ! marmonna Kylie en baissant les yeux sur elle.

– Hé, si tu n'en veux pas, file-moi donc un bonnet ou deux ! dit Della en riant.

Kylie se souvint avoir pensé que tout était en train de changer. Simplement, elle ne s'était pas attendue à ce que ses seins changent, eux aussi.

– Ce n'est pas tout, ajouta Miranda. Tu as grandi, aussi. Tu as dû avoir une poussée de croissance dans la nuit.

– Une poussée de croissance ?

Kylie se tint bien droite et compara sa taille à celle de Della et de Miranda. En effet, elle semblait un peu plus grande. Et ses chaussures lui avaient semblé trop serrées quand elle les avait enfilées. Que lui arrivait-il ?

– Ma tante Faye n'arrêtait pas de me répéter toutes les semaines : « Tu pousses comme du chiendent. Ça doit être une poussée de croissance ! »

Kylie voulait croire que c'était juste une poussée de croissance normale – pour les humains –, mais elle en doutait. Son regard se porta brusquement sur Della.

– As-tu… grandi avant de te transformer ?

Della regarda sa poitrine.

– Est-ce que j'ai l'air d'avoir grandi ? Si seulement…

Kylie reposa les yeux sur ses seins.

– Et si ça ne s'arrêtait pas ? Et s'ils continuaient à grossir ?

– Alors les garçons feraient la queue à des kilomètres à la ronde, railla Miranda. Et tu sais ce qu'ils pensent des seins…. Plus on est de fous, plus on rit !

– Tu pourrais toujours changer de nom et t'appeler Barbie ! lança Della, tout sourire. Ma mère a toujours refusé de nous laisser jouer à la Barbie parce qu'elle trouvait que ces poupées donnaient une image faussée du corps. Je crois que c'était parce qu'elle savait que, comme nous étions en partie asiatiques, nous souffririons probablement du syndrome « pas de fesses, pas de seins ». Et elle ne voulait pas qu'un morceau de plastique à forte poitrine nous serve d'exemple.

– Tu as des fesses, dit Miranda.

– Ouais, Dieu merci ! J'ai au moins hérité ça de ma mère. Elle est bien pourvue, côté cul. (Elle baissa les yeux sur sa poitrine.) Malheureusement, j'ai hérité des seins de mon père !

Kylie tâcha d'apprécier les remarques bon enfant de ses amies, mais elles n'atténuèrent pas son inquiétude. D'accord, elle était prête à reconnaître que, de temps en temps, elle aurait bien voulu avoir un peu plus de poitrine. D'autant plus quand elle se comparait à Sara – sa meilleure amie, qui ne l'appelait plus –, dont les seins étaient un aimant à garçons. Et bien sûr, si Kylie gagnait quelques centimètres en taille, elle n'en paraîtrait que plus mince.

Mais rien de tout cela ne la réconfortait. L'idée que tout provenait d'un ADN inconnu et inhumain qui bouillonnait dans son corps l'angoissait. Cela l'angoissait parce qu'elle ne savait pas jusqu'où cela irait ni ce qui suivrait.

Serait-elle contrainte de devoir faire faire ses bonnets F sur mesure, comme la grand-tante de Sara ? Tout sauf ça ! Cette femme étouffait presque Kylie quand elle la serrait dans ses bras !

Kylie tenait encore ses seins dans ses mains lorsque le frisson descendit dans son dos et remonta le long de ses bras. Ses lèvres étaient gelées à force de respirer l'air glacial.

De la compagnie arrivait...

Debout, devant elle, se tenait le fantôme. Sauf qu'elle paraissait aller encore plus mal qu'avant. Elle était émaciée, trop maigre.

– Tu dois faire quelque chose. Vite. Tu dois faire quelque chose. Ils m'ont tuée. Ils m'ont tuée et ils vont bientôt la tuer, elle aussi.

Le fantôme se pencha et vomit sur les tennis trop petites de Kylie ainsi que sur les baskets blanches de Della.

– Dégueulasse ! cria Kylie en reculant d'un bond et en percutant Miranda.

– Quoi, dégueulasse ? demanda Della, en baissant les yeux.

Miranda s'approcha pour voir ce qui se passait.

Kylie fut incapable de répondre. Elle savait qu'elles ne verraient pas le vomi, qu'il n'était pas réel, que dès que la morte s'en irait, il disparaîtrait lui aussi. Mais Kylie était un peu du style à vomir quand quelqu'un vomissait, et, réel ou non, pour l'heure, il faisait vrai. Elle fut prise de haut-le-cœur. Elle détourna les yeux de ses chaussures.

– Fais quelque chose, répéta le fantôme.

– Oh merde ! lâcha étourdiment Della. Ils sont là, pas vrai ? (Elle se mit à tourner en rond, à parler à des créatures qui n'étaient pas présentes.) Juré, juré, juré ! Je regrette tout ce que j'ai fait !

– Moi aussi ! dit Miranda, bougeant les yeux de gauche à droite.

Kylie regarda fixement le fantôme et, comme elle ne souhaitait pas faire flipper davantage ses amies, elle parla à l'esprit mentalement :

– *J'essaie de faire quelque chose. J'essaie vraiment de faire quelque chose. Mais vous devez me dire qui c'est. J'ai besoin d'autres informations.*

– Me tuent, répondit la morte.

Puis son vomi et elle disparurent dans l'air glacial comme par enchantement.

Kylie, qui s'aperçut qu'elle tenait encore dans les mains ses seins qui poussaient comme par magie, laissa retomber ses bras sur le côté. Quand elle jeta un dernier coup d'œil à sa poitrine, la nouvelle taille de ses seins n'avait plus d'importance. Elle devait se rendre aux cascades pour voir si les anges de la mort pouvaient l'aider.

Regardant Della et Miranda, elle lança :

– Allons-y.

– Je n'ai pas pris feu ! s'étonna Della, l'air surpris. (Elle donna un coup de coude à Kylie.) Ça veut dire que je n'ai rien fait de mal juste après m'être transformée ?

– Peut-être.

Kylie, qui n'avait pas le cœur à lui expliquer que ce n'étaient pas les anges de la mort, se remit en route. Quelques secondes plus tard, elle entendit le bruit presque hypnotique de l'eau qui tombait en cascade. Elle ne savait pas si c'était réel ou un appel mystique, mais elle continua à avancer.

Elles marchèrent encore cinq minutes en silence. Puis Miranda plaça une mèche multicolore derrière son oreille et regarda Kylie.

– Crois-tu vraiment que quelqu'un que tu aimes va mourir ?

– C'est ce que le fantôme a l'air de penser, répondit Kylie, qui essayait de cacher sa frustration.

– Et elle refuse de te dire qui ?

– Selon Holiday, certains fantômes ont du mal à communiquer.

– Ça craint !

– Ouais.

La responsabilité accablante de sauver quelqu'un emplit la poitrine de Kylie d'une douleur intense. Si quelqu'un mourait parce qu'elle ne parvenait pas à comprendre, elle ne se le pardonnerait jamais, c'était certain.

– Crois-tu sérieusement que les anges de la mort pourraient t'aider ?

Kylie réfléchit à la question de Miranda.

– Je n'en suis pas sûre, mais oui, je pense que oui.

– Tu n'as vraiment pas peur d'eux ? s'enquit Della.

– Bien sûr que si, dit Kylie, mais quand elle lut la peur dans les yeux de Della, elle nuança sa réponse. Mais je ne crois pas qu'ils soient mauvais.

Miranda ajouta son grain de sel :

– Penses-tu pouvoir leur demander de… pousser Perry à me pardonner ?

– Arrête ! dit Della. Perry doit juste se sortir la tête de son cul. Tu n'as pas besoin de son pardon.

– Faux, dit Miranda. J'aurais été furieuse s'il en avait embrassé une autre.

– Furieux, oui, mais te laisser tomber à cause de ça, c'est ridicule. C'est vrai, quoi ! Ce n'est pas comme si tu avais couché avec Kevin ! Il t'a embrassée… ce n'est pas la fin du monde, tout de même !

Kylie repensa aux baisers de Lucas et de Derek. Pour elle, si, ça avait été la fin du monde. Mais alors qu'elle essayait de chasser ces baisers de sa tête, elle se rappela la lettre qui se trouvait dans sa poche. Celle de Lucas.

Chaque chose en son temps. D'abord sauver une vie, ensuite penser aux garçons. Et aux seins qui poussent comme par enchantement. Et au fait qu'elle ne savait toujours pas quel type d'ADN bouillonnait dans ses cellules non humaines.

– Si tu comptes leur demander un service, dit Della, demande-leur s'ils peuvent m'éviter de voir mes parents ce week-end. Ils surveilleront tous mes faits et gestes, et essaieront de trouver des signes que je me drogue. Il suffira que je dérape une seule fois et ils me sortiront de cette colo pour m'envoyer dans un centre de désintox avec les enfants stars défoncés.

– Je veux juste que Perry me donne une deuxième chance. Je veux juste…

Miranda continuait à parler, mais Kylie coupa le son. Della se tut, comme perdue dans la pensée stressante de passer du temps avec ses parents.

Kylie détestait devoir laisser tomber ses amies, mais pour l'instant, elle ne pouvait pas se soucier de leurs problèmes, pas quand la vie de l'une d'elles pouvait être en jeu.

– Je ne vais pas leur demander de service. Il faut juste que je voie s'ils peuvent aider le fantôme à mieux communiquer avec moi. Il faut que j'arrive à comprendre ce qu'il me veut.

Miranda accéléra le pas – elle avait toujours du mal à suivre ses amies.

– Tu crois vraiment que le fantôme pourrait essayer de te prévenir au sujet de l'une de nous ?

– Je ne sais pas.

Les paroles de l'esprit repassèrent dans la tête de Kylie : « Tu dois faire quelque chose. Vite. Tu dois faire quelque chose. Ils m'ont tuée. Ils m'ont tuée et ils vont bientôt la tuer, elle aussi. »

Kylie se rendit alors compte que, pour la première fois, le fantôme avait fait référence à la personne avec un pronom. Elle avait dit « elle ». L'espoir d'obtenir bien vite d'autres réponses à ses questions se mit à se former dans sa poitrine tandis qu'elle poursuivait sa route vers les chutes d'eau.

– Bon, cet endroit me fiche vraiment les boules ! lança Della à la minute où elles traversèrent la clairière et entrevirent les cascades pour la première fois.

– Je suis d'accord, acquiesça Miranda en reculant d'un pas. Je crois que nous ne devrions pas être ici. Je le sens.

Kylie continua à avancer, bougeant les yeux de gauche à droite, tâchant de tout absorber. C'était… magnifique. Non, mieux que magnifique. C'était pittoresque. On aurait dit que les lieux avaient été photoshopés, que l'on avait passé des heures à ajouter des détails. Tous ces détails minuscules se recoupaient et créaient une ambivalence. L'essence affective de ce lieu semblait aussi vivante que les arbres. Quand Kylie inspira l'air parfumé, il lui fallut une minute pour définir ce qu'elle ressentait. Mais elle comprit enfin. Cet endroit respirait la révérence – comme un temple ancien ou une vieille église.

Peut-être était-ce la façon dont le soleil passait à travers les arbres, comme projeté depuis le paradis. Peut-être était-ce les cascades qui lançaient de minuscules gouttelettes d'eau qui dansaient dans l'air et devenaient argentées dans les traits de lumière. Ou la flore verdoyante qui étincelait de tous les infimes points lumineux de la rosée. Ou peut-être était-ce le bruit. Le torrent envahit ses oreilles jusqu'à ce qu'elle ressentît la même vibration dans son sang. Ou bien encore l'air humide qui lui chatouillait la gorge et emplissait sa poitrine d'une émotion chaleureuse. Rien de négatif. L'acceptation.

– OK. On a dit qu'on t'accompagnerait ici. On l'a fait. Maintenant, allons-nous-en.

Miranda recula d'un pas.

– Pas encore, dit Kylie, incapable de détacher ses yeux

du courant d'eau qui ruisselait à quinze mètres au-dessus d'elle.

Puis, sans réfléchir, comme attirée dans un piège, elle entra dans le lit de la rivière. Elle avança sans s'arrêter ni même penser à se déchausser ou à remonter son jean.

– Hé ! Je ne te suis pas ! cria Della. Vraiment, il faut que l'on soit rentrées pour le petit déjeuner. On y va, d'accord ?

– Attendez-moi. Quelques minutes.

Kylie ne se retourna pas. Ses chaussures et son jean absorbèrent comme une éponge l'eau qui lui arrivait aux tibias. Elle avança d'un pas, puis d'un autre.

– Es-tu sûre de devoir y entrer ? dit Miranda, la voix empreinte d'inquiétude. Allez, Kylie, allons-y, d'accord ?

– Si tu y entres, tu ne pourras peut-être pas en ressortir ! l'avertit Della.

Kylie ne répondit pas, pas quand elle pouvait jurer avoir vu quelqu'un ou quelque chose bouger derrière le rideau d'eau étincelante. La silhouette s'agita de nouveau. Il y avait bien quelque chose. Elle espérait simplement que c'était quelqu'un qui détenait des réponses. Et pas quelqu'un prêt à lui mettre spontanément le feu pour des péchés passés. Mais par acquit de conscience, lorsqu'elle fit un autre pas, elle récita une prière pour se faire pardonner tout ce qu'elle avait pu faire de mal.

Des gouttelettes aspergèrent son visage quand elle se rapprocha de la cascade. Elle fit un dernier pas. Le jet d'eau lui éclaboussa la tête et les épaules.

Elle traversa les chutes d'eau pour pénétrer dans une obscurité semblable à celle d'une caverne, passa une main sur sa figure, attendit que ses yeux fassent la mise au point. Sa peau fut recouverte de chair de poule, pas la même que celle que provoquait la présence des fantômes, non, celle qui était liée à la peur. Elle resta totalement immobile, et espéra qu'un peu plus de courage accompagne le retour de sa vision.

Le bruit des cascades résonna et l'isola du monde extérieur. Quand elle cilla, l'obscurité ne lui parut brusquement plus si aveuglante. Elle s'aperçut que l'entrée des chutes était vraiment une grotte. Juste au moment où ses yeux crurent distinguer des formes, elle vit une silhouette plonger derrière une paroi rocheuse.

– Il y a quelqu'un ? (Sa voix semblait perdue dans le clapotis de l'eau. Comme personne ne lui répondait, Kylie poursuivit :) Je sais qu'il y a quelqu'un.

– Alors j'imagine que je vais sortir ! fit une voix tonitruante derrière le rocher.

Kylie mit quelques minutes pour la reconnaître, et elle ne se trompa pas, mais elle ne parvenait toujours pas à y croire quand elle le vit avancer vers elle.

chapitre 10

– Que faites-vous là ? demanda Kylie.

Sa grande silhouette masculine continua à avancer vers elle et Kylie recula d'un pas. Elle était moins effrayée que surprise. Et peut-être toujours stupéfaite par tout ce qu'elle ressentait. L'atmosphère globale de vénération était encore plus forte ici.

– Probablement la même chose que toi, répondit Burnett. La curiosité.

Ce n'était pas la raison de sa présence. Elle était venue chercher de l'aide, mais elle ne prit pas la peine de le corriger – et non parce qu'elle ne lui faisait pas confiance. Elle croisa son regard. Si elle se montrait totalement honnête envers elle-même, elle savait qu'il continuait à l'intimider, mais elle s'était mise à l'admirer comme presque tout le monde au camp. Elle le respectait au point qu'elle regrettait que Holiday ne veuille pas revoir sa règle « pas de vampire » quand il était question des hommes. Tous deux formeraient un joli couple. Son côté obscur à lui et son côté lumineux à elle. Son côté sérieux à lui et son côté taquin à elle.

Elle sentit qu'il l'observait et comprit qu'il attendait une réponse. Mais elle avait ses propres questions.

Elle respira un bon coup.

– Curieux de quoi ? demanda-t-elle.

– De toute cette histoire de fantômes. La légende.

Il fourra les mains dans les poches de son jean et regarda autour de lui.

– C'est étrange, remarqua Kylie.

– Qu'est-ce qui est étrange ?

Il se retourna et passa la grotte en revue comme s'il vérifiait qu'ils étaient en sécurité. Bizarrement, Kylie ne s'inquiétait pas. La sensation de chaleur agréable qui emplissait sa poitrine lui indiquait de ne pas s'affoler. Elle ne courait aucun danger ici.

– Le fait que les fantômes éveillent votre curiosité. Je croyais... enfin... la plupart des surnaturels préfèrent rester dans l'ignorance à ce sujet.

– Oui, mais Holiday fait une telle fixation sur eux. Je pensais juste...

Il se tut.

– Que comprendre des fantômes vous aiderait peut-être à la comprendre, elle ? compléta Kylie, certaine de l'avoir cerné.

Une fois de plus, elle eut le sentiment que Holiday comptait beaucoup pour Burnett. Il hocha la tête, comme si l'avouer ouvertement pouvait entacher sa personnalité de macho.

– Personnellement, je pense que si elle en parle autant, c'est juste pour me faire peur.

– Pour vous faire fuir, oui.

Kylie se mordit la lèvre quand elle s'aperçut qu'elle l'avait dit à voix haute.

Il la regarda.

– Oui, ça aussi.

Il marqua une pause quelques secondes, puis demanda :

– Tu ne serais pas prête à m'éclairer sur les raisons pour lesquelles elle agit comme ça, par hasard ?

Au diable, son côté macho, avait-il apparemment décidé.

Bon, voilà que Kylie se retrouvait sous l'eau, sans pagaie et avec une immense fuite dans son canoë. Parler à Burnett du passé de Holiday s'apparentait presque à une trahison.

– Je… euh… je…

Il leva la main.

– N'en dis pas plus. J'ai compris. (Traînant les pieds, il regarda de nouveau autour de lui avant de se reconcentrer sur elle.) Alors comme ça, tu es comme Holiday, pas vrai ? Tu sens et tu vois les esprits ?

Elle hocha la tête.

– Sens-tu les anges de la mort ?

Elle voulut taire qu'elle ressentait une forte présence d'une ou de plusieurs personnes, mais compte tenu de l'atmosphère digne d'une église, elle décida de ne pas mentir.

– Je sens quelque chose. Je ne sais pas comment le décrire au juste. C'est comme…

– Vraiment ?

– Vraiment.

Elle regarda autour d'elle et se demanda si ce qu'elle éprouvait, quoi que ce fût, lui fournirait les réponses dont elle avait besoin.

– Vous ne sentez rien ?

– Si c'était le cas, je ne serais pas là en ce moment.

Il gloussa, mais Kylie put jurer percevoir une pointe de nervosité dans sa voix.

– La légende ne dit-elle pas qu'ils viennent ici au crépuscule ?

Il passa une main dans sa chevelure brune qui paraissait une teinte plus foncée que d'habitude. Son regard se reposa sur les cascades et Kylie s'aperçut que ses cheveux étaient mouillés. Elle toucha alors les siens, qui pendaient sur ses épaules, trempés.

Il se rapprocha de quelques pas d'un gros rocher. Des muscles bien dessinés faisaient bouger ses épaules et ses bras qui semblaient presque aussi durs que les parois de pierre. Une fois de plus, Kylie ne put s'empêcher de constater à quel point il était attirant. Non pas qu'il fît fourmiller son corps d'excitation comme Derek, mais elle appréciait sans mal la façon dont il était bâti. Holiday devrait vraiment céder et ne plus lui résister.

– Elle raconte qu'on peut les voir danser sur les murs au crépuscule. Ça ne veut pas dire qu'ils ne sont pas là à d'autres moments, répondit honnêtement Kylie, qui espérait avoir raison.

Elle espérait aussi que la présence qu'elle ressentait alors était réelle et qu'elle pourrait lui fournir des réponses.

Burnett hocha la tête, puis regarda de nouveau autour de lui.

– Comment se fait-il que cet endroit n'était pas aussi effrayant quand tu n'étais pas là ?

Kylie rit.

– Ça doit être ma personnalité magnétique ?

Il sourit.

– Probablement. Holiday et toi.

Sa façon de prononcer le prénom de Holiday serra le cœur de la jeune fille.

– C'était un vampire, lui aussi, lâcha-t-elle sans réfléchir. Il lui a fait beaucoup de mal.

Burnett sembla perdu l'espace d'un instant, puis la compréhension éclaira son regard.

– Et donc, elle a des préjugés contre tous les vampires ?

Il eut l'air blessé.

– Je dirais plutôt qu'elle se protège. Mais pas contre tous les vampires. Elle n'a pas de problèmes avec les autres, à part vous.

Il inclina la tête de côté et la regarda.

– Tu dis ça comme si c'était une bonne chose.

– Peut-être, répondit Kylie. Il doit bien y avoir une raison si vous faites ressortir si vite son mauvais côté.

Il sembla réfléchir à cette analogie.

– Je comprends ce que tu veux dire. (Son regard se reposa sur le mur d'eau.) Et si je retournais au camp avec toi ? Histoire de m'assurer que…

– En fait, j'espérais rester ici quelques minutes. Seule, ajouta-t-elle avant qu'il ne lui propose de lui tenir compagnie.

Il fit une moue boudeuse.

– Je ne crois pas que tu devrais rester seule dans les bois. Pas après ce qu'il s'est passé l'autre soir.

– Je ne suis pas seule. Della et Miranda m'attendent de l'autre côté.

Elle s'attendit à ce qu'il réplique par une réflexion macho, du style qu'elle aurait dû emmener avec elle un garçon.

Mais il dit simplement :

– OK. Très bien.

Ouais, très bien.

Il inclina la tête de côté, comme pour écouter.

– C'est vraiment étrange. Je ne les entends pas. Et je ne les sens pas non plus. (Son front se plissa.) Mais bon, je ne les avais pas entendus jusqu'à ce que tu prennes la parole. (Son regard se posa sur les environs.) Peut-être que cet endroit est hanté ! (Un grand sourire se dessina sur sa bouche.) Bon, je crois que je vais rentrer au camp. (Il fit deux pas, puis se retourna.) Ne sois pas longue. Et veillez à rester ensemble, les filles.

– Compris, dit-elle.

Il opina, inclina de nouveau la tête et l'examina attentivement.

– Tu vas bien ? Ton cœur… il bat très vite.

Elle traîna ses tennis trempées sur la pierre.

– Della a affirmé la même chose. Je crois que ça va, répondit Kylie qui ne tenait pas à partager son expérience récente, inattendue, des plus naturelles, mais certainement pas humaine, de ses tout nouveaux seins.

Il la scruta quelques minutes et Kylie eut la plus folle des pensées : il n'avait pas remarqué que ses pulsations, mais il veillait à ne pas l'embarrasser. Elle apprécia.

Il allait sortir, quand il se retourna.

– Merci pour…

– De rien, l'interrompit-elle.

Elle ne souhaitait pas penser à la colère de Holiday quand celle-ci apprendrait que Kylie avait raconté une partie de son passé à Burnett. Et Holiday l'apprendrait, car elle avait bel et bien l'intention de lui en parler. Garder cela secret lui donnerait encore plus l'impression de l'avoir trahie. Et pour l'heure, elle ne voulait surtout pas augmenter son quota de péchés.

Cinq minutes après le départ de Burnett, Kylie n'avait pas bougé.

– Écoute, j'ai un fantôme qui me dit que quelqu'un que j'aime va mourir. Je suis censée sauver cette personne, mais le fantôme me donne bien du fil à retordre. Je commence à flipper. À vraiment flipper.

Elle aurait dû se sentir bête de parler toute seule. Et pourtant, non. Si elle ne voyait personne, elle percevait une présence.

– Est-ce que tu pourrais… me donner un coup de main ?

Elle attendit. Elle écouta. Avec ses oreilles. Avec son cœur.

Aucune réponse en retour, ni dans sa tête, ni dans ses oreilles, ni dans son cœur. Sauf si l'on tenait compte de la sensation de calme qui rendait sa poitrine plus légère, son problème moins urgent, et mettait la gestion de tout cela presque à sa portée.

Était-ce la réponse ? Que tout irait bien ? Ou était-ce comme lorsque Derek ou Holiday la touchaient : juste un atténuement immédiat du chaos émotionnel qui vivait et respirait en elle ? Le doute essaya de balayer le calme.

Elle se laissa tomber sur le sol accidenté sous elle, un mélange de rochers et de terre humide, et posa ses paumes derrière elle pour se soutenir. Penchant la tête en arrière, elle sentit ses cheveux mouillés se balancer légèrement et lui chatouiller le dos à travers sa chemise de nuit. Tout en bas de son dos. Encore plus bas qu'avant. S'asseyant bien droite, elle passa la main derrière elle pour toucher ses pointes. Ses cheveux, comme ses seins, avaient dû pousser. Qu'est-ce que tout cela signifiait ?

Tâchant de fusionner avec l'émotion rassurante générée par cet endroit, Kylie regarda fixement le mur d'eau, à un mètre cinquante à peine, et sentit les gouttelettes lui mouiller la peau.

Ne t'inquiète pas, chérie. Tout ira bien. Un pied devant l'autre.

Elle entendait les paroles de sa grand-mère résonner dans sa tête.

– Tu es vraiment là, Nana ? Ou est-ce que je suis juste en train de me souvenir ?

Elle posa les questions à voix haute.

L'absence de froid caractéristique lui indiqua qu'elle était seule. Une infime partie d'elle-même voulait se rebeller, exiger une réponse, pas uniquement au problème de son fantôme, mais à toutes ses préoccupations. Juste au moment où elle allait ouvrir la bouche, une once de sagesse la traversa, qui anéantit sa frustration. Quoi que ce fût, « cela » donnait un caractère exceptionnel aux cascades et n'admettait ni les exigences ni la rébellion. En plus du calme, Kylie sentait une puissance.

Pas méchante, mais ferme.

Pas insensible, mais inflexible.

Suffisamment inflexible pour mettre le feu à une jeune fille et la mutiler à vie ? Kylie n'avait pas la réponse, et pour sa santé mentale, elle n'était pas bien sûre de vouloir la connaître.

Puis, se rendant compte qu'elle poussait probablement la patience de Della et de Miranda à son comble, elle se leva. Elle sentit alors l'enveloppe pliée dans sa poche. La lettre de Lucas. Autre chose qu'elle devrait affronter plus tard. Et si aucune de ses préoccupations n'avait changé, elle se sentit plus d'assurance pour les affronter. Et peut-être, songea Kylie, serait-ce l'aide maximale qu'elle obtiendrait.

La matinée passa dans un brouillard abêtissant. Était-il dû à son manque de sommeil ou à sa poussée de croissance ? Kylie l'ignorait. Elle déposa son plateau de déjeuner à côté de Della et chercha d'emblée Derek dans le réfectoire.

Son groupe se laissait souvent emporter par ses randonnées matinales et ratait le déjeuner. Alors que son regard se posait rapidement de l'autre côté de la pièce, elle se rendit compte qu'elle mourait d'envie de le voir.

Et qu'elle ne mourait pas du tout d'envie de le voir.

Ce qu'elle pouvait être molle ! Si elle avait du mal à gérer ses sentiments qui allaient et venaient, elle ne pouvait que se demander ce que Derek ressentait. Il devait sûrement penser qu'elle avait deux cases vides, et il aurait raison !

Sans l'ombre d'un doute, le calme et l'assurance qu'elle avait tirés de son escapade aux cascades le matin commençaient à lui faire défaut. Comme un autre balayage visuel de la salle ne faisait pas venir Derek, elle se laissa tomber sur une chaise et se concentra sur Della, qui sirotait son sang avec peu d'intérêt. Puis Kylie remarqua la place vide à côté de Della.

– Où est Miranda ? demanda-t-elle.

– Sais pas, marmonna Della, qui fit tourner son verre dans sa main.

Kylie tâcha de ne pas fixer le sang dans son verre, de peur de se rappeler comme c'était bon. Elle attrapa donc son sandwich au jambon et en prit une grosse bouchée.

– Ça va ? s'enquit-elle la bouche pleine.

– Ouais, je rumine, c'est tout.

– Parce que tu vas rentrer chez toi dans trois semaines ?

– En fait, je n'angoissais pas pour ça, mais maintenant que tu m'y fais penser, je peux l'ajouter sur ma liste de sources de stress. Merci !

La voix de Della était teintée de sarcasme.

– Désolée.

Kylie regarda fixement le sandwich, avec désintérêt.

– Alors, qu'est-ce qui t'angoisse ?

– Des trucs, quoi ! la rembarra Della.

– C'est bon, répliqua Kylie, qui n'appréciait pas son humeur.

D'accord, elle comprenait le mauvais comportement des vampires, mais parfois…

– Désolée, dit Della. C'est juste que parler des anges de la mort ce matin m'a fait penser à des… trucs.

– Tu fais allusion au jour où tu t'es transformée sans te rappeler les détails ?

– Oui.

Della eut l'air soulagée que Kylie se souvienne et elle la regarda comme si elle cherchait de l'aide.

– Et si j'avais commis quelque chose de vraiment terrible ?

« Terrible, comment ça ? » faillit demander Kylie. Della avait-elle réellement peur d'avoir pu blesser quelqu'un ? Puis elle se souvint de qui elle parlait.

– Premièrement, je ne crois pas que tu puisses faire quelque chose de vraiment terrible. C'est vrai, rien que le fait que tu t'en inquiètes montre que tu n'es pas quelqu'un de terrible.

Della n'eut pas l'air convaincue.

– Mais quand on se transforme, c'est une telle folie que...

– Mais tu n'es pas folle, rétorqua Kylie. Et tu es quelqu'un de bien.

Della opina et sembla sur le point d'ajouter autre chose, mais elle détourna les yeux. Quelque chose disait à Kylie que Della avait plus de soucis qu'elle voulait bien l'avouer. Avait-elle plus de souvenirs qu'elle le prétendait ? Quoi que ce fût, Kylie aurait bien voulu l'aider.

– Je me demande ce que Miranda fabrique, dit Della qui tentait manifestement de changer de sujet. J'espère qu'elle ne s'est pas remise à déprimer à cause du petit génie !

– Ça avait l'air d'aller, tout à l'heure.

Kylie regarda la table des sorcières pour voir si Miranda s'y trouvait. Elle n'y était pas.

Si la colo était censée favoriser les mélanges entre espèces, et c'était le cas, il semblait y avoir à l'heure des repas quelque chose qui confirmait le proverbe « qui se ressemble s'assemble », à l'exception de quelques couples interespèces et de quelques colocs. Helen et Jonathon s'asseyaient à tour de rôle avec les vampires et les fées. Jusqu'à très récemment, il n'avait pas été rare que Perry rejoigne Miranda à leur table. Et deux fois par semaine, Derek déjeunait avec Kylie.

Au moins une fois par semaine, et des jours toujours différents, même Della et Miranda choisissaient de ne pas déjeuner avec Kylie, mais avec les leurs. Kylie leur avait dit qu'elles n'étaient pas obligées de s'asseoir à ses côtés. Elle comprenait qu'elles puissent vouloir se joindre à leurs congénères. Mais Della et Miranda ne l'écoutaient pas. Que ce fût par loyauté ou parce qu'elles étaient mal pour elle, Kylie, au fond d'elle, l'appréciait plus que tout. Qui avait envie de déjeuner seul ? Cela lui aurait trop rappelé le lycée, quand Sara était malade ou séchait les cours.

En pensant à Sara, Kylie sortit son téléphone pour vérifier si elle n'avait pas de message de sa meilleure amie. Voilà presque huit jours qu'elle lui avait envoyé plusieurs textos pour lui demander comment ça allait et pour la prévenir qu'elle rentrerait dans trois semaines pour le week-end. Elle avait été très blessée que Sara ne l'ait jamais recontactée. Cela signifiait-il que celle-ci ne voulait plus la voir ?

Bien sûr, Kylie serait la première à avouer qu'elles n'avaient visiblement plus grand-chose en commun – le fait qu'elle ne soit pas humaine, avant tout –, mais leur amitié remontait tout de même à dix ans. Cela ne méritait-il pas qu'elle consacre quelques heures de son week-end à faire au moins semblant que Kylie comptait encore pour elle ?

Le téléphone de Kylie sonna. Pensant que ce serait cool, pour ne pas dire parapsychique, que ce soit Sara, elle attendit que le numéro s'affiche. Pas celui de Sara. Elle coupa son portable et le posa sur la table.

– Ne me dis rien ! Soit Trey, soit ton beau-père ! lança Della.

– Deux points, répliqua Kylie en reprenant son sandwich.

– Lequel ?

– Papa. Mon beau-père.

Même après avoir rencontré Daniel et appris à l'aimer, Kylie oubliait parfois que Tom Galen n'était pas son vrai père. Elle enfonça ses dents dans le pain moelleux, mais sans rien avaler.

– Il continue à se faire son assistante ?

Kylie déglutit.

– J'sais pas. J'm'en fous.

– Menteuse, dit Della.

– Bon, d'accord. Disons plutôt que je ne sais pas et que j'aimerais bien ne rien en avoir à faire.

– Voilà, maintenant tu dis la vérité ! (Elle jaugea Kylie du regard et lui mit son verre de sang sous son nez.) Tu en veux ?

Kylie fronça les sourcils et repoussa le verre.

– Non.

– Tu mens encore, observa Della en arquant un sourcil.

– Très bien ! lança Kylie d'un ton sec, le même que celui de Della tout à l'heure. J'en veux, mais je n'en veux pas. Et ne va pas croire que c'est parce que je trouve que c'est nul d'être un vampire. Je pense que c'est très bien. C'est juste que… je suis un peu débordée par mes tentatives pour découvrir ce que je suis.

– Crois-le ou pas, je comprends. (Della continua à la scruter.) Tu sais, ton cœur bat de nouveau plus vite que la normale.

– Je sais. (Kylie ramena ses cheveux sur ses épaules.) Et regarde, mes cheveux ont poussé, eux aussi !

Elle soupira quand elle se rappela qu'elle n'avait trouvé qu'un seul soutien-gorge qui lui allait désormais.

– Merde ! (Della toucha la chevelure de son amie.) Tu as déjà parlé de tout ça à Holiday ? (Elle regarda une nouvelle fois la poitrine de Kylie.) Je ne veux pas te faire peur ni rien, mais c'est plutôt bizarre…

Oh, super ! Juste au moment où elle s'était presque convaincue que ce n'était pas grave, Della lui affirmait tout le contraire. Kylie laissa échapper un grand soupir.

– Non, je ne lui en ai pas encore parlé. J'ai rendez-vous avec elle à 14 heures.

– Ça n'a pas l'air de te faire plaisir.

– Non.

Della eut l'air choquée.

– Que s'est-il passé ? D'habitude, tu ne fais que l'idolâtrer. Tu es en pétard contre elle ?

– Non, mais c'est elle qui sera en pétard contre moi.

– Pourquoi ? Parce que tu es allée aux cascades ?

– Non, pas pour ça. C'est ce que j'ai fait quand j'étais là-bas qui va l'énerver.

– Qu'as-tu fait ?

Della eut l'air confus tout en sirotant son sang.

— J'ai plus ou moins raconté à Burnett qu'un autre vampire avait brisé le cœur de Holiday.

– Vraiment ? Que s'est-il passé ?

– Il m'a posé des questions sur elle et…

– Pas ça. Avec l'autre vampire ?

– Je… ne sais pas tout.

Kylie se rendit compte qu'elle n'aurait pas dû en parler à Della non plus.

– OK. Alors où est le mal d'avoir raconté ça à Burnett ?

Kylie roula des yeux.

– Ce n'était pas à moi de lui en parler. Ni à toi. Alors ne dis rien.

– Motus et bouche cousue. (Della vola une frite dans l'assiette de son amie.) Tu sais pourquoi tu lui en as parlé, non ?

Elle examina la frite qu'elle tenait du bout des doigts.

– Parce que je suis stupide, répondit Kylie.

– Non, parce que pour toi comme pour tout le monde, c'est clair que ces deux-là ont besoin de faire la bête à deux dos. (Elle fourra la frite dans sa bouche et grimaça.) Avant, j'adorais les frites, mais maintenant… beurk ! Elles ont un goût de fesses de crapaud !

Kylie ignora complètement sa remarque sur les frites et les fesses de crapaud, tout en essayant de comprendre ce qui avait précédé.

– De faire quoi ? La bête à deux dos ?

– La bête à deux dos. Baiser ! Brûler jusqu'au bout ces fichues hormones qu'ils produisent chaque fois qu'ils sont dans la même pièce.

– La bête à deux dos ?

Kylie avait encore du mal à s'y faire.

Della partit d'un rire moqueur.

– J'ai entendu une comique employer ce terme. Elle donnait tous les noms différents qui existent pour « faire la chose ». Drôle, non ?

– Peut-être, répondit Kylie, mais sans trop savoir.

Son sens de l'humour avait pris un jour de repos, son appétit aussi. Elle regarda fixement son sandwich, dont il ne lui restait que quelques bouchées. Son manque d'appétit était-il un signe ? Trouverait-elle un jour, elle aussi, que les frites avaient un goût de fesses de crapaud ?

– En parlant des loups… en chaleur… dit Della.

Kylie leva les yeux. Holiday et Burnett entraient dans le réfectoire. Holiday ouvrait la voie, et Burnett, derrière elle, ne la quittait pas des yeux. L'espace d'une seconde, Kylie craignait que Burnett ait confié à Holiday ce qu'elle lui avait dit. Elle imagina une Holiday furieuse et blessée qui lui passerait un bon savon, et sa poitrine se serra. Mais pourquoi avait-elle parlé à Burnett ? Elle n'aurait jamais dû.

Puis Holiday croisa le regard de Kylie. Ni colère ni peine ne teintaient les yeux verts de Holiday, juste une inquiétude résiduelle. Elle devait encore se faire du souci pour Kylie, parce qu'elle était sortie précipitamment de son bureau ce matin. Holiday articula silencieusement : « 2 heures » et montra sa montre. Kylie opina.

Holiday sourit et s'en alla vers l'entrée du réfectoire, où elle prit une assiette. Burnett continuait à la suivre, sans quitter des yeux aucun de ses mouvements, comme s'il essayait d'apprendre chaque parcelle de son corps par cœur.

– Attends une minute, dit Kylie. Si les vampires peuvent sentir ces hormones, comment ça se fait que Burnett n'ait pas l'air de savoir que Holiday ressent la même chose pour lui ? C'est vrai, quand j'ai insinué que Holiday éprouvait peut-être autre chose que de l'agacement, il paraissait sincèrement surpris.

– Mais la plupart du temps, nous ne pouvons pas sentir celles des gens qui nous attirent. Je n'ai jamais senti celles de mon petit ami.

Un sourire triste effleura ses lèvres, comme si un souvenir avait traversé sa mémoire sur la pointe des pieds.

Kylie comprit que Lee comptait encore pour Della, mais elle eut aussi le sentiment que son amie ne risquait pas de l'avouer ni même d'en parler.

– C'est bizarre, comme fonctionnement.

– Oui. C'est comme si le fait que quelqu'un nous attire déclenchait le bouton « off » de notre détecteur d'hormones. En revanche, si quelqu'un ne te plaît pas, mais que toi, tu lui plais, eh bien pour nous, ça sent comme une boule puante !

Kylie rumina cette information durant quelques secondes, puis dit :

– Mais alors, comment ça se fait que Derek puisse le deviner quand je pense à… (Elle ne savait pas si elle voulait le formuler haut et fort, mais la curiosité la poussa à continuer.) Affirmerais-tu que je ne l'attire pas ?

– Non. (Della se fendit d'un grand sourire.) Ce n'est pas un vampire. Il ne sent rien du tout. Il lit les sentiments. C'est complètement différent.

– Oh…

Kylie reposa les yeux sur son assiette et tâcha de croquer une frite, mais son esprit bouillonnait. Une fois qu'elle l'eut avalée, elle se força à poser la question, à voix très basse :

– Est-ce que Derek et moi… enfin… est-ce que nous répandons réellement des hormones partout ? Enfin, au point que c'est vraiment la honte ?

Les yeux de Della s'écarquillèrent, mais elle ne répondit pas. Ce qui ne lui ressemblait pas du tout. Elle avait pour habitude de ne jamais mâcher ses mots.

– C'est si grave que ça ? insista Kylie.

Della leva alors les yeux au ciel. Kylie essayait de comprendre pourquoi quand un souffle chaud chuchota dans son cou :

– Qu'est-ce qui est si grave ? demanda Derek.

chapitre 11

– Rien, lui répondit Kylie, et elle tâcha désespérément de ne pas émettre d'hormones ni de laisser transparaître les émotions qui l'avaient assaillie dès que son regard s'était posé sur lui. Le problème, c'est qu'elle ignorait totalement comment les arrêter. Où était donc le bouton de son détecteur ?

Off ! Off ! Off ! se dit-elle en appuyant mentalement sur le bouton.

Derek se laissa tomber sur la chaise à côté d'elle. Elle ne voulait pas le regarder de peur que cela n'augmente son émission d'hormones, mais snober quelqu'un était extrêmement impoli. Du moins, selon sa mère.

– Tout va bien ? demanda Derek, probablement conscient qu'elle ne l'avait toujours pas regardé.

« Ne sois pas grossière », pouvait-elle presque entendre dire sa mère.

– Tout va bien.

Elle posa les yeux sur lui. Et comme elle l'évitait depuis

quelques jours, elle s'imprégna pratiquement de son image. Elle en eut le souffle coupé. Il était diablement beau !

Tant pis, elle rejetterait la faute sur sa mère !

Derek transpirait légèrement. Une transpiration appétissante. Sa peau brillait un peu et il sentait le soleil, comme s'il avait absorbé toutes les bonnes odeurs de sa randonnée. Elle imaginait que sa peau aurait un goût de soleil salé si elle y collait les lèvres. Ses cheveux châtains rebiquaient aux pointes, comme ébouriffés par le vent. Il portait un tee-shirt vert foncé, qui le moulait. Et ce jean-là était son préféré. Ou du moins, c'était celui qu'il mettait le plus souvent. Elle le reconnaissait, car les genoux étaient usés et il était plus ajusté que les autres. Et ajusté, cela lui allait très, très bien…

Le rire railleur de Della détourna son attention de Derek. Le vampire se fendit d'un grand sourire et agita une main devant son nez. Comprenant ce que cela signifiait, Kylie se sentit devenir rouge pivoine.

Quand elle jeta un autre regard furtif sur Derek, les yeux de celui-ci étaient rivés sur ses seins. Ce qui voulait sûrement dire qu'à cette seconde-là, il polluait l'air de toutes sortes de phéromones, tandis qu'il essayait de comprendre comment sa poitrine avait pu pousser ainsi du jour au lendemain.

– Je… il faut que je trouve Miranda ! annonça Kylie en se levant d'un bond et en sortant de la salle à manger en trombe.

– Miranda ? Tu es là ? cria Kylie en entrant dans le bungalow cinq minutes plus tard.

Son amie déguerpit à toute vitesse de la chambre de Kylie. La panique se lisait sur son visage et des larmes emplissaient ses yeux. Des larmes dans les yeux de Miranda qui se languissait d'amour, c'était plus ou moins la norme ces derniers jours, mais quelque chose semblait différent.

Kylie le sentit aussitôt. Et cela avait sûrement un rapport avec sa sortie précipitée de la chambre de Kylie, dans un nuage de culpabilité.

– Je suis vraiment désolée ! dit Miranda en hoquetant. Vraiment, vraiment désolée !

– Vraiment, vraiment désolée de quoi ?

Avait-elle trouvé les lettres de Lucas et les avait-elle lues ? Avait-elle délibérément envahi son intimité ?

– Je ne l'ai pas fait exprès.

– Pas fait exprès quoi ? insista Kylie, qui sentait sa patience se dégonfler comme un ballon percé par une épingle.

Ces courriers étaient privés. Zut alors ! Elle n'avait même pas lu le deuxième ! Quand elle était revenue des chutes, elle l'avait rangé dans son tiroir avec l'autre, pensant qu'elle le lirait le soir venu, ou peut-être le lendemain, ou jamais. Elle ne savait pas si son cœur saurait gérer ce que Lucas pourrait dire, en plus de tout ce qu'elle devait déjà affronter.

– Je l'ai déjà fait des dizaines de fois et je n'ai jamais eu de mal à l'annuler jusqu'à maintenant. Je t'en prie, ne sois pas furieuse contre moi !

Kylie eut brusquement le pressentiment que cela n'avait rien à voir avec la lettre de Lucas.

– Qu'as-tu fait ?

Miranda dirigea rapidement son regard sur la chambre de Kylie, mais lorsque cette dernière avança, elle se posta devant elle.

– Je vais tout arranger, je te le jure ! Je vais tout arranger, je ne dormirai pas et ne mangerai pas tant que je n'aurai pas tout réglé !

– Réglé quoi ?

– S'il te plaît, ne m'en veux pas !

Kylie écarta Miranda. Puis elle entra dans sa chambre pour trouver ce que son amie ne voulait pas qu'elle voie et jurait qu'elle allait arranger.

Son regard se posa d'abord sur la table de nuit où elle rangeait ses affaires les plus privées. Le tiroir était fermé. Pas de lettres éparpillées dessus. Un mouvement sur son lit attira son regard. Elle bougea les yeux.

Elle cilla.

Puis hurla.

Elle se rua alors hors de sa chambre. Elle rentra dans Miranda qui l'attrapa par les avant-bras.

– Je suis désolée, vraiment désolée !

Kylie retint son souffle.

– Que… ? (Elle inspira.) Que fait une mouffette sur mon lit ?

Kylie sentit une caresse familière sur sa cheville. Elle baissa les yeux, s'attendant à voir Socks. Mais ce n'était pas Socks.

Elle hurla de nouveau et fit un bond à travers la pièce. La bête leva sa petite tête pointue, miaula et lui courut après.

– Je suis vraiment désolée ! cria Miranda.

Kylie leva les yeux sur son amie, puis les reposa sur la mouffette qui la rejoignit rapidement. Elle moulinait des pattes dans le vide, à la manière si attendrissante des félins.

– Socks ? Non, dit Kylie. Ne me dis pas que… Oh non ! Tu n'as pas fait ça ?

– Je vais tout arranger. Je te le promets ! l'assura Miranda.

Kylie venait de sortir d'une heure de dessin avec Helen et Jonathon. Faisant les cent pas devant le bureau, elle attendait son rendez-vous de 14 heures avec Holiday. Comment lui annoncerait-elle qu'elle avait balancé son histoire d'amour passée avec un vampire ?

Au fait, savais-tu que Burnett ignorait que tu étais sortie avec un vampire ?

Non, ça ne le ferait pas.

Salut ! Burnett et moi discutions, et comme ça, en passant, je lui ai raconté que l'un des siens t'avait bousillé le cœur !

Ça non plus, ça n'irait pas. Pas du tout, même !

– Kylie ? lui cria Derek.

Oh, merde !

Elle le vit traverser un groupe de campeurs qui attendaient pour s'inscrire aux cours de kayak et se résigna à l'affronter. Toutefois, elle s'éloigna de la foule de plusieurs mètres.

– Salut.

Il s'arrêta devant elle et l'examina attentivement.

– Salut.

Elle recula encore et lui fit signe de la suivre trois mètres plus loin.

Il ne la quittait pas des yeux alors qu'elle continuait à marcher à reculons.

– J'ai fait quelque chose de mal ?

– Non, dit-elle en secouant la tête.

– Alors, tu as fumé quelque chose ? Parce que tu te conduis vraiment bizarrement !

Elle comprenait bien pourquoi il pensait qu'elle avait perdu la boule. Toutefois, pour sa défense, sa réalité à elle, depuis six semaines, était complètement différente de celle à laquelle elle avait cru jusqu'alors.

– Ce n'est pas… (Elle jeta un coup d'œil autour d'elle pour s'assurer que personne à l'ouïe supersonique n'était dans les parages.) Je suis gênée, d'accord ?

– Gênée de quoi ? (Le regard de Derek se posa sur ses seins.) De ça ?

Elle releva délicatement son menton. Au moins eut-il la décence de rougir.

– Désolée, c'est juste qu'ils… tu…

– Ils sont plus gros, je sais.

Il prit sa chevelure dans sa main.

– Et tes cheveux ont poussé.

– Et j'ai grandi, aussi, ajouta-t-elle.

Il la mesura visuellement et ses yeux s'écarquillèrent.

– Que s'est-il passé ?

– Si seulement je le savais ! (Elle essaya de dissimuler la frustration dans sa voix. Ce n'était pas sa faute.) Quand je me suis réveillée, plus aucun vêtement ne m'allait !

Il se fendit d'un grand sourire et baissa les yeux une fraction de seconde avant de les relever.

– C'est bien, comme ça !

– Pourquoi je ne suis pas surprise que tu me dises ça ?

Le sourire de Derek s'évanouit et il resta planté sur place à la dévisager. Kylie se demanda s'il faisait vraiment des efforts pour ne pas mater ses seins, bouche bée, ou s'il avait autre chose en tête.

– Écoute, si je n'ai rien fait, pourquoi me fuis-tu depuis deux jours ?

Elle traîna les pieds, douloureusement consciente que ses chaussures lui faisaient mal.

– Je te l'ai dit, je suis gênée.

– Gênée… d'avoir grandi ?

– Non, enfin, oui, ça aussi, c'est ennuyeux. Mais ce n'est pas pour cela que…

– Que tu m'évites. Dis-le. Parce que c'est ce que tu fais.

Il semblait à moitié furieux ou, en tout cas, à moitié agacé. Mais ce qu'elle percevait réellement dans son ton, c'était le manque de confiance en lui. Et, honnêtement, elle ne pouvait pas lui en vouloir. Elle ressentirait la même chose s'il l'évitait comme elle l'avait fait.

Elle se mordit la lèvre.

– Je suis désolée. Ce n'est pas ce que tu crois.

– Alors qu'est-ce que c'est ? Parce que là, je suis perdu ! C'est vrai, quoi, tes sentiments semblent OK la plupart du temps quand je suis avec toi, et même super parfois, puis d'un seul coup tu t'enfuis !

– Et… c'est plus ou moins la raison pour laquelle je m'enfuis.

Le front du garçon se plissa.

– Et… je ne comprends toujours pas.

Très bien, elle allait mettre les points sur les i. Mais elle rougit, rien que d'y penser.

– Quand je suis avec toi, je ne pense qu'à t'embrasser et plus encore…

Et à aller plus loin que je ne suis jamais allée avec personne.

Le front de Derek se plissa plus encore, mais, au moins, une partie du poids qu'il semblait porter sur ses épaules tomba.

– OK. (Il fourra les mains dans les poches de son jean.) Maintenant, peux-tu m'expliquer pourquoi ce n'est pas bien ?

– Ce n'est pas vraiment ça, disons que c'est quelque chose de... privé. Je ne veux pas que tu devines ce qui se passe dans ma tête. Et encore moins tous les vampires et les fées qui se baladent dans le camp.

Les épaules de Derek se contractèrent, comme si le poids était revenu.

– Alors comme ça, tu es gênée parce que les autres savent que tu m'aimes ?

– Non… t'aimer, c'est une chose. Avoir envie de… faire certaines choses, c'en est une autre.

– Tu veux faire « certaines choses » avec moi ? (Il faillit sourire, puis passa une main dans ses cheveux.) Tu sais, je ne pensais pas que l'on pouvait se sentir complimenté et insulté en même temps. Mais tu as réussi à me faire ressentir les deux à la fois !

– Je ne t'ai pas insulté.

– Si, tu l'as fait, si tu es gênée que tout le monde sache que tu m'aimes bien !

– Je t'ai dit que ça n'avait rien à voir avec ça.

– D'accord, tu ne veux pas que l'on sache que je t'attire.

Kylie ouvrit la bouche pour parler, mais sans savoir quoi dire.

– Non, plus ou moins. Enfin, c'est privé, quoi.

– Privé ? (Il hésita, comme s'il tâchait de comprendre ce qu'elle racontait.) Ce n'est jamais si privé que ça.

– Si, pour les humains. Et j'ai beau ne pas être humaine à cent pour cent… Enfin regardons les choses en face. Pendant seize ans, j'ai vécu en tant qu'humaine, et depuis moins de deux mois, j'essaie d'affronter le fait que… Attends, je ne sais même pas ce que je suis ! (Elle secoua la tête, sentant sa frustration s'intensifier.) Mais oui, j'aime la façon dont les humains s'y prennent.

– Comment s'y prennent-ils ? demanda Derek, comme s'il ne la suivait pas.

Elle ne pouvait pas totalement lui en vouloir, parce qu'elle n'était pas sûre de se comprendre elle-même.

– J'aime que les humains gardent leurs sentiments et leurs pensées intimes pour eux.

Derek réfléchit à ce qu'elle venait de dire. Elle devina que son raisonnement n'avait aucun sens pour lui.

– Non, dit-il. Tu te trompes.

– À quel sujet ?

À présent, elle se sentait perdue.

– Ça ne relève pas du domaine du privé pour les humains non plus. Ils ne gardent pas tout pour eux.

– Seulement s'ils ont décidé d'en parler à quelqu'un d'autre, dit Kylie.

– Mais non ! Regarde Helen et Jonathon, là-bas. Tu vas m'affirmer que toi, enfin ta partie humaine, ne peut pas voir que ces deux-là sont attirés l'un par l'autre ? Et Burnett ? Tu savais avant moi qu'il était raide dingue de Holiday. Tu peux le deviner.

D'accord, il avait raison. Mais elle n'avait pas envie qu'il l'embête avec ça.

– Je le vois, oui. Mais je ne peux pas ressentir leurs sentiments ni sentir les phéromones qu'ils émettent quand ils veulent… faire la bête à deux dos… s'envoyer en l'air. Et savoir que d'autres personnes peuvent… sentir les miennes… eh bien, ça me… fait légèrement flipper, d'accord ?

Derek secoua la tête.

– Es-tu sûre que c'est le fait que d'autres le sachent qui te fait flipper ? Et non pas ce que tu ressens pour moi ?

Elle le regarda fixement.

– Je ne vois pas où tu veux en venir.

– Je ne suis pas si sûr que tu le veuilles.

Il agita une main entre eux.

– Que je veuille quoi ?

Puis, juste alors, certaines choses lui revinrent à l'esprit. Quand elle avait eu la même dispute avec Trey. Pas encore !

– Toi et moi. Nous. Tu ne souhaites pas que nous devenions un « nous ». Chaque fois que j'ai l'impression que nous allons nous rapprocher, tu finis par me repousser. Je t'ai demandé de sortir avec moi à six reprises au moins, et tu ne m'as jamais donné de réponse. Pourquoi ?

Oui, elle avait bien failli avoir cette même conversation avec Trey.

– Il n'y a que le sexe qui t'intéresse, pas vrai ?

– Quoi ? (Derek en resta bouche bée.) Non, je ne parlais pas de ça !

– Donc, tu ne veux pas que ça ? demanda Kylie, encore plus en colère.

Il la regarda fixement, comme si elle avait d'un seul coup deux têtes et une queue. Vu tout ce qui s'était passé en elle ces derniers temps, Kylie faillit vérifier qu'une deuxième tête ne lui était pas poussée, ni une queue.

– D'où est-ce que tu sors ça ? demanda-t-il.

D'un seul coup, elle prit conscience que la foule s'était rapprochée et que plusieurs personnes avaient l'ouïe d'une chauve-souris en mal de potins. Elle jeta un coup d'œil à sa montre et constata qu'il était plus de 14 heures.

– Désolée, je suis en retard.

Kylie entra en trombe dans le bureau de Holiday. Elle se laissa tomber sur la chaise des visiteurs, et regarda son amie et directrice dans les yeux.

– Je déteste les garçons. J'envisage sérieusement de devenir lesbienne.

L'expression de Holiday était mi-souriante, mi-boudeuse.

– Si c'était aussi simple, quatre-vingt-dix pour cent des femmes dans le monde entier seraient homos !

Holiday fit une drôle de petite grimace, puis, tout en buvant une gorgée de sa canette, demanda :

– Alors… des problèmes de mecs ?

– De mecs, de mouffettes et de fantômes.

Holiday s'étouffa avec son soda light.

– De mouffettes ?

Kylie, vaincue et épuisée par sa petite dispute avec Derek, s'enfonça dans le fauteuil.

– Miranda a transformé Socks en mouffette. Et elle n'arrive pas à le retransformer. (À peine ces mots furent-ils sortis de sa bouche que Kylie s'aperçut qu'elle médisait.) Mais bon, je ne te demande rien.

Holiday essaya de réprimer un sourire, mais les coins de sa bouche se relevèrent.

– Elle devait sûrement répéter pour le concours auquel sa mère l'a inscrite pour son retour chez elle !

– Je ne veux pas lui attirer de problèmes. Mais si elle ne parvenait pas à le remétamorphoser ? Je me retrouverais coincée avec une mouffette en guise d'animal domestique !

Un autre sourire menaçait d'apparaître sur les lèvres de Holiday.

– Je suis sûre qu'elle y arrivera.

Kylie secoua la tête, puis laissa tomber ses mains sur ses genoux.

– Si tu savais comme j'aimerais que ma vie redevienne comme avant. Comme quand j'étais humaine ! Normale ! Personne n'essaierait de lire dans mes pensées, de changer mes sentiments, ni de me dire que ma mission consiste à sauver une vie.

Holiday se cala dans son fauteuil et étira les bras, comme si elle était restée trop longtemps assise dans la même position. Les mains toujours en l'air, elle regarda les papiers éparpillés devant elle d'un air renfrogné.

– Humain, je ne sais pas, mais normal, ça a du bon, parfois, non ?

Quelque chose dans l'humeur de Holiday lui fit revoir ses priorités.

– Tout va bien ? lui demanda Kylie.

– Moi ? Oh oui ! (Elle fit tomber ses mains et s'assit un peu plus droite, comme pour se défendre.) C'est pour toi que je me fais du souci, Kylie. Tu avais vraiment l'air énervée, ce matin.

Kylie se souvint qu'elle était sortie de son bureau comme une furie.

– Je suis désolée… Parfois, c'est trop, voilà tout.

– Je sais. Mais nous allons trouver une solution.

Kylie fronça les sourcils.

– On dirait ma mère. Elle dit toujours : « Dieu ne te donnera pas plus que ce que tu peux gérer. »

Holiday gloussa.

– Et espérons qu'Il ne nous fera pas non plus trop confiance, d'accord ?

– Ouais. (Kylie vit l'inquiétude apparaître de nouveau dans les yeux de Holiday.) Et tes problèmes ?

Elle montra le bureau, sentant que son amie était énervée.

– Ça ira… Juste des histoires de sous à régler quand nous passerons à temps plein ici. Il faudra engager des professeurs. Poser des radiateurs dans les bungalows. Et je me demande bien comment nous allons y arriver.

– Je croyais que le gouvernement, enfin l'URF, finançait le camp ?

– Dans une certaine mesure, oui, mais lorsqu'ils ont accepté de me laisser ouvrir le pensionnat, ils nous ont accordé un budget serré. En ce moment, on fait même des économies sur les programmes gouvernementaux. (Elle reposa les yeux sur son bureau.) Ce n'est sûrement pas aussi dur que je le pense. C'est juste… Sky s'occupait des finances, et voilà que je me retrouve avec ça sur les bras.

– Burnett ne sait pas faire ce genre de chose ? demanda Kylie, dans l'espoir d'amener habilement la conversation sur lui.

– Aucune idée. Mais comme il doit nous donner un coup de main pour un mois seulement, je ne vois aucune raison de le mêler à nos finances.

En clair, elle ne lui faisait pas confiance. Était-ce parce que c'était un vampire ou parce qu'elle avait accordé sa confiance à Sky, sa dernière codirectrice, et que celle-ci l'avait laissé tomber ? Holiday ne parlait pas beaucoup d'elle, mais Kylie sentait que la trahison de son amie l'avait blessée plus qu'elle ne voulait l'avouer.

– Ont-ils embauché une nouvelle directrice ? demanda Kylie.

L'expression de Holiday se fit alors plaintive.

– Non. Ils m'ont promis que d'ici la fin de l'été, je devrais avoir quelqu'un. Mais ça n'arrivera pas assez vite.

– Est-ce si désagréable de travailler avec lui ?

Kylie sentait que la frustration de Holiday venait de Burnett. Ce qui ne fit que renforcer son inquiétude : comment prendrait-elle l'aveu de Kylie ?

– Nous sommes trop différents, voilà tout.

Le regard de Holiday se posa sur la poitrine de Kylie et

s'y attarda une fraction de seconde de trop. Elle avait donc remarqué la poussée de croissance.

Kylie oublia son aveu pour se concentrer sur ses propres problèmes.

– Peux-tu l'expliquer ?

– Expliquer quoi ? demanda Holiday d'un ton innocent, mais qui ne convainquit pas l'adolescente.

Elle pointa du doigt ses seins. Holiday fronça les sourcils.

– J'espérais que tu t'étais juste acheté un nouveau Wonderbra.

– Bien peur que non ! Et il y a mes cheveux, aussi. (Kylie les fit passer par-dessus son épaule.) De plus, mes chaussures sont presque trop petites, et je suis quasi sûre d'avoir pris deux bons centimètres !

– Hmm...

Holiday semblait tout faire pour que son visage reste illisible.

– Hmm quoi ?

Kylie se pencha et colla ses mains sur le bureau.

– Hmm, c'est étrange, déclara Holiday, mais quelque chose dans la façon dont elle reposait les yeux sur ses papiers montrait qu'elle n'était pas franche à cent pour cent.

– S'il te plaît, ne me fais pas ça maintenant, insista Kylie.

Holiday leva les yeux.

– Faire quoi ?

– Me cacher quelque chose. C'est à moi que ça arrive, j'ai le droit de savoir ce qui se passe.

– Je ne cache rien... (Holiday se tut et soupira.) Je n'appelle pas ça « cacher » alors que je suis en train de réfléchir à des hypothèses, de deviner. J'ignore si c'est juste de te donner des informations alors que je ne suis sûre de rien.

– Ce qui n'est pas juste, c'est de me laisser dans l'ignorance totale. Parce que, crois-moi, quoi que tu sois sur le point de me dire, ce ne sera pas aussi grave que ce que j'imagine.

Holiday hocha la tête.

– D'accord, mais souviens-toi : ce n'est que pure spéculation. Même Burnett affirme que pour lui, ce n'est pas un signe sûr.

Kylie se doutait que Burnett avait remarqué que ses seins avaient grossi. À sa décharge, il l'avait bien géré ; mais de là à en déduire qu'il bavardait de cela avec les autres… C'était franchement gonflé. Exagéré de chez exagéré.

– Vous avez discuté de mes seins, tous les deux ?

– Pas vraiment. Enfin si, mais… pas… Écoute, il a dit qu'il avait constaté des changements en toi quand il est tombé sur toi dans les cascades. J'ai insisté pour qu'il me précise lesquels.

Le simple fait d'évoquer sa rencontre avec Burnett aux chutes d'eau rappela à Kylie qu'elle devrait cracher le morceau. Mais d'abord, elle devait savoir.

– Quelles sortes d'hypothèses ?

– Certaines femelles loups-garous…

– Loup-garou ? Oh non ! Pas loup-garou… Tout mais pas ça !

chapitre 12

– Hé ! (La main de Holiday vint se poser sur le bras de Kylie.) Tu vois, c'est pour cela que je n'ai pas voulu t'en parler. Je savais que tu en tirerais des conclusions hâtives.

Kylie cilla.

– Que font certaines femelles loups-garous ? Elles ont des super seins qui poussent ?

– Non… Enfin, si. (Holiday réprima un sourire.) Quand elles atteignent un certain niveau de maturité, quand elles s'approchent de l'âge de l'accouplement, elles s'étoffent assez vite.

Le cœur de Kylie battit la chamade. Elle se souvint de ce que Miranda avait déclaré lorsqu'elle avait vu un loup-garou se changer en loup, que cela lui avait semblé très douloureux.

– Ça ressemble tout à fait à ce qui m'arrive en ce moment. Mais pourquoi n'est-ce que de la spéculation ou des conclusions hâtives ?

Holiday secoua la tête.

– À moins qu'un loup-garou ait été transformé, la plupart se mettent à se métamorphoser en loup à l'âge de quatre ou cinq ans. Il serait très étonnant que cela t'arrive à ton âge. Et puis il y a le fait que les loups-garous connaissent de grosses sautes d'humeur quelques jours avant et après une pleine lune. Le docteur Day m'a confié qu'elle t'avait vue pendant une pleine lune et n'avait décelé aucun de ces signes. Et je t'ai observée lors de la dernière pleine lune, rien que pour voir si, peut-être, elle avait manqué quelque chose. Je n'ai constaté aucun changement dans ton comportement.

– Peut-être que je suis juste une plante à floraison tardive, remarqua Kylie tout en souhaitant que ce ne soit pas la vérité. Et je n'ai jamais été du genre à exprimer mes sentiments. Si ça se trouve, tu ne m'as tout simplement pas vue de mauvaise humeur.

– Il y a aussi… ton chat, poursuivit Holiday. Tous les félins éprouvent une aversion envers les loups-garous. Ce qui n'est pas le cas du tien.

Kylie se souvint de la réaction de son chat envers Lucas, des années plus tôt. Elle se rappela comment il s'était comporté le jour où il l'avait déposé. Mais tout à coup, elle se rappela autre chose qui devait être important.

– Oh, mince ! Le loup…

– Quel… loup ?

– L'autre nuit… quand je me suis enfuie après avoir goûté du sang. Je suis tombée sur un loup. Il a traîné autour de moi. Il s'est même remontré plus tard cette nuit-là, mais…

– Ce n'était pas une pleine lune, dit Holiday. Ça n'aurait pas pu être un loup-garou.

– Je sais que c'est pour cela que je ne croyais pas… enfin, je pensais que c'était un loup à moitié apprivoisé. Il s'est agenouillé devant moi et a essayé de ramper vers moi, comme s'il désirait que je le touche, quelque chose comme ça. (Elle dut se souvenir de respirer.) D'après toi, cela pourrait-il vouloir dire quelque chose ? Est-ce une sorte de rituel que les loups accomplissent avec des loups-garous avant leur première transformation ?

Holiday regarda fixement Kylie, comme si elle y réfléchissait.

– Je n'en ai jamais entendu parler. Mais je… C'est Sky qui conseillait les loups-garous. Moi, je ne détiens pas tout le savoir à ce sujet. Mais je demanderai autour de moi. Burnett doit savoir.

– Ce n'est pas un loup-garou.

Kylie regrettait que Lucas ne soit pas là. Pour la guider, pour l'aider à comprendre tout cela. Mais non, il s'était enfui avec un autre loup-garou. Et Kylie n'avait toujours pas lu sa lettre, tellement elle était énervée contre lui.

– Burnett n'est pas un loup-garou, mais son boulot à l'URF nécessite un gigantesque travail de recherche sur tous les surnaturels. Crois-le ou non, il est aussi brillant qu'il est arrogant. Et j'espère que tu ne t'imagines pas… enfin, quand il m'a annoncé que tes seins avaient grossi, il n'y avait dans son ton que de l'inquiétude quant à la façon dont tu appréhenderais ces changements.

Même folle d'angoisse à l'idée d'être un loup-garou, Kylie se rendit compte que Holiday défendait Burnett. Que cela lui plût ou non, la jeune femme éprouvait une forme de respect pour le vampire. Non pas que cela excusât Kylie de lui avoir confié des informations privées sur Holiday. Mais ces deux-là ne voyaient-ils pas qu'ils devraient donner une chance à leur histoire d'amour ? Holiday serait-elle furieuse que Kylie ait évoqué sa relation passée avec un autre vampire ?

À propos des cascades…

– Je comprends, dit Holiday.

– Tu comprends quoi ? demanda Kylie, espérant que ce soit aussi simple, que Burnett ait parlé de leur conversation à Holiday et qu'elle ne soit pas énervée.

– Je comprends que tu y sois allée, lança Holiday, en mettant de l'ordre dans ses papiers. Je m'y rends au moins une fois par semaine. C'est l'endroit idéal pour… réfléchir, pour essayer d'y voir plus clair. As-tu obtenu des réponses au sujet du fantôme ce matin ?

Kylie secoua la tête.

– Juste une sorte de légitimité.

– Alors il faut que tu aies confiance : tu fais tout ce que tu peux.

Kylie se rappela brusquement.

– Tu as prétendu que tu n'avais jamais vu d'ange de la mort.

– C'est vrai.

– Mais tu as affirmé que tu n'étais même pas sûre qu'ils soient réels.

– Je ne pense pas que la version des légendes à laquelle tout le monde croit soit réelle, précisa Holiday.

– Alors qu'est-ce qui rend les cascades aussi… exceptionnelles ?

Holiday hésita, comme si elle cherchait les mots justes.

– Je crois que c'est un lieu sacré. Que le Grand Manitou, qui dirige tout, là-haut dans le ciel, l'a créé pour ceux d'entre nous qui doivent affronter les esprits. C'est un lieu où nous pouvons trouver la paix. Et parfois même des réponses.

– Comme une église ? demanda Kylie, qui se rappelait la solennité qu'elle avait ressentie aux cascades.

– Oui, en quelque sorte. Il y a un pouvoir spirituel fort, là-bas. Tu l'as senti, non ?

Holiday mit sa main sur celle de Kylie, qui la retira.

– Oui, mais… pourquoi ne me l'as-tu pas dit ? Je t'ai interrogée sur les cascades et tu ne m'as rien dit. C'est vrai… j'aurais pu… j'aurais pu m'y rendre dès le début. J'aurais peut-être mieux compris ce que le fantôme essayait de me dire, depuis le temps.

Holiday posa ses mains sur son bureau et l'empathie envahit ses yeux verts.

– On ne parle des cascades à personne, Kylie. Ce sont elles qui doivent t'appeler. Et je suppose qu'elles t'ont appelée, sinon tu n'y serais pas allée.

Kylie ne pouvait nier qu'elle avait senti leur appel. Pourtant, elle n'appréciait toujours pas de devoir tout comprendre toute seule. Où était le mal à lui donner un petit indice, à lui prêter main-forte ?

– Je suis, dans une certaine mesure, choquée que Burnett y soit allé, dit Holiday. Les seuls surnaturels qui se font appeler aux cascades sont ceux qui ont le pouvoir de parler aux fantômes. Les autres trouvent que c'est trop stimulant émotionnellement – ou intimidant, devrais-je sans doute dire.

Kylie se rappela la réaction de Della et de Miranda. Ouais, intimidant, c'était bien ça.

– Même Sky refusait d'y aller. (Holiday leva les yeux sur Kylie.) Burnett est-il vraiment passé derrière les chutes d'eau ?

– Il y était quand je suis arrivée. (Elle hésita.) Il y est allé pour toi, ajouta Kylie, qui se servit de cela comme ouverture.

Si elle ne le faisait pas maintenant, elle risquait de se rétracter. Et son abus de confiance serait encore pire.

– Pour moi ?

– Il voulait mieux te comprendre. Et, à mon avis, il croyait que si… s'il parvenait à comprendre toute cette histoire de fantômes, alors…

– Il a dit ça ?

Les yeux de Holiday s'écarquillèrent de surprise.

– Ouais. (Kylie hésita, puis lâcha étourdiment :) Je lui

ai expliqué qu'un autre vampire t'avait brisé le cœur. Que c'était pour cela que… tu ne voulais pas sortir avec lui.

Le front de Holiday se rida immédiatement et ses yeux se plissèrent. C'était une expression inhabituelle chez elle.

– Tu lui as dit quoi ?

– Je sais que je n'aurais pas dû, mais… il m'a demandé, et au début, je ne lui ai pas dit, puis…

– Pourquoi il… Non, pourquoi lui dirais-tu quoi que ce soit ?

– Il t'aime sincèrement, Holiday.

– Ce qu'il ressent m'est bien égal. Je n'ai pas partagé cela avec toi pour que tu le répètes.

Elle se tut, mais la frustration transparut dans ses yeux.

– Je suis désolée. Vraiment. Et je sais que j'ai eu tort, mais… ce que ton fiancé t'a fait t'empêche visiblement de voir les opportunités avec Burnett. Tu le punis pour quelque chose qu'il n'a pas fait.

L'expression de Holiday ne s'adoucit pas. Elle respira un bon coup.

– Kylie, ce qui se passe entre Burnett et moi n'est pas… (Elle ferma la bouche et les muscles de sa mâchoire se serrèrent.) Si nous arrêtions immédiatement cette conversation et si nous la reprenions plus tard ? Il me faut du temps.

Kylie sentit un immense trou s'ouvrir dans sa poitrine.

– S'il te plaît… Ne m'en veux pas !

Holiday leva la main.

– Je ne t'en veux pas, à vrai dire. Je suis déçue, c'est tout.

– C'est encore pire, dit Kylie, et son cœur se serra davantage. Vraiment, je suis désolée.

Holiday se mit debout et lui montra la porte.

– À demain, lui lança-t-elle.

Les larmes picotèrent les yeux de Kylie. Plus que tout, elle désirait se défendre, supplier Holiday de lui pardonner.

L'implorer de ne pas laisser sa bêtise ternir la relation qu'elles venaient de créer. Mais, tout au fond d'elle, quelque chose lui disait qu'il était peut-être trop tard.

Aux environs de 21 heures ce soir-là, Kylie, allongée sur son lit, fixait du regard le plafond en compagnie de la satanée mouffette qui partageait son oreiller. Elle avait décidé de ne pas participer à la soirée pizzas et basket qui avait lieu au réfectoire. Burnett avait aménagé un terrain de basket et tous les garçons avaient constitué des équipes. Avec le peu de sommeil de ces derniers jours, on aurait pu croire qu'elle serait complètement H.S., mais non.

Elle posa les yeux sur le tiroir dans lequel elle avait rangé la lettre de Lucas et, l'espace d'une seconde, son esprit passa du problème « Holiday » au problème « Lucas », puis « Derek ». Il se reconcentra ensuite sur l'éventualité qu'elle fût un loup-garou. Quel bonheur !

Lorsque son esprit se heurta de nouveau au danger que courait quelqu'un qu'elle aimait, Kylie se souvint immédiatement du sentiment que lui avaient inspiré les cascades, de la certitude que si elle continuait à suivre le cap fixé, au moins ce problème-là serait résolu.

Les autres soucis ne lui semblaient malheureusement pas aussi gérables.

La sonnerie du téléphone la fit grogner. Mais après tout, elle ne serait pas contre une pause pour cesser de jongler avec toutes ses préoccupations. Et avec un peu de chance, c'était sans doute Sara qui la rappelait enfin. Certes, elles n'étaient plus aussi proches, mais Sara comptait encore pour elle, et Kylie avait récemment beaucoup pensé à elle. Mais était-elle capable de parler à son ex-meilleure amie ?

– Je ne veux pas te faire peur, lança-t-elle à Socks qui avait peut-être – ou pas – mis son arrosoir au repos. Il faut que j'attrape mon téléphone.

L'animal ouvrit un œil de fouine, la regarda, puis laissa échapper un miaulement pathétique.

Miranda avait passé toute la matinée à essayer de rendre à Socks son identité du bon vieux temps. Kylie avait fini par lui intimer de faire une pause. Elle lui avait même dit de ne pas se montrer si dure envers elle-même, que ce n'était qu'un accident de parcours. Un énorme accident de parcours bien flippant, mais ça, Kylie s'était bien gardée de le souligner.

Le téléphone cessa de sonner et Kylie n'éprouva même pas l'envie de vérifier qui avait appelé. Elle jeta de nouveau un coup d'œil à Socks.

– Un gros accident bien flippant ! marmonna-t-elle.

Mais comme elle espérait que Holiday lui pardonne, elle décida qu'il valait mieux qu'elle applique ce qu'elle prêchait, ou du moins qu'elle pratique ce pour quoi elle priait : le pardon. Et elle avait prié. Quand elle se souvint que Holiday s'était vraiment sentie trahie, une vague de douleur envahit son cœur.

Comment avait-elle pu croire que parler de Holiday à Burnett était la chose à faire, et aujourd'hui trouver cette idée aussi nulle ? Dire la vérité à Burnett lui avait paru logique. Elle s'était sentie obligée de le faire, comme si ses entrailles l'y avaient encouragée. Elle ne les écouterait plus jamais !

Son téléphone sonna de nouveau. Elle le rapprocha, pas sûre de vouloir bavarder, et examina le numéro… Subitement, un nœud se forma dans sa poitrine.

chapitre 13

Maman. Cette prise de conscience fit mouche. Kylie n'aurait jamais cru qu'elle ressentirait cela, mais sa mère lui manquait. Si seulement elle était là… simplement pour être là. Et pas uniquement parce qu'elles venaient de trouver un nouveau terrain d'entente. Kylie appréciait même leur relation d'avant.

L'adolescente avait juré que sa mère ne l'avait jamais aimée, mais plus elle était loin d'elle et plus elle voyait les choses différemment. D'accord, sa mère s'était montrée émotionnellement distante, et d'accord, Kylie ne lui ressemblait en rien. Mais à présent, elle avait bien conscience de toutes les autres preuves d'amour que sa mère lui avait données. Les pancakes, tous les samedis matin. Sa carte de crédit qu'elle lui prêtait dès qu'elle avait besoin de quelque chose. Même les brochures pourries sur le sexe prouvaient qu'elle comptait pour sa mère. Kylie serait néanmoins ravie si celles-ci disparaissaient…

Elle appuya sur la touche « Répondre » et réprima une vague de nostalgie.

– Salut, maman !

Elle jura de ne pas pleurer et, non sans mal, fit en sorte que sa voix ne tremble pas.

– Chérie ? (L'inquiétude immédiate dans le ton de sa mère fit grossir le nœud dans la gorge de Kylie, et l'émotion lui fit mal aux sinus.) Tu vas bien ?

Comment sa mère pouvait-elle deviner que quelque chose n'allait pas, alors que Kylie n'avait prononcé que deux mots ? Était-elle médium ? Non, elle était seulement humaine. Ce devait être l'instinct maternel. Et elle n'en avait jamais manqué.

– Je vais bien.

Kylie se mordit l'intérieur de la joue pour ne pas pleurer.

– Que s'est-il passé, mon trésor ?

Des larmes se formèrent dans ses yeux.

– Rien. (Elle regarda Socks se repositionner sur l'oreiller et pria pour qu'il ne se mette pas à l'arroser. Se faire arroser par son chat-mouffette, il ne manquerait plus que ça !) Une dure journée, voilà tout.

– Comment ça ? Tu veux rentrer à la maison ? Tu n'as qu'un mot à dire et je viens te chercher ce soir.

– Non, maman. J'adore être ici.

Kylie se souvenait que sa mère ne lui avait pas encore donné son aval pour qu'elle s'inscrive au pensionnat de Shadow Falls. Par conséquent, elle ne devrait pas évoquer de points négatifs sur le camp pour l'instant. Elle devrait pousser sa mère à accepter… surtout si… Kylie était, en fin de compte, un loup-garou. Comment donc expliquer cela à un parent humain ?

– Je… j'ai commis une erreur aujourd'hui et quelqu'un qui compte vraiment pour moi m'en veut terriblement.

– Nous commettons tous des erreurs. Tu n'as qu'à t'excuser.

– Je l'ai fait.
– Et on ne t'a pas pardonné ? On t'en veut encore ?
– Pas vraiment. La personne est juste déçue.

La poitrine de Kylie se gonfla de regrets quand elle revit Holiday le lui dire. La jeune fille savait ce que c'était d'être déçue et blessée par quelqu'un à qui l'on faisait confiance. C'était pire que de lui en vouloir. Comme son père. D'accord, elle était à la fois blessée et furieuse contre lui, mais la douleur lui avait brisé le cœur. Si, parfois, être en colère pouvait faire du bien, être blessé n'apportait rien de bon. Rien de rien.

– Tu veux me raconter ce qui s'est passé ? demanda sa mère, comme si elle ne souhaitait pas être indiscrète mais estimait que son devoir maternel l'y obligeait.

Étonnamment, Kylie eut envie de lui répondre. Elle ne pouvait pas tout lui dire, et elle s'en garderait bien, mais elle pouvait lui ouvrir son cœur.

– Quelqu'un m'a fait une confidence. Et je l'ai répétée. À ce moment-là, je pensais vraiment que cela permettrait… de résoudre un problème. Mais…
– Mais non ?
– Non. Enfin, rien que je ne puisse voir pour l'instant.
– Kylie, on dirait que tu essaies de faire ce qu'il faut. À ta place, je ne me montrerais pas aussi dure envers moi-même. Ce n'est qu'un petit accident de parcours, ma fille.

Les paroles choisies par sa mère faillirent la faire rire. N'était-ce pas exactement ce que Kylie avait dit à Miranda ? Peut-être qu'elle ressemblait plus à sa mère qu'elle ne le pensait. Elle sentit sa gorge se nouer.

– Je t'aime, maman, déclara Kylie sans réfléchir.
– Oh, bébé ! répliqua sa mère, qui semblait désormais sur le point de pleurer. Moi aussi. Je peux faire quelque chose pour toi ? Je peux venir distribuer des coups de pied aux fesses, si tu veux !

Une larme ruissela sur la joue de la jeune fille.

– Tu ferais ça pour moi ?

– Illico !

Kylie gloussa et renifla en même temps.

– Tu es prête à changer de sujet ? À parler de quelque chose de drôle ? demanda sa mère, brusquement excitée. C'est le motif de mon appel.

– Oui.

Kylie s'essuya les yeux. Entendre une bonne nouvelle ne lui ferait pas de mal.

– Tu ne devineras jamais où je nous ai inscrites vendredi soir, quand tu seras là !

– Où ? demanda Kylie en se rendant compte qu'elle ne redoutait plus de rentrer chez elle.

Ce serait bien de passer du temps avec sa mère, de s'éloigner, avec un peu de chance, des problèmes qui pesaient sur elle ici, à la colo.

– C'est toi qui m'as fait penser à ça.

– Penser à quoi, maman ? demanda Kylie, qui percevait l'enthousiasme de sa mère.

– Une chasse aux fantômes. Tu te souviens, tu m'as dit que les cascades étaient hantées au camp ?

– Une chasse aux fantômes ?

Kylie n'en croyait pas ses oreilles.

– On dîne dans une chambre d'hôte qui a la réputation d'être hantée, et ensuite ils nous emmènent faire un tour. C'est super cool, non ?

Kylie se laissa retomber sur son oreiller. À présent, elle avait vraiment envie de pleurer.

– Ouais. Super cool…

Ou pas, pensa Kylie.

Une demi-heure après avoir raccroché, Kylie décida de compter les moutons, pour inviter le sommeil à venir l'emporter. Alors que le mouton numéro cent traversait son lit d'un bond, la jeune fille repassa dans sa tête sa dispute avec Holiday.

« Ce qu'il ressent m'est bien égal. Je n'ai pas partagé cela avec toi pour que tu le répètes », avait dit Holiday.

« Je suis désolée. Vraiment, avait répondu Kylie. Et je sais que j'ai eu tort, mais… ce que ton fiancé t'a fait t'empêche visiblement de voir les opportunités avec Burnett. Tu le punis pour quelque chose qu'il n'a pas fait. »

« Tu le punis pour quelque chose qu'il n'a pas fait. »

« Tu le punis pour quelque chose qu'il n'a pas fait. »

Puis l'esprit de Kylie se focalisa entièrement sur sa dispute avec Derek.

« Il n'y a que le sexe qui t'intéresse, pas vrai ? » lui avait-elle dit.

« Quoi ? Non, je ne parlais pas de ça ! » avait-il répliqué.

Kylie se rappela toute la colère qui sourdait en elle à cet instant. De la colère refoulée, des vestiges de colère. De celle qu'elle avait éprouvée envers… Trey.

« Tu le punis pour quelque chose qu'il n'a pas fait. »

– Oh, et puis merde !

Kylie s'assit bien droite. Avait-elle fait ce dont elle accusait Holiday ? Plus elle y pensait, plus elle se rendait compte que Derek ne lui avait jamais mis la pression. Pas une seule fois. Ce qu'il lui avait dit, qu'elle s'éloignait de lui, était tout bêtement lié au fait qu'elle l'esquivait. Et ça n'avait rien à voir avec son désir de la déshabiller.

Puis une partie du dialogue avec sa mère lui revint : « Nous commettons tous des erreurs. Tu n'as qu'à t'excuser. »

Sa mère avait raison. Ce qui, s'aperçut Kylie, était une autre chose dont elle ne l'aurait jamais cru capable. Mais tant pis, elle avait raison. Elle devait s'excuser.

Elle se leva, ôta sa chemise de nuit et remit son jean trop court, son soutien-gorge trop serré, ses tennis trop petites et un tee-shirt, puis partit à la recherche de Derek.

À l'instant où Kylie sortait, l'air chaud et moite la frappa. Elle se mit en route vers le réfectoire, puis s'arrêta. Derek quittait généralement les soirées plus tôt pour appeler sa mère. Il ne racontait pas à tout le monde ce qu'il faisait, mais il s'était confié à Kylie.

La chaleur envahit sa poitrine. Elle était contente qu'il lui parle à cœur ouvert. Oui, elle aimait vraiment, vraiment Derek, et de tout son cœur elle espérait qu'il accepterait ses excuses. Comme elle ne tenait pas à s'épancher en présence de personnes à l'ouïe supersonique, elle se dirigea vers son bungalow. Elle se mit à courir à une allure tranquille qui, quelques semaines auparavant, aurait été extraordinairement rapide pour elle. Quand elle avança, elle sentit les arbres au-dessus d'elle et le vent souffler dans ses cheveux. Elle aperçut des étoiles brillantes, mais le paysage ne l'intéressait pas. Elle préférait se concentrer sur ce qu'elle raconterait à Derek quand elle le verrait.

À mi-chemin, un pressentiment l'envahit. Quelqu'un l'observait. Elle ralentit et écouta. La nuit gazouillait encore, il n'y avait pas de silence mortel ou surnaturel, mais elle le sentait tout de même. Jetant un coup d'œil de droite à gauche jusqu'à la lisière des bois, elle vérifia si le loup était revenu. Pas d'yeux dorés, qui la regardaient d'un air interrogateur dans les buissons. Elle essaya de se convaincre que ce n'était rien. Mais elle accéléra le pas, impatiente de trouver Derek – impatiente d'avoir sa silhouette plus musclée à ses côtés.

Ses bras autour d'elle.

Sa tête sur son épaule.

Et, pourquoi pas, sa bouche contre la sienne.

Oh oui ! Penser à Derek chassait ses peurs.

Elle prit le dernier virage et constata que le bungalow était allumé. Il y avait quelqu'un.

Je vous en prie, faites que ce soit lui !

Elle parcourut une centaine de mètres lorsqu'elle constata que la porte d'entrée était ouverte. Bizarre. Dès qu'elle gravit les marches du perron, elle remarqua l'odeur. Elle n'en avait pas encore défini l'arôme quand elle glissa et se retrouva par terre.

Atterrissant sur les fesses, elle colla sa paume sur le sol pour se relever. Mais la sensation d'une substance humide et épaisse sous sa main la fit hésiter.

Elle reconnut alors l'odeur de baies mûres.

Du sang.

Son regard se porta sur le perron.

Beaucoup de sang.

Le rectangle de lumière qui s'échappait du pas de porte attira son attention, et Kylie les vit. Des gouttelettes rouge foncé qui ouvraient le chemin dans le bungalow, comme des miettes de pain dans la forêt.

Son cœur s'arrêta.

Oh non !

– Derek ! hurla-t-elle, mais elle n'obtint aucune réponse.

Elle se releva d'un bond et se précipita dans le bungalow, sans cesser de crier son nom.

chapitre 14

– Derek ?

Son cœur battait la chamade. Kylie suivit la traînée de sang à travers le séjour, dans le couloir. Elle menait à une porte fermée. Elle en attrapa la poignée. Verrouillée.

Elle entendit un bruit de l'autre côté.

– Derek ? cria-t-elle.

Toujours pas de réponse.

Sans réfléchir, motivée par une panique absolue, elle recula de quelques pas et enfonça violemment la porte d'un coup d'épaule. Une partie sortit de ses gonds et l'autre se fendit en morceaux, avant de se fracasser sur le sol de la salle de bains. Kylie s'effondra dessus. Face contre terre.

Elle comprit soudain que le bruit qu'elle avait entendu derrière la porte était celui de la douche. Elle vit alors un Derek très nu et très mouillé tirer le rideau sur lui.

Son corps était dur, saillant de muscles. L'offensive étincelait dans ses yeux et dans sa posture. Il semblait prêt à accueillir un intrus.

Elle, en l'occurrence.

Il fixa Kylie du regard, affalée sur un morceau de porte. Elle regardait Derek… nu, agrippé au rideau de douche.

– Euh… j'ai vu du sang et je me suis dit…

Que s'était-elle dit ? Vampire escroc, massacreur à la hache, tueur en série dans la nature ? Dans sa peur, elle n'avait pas pensé au danger. Sa seule inquiétude avait été pour la sécurité de Derek.

– Tu as cassé la porte.

L'incrédulité résonnait dans son ton neutre.

– Je sais, répondit-elle, incapable de dire autre chose, et aussi de détourner les yeux du corps du jeune homme.

– Mais c'est du chêne massif !

– Je sais.

Elle sentit l'épais bois sous elle, quelque peu choquée, elle aussi, par ce qu'elle avait fait. Son épaule était légèrement contusionnée. Et la douleur la ramena à la réalité.

– Tu n'as pas de fringues.

Oh, non ! Avait-elle vraiment dit cela ?

– Je sais. C'est comme ça que je prends ma douche, d'habitude.

Elle sentit son visage la brûler.

Comme son absence de vêtements ne semblait pas inquiéter le garçon, Kylie décida de s'en préoccuper. Après tout, c'était elle qui avait déboulé comme un ouragan dans sa salle de bains et qui avait cassé sa porte pendant qu'il se douchait.

Elle lui tourna le dos. Un geste complètement inutile et improductif.

Cela ne l'empêcha pas de le voir. Le miroir accroché au-dessus du lavabo, face auquel elle se trouvait, lui offrait le même spectacle.

Un très beau spectacle… Elle avait vu des hommes nus dans des films. Enfin, presque. Et elle avait vu des statues. Des statues taillées dans la pierre, aux poses magnifiques, qui ne laissaient rien à l'imagination. Mais en chair et en os, c'était carrément mieux.

Puis Kylie se rendit compte que pendant qu'elle en profitait, Derek l'observait. Dans le miroir, leurs regards se croisèrent. Le sang empourpra de nouveau le visage de Kylie. Elle détourna les yeux de son reflet dans la glace et les posa sur ses chaussures, au moment où Derek attrapait une serviette.

Elle décida alors de se justifier encore :

– J'ai… j'ai vu du sang et j'ai paniqué.

– Ouais, répondit-il. Chris m'a fait saigner du nez en me donnant un coup de coude, au basket.

Elle regarda son visage dans le miroir.

– C'est grave ?

– Juste le nez qui saigne. (En tenant la serviette autour de sa taille, il attrapa son jean et croisa de nouveau le regard de Kylie dans la glace.) Je vais enfiler un pantalon. Tu ferais peut-être mieux de baisser les yeux.

Elle s'exécuta et rougit encore. Elle ne releva les yeux que lorsqu'elle entendit la fermeture Éclair. Derek se rapprocha d'elle, tout près, et lui tendit la main. Elle la prit.

– Tu vas bien ? demanda-t-il.

Elle se frotta l'épaule.

– Juste quelques bleus.

Elle le vit regarder la porte.

– Je dirai à Holiday que c'est moi.

– C'est bon.

Il ramassa un bout de bois et tenta de le tordre. Comme il restait intact, Derek reposa les yeux sur Kylie. Puis il toucha son bras et remonta lentement la main jusqu'à son coude.

Son contact était chaud et humide, un peu comme l'air dans la salle de bains. Des frissons grimpèrent le long du bras de la jeune fille et envahirent sa poitrine. Son regard se posa sur les larges épaules de son ami et elle voulut l'embrasser, là où elle avait si souvent posé sa tête.

– Tu es encore chaude, constata-t-il. En temps normal, un vampire ne prend pas de force tant qu'il ne s'est pas métamorphosé.

La déception gâcha l'ambiance. S'il l'avait touchée, c'était uniquement pour vérifier la température de son corps, pas parce que… Uniquement parce qu'il s'était senti obligé de le faire.

– Je crois que c'est ça, le problème, déclara-t-elle. Je ne suis pas normale. (Elle se mordit la lèvre et décida de lui avouer.) Holiday m'a appris que… que certaines femelles loups-garous connaissaient… (Elle baissa les yeux sur sa poitrine.) des poussées de croissance à mon âge.

– Donc, elle pense que tu es un loup-garou ?

– Non, pas vraiment. Elle a dit que… rien d'autre ne semblait aller dans ce sens. Nous voilà donc de retour à la case « départ ».

– Désolé. Je sais que tu veux obtenir des réponses.

Il lui caressa de nouveau le bras, et cette fois, elle comprit que ce n'était pas pour vérifier sa température. Les frissons et sa belle humeur revinrent.

Dans un profond soupir, elle croisa ses magnifiques yeux verts.

– C'est pour ça que je suis venue.

– Pourquoi ? demanda-t-il.

Derek sortit de la salle de bains et se rendit devant la première porte à droite. Elle le suivit et s'arrêta quand elle s'aperçut que c'était sa chambre. Elle l'observa prendre un tee-shirt dans son armoire. Il le tint contre son ventre plat, mais sans l'enfiler. Elle eut le sentiment fou qu'il ne le mettait pas parce qu'il savait qu'elle adorait le regarder. Il s'approcha d'elle.

– Pourquoi es-tu venue ?

Concentre-toi. Concentre-toi. Arrête de penser à son corps.

– Pour te dire que je suis désolée. De m'être comportée en belle garce cet après-midi… J'étais… paumée. C'est vrai, Trey… il m'a fait souffrir, et quand tu as dit ce que tu avais fait, j'ai aussitôt fait le rapprochement avec Trey. Ça m'a vraiment blessée et je crois que j'ai bêtement tout transféré sur toi.

Derek l'attira contre lui et colla ses lèvres aux siennes. Le baiser était ardent, passionné, et Kylie ne voulait pas qu'il s'arrête. Ce fut Derek qui s'éloigna. Elle était contente, toutefois, de constater que son souffle restait aussi inégal que le sien.

– La réponse est oui.

Les lèvres de Derek étaient humides et toujours si près des siennes qu'elle sentit le souffle de ses paroles contre sa joue.

– Je… je ne sais pas trop quelle est la question, dit Kylie qui, ivre de ses baisers, croyait avoir manqué un épisode.

– La dernière que tu m'aies posée cet après-midi, c'était si je voulais coucher avec toi. Je tiens à ce que les choses soient claires : je te désire. J'ai tellement envie de toi que parfois, je ne pense qu'à ça. Certaines nuits, je me réveille. Et je suis si… (Il se retint et laissa échapper un autre profond soupir.) Ce que j'essaie de dire, c'est que si j'ai très, très envie de toi, la dernière chose que je tenterais, c'est bien de te mettre la pression et de te pousser à faire quelque chose qui te déplairait.

– Ça ne me déplaît pas.

Elle posa une main sur son torse. Et ça ne lui déplaisait pas du tout de toucher sa poitrine nue. La tentation de lui demander de le faire aussi, de l'entraîner vers le lit et de tout lui apprendre était surpuissante. Toutefois, quelque chose la retenait encore.

– Enfin, presque pas. (Elle ôta sa main de sa peau nue.) Je crois qu'il faut d'abord que je trouve qui je suis.

Elle fixa son torse, de crainte que si elle regardait Derek

dans les yeux, elle redevienne rouge comme une pomme d'amour. Malheureusement, il leva la main, pencha sa tête en arrière et la força à le dévisager.

– Je sais qui tu es, Kylie. Tu es affectueuse, drôle et belle. Tu es bonne envers tout le monde, et tout le monde t'adore. Et tu as beaucoup, beaucoup de cran. Et ça me plaît bien.

– Enfin, *ce que* je suis, corrigea-t-elle, en sentant ses doigts effleurer son cou.

– Ce que tu es n'a aucune importance. Parce que ce que tu es ne changera pas qui tu es. (Il lâcha son menton.) Et je ne dis pas ça pour t'attirer vers moi. Je voudrais juste… que tu puisses te voir à travers mes yeux, que tu puisses t'apercevoir combien tu es exceptionnelle. Et je me moque bien de ce que tu seras, en fin de compte.

Des larmes picotèrent les yeux de Kylie. Elle passa les bras autour de lui et colla sa joue sur son torse. Il sentait le propre, le savon et l'humidité.

– C'est toi qui es exceptionnel, murmura-t-elle.

– Pas du tout, répondit-il en riant. Si je l'étais, je ne serais pas en train de me demander comment te faire changer d'avis pour te convaincre de coucher avec moi, maintenant, tout de suite ! Allez, sortons de cette chambre avant que je ne décide de te plaquer sur mon lit.

Elle rit à son tour et le regarda dans les yeux.

Il sourit et passa une main sous son tee-shirt, sur son dos nu. Puis il lui prit la taille.

– Ce défonçage de porte était superexcitant !

– Et que tu sois nu, ça ne l'était pas ?

Avait-elle vraiment dit cela ? Immédiatement, elle souhaita que le sol l'engloutisse.

– Pas du tout. C'était clairement l'histoire de la porte. Quoique, si tu n'avais pas été habillée… (Il laissa échapper une bonne bouffée d'air.) Bon, on ferait mieux d'arrêter de parler de ça.

Il s'éloigna d'elle, lui prit la main et l'entraîna hors de sa chambre.

Elle le laissa la conduire dans le salon. Il jeta un coup d'œil au divan, puis reposa les yeux sur elle. Ils étaient lourds, ensommeillés et brûlants.

– Presque aussi dangereux que le lit...

Kylie se fendit d'un grand sourire et Derek l'attira dehors, sous le porche. Il enfila son tee-shirt, puis s'adossa au bungalow, là où il n'y avait pas de sang. Une fois installé, il leva les yeux et lui fit signe de s'asseoir à côté de lui. Elle s'exécuta et se rapprocha vite, son bras reposant contre le sien.

– Merci, dit-elle, la tête sur son épaule.

Il l'attira un peu plus contre lui.

– De rien.

Ils gardèrent le silence pendant plusieurs minutes. Assise tout contre lui, Kylie absorba la sensation de son corps contre le sien. Des questions tournaient dans son esprit. Mais la honte l'empêchait de les formuler.

– Vas-y, demande, dit-il, presque comme s'il lisait dans ses pensées.

Elle leva la tête.

– Demander quoi ?

– Ce qui te gêne et suscite ta curiosité. Je peux déchiffrer tes sentiments, tu te souviens ?

Elle fronça les sourcils.

– Et ça aussi, je déteste. Je ne veux pas que tu lises en moi.

– Mais je n'y peux rien ! Je ne sais pas comment ne pas te lire.

Il gloussa et la regarda. Exactement comme toutes les autres fois où ils étaient ensemble, la nuit ressemblait à un conte de fées. Les étoiles étincelaient comme des diamants dans le ciel. Les arbres semblaient trop denses. La lune, qui serait pleine dans moins d'une semaine, diffusait suffisamment de lumière pour que Kylie puisse voir le visage de Derek.

– Je crois que tu vas avoir un bleu.

Elle toucha l'arête de son nez.

Il prit sa main dans la sienne et en embrassa la paume.

– Alors, qu'est-ce qui te gêne et suscite ta curiosité ?

– C'est juste que…

Si elle ne le lui disait pas tout de suite, il imaginerait sûrement le pire. Mais bon, ce qui suscitait sa curiosité, c'était peut-être ça, justement.

– Demande-moi, et puis c'est tout.

Il lui donna un petit coup d'épaule.

Elle hésita, puis lança comme ça, sans réfléchir :

– Je voudrais savoir avec combien de filles tu es sorti. Tu as presque dix-huit ans et… (Elle se tut. Elle savait qu'il n'était pas puceau, et pas uniquement parce que ses propos l'avaient conduite à le penser, mais… simplement à sa façon d'embrasser.)

Le front de Derek se plissa et elle devina qu'il regrettait de l'avoir incitée à l'interroger.

– Oh… dit-il.

– Oh ? répéta-t-elle. (Et là, plus que jamais, elle désirait une réponse.) Tu m'as poussée à te demander. Maintenant, tu dois répondre.

Il hésita.

– Quelques-unes.

– C'est vague.

Elle dégagea ses doigts des siens.

Il inspira, puis expira.

– D'accord, quatre.

– C'est plus que quelques-unes.

– Désolé. (Il ne niait pas qu'il avait menti.) Ça fait juste bizarre de parler de ça avec toi.

– Oui, c'est vrai, acquiesça-t-elle.

Elle se rendit compte que ça ne lui plaisait pas de savoir. Que ça ne lui plaisait pas de l'imaginer avec une autre.

– Pardonne-moi d'avoir demandé.

– Pas la peine. (Il s'adossa au mur du bungalow et se remit à écouter la nuit.) Je peux te poser une question, moi aussi ?

– Bien sûr.

Une palpitation de nervosité chatouilla l'estomac de Kylie. Mais comme elle lui avait demandé quelque chose de très personnel, elle se voyait mal lui dire non.

– Si Lucas était encore présent, serais-tu là, assise à côté de moi ?

chapitre 15

Sa question toucha un point sensible, très sensible.

– C'est quoi, cette question ?

– Une difficile, apparemment.

Il remonta un genou contre sa poitrine et regarda ses orteils.

Quelque chose lui dit qu'il lisait en elle, qu'il tâchait de comprendre ses émotions. Mais comment pourrait-il y parvenir alors qu'elle-même avait du mal ?

– Il n'est pas là, répondit Kylie.

Il la regarda.

– D'après la rumeur, il va revenir.

Elle sentit son souffle se coincer dans sa gorge.

– Peu importe, se força-t-elle à répondre. Il sort avec Fredericka.

– Il la plaquerait pour toi comme ça ! dit-il en claquant des doigts. Il n'est ni aveugle ni stupide.

Elle secoua la tête.

– Eh bien, je n'ai peut-être pas envie de sortir avec quelqu'un qui s'enfuirait avec une autre.

Il arqua un sourcil.

– C'est le « peut-être » dans ta réponse qui m'inquiète plus que la confusion que tu ressens en ce moment. (Il pencha son front vers le sien.) S'il te plaît, ne me brise pas le cœur, Kylie.

Son cœur à elle faillit se briser.

– C'est le dernier de mes désirs.

Il l'embrassa délicatement, puis recula.

– Je devrais te raccompagner à ton bungalow avant que tout le monde ne soit de retour.

Elle hocha la tête et prit sa main pour se relever. Ils allaient quitter le porche lorsqu'il s'arrêta.

– Oh ! J'ai oublié ! J'ai quelque chose pour toi.

Il courut à l'intérieur et revint au bout de quelques secondes, un morceau de papier à la main.

– Qu'est-ce que c'est ? s'enquit-elle.

– C'est le numéro de téléphone d'un détective privé.

Comme il ne poursuivait pas, Kylie demanda :

– Et j'en ai besoin pour ?

– Tu m'as dit que tu essayais de localiser tes véritables grands-parents. Ce type est très fort pour retrouver des gens. Si quelqu'un peut y arriver, c'est bien lui.

Kylie leva les yeux du papier.

– Crois-tu vraiment qu'il pourrait mettre la main sur eux, après tout ce temps ?

– Il est hyper doué, affirma Derek.

Son cœur se serra.

– Et sûrement hyper cher ! Je n'en ai pas les moyens.

Elle lui rendit le papier.

Derek lui prit la main.

– Il ne te fera rien payer, Kylie. Appelle-le.

– Pourquoi ne me ferait-il rien payer ? Tu as dit qu'il était détective privé.

– Parce que c'est un ami. Et j'ai effectué des petits boulots pour lui, gratos.

– Tu as travaillé pour un détective ?

– Ouais. Je voulais savoir s'il pouvait m'aider à retrouver mon père.

Cette nouvelle la surprit également. Elle croyait que Derek ne voulait plus rien avoir à faire avec son père.

– Et il l'a trouvé ?

– Ouais, répondit Derek. Tu as loupé une super pizza ce soir ! ajouta-t-il, histoire de lui faire comprendre qu'il ne souhaitait pas en parler davantage.

Mais Kylie ne put s'empêcher de demander :

– Et tu l'as vu ?

– Non, j'avais juste envie de savoir où était ce salaud.

Kylie perçut la douleur de son ami.

– Et comment ça se fait que tu aies fini par bosser pour le détective ?

– Il trouvait très utile que je sache lire les sentiments.

Souhaitant apaiser la souffrance dans les yeux de Derek, elle déposa un autre baiser sur ses lèvres. Un vrai de vrai. Elle l'attira contre elle, si près que ses seins, qui faisaient un bonnet de plus, se retrouvèrent collés contre son torse. Les mains de Derek descendirent sur sa taille. Une paume se faufila sous son tee-shirt et monta lentement. Il caressa le haut de son dos, s'arrêta juste sous l'agrafe de son soutien-gorge, comme s'il ne désirait pas franchir la ligne. Une ligne qu'elle voulait presque qu'il franchisse.

Quand elle se détacha, elle respirait plus vite.

– Merci pour ça.

Elle lui montra le papier.

– Waouh ! dit-il en souriant, et il toucha ses lèvres. Et s'il arrive à les trouver, qu'est-ce que tu me donnes ?

Elle lui asséna un coup de coude dans les côtes. Il rit, puis la prit par les épaules, et ils repartirent vers son bungalow.

À 8 heures précises le lendemain matin, Kylie, qui avait une coloc en moins – Della était partie vaquer à ses cérémonies de vampire –, s'employait à se débarrasser de l'autre. Elle dit à Miranda d'aller déjeuner sans elle, qu'elle la rejoindrait plus tard. Miranda avait franchi le seuil, mais elle effectua une sorte de rituel pendant cinq minutes. Kylie finit par passer la tête par l'entrebâillement de la porte et lui demanda :

– Que fais-tu ?

– Je te l'ai déjà dit, j'essaie juste de protéger notre bungalow.

Kylie se souvint que son amie prétendait qu'une présence importune rôdait dans les parages, bien qu'elle-même n'eût rien ressenti du tout. Hormis lorsqu'elle se retrouvait seule dans les bois ou sur les chemins.

– Le protéger de quoi, au juste ?

Miranda jeta des herbes en l'air. Elles crépitèrent et éclatèrent en retombant, indiquant à Kylie que ce n'étaient pas des herbes comme les autres.

– Je ne sais pas vraiment…

– N'avais-tu pas déjà fait quelque chose pour t'en débarrasser ?

– Si, mais le méchant est encore là. Il refuse de s'en aller.

Kylie ne tenait pas à le lui demander, mais elle se dit qu'elle devait le faire.

– Est-ce que ça pourrait être un fantôme ?

Parce que si c'était le cas, Kylie n'était pas d'accord. Que Miranda le voulût ou non, les fantômes, c'était son job à elle. Certes, jusque-là, les rituels de la sorcière n'avaient pas empêché les morts de lui rendre visite. Toutefois, si ses herbes tenaient Daniel à distance, d'une façon ou d'une autre, Kylie ne pourrait l'admettre. Elle avait vraiment besoin de lui parler.

– Non, ça n'a rien à voir avec tes esprits, répondit Miranda.

– Alors qu'est-ce que c'est ?

Kylie, légèrement nerveuse, se rappela le vampire importun de l'autre nuit.

– C'est vrai, quoi ! Della le saurait si c'était un vampire escroc, non ?

– Oui, mais ce n'est pas normal. Il y a de la magie en jeu. Je n'arrive pas à mettre le doigt dessus, mais j'y travaille.

Elle y travaille comme quand elle tâche de rendre sa forme de félin à Socks ? Kylie garda cela pour elle, afin de ne pas blesser Miranda, mais elle ne put s'empêcher de le penser.

– Tu en as parlé à Holiday ? s'enquit-elle.

– Pas encore. Laisse-moi d'abord essayer de m'en occuper.

Kylie opina, mais elle n'était pas très convaincue.

– Tu es prête ? demanda Miranda après avoir jeté de nouvelles herbes.

– Non. (Kylie enleva de ses cheveux quelques herbes minuscules qui crépitaient.) J'ai... des coups de fil à passer.

– D'accord, mais fais vite. Après « Une heure pour faire connaissance », nous devons cuisiner ensemble ; aujourd'hui, nous sommes censés préparer des brownies, et toi, les décorer. Mais on ne nous laissera pas les manger tant que tu n'auras pas terminé ton truc. Or moi, j'adore les brownies ! Et je ne veux pas attendre !

– Je fais au plus vite.

Kylie appréciait beaucoup les cours d'art culinaire auxquels elle s'était inscrite la semaine précédente. Qui aurait pensé qu'elle s'éclaterait à décorer des cupcakes ? Dessiner avec un crayon et un papier n'avait jamais été son truc, mais glacer des gâteaux, c'était vraiment génial ! Elle avait toujours adoré regarder ces émissions sur le câble.

Miranda entreprit de s'en aller, puis revint sur ses pas.

– Qui appelles-tu ?

Le numéro du détective privé à la main, Kylie faillit lui dire la vérité, puis se ravisa : elle n'était pas prête à partager cette information.

– Je t'expliquerai plus tard.

– Trey ? fit Miranda.

– Jamais de la vie ! répondit Kylie.

– Sara ?

– Je t'expliquerai plus tard, répéta-t-elle en se renfrognant : elle se souvint que Sara n'avait toujours pas essayé de la rappeler.

– Un admirateur secret ! poursuivit Miranda comme si c'était un jeu. Un super beau gosse qui embrasse comme un dieu et dont tu ne nous aurais pas encore parlé ? Oh là là ! Présente-le-moi vite !

Kylie grommela.

– Je n'ai pas de super beau gosse.

– Ah bon ? Vu comme tu as rougi quand tu as parlé de Derek nu, je me suis dit que c'était lui, ton super beau gosse !

– Va prendre ton petit déjeuner ! la chassa Kylie.

– Ooooooookay ! fit Miranda, et elle s'en alla.

Kylie referma la porte et regarda le papier dans sa main. Elle avait enfin l'impression qu'elle découvrirait bientôt des réponses. Elle n'avait pas eu de chance. Elle n'avait pas pu retrouver les parents adoptifs de Daniel, elle ne savait même pas s'ils étaient encore vivants et elle ne voyait pas du tout comment chercher ses vrais parents. Mais si Derek avait raison… si ce type était si bon que ça, peut-être les localiserait-il. Et comme c'étaient des surnaturels, ou du moins l'un des deux, et que leur espérance de vie était plus longue, alors il y avait de fortes chances qu'ils fussent encore en vie.

Et si elle les trouvait, elle obtiendrait ses réponses. Elle saurait enfin ce qu'elle était. Elle espérait du fond du cœur que ce type était aussi doué que Derek le prétendait.

Et il lui suffit de penser au nom de Derek – ou peut-être était-ce toute cette histoire de « super beau gosse » de Miranda – pour que Kylie se rejoue la nuit passée. La scène de la douche et des baisers ardents.

« Waouh ! Et s'il arrive à les trouver, qu'est-ce que tu me donnes ? »

La question de Derek repassa dans sa tête. Elle savait qu'il plaisantait. Il n'espérait aucun paiement de sa part en échange du coup de main. Et peut-être était-ce en partie la raison pour laquelle elle souhaitait le récompenser. Ou pas exactement le récompenser. Elle désirait juste…

Attention, terrain glissant, se dit-elle. Il était beaucoup trop tôt pour se mettre à songer à ce genre de chose. *Pense plutôt à ta décoration de cupcakes. Ou à passer ton coup de fil.*

Kylie prit le téléphone sur le comptoir de la cuisine et s'assit devant l'ordinateur. Elle respira un bon coup et composa le numéro du détective.

– Brit Smith Agency.

– Bonjour. (Elle ne savait pas très bien par où commencer.) Euh… je m'appelle Kylie Galen.

– La nana de Derek ? demanda l'homme.

Kylie sentit son ventre se tortiller. C'était très cool, même si, officiellement, elle n'était pas « la nana de Derek ». Mais bon, après l'avoir vu nu… Attention, terrain glissant.

– Derek m'a dit que vous pourriez m'aider à retrouver quelqu'un.

– Oui, il paraît que ton père s'est fait adopter. Laisse-moi prendre des notes.

– Bien sûr.

En attendant, Kylie décida de consulter ses e-mails. Elle agita la souris pour réveiller la machine.

Quelques secondes plus tard, un article du *Springville Times* apparut à l'écran. Quand elle se mit à le lire, elle se rendit compte que ce n'était pas n'importe lequel : c'était la rubrique nécrologique du journal. Springville. Della n'était-elle pas originaire de Springville, Texas ? Mais pourquoi était-elle…

– Prêt, dit M. Smith. Le nom de ton père ?

Kylie détourna les yeux de l'ordinateur.

– Daniel Brighten.

– Le nom de ses parents ?

– Je ne le connais pas.

– OK. Dans quel comté est-il né ?

– Je… ne sais pas.

– Mais c'était au Texas, n'est-ce pas ?

Kylie perdit de plus en plus espoir que cela la mène quelque part.

– Je ne sais pas.

– OK, dit-il, mais cette fois son « OK » était moins enthousiaste. Et si tu commençais par me dire ce que tu sais ?

L'esprit de Kylie rassembla les informations en sa possession.

– Ses parents vivaient à Dallas quand ma mère l'a rencontré. J'ai… appelé tous les Brighten de la circonscription de Dallas. Jusque-là, je n'ai trouvé personne qui prétende connaître mon père.

Elle poursuivit et lui raconta que Daniel était mort durant la guerre du Golfe. Et lui parla même un peu de la rencontre de celui-ci et de sa mère. Ils n'iraient pas bien loin avec ça, elle le savait.

– On n'ira pas bien loin, avec ça, confirma M. Smith, comme pour lui prouver qu'elle avait raison, ce qui la démotiva encore plus. Mais je vais voir ce que je peux dégoter. Je travaille sur une grosse affaire en ce moment, et cela risque de prendre du temps avant que je m'y mette, mais dès que j'ai quelque chose, je te le fais savoir. Pendant ce temps, tu continues à poser des questions.

– À qui ?

– À ta mère, bien sûr.

– Je pense qu'elle m'a dit tout ce qu'elle savait, répondit Kylie.

– Peut-être. Mais les parents adorent divulguer des informations sur leurs histoires passées, ce genre de truc.

Kylie se mordit la lèvre et se demanda s'il pouvait avoir raison. Une chose était sûre : sa mère n'était pas des plus ouvertes.

– Vous avez raison, j'imagine.

– Oui, et même si elle ne te cache rien délibérément, si ça se trouve, il y a des informations qui, pour elle, ne sont pas importantes. Elle sait que tu cherches à retrouver sa famille, hein ?

– Euh, pas vraiment.

Un silence s'ensuivit. Et elle supposa que M. Smith se demandait si bosser pour une mineure pourrait lui attirer des problèmes.

– J'ai l'intention de le lui dire, lança Kylie. Simplement, je n'en ai pas encore eu l'occasion.

Ni décidé de le faire.

– Bien. Crois-moi quand je dis que ce genre de chose se résout au mieux si on les aborde de front.

– Oui, répondit Kylie, et elle essaya d'imaginer comment cette conversation avec sa mère se passerait.

Comment pourrait-elle expliquer qu'elle voulait rencontrer les vrais parents de Daniel, et pas uniquement ses parents adoptifs, parce qu'elle avait besoin de savoir quel genre de surnaturelle elle était ?

En raccrochant, elle se rassit, déprimée. Le détective n'était plus la solution, manifestement. Et si cela ne marchait pas, qu'est-ce qui marcherait ? Si seulement elle pouvait obtenir d'autres informations de Daniel !

Elle leva les yeux au ciel.

Et si tu venais me rendre une petite visite, par hasard ?

Aucun froid spirituel ne pénétra dans la pièce. Kylie allait se lever lorsque son regard fut attiré par l'écran et la rubrique nécrologique. Elle constata que les dates des décès remontaient à huit mois.

Une terrible pensée l'envahit… Della consultait-elle la nécrologie parce que… elle croyait avoir tué quelqu'un au cours de sa transformation et qu'ensuite ça avait été le trou noir complet ?

Ses yeux se reposèrent sur l'écran, sur le visage des morts. Seules quelques nécrologies répertoriaient l'origine du décès et aucune ne mentionnait : « Vidé de son sang. » Si, au fond de son cœur, elle savait qu'elle devrait se sentir mal pour les morts, elle ne put s'empêcher de penser à Della : dur de croire que l'on avait peut-être tué quelqu'un, non ?

Les quelques jours suivants ne furent qu'un vague souvenir, sans événement marquant. Kylie avait tâché de parler à Della de ce qu'elle avait trouvé sur l'ordinateur, mais cette dernière refusait la discussion. Elle avait essayé de se lancer dans une conversation au sujet de Daniel avec sa mère, mais celle-ci l'avait envoyée balader.

Si tous les matins, un coup de vent glacial la réveillait pile à l'aube, l'esprit s'en allait, sans contact visuel ni verbal. Rien de Daniel non plus. Manifestement, donc, tout le monde, chez les fantômes, avait décidé d'envoyer promener Kylie.

Elle ne savait pas ce que cela signifiait. Daniel ne se montrait plus. Il avait affirmé que son temps sur Terre était désormais compté, mais que penser de la morte qui répétait constamment que quelqu'un que Kylie aimait mourrait bientôt ?

Holiday lui dit de ne pas s'inquiéter. Que quand l'esprit aurait besoin de parler, elle s'exprimerait. Elle essaya même de lui assurer qu'il y avait de fortes chances pour que l'absence du fantôme soit une bonne nouvelle plutôt qu'une mauvaise. Soit elle avait compris que les choses n'étaient pas aussi imminentes qu'elle l'avait cru au premier abord, soit on s'était occupé de la situation. Kylie misait sur cette dernière option. Mais, viscéralement, elle savait qu'elle ne devait pas trop revoir ses espoirs à la hausse.

Si Holiday et Kylie s'étaient croisées deux fois depuis que cette dernière lui avait avoué s'être confiée à Burnett, la directrice s'était montrée plutôt distante et très terre à terre. Kylie avait essayé de lui présenter de nouveau des excuses, mais Holiday l'en avait empêchée, au prétexte que c'était oublié.

Oublié, peut-être, pardonné, sûrement pas. Kylie le sentit quand elle regarda la directrice dans les yeux. Et la douleur de savoir que son erreur avait modifié leur relation laissa un vide dans sa poitrine. Pour aggraver les choses, il semblait y avoir encore plus de tension entre Holiday et Burnett. À l'évidence, l'intervention de Kylie n'avait non seulement servi à rien, mais elle avait renforcé le désaccord qui les divisait.

– Tu es prête ? entendit-elle Miranda crier depuis le séjour.

Socks leva sa petite tête du matelas et cracha. Pas de doute, le chaton-mouffette en avait assez que Miranda le suive partout pour essayer de réparer sa bêtise. Kylie ne serait pas étonnée que la bestiole finisse par lui pisser dessus.

– Non, je ne me suis même pas coiffée ! hurla Kylie en retour, et elle chercha sa brosse. Pourquoi tu ne descends pas retrouver Della, et moi, je vous rejoins dès que possible ?

– Compris ! cria Miranda. Mais dépêche-toi, je suis pressée ! On dirait que je n'ai pas fait de shopping depuis des années ! Et quand tu sors, contente-toi de fermer la porte, ne la défonce pas, merci !

Kylie fronça les sourcils et regretta d'avoir raconté à ses amies la scène de la douche chez Derek. Mais la garder pour elle ne lui aurait pas semblé juste, même si elles la taquinaient à ce sujet.

– Holiday a-t-elle dit que nous devrions être de retour à une heure précise ? cria de nouveau Miranda.

– Non.

En dépit de la distance qu'elle affichait, Holiday avait accepté de laisser Kylie, Della et Miranda prendre l'un des véhicules de l'école pour aller faire du shopping en ville. Faute de cette autorisation, Kylie aurait dû emprunter les chaussures et les soutiens-gorge d'une autre. Heureusement, la poussée de croissance semblait s'être arrêtée. Mais cela ne l'empêchait pas de se faire du souci. Qu'est-ce que tout cela signifiait ? Et quand serait-elle sûre de la suite à cent pour cent ? Lundi, ce serait la pleine lune. Les loups-garous du camp avaient prévu leur rassemblement pour ce soir-là et autoriseraient même le groupe à les regarder se métamorphoser tour à tour.

De temps à autre, chaque fois que Kylie laissait son esprit s'y aventurer, elle craignait de devoir, elle aussi, faire son coming-out ce soir-là. Si les changements qu'avait subis son corps étaient liés au fait qu'elle était un loup-garou, ne pourrait-elle pas, elle aussi, légèrement se transformer ? Rien que d'y penser, son cœur battait la chamade. Y arriverait-elle ? Se rappellerait-elle qui elle était ?

Kylie entendit la porte du bungalow se fermer et attrapa son téléphone, histoire de s'assurer qu'elle n'avait pas manqué d'appel de M. Smith, le détective. En regardant l'écran, elle s'aperçut qu'elle avait des messages. Cela fit naître l'espoir en elle : et si c'était lui qui avait de bonnes nouvelles ?

Mais non, pas du tout. Pas de coup de fil du détective. Deux autres messages de son beau-père et un de Trey. Super. Elle effaça les trois messages sans même les écouter.

Quand Kylie chercha sa brosse dans son tiroir, ses yeux se posèrent sur la lettre de Lucas. La curiosité la dévorait, mais une autre émotion – qu'elle aurait plutôt décrite comme un sentiment de culpabilité – la poussa à ne pas l'ouvrir.

« S'il te plaît, ne me brise pas le cœur, Kylie. »

Les paroles de Derek repassaient dans sa tête. Elle n'avait pas l'intention de briser le cœur de Derek. Elle n'avait pas l'intention de sortir avec Lucas. Alors pouvait-on lui expliquer pourquoi elle culpabilisait à l'idée de lire cette lettre ?

Peut-être parce qu'elle ne cessait de rêver de lui. Ou presque de lui. Étrangement, les rêves s'arrêtaient toujours avant même de commencer. Toutefois, Kylie avait le sentiment que c'était mieux ainsi. Elle pressentait qu'ils ressembleraient bien trop au rêve qu'elle avait déjà fait de lui. Dans lequel ils s'embrassaient, se touchaient, et où les vêtements étaient optionnels...

Pourquoi continuait-elle à rêver de lui ?

Parce que tu éprouves des sentiments non résolus pour lui, lui répondit une voix intérieure.

Une voix qui devrait vraiment la fermer, souhaitait Kylie. Elle ne voulait rien ressentir pour Lucas. Il était parti avec Fredericka. Et désormais, elle sortait... presque avec Derek. Ils ne s'étaient même pas embrassés depuis le soir où elle l'avait vu nu. Un souvenir qui ne s'aventurait jamais trop loin de sa tête. Toutefois, depuis ce soir-là, Derek gardait plus ou moins ses distances avec elle. Kylie ne savait pas si c'était parce qu'il sentait qu'elle était encore gênée que tout le monde décèle son désir irrésistible pour lui ou si c'était pour une autre raison.

C'était peut-être sa façon à lui de lui montrer ce que

cela faisait d'être fui. Mais Derek ne semblait pas du genre à jouer au chat et à la souris.

Peut-être était-ce simplement parce qu'elle ne s'était toujours pas engagée verbalement à former un couple, à sortir avec lui. Non pas que cela eût un quelconque rapport avec Lucas ou sa lettre. Pas du tout. Lucas appartenait au passé. Même s'il revenait. Il avait fait son choix quand il était parti avec Fredericka.

Mais elle ne se montrerait pas pour autant grossière envers lui s'il revenait. Ils pourraient même… être amis. À condition que sa chérie de loup-garou le permette.

Penser à Fredericka ramena Kylie à la nuit où elle s'était retrouvée prise au piège dans sa chambre avec le lion. Les Frères de sang, un gang de vampires escrocs, s'étaient mis à terroriser et à tuer la faune de la réserve animalière voisine, dans l'espoir que l'URF accuserait la colo et fermerait ensuite ses portes. Faire entrer le lion dans le camp avait fait partie de leur machination. Mais Kylie ne pouvait s'empêcher de se dire que quelqu'un avait enfermé le félin dans sa chambre. Ce quelqu'un devait être Fredericka. Avait-elle tort de la soupçonner ? Non, sûrement pas.

Zut alors ! Ce voyage au pays du souvenir était idiot. Tout comme sa décision de ne pas ouvrir la lettre de Lucas. Elle attrapa l'enveloppe d'un coup, la décacheta et allait en sortir la lettre quand le téléphone sonna.

Elle fit tomber la lettre sur le lit et, après avoir vérifié le numéro, prit l'appel.

– Salut, maman.

– Salut, ma belle. (Sa mère soupira.) J'ai peur d'avoir de mauvaises nouvelles...

– Quoi ? (Juste alors, la température de la pièce chuta. Kylie sentit son ventre se nouer en un nœud très serré. Quelqu'un qu'elle aimait avait-il été blessé, comme le fantôme l'en avait avertie ?) Tu vas bien, maman ?

demanda-t-elle alors que la panique commençait à lui serrer le cœur.

– Non, ça ne va pas.

La température descendit encore de dix degrés.

– Que se passe-t-il ? Qu'est-ce qui ne va pas ?

– Je viens de recevoir un e-mail. Ma boîte insiste pour que je me rende à une réunion à New York demain. C'est avec un gros client et… je ne pourrai pas passer pendant le jour des parents. J'ai vérifié s'il y avait un vol de nuit au retour, mais il est déjà complet.

Le froid persista, même si la panique de Kylie s'atténua.

– C'est bon.

Elle regarda autour d'elle pour voir si le fantôme s'était matérialisé. Non. Elle caressa Socks, qui passa la pièce en revue, nerveux. L'animal savait toujours quand un esprit était là.

– J'avais envie de te voir. J'ai l'impression que ça fait des mois !

– Ça ne fait pas des mois, dit Kylie. Juste quinze jours. (Pourtant, au fond d'elle, la jeune fille s'aperçut que cela lui manquerait à elle aussi.) Je rentre à la maison dans deux semaines, pour le week-end, de toute façon. Nous aurons largement le temps de nous rattraper.

– Et nous avons le dîner dans la chambre d'hôte hantée et la chasse aux fantômes ! ajouta sa mère, qui semblait aux anges.

– Oui, ça aussi, dit Kylie, qui essaya de ne pas montrer sa peur.

Elles bavardèrent quelques minutes de leur planning. Kylie faillit remettre le sujet « Daniel » sur le tapis, mais ne trouva pas comment tourner la conversation.

En parlant, elle remonta la couette. Le froid persistait, s'intensifiait même, mais l'esprit ne se matérialisait toujours pas.

– Au fait, devine qui j'ai vu à l'épicerie ? demanda sa mère.

– Qui ?

Il faisait de plus en plus froid.

– Sara.

Le cœur de Kylie se serra davantage.

– Comment elle va ?

– À vrai dire, elle n'a pas l'air d'aller bien du tout.

– Comment ça ? Elle s'est teint les cheveux ? Ou elle s'est fait un piercing dans le nez ? s'enquit Kylie, qui savait ce que cela inspirait à sa mère.

Elle venait peut-être de trouver un terrain d'entente avec elle, mais cela ne rendait pas sa mère parfaite et ne changeait pas le fait qu'elle critiquait toujours tout le monde.

– Non, répondit sa mère. Sara n'est pas ce genre de fille.

Sa mère aurait été étonnée en apprenant tout ce que l'amie de Kylie avait trafiqué avec la boisson et les garçons – non pas que cela fît d'elle quelqu'un de mauvais, elle faisait juste… son expérience.

– Elle n'avait pas l'air bien… c'est tout, poursuivit sa mère. Elle est beaucoup trop maigre. Je ne supporte pas que vous ayez besoin de faire un trente-quatre pour vous trouver belles, les filles. J'espère que tu ne maigris pas, au moins !

– Pas du tout, au contraire, je crois même que je grandis !

En fronçant les sourcils, Kylie regarda ses seins, légèrement inquiète de ce que sa mère dirait quand elle la verrait.

– Ce qui me fait penser… Es-tu allée faire les magasins ? demanda sa mère. Ta directrice a appelé pour que je lui confirme que tu pouvais te rendre en voiture en ville. Je lui ai répondu que je t'avais déjà donné la permission.

– En fait, nous y allons aujourd'hui.

Le froid spectral la fit de nouveau frissonner.

– Bon, amuse-toi bien, alors. Et pas de folies !

Le ton maternel envahit sa voix.

– D'accord, promit Kylie. Pas plus de cent dollars. Je me souviens de ce que tu m'as dit.

– Tu peux monter jusqu'à cent cinquante. Mais pas plus.

– Maman, je n'ai pas demandé de…

– Je sais. (Sa mère gloussa.) Mais je te le propose. (Elle se tut une seconde.) Ahhh, mon bébé grandit ! (Elle laissa échapper un profond soupir, du fond du cœur.) Oh, j'allais oublier ! J'ai annoncé à Sara que tu allais venir. Elle m'a dit que tu lui avais envoyé des textos pour la prévenir et qu'elle t'en devait un. Et elle te contactera sûrement bientôt.

Sara lui devait au moins quatre SMS, sans parler des coups de fil et des e-mails, songea Kylie.

Elles bavardèrent encore quelques minutes. Surtout de la vente de la maison – un autre sujet sur lequel Kylie devait se mordre la langue.

– Je ferai tout de même de mon mieux pour venir te voir samedi. Peut-être que je pourrai avoir un vol à la première heure. Si j'atterris à 10 heures, je pourrai y arriver. Même si je suis un peu en retard.

– Maman, c'est bon, ne t'inquiète pas. Et ils sont plutôt stricts sur les heures de visite ici. *(Du style, si tu entres sans autorisation, tu risques de te faire descendre par un vampire.)* Donc, vraiment, ne t'inquiète pas, d'accord ?

– Tu me manques, c'est tout, se lamenta sa mère.

– Toi aussi.

Quand Kylie raccrocha, le froid glacial de l'esprit subsistait encore. Elle eut la sensation folle que le fantôme avait écouté leur conversation. Mais pourquoi ?

– As-tu quelque chose à dire ? demanda Kylie. Quelque chose à me montrer ? murmura-t-elle avec moins d'enthousiasme.

Elle n'aimait vraiment pas les visions ni les rêves bizarres, mais s'il fallait cela pour résoudre la situation et protéger quelqu'un qu'elle aimait, elle s'y ferait, et à bien plus.

Aucune réponse n'emplit l'air glacé et, quelques secondes plus tard, le froid glacial disparut. Kylie regarda sa montre sur la table de nuit et ronchonna. Elle était en retard. Della et Miranda seraient sûrement en colère.

Elle attrapa sa brosse, son téléphone, puis sortit. Juste avant de fermer, elle contempla la lettre de Lucas sur son lit.

– Pas le temps maintenant, marmonna-t-elle.

Mais au moment où elle allait piquer un sprint, elle entendit presque Holiday dire : « L'évitement n'est pas une très bonne méthode pour affronter tes problèmes. »

Oui, oui, oui, songea Kylie. Chaque chose en son temps.

– Hé ! cria Miranda depuis la cabine d'essayage, trois heures plus tard. Vous êtes encore là, vous deux ?

Kylie et Della, qui regardaient des hauts sur un portant à côté, retournèrent vers les cabines.

– Oui, répondit Kylie.

Depuis deux heures, elles faisaient des folies dans les magasins, et jusque-là elles passaient une super journée. Le seul point noir avait été pour Kylie de revoir le trottoir où elle avait surpris son père et sa traînée d'assistante.

Miranda sortit de la cabine en défilant dans un jean.

– Allez, soyez franches. Est-ce qu'il me fait de belles fesses ?

– Retourne-toi, lui demanda Kylie.

– Tu as dit « de belles fesses » ou « de grosses fesses » ? railla Della, tout sourire.

– Est-ce que c'est une vanne parce que je n'ai pas beaucoup de fesses ?

Miranda regarda par-dessus son épaule, comme pour vérifier son derrière.

– Elles sont super, la coupa Kylie.

– Hé, dit Della, étant donné que moi, je suis plate comme une limande, je me vois mal… (Elle contempla ses seins.) Je ne m'attaque pas aux parties du corps. Sauf si elles sont pleines de sang et…

– Chuuut ! fit Kylie, qui s'aperçut que deux adolescentes traînaient dans le coin.

Della, qui n'appréciait pas qu'on la fasse taire, fronça les sourcils. Ce qui ne fit qu'aggraver la mine globalement intimidante du style « Ne t'avise pas de venir m'embêter » qu'elle affichait toute la journée. Mais cette expression ne leur était pas destinée, à Miranda et Kylie. Pas du tout. À ce que l'on racontait, des jeunes de la ville, ainsi que certains campeurs du coin, s'étaient déjà expliqués avec des campeurs de Shadow Falls. Kylie n'avait pas vécu ce genre d'affrontement, vu qu'elle se rendait rarement en ville, mais Holiday en avait parlé lors de leur dernière réunion au camp, et Kylie savait qu'il n'y avait pas de fumée sans feu.

– Pourquoi « chut » ? insista Della.

Kylia posa les yeux sur les deux filles. Le froncement de sourcils de son amie s'accentua pour se faire hargneux.

Kylie se demanda si Della n'avait pas délibérément choisi sa tenue entièrement noire, comme si s'habiller en problème ambulant permettait de tenir les problèmes à distance. En vérité, elle ne savait pas si son look ne faisait pas plus de mal que de bien. Mais discuter avec Della était inutile, et Kylie n'avait donc rien dit.

L'une des filles s'approcha et Kylie récita une prière rapide pour que cela ne gâche pas leur journée.

– Salut ! Moi, c'est Amber Logan, lança la rouquine mignonne en regardant Kylie. Tu viens d'arriver en ville ou tu es dans… l'une de ces colos ?

La façon dont elle prononça le mot « colos » amena Kylie à croire que cela se terminerait mal.

– Une colo, répondit Kylie en ajoutant une touche

d'amabilité dans sa voix, dans l'espoir de repousser d'éventuels problèmes.

– Laquelle ? s'enquit la grande blonde qui se tenait derrière Amber et qui gratifia Della d'un regard froid.

Non, cela ne se finirait pas bien du tout.

– Shadow Falls, répondit avec assurance Della, dont les yeux noirs devinrent légèrement dorés.

Kylie espérait simplement que la fille ne s'en était pas rendu compte.

– Les boloss, murmura la blonde à Amber.

– Qu'est-ce que tu as dit ? demanda Della, dont les épaules se redressèrent quand elle avança d'un pas, sur la défensive.

Blondie se fendit d'un grand sourire.

– Avant, on appelait la colo Bole Creek. Du coup, on vous surnomme les... boloss. Ne le prends pas pour toi, bien sûr !

– Eh bien si, justement ! gronda Della.

Amber et Blondie reculèrent toutes les deux.

Kylie vit Miranda tendre son petit doigt, comme si elle était prête à jeter un sort. Kylie l'avertit du regard, mais ce n'était pas elle qui la préoccupait.

– Enchantée ! lança Kylie aux filles, et elle entraîna Della par le coude en espérant que cela l'aiderait à entendre raison.

Elle ne pouvait pas jouer les vampires durs à cuire avec ces filles. Elle ne pouvait même pas les menacer de les tuer sans provoquer des tonnes de problèmes.

– Salut ! ajouta Kylie, et, de sa main libre, elle leur fit signe de partir.

Amber jeta un autre regard prudent à Della. À l'étincelle de peur dans ses yeux, Kylie comprit que l'adolescente n'était pas si bête que ça. Elle se retourna, donna un coup de coude à sa copine blonde, et les filles s'en allèrent de leur côté.

– À votre place, je piquerais un sprint, marmonna Della en se détachant de l'emprise de Kylie.

– J'aurais pu leur donner la pire crise d'acné que vous ayez jamais vue ! dit Miranda d'un ton sec.

– Et moi, j'aurais pu faire bien pire ! gronda Della.

– Mais vous ne l'avez pas fait. (Kylie passa une main autour du bras de chacune, au cas où elles changeraient d'avis.) Vous avez toutes les deux fait preuve d'une retenue remarquable, je suis très fière de vous !

Della la gratifia d'un immense froncement de sourcils.

– Ça ne t'arrive jamais de péter un plomb ? C'est vrai, quoi, tu n'as jamais envie d'arracher le cœur de quelqu'un et de frapper sa tête avec ?

– Parfois si, répondit Kylie, tout sourire. Je ne sais pas si j'ai déjà voulu matraquer quelqu'un à mort avec son propre cœur, mais, de temps en temps, il m'arrive de craquer, oui.

– Alors que fais-tu une fois que tu es vraiment à bout ? Tu les regardes en faisant la gueule ? gloussa Della.

– Oui, ajouta Miranda. Mais tu l'as vue, quand elle fait la gueule ? C'est très efficace !

Elles rirent toutes les trois.

Une heure plus tard, après avoir acheté des chaussures et essayé d'autres jeans, les adolescentes se rendirent au rayon lingerie. Comme elle avait déjà dépensé près de cent dollars, Kylie se dirigea vers les soldes. Elles lâchèrent leurs paquets et fouillèrent parmi les sous-vêtements.

– Est-ce que vous mettez des strings ? demanda Miranda en brandissant un modèle rouge.

– Non, pas moi, répondit Kylie. J'aime les ensembles classiques.

– Perso, pour moi, porter un string, c'est comme se nettoyer les fesses au fil dentaire ! lança Della, et les trois amies éclatèrent de rire.

Une fois leur fou rire terminé, elles jetèrent un coup d'œil aux soutiens-gorge.

Une vendeuse s'approcha d'elles.

– Voulez-vous que je prenne vos mensurations pour que vous soyez sûre de votre taille ? demanda-t-elle à Kylie.

La jeune fille leva les yeux sur elle, puis les reposa sur les quatre modèles qu'elle tenait à la main.

– Euh… non merci, je crois que ça ira.

– Bien, mais c'est très important de choisir la bonne taille.

Kylie opina.

– D'accord.

– Ça ne prendra qu'une minute, dit la jeune femme, un peu plus insistante, cette fois.

– Je sais, mais ça ira, merci, ajouta Kylie.

L'expression de la vendeuse suggérait qu'elle faisait une erreur, mais elle s'en alla.

– Beurk ! Jamais de la vie je ne laisserai une étrangère toucher à mes seins ! lança Miranda. Ils sont puceaux !

Elle gloussa.

– À mon avis, cette vieille bique voulait juste voir tes nichons, railla Della, en montrant les dents dans le dos de la vendeuse.

Kylie lui donna un coup de coude et réprima un rire.

– Elle faisait son boulot, c'est tout.

– N'importe quoi ! Elle matait tes seins comme si c'étaient des bonbons ! Moi aussi, j'ai un soutif à la main, et pourtant elle ne m'a pas proposé de prendre mes mensurations !

– À mon avis, il doit y avoir une raison, railla Miranda.

– Espèce de garce ! lança Della avec un sourire.

Le soulagement envahit Kylie lorsqu'elle vit ce sourire. La dernière chose qu'elle souhaitait en ce moment, c'était que Della et Miranda se mettent à se crier dessus.

– Je vais essayer celui-ci, dit-elle en examinant un soutien-gorge. Tu peux me les tenir ?

Elle tendit à Miranda ses sacs qui contenaient deux jeans et deux paires de chaussures.

– Tiens, prends aussi celui-ci ! lança Della en lui donnant un soutien-gorge.

– Je n'aime pas la lingerie noire, dit Kylie.

– Oui, mais je suis sûre que Derek adore, lui !

Della se fendit d'un large sourire et agita les sourcils.

Kylie roula des yeux. Mais elle arracha le soutien-gorge des mains de Della et se dirigea vers la cabine. Derrière elle, elle entendit ses amies glousser.

L'essayage des différents modèles lui fit penser au conte *Boucles d'or* : l'un était un peu trop grand, l'autre, trop en dentelle, et le troisième, le noir, un peu trop… sexy.

Maintenant, il fallait décider lesquels elle achèterait. Kylie jeta un coup d'œil à la pile de soutiens-gorge. Elle venait de remonter la bretelle de l'un sur son épaule lorsqu'elle entendit :

– Je préfère le noir.

La voix masculine grave qui surgit dans son dos fit bondir son cœur dans sa gorge. Ses yeux se posèrent aussitôt sur le miroir.

Avant de voir son visage, elle remarqua le sang.

Il se tenait juste derrière elle. De grosses éclaboussures tachaient sa chemise. Même ses cheveux auburn étaient souillés.

Ses yeux étincelaient d'un rouge vif. Il la gratifia d'un sourire mauvais et ses canines allongées saillirent de sa bouche. Elle comprit brusquement : les Frères de sang.

chapitre 16

Kylie ouvrit la bouche pour hurler, mais ni air ni bruit n'en sortit. La panique la prit à la gorge et empêcha tout oxygène et toute communication verbale de passer. Elle se retourna d'un coup, sans trop savoir si c'était pour se battre ou pour s'enfuir.

Il n'était pas là. Son regard se reposa sur le miroir, comme si seul son reflet avait été vrai. Il n'y était pas non plus.

Son regard se posa ensuite sur la porte de la cabine ouverte. Elle claqua la porte. Elle aspira un peu d'oxygène dans ses poumons. Elle essaya de hurler encore, mais s'arrêta quand la porte s'ouvrit brutalement et vint se cogner contre le mur.

Tous les muscles de son corps se contractèrent. *Bats-toi !* L'ordre résonna dans sa tête. Puis Della surgit de derrière la porte, à moitié sortie de ses gonds.

– Il y avait quelqu'un ? demanda-t-elle.

Ses yeux brillaient d'un ambre vif. Ses canines semblaient aiguisées et menaçantes sous sa lèvre supérieure retroussée.

Toujours incapable de parler, Kylie opina.

Della fut projetée en avant quand Miranda la percuta par-derrière.

– Que s'est-il passé ? (Miranda regarda par-dessus l'épaule de Della.) Pourquoi as-tu décollé comme ça ?

Des larmes piquèrent les yeux de Kylie. Il lui arrivait de pleurer quand elle avait peur, et elle avait eu peur. Elle se sentait même mortifiée, à vrai dire. Mais ce n'étaient pas des larmes de peur. C'étaient des larmes de colère. Non, de fureur. De fureur de s'être sentie violée.

« Je préfère le noir. » Ses paroles résonnaient dans ses oreilles. Pendant combien de temps cet enfoiré l'avait-il observée en train d'essayer des soutiens-gorge ?

– Il y a quelqu'un ? demanda Miranda. Un fantôme ? Un non-fantôme ?

– Un vampire, lui expliqua Della d'un ton sec avant de reposer les yeux sur Kylie. Tu vas bien ?

Kylie opina de nouveau.

– Il est parti ?

– Pour l'instant, oui. (Della attrapa le porte-monnaie et les soutiens-gorge de Kylie, et les donna à Miranda.) Va les payer pendant qu'elle se rhabille.

Miranda détala. Della regarda de nouveau Kylie.

– Tu vas bien, c'est sûr ?

– Je crois que je suis assez furieuse pour arracher son cœur et le battre avec. (Elle se mordit la lèvre pour ne pas pleurer.) Depuis combien de temps jouait-il les voyeurs ?

– Quelques secondes. (Della blêmit.) Ce n'était pas Chan, n'est-ce pas ? Je n'ai pas reconnu son odeur, mais je n'ai pratiquement pu sentir que du sang.

– Non.

Kylie enfila son tee-shirt. Dans sa tête apparut l'image du sang qui gouttait des cheveux du garçon.

– Alors ? Tu l'as vu ? demanda Della.

Kylie croisa son regard.

– C'était le… le sale type avec qui nous nous sommes battus dans la réserve animalière. Celui qui m'a attrapée.

Della leva le nez en l'air.

– Oh merde !

– Est-ce qu'il revient ?

– Il y a quelqu'un, en tout cas.

Elle empoigna Kylie par le bras et la fit sortir précipitamment.

Quand elles émergèrent de la cabine, Miranda prenait les paquets à la caisse. Della lui fit signe de les suivre et celle-ci s'exécuta sans poser de question. À l'évidence, Miranda lut la panique dans leurs yeux.

– Que se passe-t-il ? demanda-t-elle.

– Nous devons rentrer au camp, expliqua Della.

– Il est encore là ?

– Partons, répondit Della d'un ton sec.

À la minute où elles sortirent, une berline noire se gara dans un crissement de pneus devant le magasin. Della grogna, puis poussa Kylie et Miranda derrière elle.

La vitre se baissa et Burnett les regarda fixement. Ses yeux étaient d'une teinte dorée ardente.

– Montez !

– Et notre voiture ? s'enquit Kylie, même si elle ne savait pas comment elle arrivait encore à penser, ni comment elle conduirait sans prendre de risques alors que la panique continuait à rebondir dans son ventre.

– Montez ! répéta Burnett.

Son ton ne leur laissait pas le choix : elles obéirent.

– Que se passe-t-il ? demanda Della à Burnett une fois qu'elles furent entassées sur la banquette arrière.

Burnett ne répondit pas. Il se concentrait sur sa conduite. La berline démarra avant que Kylie ne se rende compte que quelqu'un était assis à côté de lui à l'avant. C'était une brune, de l'âge de Burnett. Elle ne lui était pas étrangère, et Kylie se souvint l'avoir vue avec les gens de l'URF la nuit de la bagarre au parc animalier.

– Jette-leur les blouses ! lui ordonna Burnett.

La femme lança à chacune des filles un sachet en plastique qui contenait ce qui ressemblait à une blouse d'hôpital.

– C'est pour quoi faire ? leur demanda Kylie.

– Déshabillez-vous, leur dit Burnett. Rangez tous vos vêtements dans le sac. Chaussures, chaussettes, sous-vêtements. Tout. Puis enfilez les blouses.

– On fait… quoi ? s'étonna Kylie.

– Tu m'as très bien entendu, la rabroua-t-il.

– Mais pourquoi ? firent Kylie et Della en même temps.

– Faites-le, leur intima la femme.

Della et Miranda commencèrent à se dévêtir, mais Kylie les arrêta d'un geste de la main.

– Non. Nous ne nous déshabillerons pas tant que vous ne nous aurez pas expliqué pourquoi. Et mieux vaut que ce soit une sacrée bonne raison, parce que je ne me mets pas toute nue à la demande. Demandez donc à mon ex !

La brune se retourna sur son siège et la fusilla du regard. Ses sourcils s'agitèrent comme si elle essayait de lire en Kylie. Dommage, ça ne marchait pas.

Mais elle n'abandonna pas immédiatement. Elle continua à la sonder. Ses yeux ambre s'éclaircirent légèrement et Kylie pensa que c'était un loup-garou. Un loup-garou en colère.

– Fais-le, insista la femme.

– Non.

Étonnamment, Kylie n'était pas intimidée. Elle lui rendit son regard noir. Elle agita même les sourcils et essaya de lire la configuration de son cerveau. Cela ne marcha pas non plus, mais le loup-garou n'en sut rien.

– Faites ce qu'il dit, sinon je le ferai à votre place ! ordonna-t-elle.

Burnett attrapa la femme par l'épaule.

– Selynn, laisse-moi m'en occuper. (Son regard se posa sur le rétroviseur et Kylie croisa le reflet doré de son regard.) Kylie, je t'en prie…

– Non !

Kylie ignorait d'où venait ce tout nouveau bon sens, mais c'était agréable. Cela lui procurait une infime sensation de contrôle. Elle devait absolument se sentir maîtresse d'elle-même afin de combattre ce sentiment de persécution.

– Vous vous rendez compte de ce que vous nous demandez ? (Kylie tenait la main de Della et Miranda.) Que nous enlevions nos vêtements dans une voiture, avec un homme assis à l'avant, et un rétroviseur ? Et vous ne comptez pas nous expliquer pourquoi ?

Burnett arracha le rétroviseur.

– Deux filles se sont fait assassiner en ville, lança-t-il.

– Merde ! s'écria Della.

– Oh non ! fit Miranda.

La seule chose qui sortit de la bouche de Kylie, ce fut un halètement.

Burnett poursuivit :

– J'ai besoin de vos vêtements pour prouver que vous trois n'avez rien à voir avec les meurtres. Le FBI et l'URF les réclameront, alors, s'il vous plaît, faites ce que je vous dis.

Kylie lâcha les mains de ses amies et se déshabilla. Quelques minutes plus tard, toutes les trois portaient des blouses vertes, comme celles des chirurgiens. Tout le monde se tut durant l'opération.

Miranda récupéra les trois sacs et les remit à Selynn.

– Tenez.

– Pensez-vous vraiment que l'on croira que nous avons quelque chose à voir avec tout ça ? demanda Kylie, qui se rappela tout le sang sur la tête du vampire escroc et sur son tee-shirt.

– Non, dit Della. Ils vont croire que c'est moi. (Elle eut l'air blessé.) C'était un vampire, n'est-ce pas ?

– Oui, répondit Burnett. Mais je sais que ce n'est pas toi. Je prends juste des précautions jusqu'à ce que nous découvrions qui l'a fait.

– Nous savons déjà qui c'est, dit Della. Kylie l'a vu.

– Vu qui ?

Selynn et Burnett se retournèrent en même temps.

– C'était le vampire escroc, expliqua Kylie. Celui qui m'a attaquée dans le parc animalier.

Burnett faillit quitter la route. Il s'arrêta pour se garer. Il se retourna de nouveau sur son siège et croisa le regard de Kylie.

– Tu n'es pas blessée, n'est-ce pas ?

Ses yeux se posèrent de nouveau sur son cou, comme si…

– Non, je ne suis pas blessée.

Une envie impérieuse de pleurer et de pleurer tout de suite envahit alors la poitrine de Kylie.

– A-t-il dit quelque chose ? s'enquit Burnett.

« Je préfère le noir. »

– Non, répondit-elle.

Le regard de Burnett s'intensifia.

– Ce n'est pas le moment de mentir.

Kylie déglutit.

– Il n'a rien dit qui puisse vous être utile.

– Et si vous nous laissiez en juger par nous-mêmes ? lança Mme Loup-Garou-la-Dure-à-Cuire.

Kylie fronça les sourcils.

– Il a affirmé qu'il préférait le soutien-gorge noir. Je me trouvais dans une cabine d'essayage.

Le sentiment de s'être fait violer l'envahit de nouveau et la colère monta en elle.

L'expression de Burnett changea, d'exigeante à compatissante, en une fraction de seconde.

– Es-tu sûre que tout va bien ? Il n'a pas…

– Je vais bien, réussit-elle à dire, mais elle sentit les larmes emplir ses yeux et se détourna du visage soucieux de Burnett.

– Il est venu et reparti si vite que quand j'ai perçu sa présence, il avait déjà disparu, expliqua Della.

Le souvenir de son reflet dans le miroir envahit l'esprit de Kylie.

– Il avait du sang… partout sur lui. Sa chemise. Ses cheveux.

Miranda glissa sa main dans celle de Kylie et la serra affectueusement.

L'air désapprobateur de Burnett s'accentua. Il se retourna et démarra. Il regarda Selynn, assise à côté de lui.

– Appelle-les. Dis-leur que c'est un code rouge.

– Tu es sûr que tu veux tenter le coup ? demanda Selynn.

– C'est quoi, un code rouge ? s'enquit Della, juste avant que Kylie ne pose la question.

Burnett répondit d'un ton hésitant.

– Pour l'instant, le seul à être au courant de cela, c'est l'URF. Le code rouge signifie que nous ferons passer leur mort pour un accident de voiture.

– Vous le laisserez s'en tirer comme ça ? demanda Kylie.

– Non, répondit Burnett. Mais on ne peut pas non plus laisser ce genre de chose filtrer. Si la moindre rumeur se met à circuler, cela rendra les supérieurs nerveux et ils fermeront l'école.

Selynn leva la main comme pour faire taire tout le monde. Puis elle parla dans le téléphone :

– C'est un code rouge. (Elle marqua une pause.) Je sais. (Elle posa les yeux sur Burnett.) Il a donné l'ordre. Je ne suis que la messagère.

Burnett fronça les sourcils et Kylie eut l'impression que quoi qu'il décidât, il le faisait pour Shadow Falls, voire pour Holiday. Mais elle ne put s'empêcher de penser aux citadins : ces humains ne sauraient jamais qu'un assassin était venu les voir et avait emporté deux d'entre eux.

Quand les trois amies entrèrent dans le bureau de Holiday une demi-heure plus tard, celle-ci bondit pratiquement de sa chaise et courut vers elles.

– Merci, mon Dieu ! s'écria-t-elle en les serrant toutes dans une même étreinte.

Della fut la première à se détacher.

– Nous allons bien, dit-elle.

Parle pour toi, songea Kylie. Elle aurait volontiers prolongé l'accolade de quelques secondes. Elle ne s'était pas sentie aussi proche de Holiday depuis sa révélation à Burnett.

– Regardez ! lança Della en désignant le téléviseur fixé au mur.

Kylie y jeta un coup d'œil et son souffle se coupa. L'écran montrait une voiture accidentée, puis la photo des deux filles. *Ce n'est pas possible.* Elle se sentit brusquement nauséeuse.

Holiday s'empara de la télécommande et monta le son.

« Deux jeunes filles ont trouvé la mort dans un accident de la route. Apparemment… » poursuivait le journaliste.

– Nous les avons rencontrées en ville, lâcha Kylie, la poitrine lourde. Nous leur avons parlé. (Pour une raison idiote, cette brève rencontre rendait leur mort encore plus personnelle.) La rousse s'appelait Amber. Je ne connais pas le nom de la blonde.

– Elles n'étaient pas très sympas, observa Della d'un ton brusque. Mais elles ne méritaient pas de mourir.

– Non.

Miranda mit sa main sur ses lèvres et se contenta de fixer l'écran.

Kylie aurait bien acquiescé verbalement, mais elle en était incapable. Elle se rappelait parfaitement le sang sur la chemise du vampire escroc, et l'émotion bloqua son larynx. C'était leur sang qu'elle avait vu. Quand les larmes picotèrent les yeux de Kylie, elle eut l'impression d'être une pleurnicheuse, mais elle remarqua que Della et Miranda avaient, elles aussi, les yeux mouillés.

– Je… (Kylie se força à parler.) Je me sens responsable.

Holiday éteignit l'écran avec la télécommande.

– C'est quelque chose d'horrible, mais le seul responsable, c'est l'escroc qui a fait ça. (Puis elle les regarda fixement tour à tour, comme si elle avait besoin de les mémoriser toutes visuellement.) Quand j'ai appris que l'on avait retrouvé deux filles… j'ai cru…

Les yeux de Holiday s'embuèrent. Et tout le monde se mit à pleurer.

Juste à ce moment-là, Burnett entra dans le bureau. Son regard alla d'une adolescente à l'autre. Kylie pouvait presque l'entendre grogner intérieurement.

– Je… je repasserai.

Manifestement, même un vampire comme Burnett, hyper baraqué et entraîné par l'URF, n'était pas capable d'affronter quatre femmes en pleurs.

Un quart d'heure plus tard, il passa la tête dans la pièce, et quand il vit qu'elles ne pleuraient plus, il entra, avec, à ses basques, Selynn. Elle se tenait si près de lui que ses épaules effleuraient son avant-bras. Burnett se décala et expliqua qu'il avait besoin de les interroger séparément. Il ouvrit la porte et demanda à Kylie et à Miranda d'attendre à l'extérieur du bureau.

Puis Selynn regarda Holiday.

– Vous aussi, vous devriez partir.

La voix de la femme était tellement condescendante que Kylie décida sur-le-champ qu'elle ne l'aimait pas. Pas du tout.

Holiday la gratifia d'un regard que Kylie ne put que trouver farouchement protecteur.

– Désolée, mais je ne reçois d'ordre de personne au sujet de mes campeurs.

– Elle peut rester, les coupa Burnett.

Selynn mit une main sur l'avant-bras du jeune homme.

– Je ne pense pas que ce soit très judicieux.

– Les filles se sentiront plus à l'aise si elle est présente.

Il s'éloigna d'elle, mais Kylie constata que Holiday avait remarqué la familiarité avec laquelle la femme le traitait.

La jalousie envahit les yeux de la directrice. Mais elle n'y resta pas plus d'une seconde. Un battement de cils, et l'émotion disparut. Selynn jeta un coup d'œil à Holiday, comme si elle attendait sa réaction. Cela poussa Kylie à imaginer que Selynn n'était pas non plus indifférente à Burnett. Or, elle voyait bien que ce n'était pas réciproque. Mais peut-être Burnett savait-il cacher ses sentiments. Cela pouvait-il en partie expliquer pourquoi Holiday évitait de trop se rapprocher de lui, si elle était au courant qu'il en fréquentait déjà une autre ? Kylie ressentit une méfiance instantanée envers le vampire.

Burnett fit signe à Miranda et à Kylie de sortir. Celle-ci, qui se méfiait de lui par amitié pour Holiday, refusa de bouger tant que la directrice ne confirmait pas l'ordre.

– Qui est le chef, d'après elles ? demanda Selynn, agacée par la démonstration d'autorité de Kylie.

– Et si nous commencions ? proposa Burnett.

Kylie et Miranda passèrent dans l'entrée.

– Il vérifie si nous mentons. Voilà pourquoi il veut nous parler séparément, murmura Miranda.

– À mon avis, il ne nous croit pas coupables, le défendit Kylie, même si elle n'était pas sûre de pouvoir en dire autant de Selynn.

Puis Kylie s'interrogea de nouveau sur l'histoire entre Burnett et le détestable loup-garou.

– Ça craint ! (L'émotion injecta de la mauvaise humeur

dans le ton de Miranda.) Quand je pense que nous avons rencontré les filles qui se sont fait tuer...

– Je sais, acquiesça Kylie, mais, en toute franchise, elle préférait ne pas y penser.

Elle éprouvait encore ce sentiment accablant que tout était sa faute. Elle se laissa tomber sur une des deux chaises de bureau qui meublaient la petite entrée et regarda ses mains. Était-ce cela, la mauvaise nouvelle dont lui avaient parlé les fantômes ? Non, l'esprit avait été clair : il s'agirait d'un être cher à Kylie. Cette pensée déclencha une autre vague de chagrin dans son ventre. Elle n'avait pas aimé ces filles, mais quelqu'un les aimait. Elles avaient des parents, des amis... En fermant les yeux, Kylie tâcha de se reconnecter au calme qu'elle avait trouvé aux cascades. Combien de temps pourrait-elle se raccrocher à ce sentiment, alors que les catastrophes s'enchaînaient ?

– Nous aurions pu être à leur place, observa Miranda en tirant sur un fil de sa blouse vert clair.

– Je sais.

Kylie joignit ses mains.

Quelques minutes plus tard, Selynn et Della sortirent. Kylie se leva, mais Selynn fit signe à Miranda de la suivre. Puis elle se tourna vers les deux colocataires.

– Nous préférons que vous ne vous parliez pas. Et de toute façon, Burnett peut vous entendre.

Elle sourit d'un air suffisant avant d'emboîter le pas à Miranda dans le bureau.

Della grogna dans le dos du loup-garou.

– Salope, articula-t-elle silencieusement.

Puis, quand le loup-garou fut dans une autre pièce, Della redit haut et fort :

– Salope !

Elle jeta un coup d'œil à la porte et ajouta :

– Je me moque bien que vous m'entendiez, Burnett ! C'est une salope. Vous le savez. Je le sais. Et Holiday le sait.

Des pas résonnèrent sur le seuil de l'entrée. Kylie jeta un coup d'œil en direction de la porte juste au moment où elle s'ouvrait. Derek entra en trombe.

– Dieu merci !

Il s'arrêta et regarda Kylie fixement, comme s'il remarquait seulement la blouse d'hôpital. Perry était juste derrière lui, l'air tout aussi inquiet.

Perry balaya la pièce du regard.

– Où est Miranda ?

La peur et une autre émotion intense envahirent ses yeux couleur cuivre.

Kylie n'eut pas l'opportunité de répondre, parce que Derek l'étreignit très fort. Elle le laissa la serrer dans ses bras, posa même la tête sur son torse et soupira, tant c'était bon d'être tout contre lui.

– Qu'est-ce que ça peut te faire ? dit silencieusement Della. Tu ne l'aimes pas, tu te souviens ?

– Elle va bien ? demanda Perry, dont la voix était un grondement confus d'émotions.

Kylie ne prit pas la peine de regarder, mais elle imaginait que ses yeux changeaient de couleur quand il parlait. Elle avait remarqué qu'ils se modifiaient en fonction de ses sentiments.

– Ne me mords pas !

Della perdit son ton sarcastique. Avait-elle peur de Perry ou percevait-elle l'émotion dans la voix du garçon ? Kylie l'ignorait.

– Tu vas bien ? murmura Derek à son oreille.

– Oui.

Oh que non ! Kylie se recula pour le regarder dans les yeux et elle y vit la même inquiétude que dans ceux de Perry. Une bouffée de calme passa de Derek à elle. Cette fois, elle ne la refusa pas. Elle en avait vraiment besoin.

La porte du bureau de Holiday s'ouvrit sur Miranda.

Perry croisa son regard, puis tourna les talons et sortit du bâtiment. Miranda le regarda s'éloigner.

– Que voulait-il ? demanda-t-elle.

– S'assurer que tu allais bien, répondit Derek. (Et il passa une main autour de la taille de Kylie.) Je l'ai vu juste après avoir appris ce qui s'est passé et je le lui ai dit. Il se faisait du souci pour toi.

– Mais pas assez pour m'adresser la parole, hein ? (L'expression de Miranda était à moitié triste et à moitié furieuse. Elle croisa de nouveau le regard de Kylie.) À toi. (Elle lui montra la porte du bureau.) Fais gaffe, le loup-garou mord.

Kylie serra bien fort la main de Derek, puis entra dans la pièce pour affronter Burnett et le loup-garou. Le vampire ne l'intimidait plus comme la première fois qu'il l'avait interrogée, mais l'anxiété la rendait tout de même nerveuse.

chapitre 17

Burnett demanda à Kylie de raconter plusieurs fois ce qui s'était passé. Puis il lui posa des questions précises :

– Tu as déclaré que le vampire escroc était en sang. Cela ressemblait-il à du sang frais ? Comment de temps s'est-il écoulé entre le moment où vous avez vu les filles et celui où il est apparu ?

Puis Burnett la réinterrogea, mais de façon légèrement différente. À un moment, elle aurait pu croire qu'il voulait la surprendre en train de mentir, mais elle comprit qu'il tenait simplement à s'assurer qu'elle n'omettait rien et qu'il espérait qu'une question légèrement différente rappellerait à Kylie un détail insignifiant qui s'avérerait utile. Le problème, c'était que Kylie ne voulait pas se souvenir. Elle brûlait d'envie d'oublier, d'effacer à tout jamais cet épisode de sa mémoire. Et sérieusement, que pouvait-elle lui dire d'autre qui puisse l'aider ?

– Pourrais-tu me décrire le sang ? demanda Burnett, assis à califourchon sur une chaise devant elle.

Cela lui rappela son premier interrogatoire. Sauf que, cette fois, elle était installée sur le canapé, avec Holiday à ses côtés.

– Je l'ai déjà fait.

Elle sentait sa patience s'effilocher comme un élastique tendu.

– Fais-le encore une fois.

Son ton appelait à l'obéissance et finit par faire craquer Kylie :

– Vous savez qui a fait cela ! Vous savez qui étaient ses victimes ! Tout cela est-il vraiment nécessaire ?

Elle serra les dents et se retint de pleurer.

– Nous décidons de ce qui est nécessaire, répliqua Selynn, hautaine, en se postant derrière Burnett.

Kylie darda un regard noir sur le loup-garou, sans essayer de dissimuler son mépris. Le ton de la jeune femme l'ennuyait plus encore que le ténor de Burnett. Au moins, chez lui, elle percevait une réelle inquiétude. Avec Selynn, tout n'était qu'une question de pouvoir. Cette femme adorait en user.

– Vous nous croyez coupables, n'est-ce pas ? demanda Kylie à Selynn.

– Je pense que…

– Stop. (Burnett regarda la jeune femme d'un air désapprobateur avant de reposer les yeux sur l'adolescente.) Kylie, je sais que vous n'y êtes pour rien. Et que ce n'est pas facile. Toutefois, les traces de sang nous indiqueront s'il a tué juste pour le plaisir ou parce qu'il avait faim.

Son explication lui souleva le cœur.

– Et qu'est-ce que cela change ? Ces filles sont mortes, quelles qu'aient été ses raisons de les assassiner !

– Tu lui as posé assez de questions, dit Holiday en mettant une main sur le poignet de Kylie.

Elle lui offrit ainsi un réconfort moral tout en faisant affluer le calme en elle.

L'énergie paisible ralentit les pulsations de Kylie et atténua la douleur dans sa poitrine. Mais cela ne ferait pas tout disparaître. L'adolescente ne croyait pas en un tel pouvoir.

Burnett regarda Holiday, puis Kylie.

– Cela ne changera pas ce qui s'est passé. Mais pour l'heure, nous avons besoin d'un maximum d'informations sur ce sale type pour pouvoir l'attraper. Pour l'arrêter avant qu'il ne recommence.

Les paroles de Burnett titillèrent sa conscience. Deux filles étaient mortes. Violemment assassinées. Était-ce trop demander à Kylie de subir un interrogatoire quelques minutes de plus ? Non. Elle respira profondément et s'assit plus droite.

Holiday se raidit.

– Pour un vampire, vous entendez très mal ! Je viens de dire qu'elle en avait assez.

– C'est bon, dit Kylie en serrant affectueusement la paume de la directrice. Si cela peut aider à coincer ce type, pas de problème.

Mais elle ne lâcha pas la main de son amie.

Dix minutes plus tard, lorsque Burnett estima, apparemment, lui avoir soutiré la moindre information sur l'incident, il se leva et la regarda.

– Merci, Kylie. Je sais que ça n'a pas été facile.

Elle opina et, après avoir inspiré et expiré plusieurs fois, elle décida que c'était à son tour de poser des questions.

– À votre avis, a-t-il voulu faire croire que nous avions tué ces filles ? Comme quand ils ont essayé de faire accuser le camp d'avoir massacré les animaux ?

Burnett secoua la tête.

– Non. Rien ne nous pousse à tirer ce genre de conclusion.

– Croyez-vous… croyez-vous qu'il nous ait suivies en ville ?

Il réfléchit quelques secondes.

– Non. Je pense qu'il est tombé sur vous par hasard.

Holiday serra la main de Kylie.

– Je te l'ai dit, ce n'est pas ta faute.

– Non, insista Burnett. Tu n'y es pour rien, Kylie.

– Alors pourquoi ai-je l'impression que ça prend une tournure plutôt… personnelle ? s'enquit Kylie. C'est vrai, il n'arrête pas de se montrer. Au parc, puis vendredi dernier. Je ne l'ai pas vu, mais je suppose que c'était lui. Et après ça, j'ai… eu la sensation que quelqu'un me suivait.

– Quand as-tu ressenti cela ? demanda Burnett.

– Hier matin, en venant au bureau avant le petit déjeuner. Au début, j'ai cru que c'était le loup, mais…

– Le loup ? s'écrièrent Burnett et Selynn en chœur.

Si Burnett parut préoccupé, Selynn agita immédiatement les sourcils et essaya de nouveau de lire en Kylie. Celle-ci dut faire son maximum pour ne pas se cacher le front. Voire pour ne pas lui adresser un doigt d'honneur.

– Quand ça ? demanda Burnett.

– Il y a deux jours, répondit Holiday. Ce n'était pas un loup-garou. D'après Kylie, il avait l'air à moitié apprivoisé. Pas menaçant.

– Était-ce un métamorphe ? s'enquit Burnett.

– Je… ne pense pas. En tout cas, ce n'était pas Perry. (Kylie hésita, puis se rappela le véritable sujet de cette conversation.) Mais le loup n'a aucune importance. Deux filles sont mortes et… j'ai l'impression que, d'une certaine façon, c'est ma faute. Je crois que c'était moi qui l'intéressais, pas elles.

Burnett se laissa retomber sur la chaise en face d'elle.

– Je peux comprendre ce que tu ressens. Mais s'il voulait te faire du mal, il aurait pu passer à l'acte, l'autre soir, dans les bois. Je ne crois pas que ce soit dirigé contre toi. Contre le camp… peut-être.

– Alors pourquoi revient-il sans cesse me voir ? Cela n'a rien d'une coïncidence.

Burnett fronça les sourcils.

– Ce n'en est pas une. Tu te mets toi-même dans des situations qui lui procurent la meilleure opportunité à moindre risque. Et la première fois, il n'était pas venu te chercher. Tu étais allée au parc animalier où se trouvaient les Frères de sang. Et s'il était là l'autre nuit – mais nous n'en sommes pas sûrs –, alors il a dû te voir lorsque tu t'es enfuie dans les bois et sauter sur l'occasion. Et aujourd'hui… il était probablement… en chasse, quand il a senti la présence de surnaturels en ville. Une fois de plus, tu étais seule dans la cabine d'essayage. Il en a profité.

Et s'est bien rincé l'œil, songea Kylie.

– Mais vous avez dit vous-même que s'il avait voulu me tuer l'autre nuit, il aurait pu le faire, or il n'a même pas essayé. Alors qu'attendait-il donc de moi ?

Burnett hésita.

– Je crois qu'il désirait envoyer un message au camp. Nous faire savoir que le gang était toujours là. Je suis certain que l'arrestation de plusieurs de leurs membres a entamé leur ego. S'ils se retiraient maintenant de la partie, ils donneraient l'impression de manquer de courage. S'ils restent dans les parages, au moins ils sauvent la face. Je suis sûr qu'il a compris que te tuer aurait causé beaucoup trop de problèmes au gang.

Kylie essaya de comprendre exactement les paroles de Burnett.

– Mais il a assassiné ces filles ! Êtes-vous en train de dire que cela n'a causé aucun problème ? Ça ne tient pas debout !

Burnett regarda Holiday, comme s'il cherchait de l'aide. Holiday serra la main de Kylie en guise de réconfort.

– Quand un surnaturel en tue un autre, il est plus facile de s'occuper de ce délit. Nous possédons notre propre système judiciaire.

– Et quand ils assassinent un humain, que se passe-t-il ?

Surtout qu'il ne réponde pas « rien », songea Kylie. *Mon Dieu, je Vous en prie, qu'il ne réponde pas « rien ».*

Elle avait beau être en partie surnaturelle, une autre partie d'elle restait humaine.

– Cela fait partie du boulot de l'URF, expliqua Burnett. Mais comme vous pouvez le deviner, obtenir justice peut s'avérer délicat.

Kylie sentit ses épaules se nouer.

– Êtes-vous en train de me dire qu'il va carrément s'en sortir ?

– Non, répondit Burnett d'un ton plus grave. Je te le promets, Kylie. Je ferai tout ce que je pourrai pour m'assurer que ce type paiera.

Comment Burnett avait-il l'intention de le lui faire payer au juste, cela n'était pas clair. Mais Kylie n'était pas sûre de vouloir le savoir. Pourtant, à son ton, elle se rendit compte que ce n'était pas une promesse en l'air. Et de cela elle lui était reconnaissante.

Cette nuit-là, les directeurs du camp organisèrent une réunion avec tous les campeurs au réfectoire où ils servirent pizzas et conseils avisés. Burnett leur demanda de se montrer extrêmement vigilants.

– Restez sur les axes principaux et ne vous aventurez pas seuls dans les bois, recommanda-t-il. Selon la densité des arbres ou le sens du vent, l'odeur d'un intrus pourrait passer inaperçue.

Della gratifia Kylie d'un grand sourire, puis se retourna vers Burnett.

– Vous devriez peut-être annuler le week-end chez nos parents ?

Burnett la regarda.

– C'est dans plus de quinze jours. J'espère avoir résolu ce problème d'ici là.

– Hé, on ne peut pas m'en vouloir d'avoir essayé, marmonna Della.

– J'ai rendez-vous avec le Haut Conseil la semaine prochaine, annonça Burnett. J'espère qu'il m'aidera à gérer la situation ici.

Kylie se rapprocha de Della.

– C'est quoi, le Haut Conseil ?

– Un peu l'équivalent du Sénat. Il est constitué d'une bande de vieux des différentes espèces. (Della sourit.) J'ai appris ça pas plus tard que cet après-midi. Chris en a parlé au cours de notre réunion de vampires.

– Un Sénat ? Jamais je n'aurais cru que toutes les espèces s'entendaient si bien !

– Elles ne s'entendent pas. Mais les démocrates et les républicains non plus, et ça ne les empêche pas de se réunir !

– J'imagine, dit Kylie, quand une autre question surgit dans sa tête. Quel genre d'aide nous proposeront-ils ?

– Ça dépend. Chris prétend que le Haut Conseil doit voter rien que pour examiner l'affaire.

– Voter ? Deux filles assassinées ? Comment pourraient-ils dire non ?

Della haussa les épaules.

– N'oublie pas que la façon de penser du gouvernement ne correspond pas forcément à celle de tous les vieux.

– Tu insinues que certains sont des escrocs ?

Della opina.

– Selon Chris, la plupart des anciens respectent le gouvernement mais ne veulent pas qu'il les contrôle. Ils suivent donc certaines règles, mais pas toutes.

Kylie secoua la tête. Elle avait déjà assez de mal à comprendre la politique des humains, alors appréhender celle-ci était-il vraiment à sa portée ?

– S'ils acceptent cette affaire, que se passera-t-il ?

– Soit ils autorisent le conseil des espèces incriminées à appliquer la punition et à s'occuper de tout, soit ils confient le type à l'URF. Et là, je n'ose pas imaginer ce qui lui arrivera.

– Moi non plus, avoua Kylie.

Della jeta un coup d'œil vers la porte. Son humeur avait manifestement changé.

– Je vais rentrer au bungalow. J'ai des trucs à faire.

– Quel genre de trucs ? s'enquit Kylie, qui se rappela la rubrique nécrologique qu'elle avait trouvée.

– Des trucs, répondit sèchement Della.

Kylie se pencha vers elle.

– Tu serais incapable de faire ce genre de chose.

Della la foudroya du regard.

– À plus.

– Tu veux que je t'accompagne ? demanda Kylie.

Elle se souvint brusquement de la recommandation de Burnett de rester ensemble chaque fois que possible.

– Tu te fiches de moi ? Si on nous attaquait, c'est moi qui nous protégerais toutes les deux.

– Hé ! Je ne suis plus aussi impotente ! rétorqua Kylie.

Maintenant que Kylie savait ce que les deux victimes avaient dû endurer, la nouvelle force qu'elle venait de se découvrir ne la mettait plus dans tous ses états.

– Ce n'est pas parce que tu as défoncé une porte et que tu as tracé quand on s'est promenées dans les bois que ce ne sont pas des bêtises, tout ça ! (Della se fendit d'un grand sourire, histoire de montrer à Kylie qu'elle la taquinait.) Ça ira. À plus !

– Hé, dit Holiday en s'arrêtant à côté de Kylie, Della va bien ?

– Je l'espère.

Kylie s'aperçut que depuis qu'elles étaient revenues de leur périple en ville, la distance qui s'était installée entre Holiday et elle à cause de sa révélation à Burnett avait disparu. Avaient-elles comblé ce fossé ? Et Kylie pouvait-elle l'empêcher de réapparaître ?

– Tu vas bien ? demanda Holiday.

– J'ai connu mieux, répondit Kylie, honnêtement. Je n'arrête pas de penser à ces filles.

– Et si nous allions nous balader aux cascades dimanche ? suggéra Holiday.

– Super !

L'idée de se rendre là-bas en compagnie de quelqu'un qui pouvait ressentir la même chose qu'elle lui plaisait bien.

Au même moment, Burnett jeta un coup d'œil dans leur direction, et Kylie vit que Holiday s'en était rendu compte, elle aussi. Elle eut envie de rentrer sous terre, tant elle redoutait que celle-ci se souvienne qu'elle était furieuse contre Kylie.

– Je devrais te présenter mes excuses, dit Holiday, qui lisait de nouveau les sentiments de son amie. J'ai… dramatisé toute cette histoire avec Burnett.

Surprise, Kylie la regarda.

– Non ! C'est moi qui ai eu tort de lui en parler.

– Peut-être, mais tu as bon cœur. Quand on se soucie des autres, parfois, on dépasse les bornes. Je suis bien placée pour le savoir. Je suis une célèbre dépasseuse de bornes ! (La voix de la jeune femme se tendit.) Tout à l'heure, lorsque Burnett est venu m'annoncer qu'ils avaient tué deux ados, j'ai cru… Enfin, bref, disons que notre prise de tête était vraiment stupide.

Holiday prit Kylie dans ses bras et l'étreignit comme une sœur.

– Merci. (L'adolescente réprima l'émotion qui montait dans sa gorge.) Mais tu vas me faire pleurer…

Holiday regarda en direction de Burnett.

– Hé, si tu pleures, tu vas encore le faire fuir ! Si j'avais su que quelques larmes suffiraient pour le faire partir, j'aurais pleuré durant ces sept dernières semaines !

Kylie se fendit d'un large sourire et, quand elle leva les

yeux sur Burnett, elle vit Selynn se diriger vers lui et lui dire quelque chose.

– Qu'est-ce qu'elle fiche encore là ?

– Je ne sais pas, répondit Holiday à voix basse. Je suis sûre qu'elle veut quelque chose. Et je parie que ça commence par un B, que c'est grand, ténébreux et canon.

Burnett écouta Selynn et s'en alla avec elle.

– Et peut-être qu'elle vient juste de l'obtenir, déclara Holiday, dont le ton montrait qu'elle se sentait rejetée.

Kylie hésita un instant à lui poser la question, mais celle-ci sortit toute seule :

– Est-ce qu'ils… enfin, tu sais ?

– Salissent les draps ?

– Oui.

Dans sa tête, Kylie ajouta cette expression à la liste de celles qu'avait Della pour dire « s'envoyer en l'air ».

– Cet après-midi, il est venu me voir et m'a dit : « Je sais que l'on pourrait croire qu'entre Selynn et moi… mais non. Ou du moins, plus maintenant. »

– Donc, ils sont sortis ensemble et ils ont rompu ?

– Il prétend qu'ils ont cassé il y a deux mois. Que ça n'a jamais été sérieux entre eux.

Kylie arqua les sourcils.

– Et depuis combien de temps tu le connais ?

– Deux mois.

– Hum… fit Kylie.

– Hum quoi ?

– Rien, juste hum, mentit Kylie. Alors que lui as-tu dit ?

– Que je ne comprenais pas pourquoi il se croyait obligé de me parler de Selynn.

– Il a deviné que tu mentais ?

– Ouaip. (Holiday gloussa. Elle et Kylie restèrent plantées une minute à regarder la foule.) D'autres nouvelles du fantôme ?

– Rien de rien. J'ai peur d'avoir tout fichu en l'air.

– Je ne pense pas. Elle essaie probablement de trouver comment te dire ce qu'elle veut que tu saches.

– Je l'espère, rétorqua Kylie.

Des cris de fureur retentirent au bout de la pièce.

– De quoi m'as-tu traité ? fit une voix tonitruante.

Kylie et Holiday levèrent les yeux. Deux loups-garous, nez à nez, semblaient prêts à se rouer de coups.

– Au boulot ! lança Holiday, qui s'empressa d'aller mettre un terme à la bagarre.

Kylie la regarda partir, puis calmer la colère des deux garçons très nerveux. Après quelques minutes, elle remarqua Miranda qui traînait avec ses copines sorcières. Kylie savait que cela ne la dérangerait pas si elle se joignait à elles, mais elle se ravisa. Helen et Jonathon jouaient aux échecs dans un coin. Elle pourrait aller regarder Helen, brillante joueuse, mettre de nouveau une raclée à Jonathon, mais ces deux-là avaient l'air d'apprécier de rester seuls.

Un autre balayage visuel de la pièce, et Kylie localisa Derek. Adossé à un mur, les bras croisés, il l'observait. Un sourire s'ébaucha lentement sur ses lèvres. Quelque chose dans ce sourire indiqua à Kylie qu'il ne serait pas contre un peu de compagnie.

Elle passa rapidement la salle en revue pour voir combien de personnes pourraient sentir ses hormones ou lire ses sentiments. Il y en avait partout. Que faire ?

Elle jeta de nouveau un coup d'œil à Derek, se souvint comme ça avait été bon quand il l'avait serrée dans ses bras ces quelques minutes dans le bureau et se dit… tant pis ! Elle se dirigea vers lui.

– Tu veux aller manger une pizza au clair de lune ? lui murmura Derek à l'oreille quand elle le rejoignit.

Si proche de lui, elle pouvait sentir son odeur de propre. Une vision du jeune homme, nu, couvert de juste quelques gouttes d'eau, envahit son esprit. Elle la chassa d'un battement de cils.

– C'est comme danser au clair de lune ? C'est censé être sexy ?

Elle sourit et se mordit la langue. Pourquoi fallait-il que lorsqu'elle se trouvait à moins d'un mètre de lui, elle ne pense plus… qu'à lui ?

Il arbora un grand sourire.

– C'est possible. Avec la bonne personne. Et la bonne pizza. (Il rit.) Hé, j'ai faim !

Ils prirent deux parts de pizza et deux boissons, puis sortirent du réfectoire.

– Je connais l'endroit idéal, déclara-t-il, alors qu'ils laissaient le brouhaha des bavardages derrière eux.

La nuit était chaude et douce. Derek désigna les deux grands fauteuils à bascule blancs devant le bureau. Kylie le suivit. Elle allait s'asseoir lorsque son téléphone sonna dans sa poche.

Posant son verre par terre, elle prit son assiette en équilibre dans une main et sortit son portable pour vérifier le numéro. Elle fronça les sourcils quand elle reconnut celui de son père et appuya sur la touche « off ».

– Qui c'était ? demanda Derek en avançant le deuxième rocking-chair, de sorte qu'ils se retrouvèrent face à face.

– Mon père. Enfin, mon beau-père, se corrigea-t-elle.

– Tu ne lui parles toujours pas ?

Il s'assit et avala un bon morceau de pizza au pepperoni.

– Non.

Kylie rangea le portable dans sa poche et se laissa tomber dans le fauteuil. Leurs genoux se touchaient ; c'était agréable.

– Pourquoi ? demanda Derek entre deux bouchées.

Kylie le regarda fixement.

– Pourquoi aurais-je envie de lui parler ?

Elle plaça son assiette en équilibre sur ses genoux.

Derek finit de mâcher et déglutit.

– Parce que tu l'aimes. Parce que jusqu'à ce que le mariage de tes parents capote, c'était un super papa. (Il leva le doigt.) C'est toi qui me l'as dit.

– Oui, mais pas pour que tu t'en serves contre moi.

Elle prit sa part de pizza et regarda fixement le fromage fondu. Elle en eut l'eau à la bouche et son estomac gargouilla. Heureusement, elle avait enfin faim. L'espace d'un instant, elle avait cru que le sang avait anéanti son envie d'aliments normaux.

– Je ne m'en sers pas contre toi (Il sirota sa boisson.) Je… j'essaie juste de t'aider. Parce que quand tu as vu que c'était son numéro, tu as éprouvé de la tristesse et de la solitude. Je l'ai senti tout au fond de moi. Peut-être que si tu lui parlais, tu ne serais plus obligée de ressentir cela.

– Il a trompé ma mère.

Elle réprima le léger agacement que Derek lui inspirait et avala un petit morceau de pizza. La sauce épicée et le fromage fondant firent faire des bonds à ses papilles.

– Justement, dit le garçon en prenant une nouvelle bouchée. C'est ta mère qu'il a trompée. Pas toi.

Kylie fronça les sourcils.

– Pourquoi tout le monde n'arrête pas de me répéter que son infidélité n'a rien à voir avec moi ? Elle a brisé leur mariage ! Rien n'est plus pareil pour moi, depuis.

Derek la scruta par-dessus le rebord de son verre et fit bouger son rocking-chair.

– Peut-être que si tu lui parlais, une partie de votre relation resterait intacte. Et vos rapports redeviendraient comme avant.

Kylie laissa tomber sa pizza dans son assiette, la frustration chassant son premier signe d'appétit depuis des jours.

– Tu sais, pour un type qui refuse d'adresser la parole à son père, ça te va bien de dire ça ! C'est vrai, tu as engagé un détective pour le retrouver et tu ne veux toujours pas le contacter.

La mâchoire de Derek se serra.

– Et donc ?

Elle plissa les yeux et le regarda fixement.

– Et donc ? Lâche-moi, d'accord ?

Derek traîna les pieds sur le sol du perron, bloqua son fauteuil et regarda Kylie intensément.

– Tu veux que je te lâche ? J'ai déjà peur de t'adresser la parole en public. Ça ne te suffit pas ?

La frustration envahit sa voix, mais la douleur dans le regard du jeune homme fit entendre raison à Kylie.

Pourquoi faut-il que je me comporte en garce ?

– Je suis désolée, dit-elle. Je n'aurais pas dû te rembarrer. Et ça ne me dérange pas que tu me parles devant tout le monde. C'est juste que je suis… tellement lunatique !

Elle se souvint de ce que Holiday lui avait déclaré à propos des sautes d'humeur chez les loups-garous avant la pleine lune. Était-ce pour cela qu'elle se comportait ainsi ? Elle leva les yeux sur le ciel bleu foncé et se concentra sur ce qui ressemblait presque à une pleine lune. Lundi, elle saurait...

Quand elle reposa les yeux sur Derek, celui-ci avait continué à manger. Mais il n'avait pas l'air heureux. Il ne la regardait même pas. Les pensées de Kylie allèrent de ce qui pourrait se produire ce fameux lundi à la colère qui venait de gronder entre eux.

– Hé ! dit-elle pour attirer son attention.

Quand il la regarda, son mécontentement était encore plus visible sur son visage.

– Je suis vraiment désolée, ajouta-t-elle.

Il laissa tomber le reste de pizza dans son assiette.

– Tu ne devrais pas, marmonna-t-il. (Il s'essuya la bouche d'un revers de la main, puis il ferma les yeux une seconde.) Tu as raison. Je n'aimerais pas que tu essaies de me dire d'appeler mon père. C'est juste que…

– Que quoi ?

– Je ressens tout ce que tu ressens, et parfois, ça devient un peu trop extrême.

– Dans le sens négatif ?

– Pas vraiment, répondit-il, et il se détourna.

– Alors, on n'est pas fâchés ? Tu excuses mon comportement de garce ? demanda-t-elle d'une voix douce et implorante.

– Je ne crois pas que tu puisses prétendre au titre de garce, dit-il en souriant. Mais oui, je te pardonne d'être bougon.

Il déposa son assiette sur le sol et se leva. En appuyant ses deux mains sur les bras du rocking-chair de Kylie, il se pencha et l'embrassa. Ce baiser n'avait absolument rien de sensuel, mais la douceur avec laquelle ses lèvres effleurèrent les siennes fit gonfler d'émotion le cœur de la jeune fille. Une émotion aussi gluante que la pizza au fromage qu'elle avait laissée de côté.

– Miam ! (Il se retira, tout sourire.) Je ne sais pas si c'est toi ou si c'est la pizza, mais je viens de goûter quelque chose de délicieux !

Kylie lui toucha la joue.

– Tu m'aimerais toujours si j'étais un loup-garou ?

– À ton avis ?

Les lèvres de Derek se reposèrent sur les siennes. Cette fois, il glissa sa langue dans sa bouche et fit battre son cœur encore plus vite que son pouls déjà anormalement rapide.

Mais lorsqu'il s'écarta, il ne souriait plus. Il n'avait pas l'air heureux.

– Qu'y a-t-il ? l'interrogea Kylie.

– Rien.

Il se rassit dans son rocking-chair. Elle regarda son expression à travers le clair de lune.

– Je déteste quand on fait ça.

– Quand on fait quoi ?

– Lorsqu'on dit « rien » alors que c'est évident qu'il y a quelque chose.

Il laissa échapper un soupir.

– D'accord, si tu veux savoir, je viens de penser qu'il se peut que je ne sois pas super content que tu sois un loup-garou.

– Parce que j'aurais des poils partout ?

– Non. (Il s'assombrit.) Parce que… Lucas en est un.

chapitre 18

Plus tard, après que Derek l'eut raccompagnée dans son bungalow dans un silence gêné, Kylie décida de se coucher tôt. Elle n'était au lit que depuis quelques heures lorsqu'elle se surprit à rêver. Elle comprit qu'il s'agissait d'un rêve dès qu'elle prit conscience d'une sensation de flottement. Elle roula sur le côté et tenta de se réveiller, mais ensuite elle vit…

Elle le vit.

Une fois de plus.

Lucas.

Il la regardait et souriait. Ses yeux bleu vif semblaient endormis. Elle comprit qu'elle ne se trouvait plus au-dessus de lui, mais à ses côtés. Il portait un jean et une chemise bleu clair ouverte. Le regard de Kylie se posa sur sa poitrine, puis plus haut. Tout en haut, loin de sa chemise ouverte. Les cheveux bruns de Lucas étaient ébouriffés, comme s'il sortait du lit, et les mèches foncées paraissaient un peu plus longues. Elles étaient même légèrement ondulées.

– Tu es venue, constata-t-il.

– Venue où ? demanda-t-elle, plutôt gênée.

Il ne lui répondit pas, mais lança :

– Allons nous balader.

Il lui tendit la main, comme s'il voulait qu'elle la prenne.

Elle hésita. L'idée de le toucher la tentait, mais elle se souvint qu'elle était furieuse contre lui, sans se rappeler la raison exacte.

– Je ne mords pas.

Il sourit de nouveau.

Ce n'est qu'un rêve, se dit-elle, et elle glissa sa main dans la sienne, oubliant la colère infime qu'elle ressentait. Sa paume était si chaude contre la sienne qu'elle lui donna des vertiges.

– Tu m'as manqué, dit-il.

Elle ne savait pas quoi répondre, alors elle se tut. Ou du moins n'allait-elle pas lui avouer que lui aussi, il lui avait manqué. Mais c'était le cas, et elle le savait.

– Où allons-nous ? demanda-t-elle quand il se mit en route.

Il s'arrêta.

– Où aimerais-tu aller ?

Brusquement, Kylie se rendit compte qu'ils se trouvaient dans les bois. De grands arbres avec des fleurs très odorantes étaient comme suspendus au-dessus de leurs têtes.

– Paris ? Le centre commercial ? (Il regarda autour de lui comme s'il venait de remarquer le paysage.) Ou préférerais-tu le lac ? Comme dans le dernier rêve ? (Sa voix devint plus grave, plus rauque.) On y va ?

Le sang monta au visage de Kylie. *Comment est-il au courant ?* Puis elle se souvint que ce n'était qu'un rêve. Ça ne voulait rien dire. Si ? Pourtant, celui-ci lui semblait encore plus étrange. Différent.

Lucas entrecroisa ses doigts avec les siens.

– Nous pourrions aller n'importe où, tant que je suis avec toi.

Ses iris parurent s'assombrir, et ses paupières, s'alourdir. Elle reconnut ce sentiment. Désir. Faim. Passion. Elle l'avait vu dans ses yeux le jour où ils s'étaient embrassés à la crique, près des empreintes de dinosaure. Mais ce n'était pas la première fois qu'elle reconnaissait cette expression. Elle l'avait vue dans son rêve. Quand ils nageaient. Quand il la touchait.

– Nous pouvons même faire n'importe quoi... parce que... (il se rapprocha d'elle) parce que ce n'est qu'un rêve. Ce n'est pas réel. Comme le premier. Mais c'est ton choix. C'est toi qui es aux commandes.

Il pencha un peu la tête et elle sentit son visage, légèrement piquant, contre le sien. Puis les lèvres de Lucas effleurèrent ses joues jusqu'à ce qu'il trouve sa bouche. Elle le laissa l'embrasser. Au début, elle ne réagit pas. Du moins jusqu'à ce que sa langue se glisse entre ses lèvres.

Incapable de penser à autre chose, elle capitula et lui rendit son baiser. C'était intense. Merveilleux. Ce n'était qu'un rêve. Ses mains, dans son dos, se déplacèrent sur son ventre. Ses seins se gonflèrent quand il les caressa.

Puis... elle se rappela Derek. Le fort, le gentil, le magnifique Derek. Puis elle se rappela aussi Fredericka. Oui, c'était la raison de sa colère contre Lucas.

Elle se recula d'un coup sec. Elle respirait fort. Lui aussi. Elle s'éloigna en dérivant.

– Ne pars pas, Kylie ! cria-t-il. Reviens, je t'en prie !

Kylie fut brusquement réveillée. Elle s'assit dans son lit. Son cœur battait la chamade, comme si elle venait de courir un marathon. Ses paumes étaient moites. Son corps la picotait. De partout.

Socks, toujours sous sa forme de mouffette, miaula au pied du lit.

– Étrange rêve, dit Kylie à voix haute.

Puis elle se rappela la lettre de Lucas. Sa première. « Rêve de moi », l'avait-il signée. Était-ce une coïncidence ?

Des éventualités toutes plus folles les unes que les autres se formèrent peu à peu dans sa tête. Et si ce n'étaient pas que des rêves, mais autre chose ? Ce genre de pouvoir existait-il ?

Plus elle y pensait, plus elle y croyait, et plus elle se mit en colère. Comment osait-il entrer dans ses rêves et… l'embrasser ? La toucher ? Fredericka ne lui suffisait-elle pas ? Le loup-garou se doutait-il que Lucas la fuyait pour venir rendre visite à Kylie dans ses songes ?

Tant de questions et pas de réponses. Elle comprit qu'il y avait un seul endroit où elle pourrait les trouver.

Elle alluma la lumière, ouvrit son tiroir d'un coup et prit l'enveloppe. Elle l'avait déjà ouverte et en sortit la lettre.

Salut Kylie,

Une autre lettre de ma part. Pour ce que j'en sais, je suis la dernière personne au monde dont tu aies envie d'avoir des nouvelles. Mais ça ne m'empêche pas de t'écrire. Ni de penser à toi. Et je pense tout le temps à toi – je me demande si tu as découvert ce que tu es, ainsi que tes nombreux talents. J'ai parlé à Burnett, et quand je lui demande de tes nouvelles, il se contente de me répondre que tu vas bien. Je crois qu'il savait que je voulais des détails, mais il n'était pas prêt à me les donner, je ne sais pas pourquoi. Ce qui me pousse à me demander ce que tu fais et que Burnett refuse de partager. Je préfère ne pas trop y penser, parce que je vais commencer à m'inquiéter.

On pourrait dire que je suis très possessif. Je ne dis pas que c'est bien, mais je t'ai connue le premier, non ?

Te souviens-tu de notre première rencontre ? Tu étais dans la cour de ta maison, allongée par terre, en train de contempler le ciel. Quand je me suis approché, tu ne m'as même pas dit bonjour. Tu m'as regardé avec tes grands yeux curieux et tu m'as demandé si j'avais vu l'éléphant. Au début, je t'ai prise pour une folle, puis tu m'as montré les nuages.

Kylie cessa sa lecture, alors que le minuscule souvenir se mettait à flotter dans sa tête. Oui… elle se souvenait. Respirant un grand coup, elle reprit sa lecture.

Je me souviens t'avoir dit que je ne voyais pas l'éléphant dans les nuages. Mais si, je le voyais. J'ignore pourquoi j'ai menti, sûrement parce que tu me rendais nerveux. Je voyais bien que tu n'étais pas humaine, mais je ne pouvais pas deviner ce que tu étais, et c'était étrange. Pas dans le sens négatif, non. Tu étais comme un puzzle que je voulais assembler. Ah… Cela fait dix ans, et voilà que je suis encore en train d'essayer de te déchiffrer ! Une partie de moi se demande si c'est parce que tu es une fille – les filles sont toujours un mystère – ou si tu es vraiment un puzzle aussi compliqué.

Enfin, bref, j'espère que ce sera une bonne nouvelle pour toi, mais il se peut que je revienne au camp. J'en ai parlé à Burnett et il m'a dit qu'il devait convaincre certaines personnes, et que si elles étaient d'accord, je reviendrais. J'espère que je pourrai t'en dire plus, à ce moment-là.

J'espère te voir bientôt, mais, en attendant… rêve de moi.

Ton admirateur et ami pour toujours,

Lucas

Kylie fit tomber la lettre et regarda fixement ces trois mots.

« Rêve de moi. »

Que voulait-il dire au juste par là ?

Cela signifiait-il quelque chose ? Sûrement… Kylie plia la lettre et la rangea dans son tiroir. Ses émotions étaient en vrac.

Soudain, elle trouva un second endroit où chercher des réponses. Là où elle se rendait toujours. Holiday.

Kylie examina les chiffres rouges qui brillaient sur son réveil. Trop tôt. Il n'était pas encore… 5 heures.

Mais qu'arrivait-il au froid qui survenait habituellement à l'aube ?

Elle regarda par la fenêtre et aperçut une vague ébauche de lever de soleil. Sans savoir pourquoi, son esprit se détourna des fantômes pour se concentrer sur les deux filles mortes la veille. Elles ne verraient plus jamais le soleil se lever. Ne vivraient plus aucune nouvelle journée. Ne rêveraient plus jamais. Kylie serra sa couette des deux mains et réprima cette émotion.

Sa respiration venait de revenir à la normale quand le froid se faufila dans sa chambre, tel un mauvais présage.

– OK, fit Kylie en cherchant la patience dont elle semblait privée en ce moment. Et si nous discutions ? Que peux-tu me dire que je ne sache pas ? Donne-moi quelque chose. Pour que je puisse aider celle qui a besoin d'aide, qui que ce soit.

– Tu peux la sauver.

Les paroles du fantôme emplirent l'air glacial et son esprit apparut. Ses longs cheveux bruns flottaient sur ses épaules. Cette fois, elle ne semblait ni maigre ni malade. Et elle avait quelque chose, un petit quelque chose de vaguement familier. Kylie se demanda ce que cela signifiait.

– Tu peux la sauver. Tu ne le sais pas, mais tu peux le faire, reprit la morte.

– Comment vais-je la sauver ? demanda Kylie, qui espérait que cela pourrait l'éclairer sur l'identité de la personne. (Il lui fallait quelque chose, n'importe quoi pour l'aider à comprendre de qui il s'agissait.) Qui dois-je sauver ?

– Elle est terrorisée. Elle a besoin de toi.

– Qui ? (Kylie serra les dents.) Dis-moi qui, et je te promets que je ferai tout ce que je pourrai pour l'aider. Comprends-tu que je ne peux pas sauver cette personne si je ne sais pas…

L'esprit disparut.

– Et merde !

Kylie se laissa retomber sur le lit. Elle inspira et expira, et tâcha de ne pas penser à la frustration que lui insufflait le fantôme. À la frustration que provoquaient Lucas et le prétendu rêve. Aux filles qui avaient perdu la vie la veille.

Au milieu de toutes ces restrictions autour des pensées permises, Kylie trouva un sujet autorisé : aujourd'hui, c'était le jour des parents. Ce qui généra une toute nouvelle vague de frustration en elle. Sa mère ne viendrait pas. Son père… son beau-père était en train de se déhancher avec une nana qui avait pratiquement son âge, et Kylie serait sûrement la seule pensionnaire dont les parents ne seraient pas là.

Cela ne la rendait-il pas exceptionnelle ?

– Daniel ? (Elle prononça le nom de son père à voix haute.) Pourrais-tu passer une minute ? *(Pour me soutenir moralement. Voire pour répondre à quelques questions sur tes parents. S'il te plaît !)*

Aucune réponse. Elle compta jusqu'à dix. Récita une prière. Et patienta encore une minute avant de perdre patience.

Elle tapa des poings sur le matelas. C'était un truc de gamine idiot, mais dans son état d'esprit, c'était aussi agréable. Si agréable qu'elle continua quelque temps.

Socks laissa échapper un cri effrayé et Kylie sentit qu'il sautait du lit. Elle aurait été désolée pour lui si elle n'avait pas été d'humeur aussi massacrante. Et elle se rappela alors l'éventuelle signification de ces sautes d'humeur. Elle, Kylie Galen, risquait bien de se métamorphoser en loup dans deux jours. La vie pourrait-elle aller encore plus mal ?

chapitre 19

Après avoir infligé une bonne rossée à son matelas, Kylie s'habilla, s'excusa auprès de Socks pour s'être montrée aussi bête et sortit de son bungalow à la recherche de Holiday.

Les matinées étaient de plus en plus chaudes et brumeuses. Bienvenue en juillet au Texas ! songea Kylie en se rendant au bureau pour interroger la directrice. La frustration qui bourdonnait dans son ventre l'incitait à courir, mais si elle était impatiente de trouver des réponses au sujet de ses rêves, elle ne l'était pas tant de poser des questions. Holiday, avec son radar à émotions, saurait sûrement déchiffrer de quel genre de rêves Kylie parlait.

Toutefois, son besoin d'obtenir des explications pesait manifestement plus lourd que celui d'éviter la honte, parce qu'elle continua sa route.

À la minute où Kylie gravit les marches du bureau, elle entendit les éclats de voix furieuses qui en sortaient.

Elle s'arrêta près des rocking-chairs blancs où elle avait partagé une pizza avec Derek la veille au soir et écouta. Pas pour espionner, juste pour s'assurer que Holiday allait bien.

– Qu'est-ce qu'il y a de mal à accepter mon argent ? dit une voix masculine tonitruante, qu'elle reconnut immédiatement comme celle de Burnett.

– Rien du tout, répondit Holiday. Je n'ai pas dit que je n'en voudrais pas. Simplement de me laisser quelques semaines avant de me décider.

– Quelques semaines pour essayer de trouver un autre investisseur, oui ! Dis-moi que ce n'est pas ce que tu fais !

– Bon. Si, c'est ce que je suis en train de faire, mais…

– Me détestes-tu, ainsi que les vampires, au point que tu serais prête à prendre le risque de faire fermer Shadow Falls ?

Kylie tressaillit lorsqu'elle s'aperçut que, par simple sollicitude pour Holiday, elle s'était mise à espionner. Ne souhaitant pas violer davantage l'intimité de son amie, elle s'éloigna du porche de quelques mètres afin de ne plus les entendre.

– Je ne vais pas laisser Shadow Falls fermer ses portes !

La voix de Holiday résonnait toujours aux oreilles de l'adolescente. En grimaçant, elle recula encore de plusieurs mètres.

– Mais tu ne nies pas que tu me détestes, pas vrai ? insista Burnett.

– « Détester » est un mot très puissant, répliqua Holiday.

La jeune fille regarda le bureau depuis son poste d'observation, fronça les sourcils et s'éloigna de quelques mètres supplémentaires.

– Mince, alors ! dit Burnett, d'une voix forte et claire, que Kylie percevait encore, comme si… il se tenait à côté d'elle.

– Mauvais… marmonna Kylie en s'apercevant qu'elle n'aurait pas dû pouvoir entendre Burnett et Holiday.

Ils se trouvaient à l'intérieur, et elle, à l'extérieur. Et, qui plus est, à une bonne quinzaine de mètres, mesura-t-elle, du bureau.

Oh, merde ! Encore des changements ! Kylie attrapa ses seins pour s'assurer qu'ils n'avaient pas pris un bonnet de plus. Heureusement, ce n'était pas le cas.

– Je veux juste aider, poursuivit Burnett.

Kylie continua à reculer, encore et encore, suffisamment pour ne plus entendre la conversation.

– Alors aide-moi en essayant de comprendre, riposta Holiday.

– Que suis-je donc censé comprendre ? Que tu ferais n'importe quoi pour te débarrasser de moi ? Que c'est pour cela que tu agis comme ça ?

– Je ne…

La voix de Holiday tremblota.

– Parce que tu as peur que si jamais tu acceptais mon argent, tu devrais coucher avec moi. Est-ce que je t'attire au point qu'il t'est très difficile d'être en ma compagnie ? Mince alors ! Couchons ensemble, et comme ça, tu n'y penseras plus ! Peut-être qu'ensuite tu supporteras ma présence !

– Ce que tu peux être arrogant ! rétorqua Holiday d'un ton sec. Coucher avec toi, c'est la dernière chose que je désire.

– Ahhh, enfin ! Là, je sais que tu mens ! Je te plais.

– La, la, la… se mit à chanter Kylie en se bouchant les oreilles.

Elle ne voulait pas entendre cela. Surtout pas. Même pas un peu. Elle se détourna et reprit le sentier qui conduisait à son bungalow.

Quelques secondes plus tard, elle entendit une porte claquer. Elle sentit un courant d'air. Elle battit des paupières, puis, lorsque ses yeux se rouvrirent, Burnett se trouvait devant elle et passait une main dans ses cheveux.

– Cette femme est la rouquine la plus difficile et la plus têtue que j'aie jamais eu le déplaisir de rencontrer !

Il s'enfuit à toutes jambes, ne laissant qu'une traînée floue dans son sillage.

– Et tu es en train de tomber amoureux d'elle, murmura Kylie.

Elle ignorait comment elle le savait, mais elle le savait. En même temps, elle s'aperçut qu'elle l'avait senti aux cascades, également. L'émotion sincère qu'elle avait perçue dans la voix de Burnett et vue dans ses yeux l'avait l'encouragée à lui avouer la vérité sur le passé de Holiday. Mais cela n'invalidait pas le fait que ce n'était pas à elle de la lui dire. Toutefois…

Kylie reposa les yeux sur le bureau et se rappela ses interrogations sur son rêve, ainsi que ses toutes nouvelles capacités auditives. Était-ce un don de loup-garou ? Elle se souvint avoir demandé à Lucas s'il pouvait percevoir les battements de son cœur, et celui-ci lui avait répondu que l'ouïe des loups-garous n'était pas vraiment faite pour cela, mais plutôt pour écouter ses ennemis approcher. Quel genre d'ouïe Kylie venait-elle de se découvrir ? Celle d'un vampire ou celle d'un loup garou ?

Tournant la tête sur le côté, elle tendit l'oreille. Rien. Bien sûr, elle distinguait les bruits habituels, mais rien ne semblait trop fort ni sortir de l'ordinaire. Della avait déclaré qu'elle pouvait entendre les animaux à la réserve animalière. Kylie, non. Alors pourquoi avait-elle pu percevoir la dispute entre Holiday et Burnett ? Qu'est-ce que cela signifiait ?

En regardant fixement le ciel imprégné des teintes pâles du début de la matinée, elle essaya d'accepter toutes ces choses qui changeaient en elle. Le problème, c'était que pour comprendre complètement, elle devait savoir ce qu'elle pouvait bien être ! La poitrine remplie d'émotions, elle retourna au bureau en priant pour que Holiday détienne les réponses.

– Holiday, c'est moi ! cria Kylie en entrant dans le bureau principal dix minutes plus tard.

– Dans mon bureau, répondit la jeune femme.

Quand Kylie s'arrêta devant la porte, la directrice passait les mains sur ses joues. Elle pleurait. Ou avait pleuré.

L'angoisse et le chagrin envahirent la poitrine de Kylie.

– Tu vas bien ?

– Ce n'est rien. (Elle agita une main en l'air.) Burnett et moi… nous… nous avons eu des mots.

– Je sais, dit Kylie qui décida que la meilleure approche consistait à avouer la vérité. J'ai entendu.

Holiday fit une moue désapprobatrice, et Kylie se demanda si c'était parce qu'elle pensait qu'elle avait empiété sur sa vie privée ou à cause de la frustration persistante que Burnett lui inspirait.

– Je ne voulais pas écouter aux portes, reprit-elle rapidement. Quand je suis montée sur le perron et que je vous ai entendus vous disputer, je tenais à m'assurer que tu allais bien. Alors je me suis éloignée… mais j'entendais encore… Puis je me suis encore plus reculée. Et j'entendais encore.

Une légère panique imprégna la voix de Kylie.

La moue de son amie s'accentua.

– Faisions-nous tant de bruit que cela ?

– Non, et c'est bien ça qui est si bizarre. Je n'aurais pas dû vous entendre. Je n'arrêtais pas de m'éloigner et…

Les yeux de Holiday s'ouvrirent en grand.

– Et tu pouvais tout de même nous entendre ? Tu es sûre que ce n'est pas nous qui étions trop bruyants ?

– Certaine. Je me trouvais à l'entrée du chemin.

– Waouh ! s'exclama Holiday.

– Oui, waouh ! répéta Kylie.

Elle se laissa tomber sur une chaise. Son regard se posa alors sur les factures éparpillées sur le bureau. L'émotion et la frustration de Holiday imprégnaient encore la pièce. Kylie la regarda.

– Avons-nous de sérieux problèmes financiers ?

Holiday contempla les tas de factures.

– Il semblerait. Mais ça finira par s'arranger.

– Vas-tu accepter l'argent de Burnett ?

Les yeux de Holiday se plissèrent d'inquiétude.

– Oui, avant que Shadow Falls n'en pâtisse. Mais ça n'a aucune importance, pour l'instant. Ce qui compte, c'est toi. Est-ce que tout cela… ne te dérange pas ? (Elle scruta la jeune fille.) Je parle de ton ouïe sensible.

– Ai-je le choix ? (Kylie chassa sa mauvaise humeur.) Si je te répondais que ça m'embêtait, est-ce que ça s'arrêterait pour autant ?

Holiday lui adressa un sourire compatissant.

– Je devine non sans mal combien cela doit être dur pour toi. C'est vrai, j'ai compris peu à peu que certaines choses pouvaient arriver et qu'il pouvait donc y avoir des surprises, mais je suis sûre que pour toi, ça doit être un sacré choc. Ces dernières semaines ont été une véritable révélation pour toi, non ?

Juste un peu ! répondit Kylie d'un ton sarcastique, et elle enfonça les paumes de ses mains dans ses orbites.

Quand elle leva les yeux, Holiday la dévisageait.

– Je veux simplement découvrir ce que je suis. Si je le savais, alors… je crois que je pourrais l'accepter. J'en ai marre de me dire : « Je suis çi, je suis ça… » (Elle joignit les mains.) J'ai été tellement… lunatique ces jours-ci. Une vraie garce ! J'ai pris un bonnet de soutien-gorge, une pointure, et du jour au lendemain, j'ai gagné deux centimètres et demi. Et voilà qu'à présent j'entends des choses que je ne devrais pas. D'après toi, cela signifie-t-il que je suis un loup-garou ?

Holiday mâchouilla sa lèvre inférieure comme si elle réfléchissait.

– L'ouïe surdéveloppée est l'un de leurs dons, mais c'est aussi le cas des vampires. Je crois cependant que les uns et les autres ont des types d'ouïe différents.

Kylie restait suspendue à ses lèvres ; elle espérait qu'Holiday lui annoncerait quelque chose qu'elle ignorait. Mais cela, elle le connaissait déjà en partie.

– Comme je te l'ai expliqué, poursuivit Holiday, quand tu mélanges les humains et les surnaturels, ou diverses espèces, parfois la progéniture naît avec des aptitudes différentes, mais elle hérite toujours de l'ADN et des dons principaux du parent dominant. Et elle tombe dans une seule configuration d'espèce. Je suis sûre que la tienne finira bientôt par apparaître. Vu la vitesse à laquelle se produisent tous ces changements, elle peut émerger à tout moment, à présent.

Kylie s'efforçait de comprendre.

– Mais tu as aussi affirmé que si j'étais un vampire ou un loup-garou, j'aurais déjà vécu certaines transitions de base.

– Je l'ai dit, oui, admit Holiday, mais j'ai aussi précisé que je n'avais jamais vu de cas comme le tien.

– Je ne suis qu'un monstre.

– Non, tu es exceptionnelle.

– Je ne veux pas être exceptionnelle, soupira Kylie. Les fées ont-elles une ouïe surdéveloppée ?

Elle regarda Holiday. Un sourire s'ébaucha sur les lèvres de celles-ci.

– Généralement non. (Elle continua à scruter Kylie, comme si elle lisait sa déception.) Tu aimerais être une fée ?

– Oui. Enfin, si j'ai le choix, je préférerais ça, ou être une sorcière. Quelque chose qui… tu vois… ne me modifie pas et ne change pas non plus la température de mon corps.

Kylie songea à Della et à ce que celle-ci ressentirait si elle connaissait le fond de sa pensée.

– Suis-je horrible de vouloir ça ? demanda Kylie. J'adore Della et je ne tiens pas à la blesser, mais je… j'aimerais mieux être une fée ou une sorcière. C'est vrai, la plupart de leurs dons ne sont pas si compliqués, ni si invivables !

Holiday gloussa.

– Oublierais-tu les fantômes ? On voit surtout cela chez les fées ou les elfes. Et crois-moi, la plupart des surnaturels mourraient plutôt que de vouloir avoir affaire aux esprits.

– Exact. (Kylie cilla.) J'avais plus ou moins oublié. Eh oui, ça me gonfle royalement ! Au début, ça me terrorisait, mais maintenant que j'ai eu le temps de m'y faire… (Elle marqua une pause et se rappela la petite visite du fantôme le matin et le cauchemar de l'autre jour.) D'accord, parfois, ça me fait encore très peur et ça me frustre. Mais au moins, maintenant, j'y suis presque habituée.

Holiday posa ses coudes sur le bureau.

– Quoi que tu sois, quels que soient les dons que tu finiras par posséder, tu apprendras qu'avec le temps, ces changements seront moins flippants. Quoi qu'il arrive lundi, je sais…

– Lundi ? Parce que c'est la pleine lune ? Tu crois que je suis un loup-garou, maintenant ?

Holiday leva la main.

– Je ne sais pas. Ce que je sais, en revanche, c'est que tu es une jeune fille géniale et que, quelle que soit l'issue de la situation, tu iras bien.

Kylie se cala dans son siège, regarda fixement Holiday et marmonna :

– Je déteste ça. Vraiment, je déteste ça.

Puis elle se souvint de la raison pour laquelle elle était venue. Elle se rassit bien droite et respira un bon coup. Elle se mordit la lèvre inférieure, tâchant de se rappeler comment elle avait prévu d'interroger Holiday à ce sujet. N'avait-elle pas trouvé un moyen moins gênant d'aborder ses rêves ?

– Autre chose…

Holiday attendit patiemment la suite.

– Rêves… ?

Kylie ne parvint à dire que ce mot-là.

– Oui ? (Holiday parut inquiète.) L'esprit t'en fait faire d'autres ?

– Non.

– Des terreurs nocturnes ? s'enquit Holiday.

– Non.

Étrangement, Kylie n'en avait pas eu depuis longtemps.

– As-tu de nouveau des crises de somnambulisme ? demanda Holiday.

D'accord, ça serait encore plus bizarre si elle ne se mettait pas à parler.

– Je fais des rêves étranges. Je sais que je rêve dans le rêve. Et les gens dont je rêve sont au courant, eux aussi. Et j'ai presque l'impression qu'il… entre par effraction dans mes rêves.

– « Il » ? fit Holiday.

– Lucas. (Kylie se sentit rougir.) Est-il possible que quelqu'un, Lucas par exemple, puisse y entrer ? Me… rendre visite ? Ça a l'air si réel. Et… si c'est le cas, je veux qu'il arrête. C'est vrai, dans ses deux lettres, il a parlé de rêves. Et si c'est vrai, il faut que ça cesse.

Les yeux de Holiday s'ouvrirent en grand, mais elle se tut.

– Qu'y a-t-il ? demanda Kylie.

– Je… bafouilla Holiday, comme si elle essayait de décider ce qu'elle allait dire.

– Ne me mens pas et ne me cache rien non plus, même si tu ne fais que des suppositions. Dis-moi ce qui, d'après toi, est la vérité. (Kylie mit sa main sur la sienne.) S'il te plaît.

Holiday plissa le front d'inquiétude.

– OK, mais ça ne va sûrement pas te plaire.

Super. Ce n'était pas ce qu'elle voulait entendre.

chapitre 20

– Il y arrive vraiment, n'est-ce pas ? Il entre dans mes rêves ?

Le cœur de Kylie s'emplit de ressentiment.

Holiday secoua lentement la tête :

– Je ne crois pas… enfin, ce ne sont que des conjectures, mais ce n'est sûrement pas lui.

– Si, c'est lui, je l'ai vu. (Kylie mit la main devant son visage, à deux centimètres de son nez.) Il se trouvait à cette distance environ.

Et plus près. Elle se rappela son baiser.

– Non, je ne voulais pas dire que ce n'était pas lui dans le rêve. Juste que ce n'est pas lui qui entre dedans.

Kylie tâcha de comprendre ce que Holiday était en train de lui expliquer.

Celle-ci poursuivit :

– Ce dont tu parles, c'est ce que nous appelons de l'effraction de rêve. Et je n'ai jamais entendu parler d'un loup-garou qui possède ce don.

– Eh bien, maintenant, si. (La colère de Kylie s'intensifia quand elle se souvint du rêve dans lequel ils nageaient.) Et le problème, c'est qu'il fait des choses… qu'il ne devrait pas.

Holiday continua :

– Toutefois, c'est un don très commun chez ceux d'entre nous qui partagent le don de communication avec les fantômes.

Kylie regarda fixement Holiday ; elle ne voulait pas la croire.

– Insinuerais-tu que… c'est… moi… qui fais cela ?

Holiday se pencha, comme si elle s'excusait.

– Oui, c'est exactement ce que je suis en train de dire, Kylie.

La jeune fille faillit s'étrangler en avalant un grand souffle d'air.

– Donc, ceux dont je rêve, euh… peuvent-ils… se souvenir des rêves ?

Son cœur s'arrêta quand elle se rappela le premier, celui dans lequel ils nageaient et où elle lui avait pratiquement montré ses seins. D'accord, où elle lui avait carrément montré ses seins.

– Certaines personnes, oui, répondit Holiday. D'autres, non.

Merci, mon Dieu ! Une chose était sûre, elle optait pour le « d'autres, non ».

Holiday poursuivit :

– Toutefois, les surnaturels s'en souviendraient.

OK, je retire le « merci ».

Maintenant, Kylie avait envie de mourir. Puis elle revit Lucas qui lui disait : « C'est toi qui es aux commandes. »

– Alors… quoi qu'il se passe dans ces rêves… est-ce que j'en suis, je veux dire, responsable ? Suis-je à l'origine de ce qui se passe dans le rêve ?

À en juger par son expression, Holiday venait de comprendre le genre de choses auxquelles Kylie voulait échapper.

– Nos émotions guident souvent nos effractions de rêves, tout comme elles les dirigent.

– « Nos » ? demanda Kylie. Toi aussi… tu fais cela ?

Hé ! Peine partagée, peine divisée, non ?

Holiday tendit la main droite, pouce et index pincés.

– Je suis légèrement douée dans ce domaine, mais oui, je connais ça, moi aussi. (Elle attendit quelques secondes avant de poursuivre.) En fin de compte, c'est toi qui gères – à condition que tu contrôles tes émotions.

Voilà qui laissait Kylie dans l'ignorance. Combien de fois avait-elle avoué ne rien maîtriser du tout côté garçons ? Alors ses rêves…

Holiday poursuivit :

– L'effracteur établit plus ou moins la scène de ton songe. Tu proposes un texte à celui ou celle dont tu rêves et, selon la force de tes dons et la personne dont tu rêves, il ou elle peut refuser le scénario ou essayer de le modifier.

Kylie commençait à avoir très mal à la tête. Le stress, sans aucun doute.

– Mais ça semble tellement réel !

– Ça l'est, mais ça ne l'est pas. (Holiday lui prit la main. La nervosité de Kylie se dissipa.) Imagine que tu vas au cinéma. Si tu vas voir un film avec quelqu'un, vous partagez tous les deux cette expérience. Vous vivez ces émotions, mais ça ne s'est pas passé pour de vrai.

Holiday relâcha sa main, puis se cala dans sa chaise.

– Je suis impressionnée par ce nouveau don, Kylie. Vraiment ! Si quelqu'un est doué en effraction de rêve, on estime que c'est un don très puissant. Tu peux apprendre beaucoup de cela, et même enseigner aux autres *via* l'utilisation des effractions de rêves. Et nous sommes très peu nombreux à avoir la chance de le posséder.

– Quel bol ! railla Kylie sans le moindre enthousiasme. J'imagine que ça ne fait pas partie de ces dons repris ou échangés ? ajouta-t-elle, submergée.

– Ni repris ni échangé. J'ai bien peur que le temps de refuser tes dons soit déjà révolu ! Quand tu as accepté de communiquer avec les fantômes, tu as accepté un tout. (Holiday sourit.) Mais crois-moi, avec le temps, tu auras davantage le sentiment de tout maîtriser. Sérieusement, Kylie, c'est un don exceptionnel !

La jeune fille croisa les bras sur sa poitrine plantureuse et s'efforça de tout digérer. Les paroles de son amie repassaient dans sa tête : « Je n'ai jamais entendu parler d'un loup-garou qui possède ce don. »

– Donc, cela signifie que je ne me transformerai pas en loup-garou lundi prochain ?

Holiday garda le silence, mais Kylie reconnut cette expression sur son visage. Celle qui signifiait que Holiday se demandait si elle devait annoncer quelque chose et, le cas échéant, comment faire pour amortir le choc.

– Vas-y, crache le morceau, lui intima Kylie.

Au point où elle en était, elle pouvait tout entendre.

Holiday fronça les sourcils.

– Tu sais très bien me lire, déclara-t-elle. Trop bien, ajouta-t-elle comme si cela pouvait vouloir dire quelque chose, également.

Mais Kylie était trop concentrée sur le problème du loup-garou pour se préoccuper des autres choses auxquelles Holiday faisait allusion.

– Qu'es-tu en train de me dire, maintenant ?

Holiday secoua la tête.

– J'allais t'en parler plus tard. Mais d'abord, je tiens à être franche avec toi : ce ne sont que des conjectures.

Elle marqua une pause.

– D'accord…

D'un signe de la main, Kylie lui fit signe de poursuivre.

– Après notre discussion d'hier, celle où tu as évoqué le loup… Selynn et Burnett m'ont appris que… qu'il existait une vieille légende sur les vrais loups qui seraient attirés par des loups-garous censés être les chefs de la meute.

– Donc je suis un loup-garou important ?

Zut alors ! Elle ne voulait même pas en être un normal !

– J'ai dit que ce n'étaient que des suppositions de notre part. Parce que franchement, Kylie, tous les autres trucs, le fait que tu ne te sois jamais transformée, que tes autres dons ne soient pas communs aux loups, cela ne tient pas debout ; surtout quand on sait que la plupart des hiérarchies dans un groupe de loups-garous sont de race pure. Pas de sang humain. Donc, tu vois, je ne préfère pas que tu te mettes à croire que cela veuille dire quoi que ce soit. Parce que, honnêtement, je n'en suis pas sûre.

– Ou alors, ça pourrait signifier quelque chose d'énorme… répliqua Kylie.

Était-elle destinée à passer sa vie sans savoir qui ou ce qu'elle était réellement ?

Avant que Kylie ne quitte le bureau de Holiday, celle-ci lui proposa de l'aider à accueillir les visiteurs, à offrir de l'eau fraîche et du café, et à veiller à ce que la paix règne dans le réfectoire pendant la journée des parents. Elle avait le sentiment que Holiday n'avait pas du tout besoin de son aide, mais qu'elle craignait plutôt que la jeune fille rentre dans son bungalow, s'écroule sur son lit et sombre dans une dépression profonde. Vu qu'elle pouvait lire les émotions de Kylie, c'était une forte éventualité.

Prête à jouer le rôle d'hôtesse, Kylie vit la porte du réfectoire s'ouvrir et plusieurs parents entrer précipitamment, à la recherche de leur enfant.

Kylie se dit que le plan « antidépression » de Holiday avait un revers : voir des parents impatients serrer leurs enfants dans leurs bras ne lui remonterait pas vraiment le moral. Le souvenir du coup de fil de sa mère, bouleversée parce qu'elle devrait manquer la visite, l'aida à chasser une partie de sa mélancolie. Mais elle repensa alors à son beau-père et aux raisons pour lesquelles il ne viendrait pas. Trop occupé avec son assistante…

Kylie tourna les talons et alla remplir des verres d'eau glacée.

Dix minutes plus tard, le vacarme s'intensifia dans le réfectoire à mesure que d'autres parents arrivaient. Kylie passa la salle en revue et se remit à penser à sa mère. Mais son esprit ne s'attarda pas trop longtemps sur elle. Elle avait des préoccupations plus importantes. Du style, se faire à l'idée qu'elle faisait irruption dans les rêves de Lucas et lui donnait un texte qui disait : « Déshabillons-nous, allons nager et couchons ensemble. »

Mais il ne s'en était pas franchement plaint.

Et le comble, c'était, selon Holiday, que Lucas se souviendrait de ses rêves, lui aussi. Donc, quand il rentrerait au camp – s'il rentrait –, Kylie devrait l'affronter.

Pas question. Elle préférait ne pas y penser.

Elle attrapa un autre plateau et aligna des verres qu'elle remplirait d'eau.

– Vous êtes Kylie, n'est-ce pas ?

Une voix douce s'éleva à côté d'elle.

Kylie leva les yeux. Elle devait avoir une cinquantaine d'années. Brune, elle arborait une coupe classique de femme mûre, et ses yeux verts doux la scrutaient, souriants.

– Oui, je suis Kylie.

Elle se força à lui rendre son sourire et s'en félicita. Elle ne mit que quelques secondes à reconnaître la femme, à la couleur de ses yeux.

– Bonjour, madame Lakes.

Kylie se retourna pour voir si elle trouvait Derek, en se disant que sa mère devait sûrement le chercher.

– Je ne l'ai pas vu, mais je suis sûre que…

– Oh, il est là-bas !

Elle lui désigna la direction opposée. Kylie fut tentée de jeter un coup d'œil, mais quelque chose l'en empêcha. Elle reconnut cette émotion sur-le-champ. Le sentiment de culpabilité. À cause de ses rêves.

« S'il te plaît, ne me brise pas le cœur. »

Les paroles de Derek résonnèrent dans sa tête, et elle comprit que cela lui briserait son cœur à elle si elle apprenait que, dans ses rêves, il se baignait à poil avec une autre.

En fixant les gobelets en plastique alignés comme des dominos sur le plateau, elle espérait que Derek n'était pas assez près pour lire ses sentiments.

La femme mit une main sur le bras de Kylie et se pencha :

– Je lui ai dit que je cherchais un verre d'eau.

– Oh ! Tenez.

Kylie la servit.

– Merci, ma chérie, lança Mme Lakes, en lui adressant un clin d'œil. En fait, je voulais juste te dire bonjour et que… (Elle s'approcha de nouveau.) Il ne parle que de toi.

La culpabilité redoubla dans la poitrine de Kylie, mais, cette fois, elle ne put s'empêcher de regarder Derek pardessus l'épaule de la femme. Il lui fit une grimace, comme s'il avait peur de ce que sa mère pouvait raconter.

– Je crois que mon fils a le béguin pour toi, déclara Mme Lakes.

Kylie se reconcentra sur elle, mais elle ne savait quoi répondre.

– Je…

La femme sourit.

– Je suis tellement contente qu'il ait trouvé de gentils amis ici. (Elle contempla son verre.) Bon, j'y vais et j'arrête de t'embarrasser. Merci pour l'eau !

En la regardant partir, Kylie murmura :

– Moi aussi, j'ai le béguin pour lui.

Et c'était vrai. Comment ne pas aimer Derek ? Elle l'aimait pour sa façon de prendre les choses tranquillement, elle l'aimait parce qu'il était sympa avec tout le monde et qu'il ne se croyait pas meilleur que les autres. Elle l'aimait pour bien d'autres raisons, aussi.

La vision de lui, nu sous la douche, envahit son esprit. Oh oui ! Elle avait vraiment le béguin pour Derek.

Alors pourquoi n'avait-elle pas fait irruption dans ses rêves ? Pourquoi n'était-ce pas Derek que son subconscient allait voir pour concrétiser ses fantasmes ? Sentant son visage se réchauffer rien que parce qu'elle pensait à cela en public, elle regarda les verres d'eau glacée.

– Salut, ma bichette !

Toute idée de fantasme prit immédiatement la fuite. « Salut, ma bichette ! Salut, ma bichette ! » Quand elle réalisa qui se tenait derrière elle, elle se paralysa sur place. Même si elle n'avait pas reconnu la voix, une seule personne l'appelait « ma bichette ».

Elle se retourna et leva les yeux sur son père… beau-père.

– Que fais-tu là ? lâcha-t-elle spontanément, et tant pis si elle voulait tomber par terre, se recroqueviller en boule et éclater en sanglots.

– D'après toi, qu'est-ce que je fais ? Je suis venu voir ma fille !

Il sourit et la regarda comme quand elle avait fait quelque chose de mignon ou rapporté un bon bulletin.

Et voilà, elle avait envie de pleurer. C'était évident, à sentir comme sa gorge était serrée.

– Tu ne m'as pas avertie de ta venue. (Était-ce une raison suffisante pour qu'il s'en aille ?) Tu aurais dû me prévenir.

L'expression du père aimant sur son visage passa rapidement à celle du parent mécontent.

– Je te l'aurais dit si tu avais pris mes appels, répliqua-t-il d'un ton maussade.

Un ton qu'il n'employait pas souvent parce que sa mère avait toujours joué le rôle de la « méchante ».

– J'ai été occupée, répondit Kylie.

– Nous savons tous les deux que je t'ai laissé à peu près sept messages vocaux, deux textos et quelques e-mails. Et je ne crois pas que tu aies été assez occupée pour ne pas répondre à un seul d'entre eux. J'ai même appelé ta directrice.

Les larmes dont Kylie ne voulait pas se mirent à se former dans ses yeux tandis que la colère envahissait sa poitrine. Mais elle accueillit celle-ci avec plaisir, parce qu'elle poussait la douleur vers la sortie. Elle le regarda dans les yeux. Il n'avait pas le droit d'être furieux contre elle. Pas le droit de lui dire qu'elle avait mal agi, alors que ses erreurs à lui avaient complètement pourri sa vie. Pourri celle de sa mère, également.

– Tu veux vraiment qu'on discute des convenances ? demanda-t-elle.

Ce fut tout à son honneur, mais le visage de son père passa d'ennuyé à honteux en un éclair.

– J'imagine que ta mère t'a parlé… Elle n'aurait pas dû te raconter nos problèmes.

– Quoi ? Tu te fiches de moi ? Tu vas sérieusement rejeter la faute sur maman ?

Il cilla.

– Je… je crois qu'elle n'aurait pas dû…

– Stop !

Kylie agrippa ses mains pour les empêcher de trembler… ou de lui donner un coup de poing dans le nez – elle ne savait pas ce qui avait le plus de chance de se produire.

– Maman ne m'a rien dit. (Des larmes ruisselèrent sur son visage.) Maman n'a rien eu à me dire. Tu me l'as dit.

Non, attends, je me suis trompée. Tu ne m'as rien dit. Tu m'as montré.

– Qu'est-ce que tu racontes, Kylie ?

Il se pencha et baissa la voix, comme pour lui signifier qu'elle devrait en faire autant.

Mais elle était trop furieuse, trop blessée pour se soucier que l'on puisse entendre leur dispute. Il l'avait abandonnée. Il les avait abandonnées, sa mère et elle, pour une espèce de bimbo. La vision de lui et de sa traînée d'assistante qui se tripotaient devant le B&B du centre-ville envahit son esprit.

– Alors pour commencer, tu as dragué Holiday quand tu es venu me voir, expliqua-t-elle. Déjà, c'était la honte. Mais je t'ai aperçu en ville le même jour. Tu n'étais pas venu seul. Puis je vous ai vus, ton assistante et toi, en plein centre de Fallen. Tu veux savoir pourquoi je m'en souviens si bien, papa ?

Il ouvrit la bouche, comme pour dire quelque chose, mais rien n'en sortit.

Alors elle poursuivit :

– Parce que ta langue était fourrée dans sa gorge tandis que sa main était, elle, fourrée dans ton pantalon. (Kylie cilla et sentit d'autres larmes inonder ses joues.) Charmant ! ajouta-t-elle, bouillant de rage. Quelle vision charmante que celle de son père qui se fait tripoter en public !

Immédiatement, elle se rendit compte qu'un silence mortel s'était abattu sur la salle entière. Mince ! Avait-elle hurlé ça devant toute la colo et les parents ?

Elle jeta un coup d'œil sur la foule, qui les fixait, son père et elle. Et à l'expression sur tous les visages, oui, elle avait bien crié.

Là, pour le coup, elle regrettait vraiment de ne pas avoir baissé la voix, sur les conseils de son père. En se retournant, et sans regarder ni son père ni la foule, elle sortit de la salle à manger en espérant pouvoir partir avant de se mettre à pleurer pour de bon.

Elle aurait volontiers couru, mais la démonstration de ses talents surnaturels de sprinteuse aurait provoqué encore plus de remous.

Kylie se dirigea donc lentement vers la sortie et feignit de ne pas sentir les larmes inonder ses joues.

Elle fit comme si son cœur ne se brisait pas.

Elle fit comme si elle ne savait pas qu'une centaine de paires d'yeux la regardaient partir.

Mais faire semblant ne pouvait pas la mener bien loin.

Ce… c'était beaucoup trop réel. Et cela lui faisait trop mal.

chapitre 21

On frappa à sa chambre moins de trois minutes après qu'elle se fut glissée dans son lit et eut remonté la couette sur son visage pour continuer à pleurer en paix.

– Fichez le camp ! cria Kylie.

La porte s'ouvrit. Elle ôta la couette d'un coup, s'attendant à trouver Holiday. Mais non, c'était Derek. Une tonne d'inquiétude pour elle étincelait dans ses yeux.

Le voir ne servit qu'à faire redoubler ses pleurs. Elle pleurait à cause de son père et parce que ses rêves de Lucas la faisaient culpabiliser. Derek se précipita vers elle et la prit dans ses bras. S'il avait détecté un tant soit peu de sa gêne, il n'en montrait rien. Il se contenta de l'étreindre. Et pour cela aussi, elle l'aimait.

Elle enfouit sa tête dans le creux de son épaule et continua à sangloter dans ses bras. Elle se moquait bien de tacher sa chemise de larmes et de morve. C'était si bon de se blottir contre lui et, s'il ne disait rien, la façon dont il la tenait dans ses bras montrait qu'il se fichait éperdument de sa chemise, lui aussi. Tant mieux, parce que lorsqu'elle aurait fini de pleurer, elle serait vraiment dégoûtante.

– Hé ?

Une autre voix retentit depuis l'embrasure de la porte.

Kylie s'écarta de Derek, et vit Della et Miranda debout, côte à côte.

– Je pourrais le transformer en crapaud, si tu veux, déclara Miranda, en agitant son petit doigt. Ou en mouffette. Je suis plutôt douée pour ça !

Socks, qui dormait au pied du lit, leva la tête, miaula bruyamment comme pour montrer qu'il était d'accord, puis fila se cacher sous le lit.

Della gronda.

– Je pourrais le traîner en haut d'un arbre et le laisser tomber plusieurs fois sur la tête jusqu'à ce qu'il revienne à la raison.

Kylie pleura de plus belle, puis, sans savoir pourquoi, elle se mit à rire. Elle s'essuya les yeux et regarda les trois plus belles personnes dans son monde à cet instant.

– J'ai vraiment sorti ça devant tous les parents ?

– Ouais ! Je crois que mon père a eu une attaque, répondit Della, tout sourire. Mais c'est tombé pile au bon moment. Il était encore en train de me bassiner avec les drogues !

– Ma mère s'est carrément évanouie, la taquina Derek.

Et ils éclatèrent tous de rire. Kylie s'écroula de nouveau contre Derek. Quand elle se redressa, elle s'essuya le visage et leva les yeux.

Et ce fut alors que cela se produisit. Ce fut alors que le monde de Kylie s'ouvrit, comme il ne s'était encore jamais ouvert.

Elle battit des paupières. Au début, elle crut simplement qu'elle voyait mal. Mais non. On ne pouvait pas se méprendre. Elle voyait à l'intérieur de leurs fronts ! Elle voyait en eux comme elle avait vu en Daniel dans la vision. Elle,

Kylie Galen, pouvait enfin lire les configurations des surnaturels !

– J'y arrive, les gars ! Ça y est, j'y arrive ! (Kylie fit des bonds sur son lit.) Yes, yes, yes ! J'y arrive !

– À faire quoi ? dit une voix familière sur le pas de sa porte.

Cette fois, il ne l'appela pas « ma bichette », mais elle reconnut son père. Il se tenait aux côtés de Holiday, qui regardait Kylie et implorait son pardon du regard. À l'évidence, son père avait exigé qu'elle le conduisît dans son bungalow.

– Pourrais-je dire un mot à ma fille en tête à tête ?

Il entra dans la chambre.

– Seulement si elle le souhaite, répondit Derek, sur la défensive et l'air plus âgé qu'il n'était.

Kylie posa la main sur le bras du jeune homme.

– C'est bon.

Derek s'éloigna du lit, mais sans cesser une seule minute de foudroyer du regard le père de son amie. Quant à celui-ci, il fallait bien lui accorder qu'il acceptait la colère du garçon sans broncher, comme s'il savait qu'il la méritait. Della grogna et Miranda agita le petit doigt.

Kylie espérait qu'elle se souviendrait de les serrer tous bien fort dans ses bras plus tard.

– Venez, tout le monde, dit Holiday en leur faisant signe de sortir.

Ils quittèrent tous la chambre. Puis Holiday tendit le bras et son regard inquiet croisa celui de Kylie juste avant qu'elle ferme la porte.

Kylie remonta ses genoux contre sa poitrine et passa les bras autour de ses tibias. Son cœur avait dû tomber sur son ventre, car elle sentait qu'il martelait le creux de son estomac. Elle fixa le haut de ses genoux, et pas son père, parce que le regarder était trop douloureux. De plus, si elle le dévisageait, elle risquait de se remettre à pleurer et elle n'y tenait pas.

Il s'assit à côté d'elle sur le lit jumeau. Du coin de l'œil, elle le vit croiser les mains sur ses genoux. Elle l'entendit respirer. Elle s'entendit respirer elle aussi.

Elle ferma les yeux.

Tôt ou tard, il faudrait bien que l'un des deux prenne la parole. Mais pour une fois, Kylie décida de ne pas être la plus mûre des deux. De le laisser bosser à sa place.

– J'ai tout foutu en l'air, admit-il enfin. Jamais je n'aurais cru que je pourrais tout bousiller à ce point.

Kylie rouvrit les yeux et se força à le regarder. La première chose qu'elle remarqua fut qu'il ressemblait de nouveau à son père. Il ne portait plus ce jean moulant. Ses cheveux étaient coiffés normalement, et non plus en pics. Il arborait encore quelques mèches, mais ça passait.

– Je ne t'en veux pas d'être furieuse contre moi, mais je t'aime du fond du cœur, ma bichette.

Il posa la main sur son genou, et cela envoya de minuscules piqûres dans le cœur de Kylie. Des larmes emplirent ses yeux. Elle ne faisait pas confiance à sa voix pour dire quelque chose. Et de toute façon, elle ne savait pas quoi dire.

– Je n'ai jamais voulu te faire du mal, poursuivit-il. Je n'ai jamais souhaité que tu te trouves en ville ce jour-là.

Il secoua la tête, ferma les yeux, et quand il les rouvrit, elle y décela quelque chose qu'elle n'avait jamais vu. Son père pleurait. De vraies larmes. La douleur redoubla dans sa poitrine.

– Je ne sais pas ce qui m'a pris, Kylie. J'ai perdu la raison. J'ai eu quarante ans, et puis ta grand-mère est tombée malade et elle est morte. (Il inspira.) Vieillir était ma seule obsession. Puis Amy, la fille à mon bureau, s'est mise à me draguer et m'a fait tout oublier pour un petit moment.

(Il eut le souffle coupé.) Même que les personnes les plus importantes au monde pour moi sont ta mère et toi.

Kylie savait que c'était à son tour de parler, mais elle ne savait toujours pas quoi dire. Elle ne pouvait pas dire qu'elle lui pardonnait, parce que ce n'était pas le cas. Puis, soudain, elle eut une idée.

– Ta copine t'a plaqué ?

Était-ce la seule raison de sa présence ?

– Oui. (Son père eut l'air gêné et Kylie fut étonnée qu'il n'ait pas essayé de le nier.) Mais ce n'est pas pour ça… j'avais déjà compris que j'avais tout gâché avant que nous rompions.

Elle revit sa mère lui dire combien son père avait mérité que quelqu'un l'aime autant qu'il l'avait aimée toutes ces années. Elle ressentit alors qu'une infime partie d'elle capitulait. Elle ne pouvait pas rester en colère contre lui à jamais. Elle ne pouvait simplement pas. Peut-être était-elle prête à lui pardonner.

Il lui toucha la tête, comme il l'avait fait toute sa vie.

– Je t'aime, Kylie. Tu es ma fille.

Non, je ne suis pas ta fille. Elle se rappela qu'il avait fait promettre à sa mère de ne pas lui parler de son vrai père, et sa colère se réveilla.

Elle tapota ses joues pour sécher ses larmes. Puis elle lui offrit la seule chose qu'elle pouvait :

– J'ai mal et je suis furieuse contre toi. Quand je ne souffrirai plus autant, je ne t'en voudrai peut-être plus. Mais c'est trop tôt.

Il hocha la tête. Elle regarda une larme glisser de ses cils. Il l'essuya. Puis il se pencha pour déposer un doux baiser sur son front.

– Je t'aime, ma bichette. Ne l'oublie jamais.

En le regardant s'en aller, Kylie comprit que ce n'était pas parce que l'on ne pouvait pas pardonner à quelqu'un qu'on ne l'aimait plus. Elle se leva de son lit d'un bond et prit son père dans ses bras. Il lui rendit son étreinte. Il la serra fort. C'était si bon qu'elle pleura sur son épaule. De grosses larmes. De grosses larmes de dinosaure, comme disait son père quand elle était petite.

Elle savait que dans une seconde elle devrait le lâcher et qu'elle ne lui dirait toujours pas qu'il était pardonné, parce qu'il ne l'était pas. Et si elle n'était pas encore prête à le lui avouer, elle espérait qu'il comprenait qu'elle l'aimait encore, elle aussi.

Quelques minutes après le départ de son père, Kylie était toujours allongée sur son lit lorsque Holiday frappa à la porte.

– Tu vas bien ?

Elle passa la tête par l'entrebâillement.

– J'y travaille, répondit Kylie.

Elle ne pleurait plus. Quelque chose dans l'étreinte de son père avait réussi à apaiser sa douleur.

– Un peu de compagnie, ça te dirait, ou tu préfères rester seule ?

– Un peu de compagnie, ça me dirait. (Elle essaya de regarder derrière Holiday.) Tout le monde est encore là ?

La directrice entra dans la pièce.

– Juste moi. Je leur ai demandé de repartir auprès de leurs parents.

– Bien, fit Kylie, puis elle se rappela la scène qu'elle avait faite au réfectoire. Je suis désolée pour tout. J'ai pété un câble.

– Arrête, dit Holiday en se laissant tomber sur le lit à côté d'elle. Nous avions besoin d'un peu d'animation ! C'est vrai, s'il ne se passe rien de fou tous les quarts d'heure, ça ne va pas !

Elle gloussa. Kylie sourit, puis se souvint, l'excitation vibrant dans sa poitrine.

– J'y suis arrivée. Je… (Elle haussa les sourcils et regarda

Holiday.) Je sais le faire, maintenant. Je peux voir ta configuration ! Tu as des lignes horizontales et… puis des formes triangulaires sur la gauche.

– C'est super ! (Holiday l'étreignit.) J'en étais sûre ! Félicitations !

– Mais cela signifie-t-il que moi aussi, je m'ouvre ? Que les gens peuvent désormais me lire et que je ne passerai plus pour une sale prétentieuse ? Et est-ce que… Oh là là ! (L'espoir grandit en elle.) Est-ce que tu peux voir ce que je suis ? Regarde et dis-moi !

Holiday se concentra sur le front de Kylie. Son expression lui donna la réponse avant même qu'elle ne prenne la parole.

– Désolée. Tu es toujours aussi hautaine ! (Holiday se fendit d'un grand sourire.) Mais cela peut arriver à tout moment, maintenant. S'ouvrir demande plus d'entraînement. Tu continues tes exercices de visualisation ?

– Pas aussi souvent que je le devrais, avoua Kylie. Mais je vais commencer à m'améliorer, promis !

– As-tu encore eu cette ouïe supersonique ?

– Non, pourquoi ? Ça signifie quelque chose ?

Holiday lui cachait-elle quelque chose? Pensait-elle de nouveau qu'elle était un loup-garou ?

– Non, j'étais curieuse, voilà tout. (Elle plaça une mèche de Kylie derrière son oreille.) Es-tu sûre que tu vas bien ? Ces jours-ci n'ont pas été faciles pour toi !

– À qui le dis-tu ! (Kylie se remit à songer aux filles qui s'étaient fait assassiner. Elle regarda Holiday.) Et si… et si les filles du centre-ville – leurs fantômes, quoi – venaient me demander de les aider, que devrais-je faire ?

Holiday lui attrapa la main.

– Cela ne se produira pas.

– Comment peux-tu en être aussi sûre ? Si leurs esprits sont encore là et…

– Ça ne se produira pas, répéta Holiday avec plus de conviction cette fois.

Kylie comprit alors.

– Elles sont venues te voir ?

Elle acquiesça.

– Je les aide à passer de l'autre côté.

Puis Holiday étreignit Kylie pour la réconforter. Ses effets apaisants firent des merveilles.

– Maintenant, reparlons de toi. Est-ce que tu te sens bien ?

– Pas totalement, admit Kylie, puis elle lui avoua une vérité qu'elle méritait d'entendre. Tu avais raison. Je me sens un peu mieux après avoir vu mon père. Mais je ne l'ai pas non plus libéré de ses responsabilités. Je suis toujours furieuse contre lui, mais… je sais qu'il m'aime. Et je l'aime, et tôt ou tard je suis sûre que nous retrouverons une relation presque normale.

Holiday s'adossa à l'oreiller de Kylie.

– « Normal », c'est surfait, de toute façon.

– Je commence à me demander si un jour je reconnaîtrais ce qui est normal !

Kylie porta le pouce à sa bouche et mordilla le coin de son ongle.

– Eh bien, si tu le reconnaissais, ça ne te plairait probablement pas ! la taquina Holiday.

– Je voudrais juste essayer d'élucider tout ce mystère avec le fantôme. Si quelqu'un a vraiment besoin de moi ou pas. Ces esprits se doutent-ils de ce qu'ils nous imposent ?

– Je ne crois pas. (Holiday toucha de nouveau le bras de Kylie.) Mais sincèrement, tout ira bien.

Pendant quelques minutes, seul le silence emplit la pièce. Kylie regarda Holiday se reposer sur son lit.

– Je peux te demander quelque chose ?

Holiday arqua un sourcil.

– Ça ne concerne pas Burnett, n'est-ce pas ?

– Non. Mais les garçons.

– D'accord, vas-y.

Holiday s'assit bien droite.

– Est-ce… normal, si tu aimes un mec, d'être attirée par un autre ?

– L'éternel problème Lucas/Derek, hein ?

– Oui. (Kylie se renfrogna.) Mais je préférerais ne pas donner de noms.

– OK, pas de noms. Deux garçons. (Elle tendit un doigt.) Premièrement, nous ne pouvons pas toujours maîtriser nos attirances envers les autres. Prends ma tante Stella, par exemple. Elle est mariée à mon oncle depuis cinquante ans. Mais elle est raide dingue de Tom Selleck. Elle possède tous ses films et émissions télé, et passe des heures chaque semaine à le regarder se pavaner sur son écran plat cinquante-deux pouces. (Holiday gratifia Kylie d'un regard doux quand elle comprit que son discours sur Tom Selleck ne marchait pas.) Je crois que je te l'ai déjà dit. Tu es trop jeune pour te soucier de ce genre de chose.

– Tu as tort, rétorqua Kylie. Pourquoi je ne m'en préoccuperais pas ? Ce n'est pas parce qu'on est jeune que se montrer loyal envers quelqu'un ne compte pas. Et ça fait tout de même souffrir si cette personne n'est pas sincère envers toi. Ça m'a fait hyper mal quand Trey a couché avec une autre. Ça a fait hyper mal à Perry quand Miranda en a embrassé un autre, alors qu'ils ne sortaient pas encore ensemble. D'accord, j'avoue qu'à notre âge, le résultat n'est peut-être pas aussi catastrophique que… lorsque mon père a trompé ma mère. Mais tout de même, ça fait mal. Donc, oui, il faut bien que je m'en préoccupe, parce que je ne veux blesser personne.

– Waouh ! (Holiday fronça les sourcils et se rassit bien droite.) Vu sous cet angle, tu as tellement raison, et moi, tellement tort. Je suis désolée.

Kylie la regarda intensément.

– J'apprécie que tu le reconnaisses. Les adultes ne le font pas systématiquement.

– Ça ne te dérange pas si j'essaie de nouveau de te conseiller ? demanda Holiday.

Kylie hocha la tête.

Holiday marqua une brève pause dans ses pensées.

– Si j'essaie de deviner, cela concernerait-il le rêve que tu as fait de Lucas ?

– Tu peux toujours essayer. Mais je ne le confirmerai pas et je ne le nierai pas non plus.

Holiday sourit.

– Kylie, tu n'es pas allée chercher volontairement le rêve. Tu ne savais même pas que tu pouvais le faire ! Tu n'as donc absolument rien à te reprocher. Et le fait que tu te sentes attirée par plus d'un garçon, c'est tout à fait normal. Il y a trois mecs, en ce moment, auxquels il me suffit de songer pour avoir des frissons partout !

Kylie réfléchit sérieusement à ce que Holiday venait de lui dire.

– Mais as-tu éprouvé ça lorsque tu pensais que quelqu'un d'autre comptait vraiment pour toi ?

– Oui. Même lorsque j'étais fiancée, je savais tout de même apprécier un beau gosse. (Elle marqua une pause.) Être engagée ou loyale envers quelqu'un ne signifie pas que tu ne seras plus jamais attirée par personne d'autre. Juste que tu ne répondras pas physiquement à cette attirance. (Elle se fendit d'un grand sourire.) Ma tante Stella n'arrêtait pas de dire à mon oncle qu'il ferait mieux de prier pour que Tom Selleck ne se pointe pas chez eux et ne lui demande pas de s'enfuir avec lui. Mais la vérité, c'est qu'elle aurait envoyé balader Tom illico ! Elle adore son mari.

Holiday fit la grimace.

– Mais ne me demande pas pourquoi ! Il est chauve, bedonnant, et il ronfle. (Elle gloussa.) Cela dit, je parie qu'elle a vachement fantasmé sur Tom !

Kylie rit, puis toutes deux se rallongèrent sur le lit.

Le matelas deux places leur offrait juste assez d'espace pour s'étirer sans que leurs épaules se touchent. Durant quelques instants, elles ne dirent rien. Kylie regarda fixement le plafond et finit par demander autre chose à Holiday :

– Burnett fait-il partie de ces types qui te font frissonner de partout ?

– Pas de questions sur Burnett, tu te souviens ?

– OK. Mais si j'étais plus vieille, il me ferait frissonner.

Holiday rit.

– Toi et la moitié de la planète ! Selynn comprise.

L'humour dans sa voix s'était évanoui.

Le silence régna de nouveau. Peut-être était-ce le fait de penser à Selynn et Burnett qui suscita la question suivante de Kylie.

– Lucas m'a dit dans ses lettres qu'il essayait d'obtenir l'autorisation de revenir au camp. Es-tu au courant ?

Holiday hésita.

– Il sera de retour demain ou mardi.

– Avec Fredericka ?

– Oui, acquiesça Holiday.

– Super, marmonna Kylie.

Donc, si elle se transformait bien en loup-garou, Fredericka, qui serait elle aussi sous sa forme de loup, la poursuivrait sûrement et la déchiquetterait.

Décidément, tout allait de mieux en mieux !

chapitre 22

Cet après-midi, Kylie décida de sécher le pique-nique prévu pour le dîner au point d'eau. Premièrement, elle n'avait pas de maillot à sa taille, et deuxièmement, elle tenait absolument à passer quelques coups de fil pour localiser des Brighten qui sauraient quelque chose sur son vrai père. Et troisièmement, eh bien elle espérait que le fantôme reviendrait lui rendre visite. Quand il était venu la voir pendant qu'elle discutait avec sa mère, quelque chose lui avait semblé bizarre.

Kylie savait qu'elle ne devait pas faire une fixation pour essayer de deviner qui était la personne en danger que l'esprit évoquait. Mais au fond d'elle, l'obsession grandissait. Et si le fantôme parlait de sa mère ? Et si celle-ci était en danger ?

Craignant que ce soit vrai, elle l'avait appelée. Deux fois. Mais son téléphone portable semblait fermé. Sûrement parce qu'elle était en plein vol. Kylie s'assit à son bureau, en se disant que tout allait bien, et sortit sa liste de numéros de téléphone. Son portable sonna. Espérant entendre sa mère, elle prit l'appel sans vérifier le numéro.

– Maman ? fit-elle.

– Pas maman, Sara.

– Oh, salut ! lança Kylie, en essayant de trouver, parmi la multitude d'émotions qu'elle ressentait, celle qu'elle devrait laisser contrôler la conversation. Elle ressentait de la douleur, parce que Sara, sa meilleure amie depuis des années, n'avait répondu à aucun de ses coups de fil en un mois et ne l'avait pas non plus rappelée. Elle ressentait de l'inquiétude de savoir que Sara vivait... quelque chose de difficile. Et puis de la mélancolie, parce qu'elle avait conscience que son amitié avec Sara ne serait plus jamais pareille.

Comme un silence gêné s'installait, Kylie en profita :

– Ma mère m'a raconté qu'elle t'avait vue à l'épicerie l'autre jour.

– Ouais. Elle a l'air en pleine forme ! J'aime bien son nouveau look, sa nouvelle coiffure. Il paraît que tu l'as convaincue de se faire relooker.

– Alors comme ça, elle l'a fait ? Elle ne me l'a pas dit.

– Oh ! J'espère que je n'ai pas gâché la surprise !

– Nan, c'est bien que tu m'aies prévenue. Est-ce qu'elle est belle ? Ou a-t-elle l'air bête ?

– Belle. Elle fait... plus jeune, j'imagine. Tu sais, comme si elle allait se mettre à sortir avec des hommes.

– Sortir avec des hommes ?

Kylie savait que c'était une éventualité, elle l'avait même suggérée à sa mère, mais à présent, cette idée lui faisait mal au ventre.

– C'est elle-même qui l'a dit ou tu fais seulement des suppositions ?

– Non, elle ne l'a pas dit. Elle avait juste l'air... d'une femme qui veut attirer les regards. Un jean plus moulant, un décolleté plongeant. J'ai failli ne pas la reconnaître !

Sara insinuait-elle que sa mère s'habillait comme une prostituée ? Ce n'était pas ce genre de relooking que Kylie lui avait conseillé. Quand elle se rendit compte du nouveau blanc qui s'était installé dans la conversation, elle décida de rompre le silence :

– Ma mère m'a dit que tu étais… (Elle faillit mentir et dire « belle », mais à la dernière minute, elle se ravisa.) plus mince. Tu suis encore un nouveau régime ?

Sara était la première à adopter chaque nouveau régime approuvé par Hollywood : pauvre en glucides, sans lipides, que des fruits le mardi, que du riz complet le mercredi… Plus ils étaient fous, et mieux c'était.

Mais elle n'en suivait jamais aucun bien longtemps.

– Pas vraiment, dit Sara. À mon avis, c'est à cause de la pilule. Il paraît qu'elle fait grossir, mais apparemment, avec moi, c'est tout le contraire.

Sara prenait la pilule ? Kylie se rendit de nouveau compte combien les choses avaient changé entre elles. L'ancienne Sara lui aurait sûrement confié un truc aussi énorme.

Mais bon, Kylie n'avait pas non plus été d'humeur partageuse ces temps-ci. Bien sûr, essayer d'expliquer à un normal que l'on est un surnaturel encore non identifié était un peu, enfin beaucoup plus difficile que de discuter de contraception !

– Ta mère est d'accord pour que tu la prennes ? demanda Kylie qui savait que la mère de son amie, du style fanatique religieuse, prêchait constamment contre le sexe avant le mariage.

– Tu plaisantes ou quoi ? Elle mourrait si elle l'apprenait ! Je suis allée à la clinique et j'ai imité sa signature.

Kylie avait entendu parler des filles qui faisaient ça pour contourner la loi du Texas selon laquelle la prescription de la pilule nécessitait l'autorisation d'un parent.

Une autre longue pause s'ensuivit.

– Alors, avec qui tu sors en ce moment ? s'enquit Kylie.

– Deux types différents, répondit Sara d'un ton délibérément vague.

Kylie ne put s'empêcher de se demander si elle couchait aussi avec les deux. Autrefois, elle lui aurait posé la question.

– Au fait, reprit Sara, tu reviens toujours dans quinze jours ? La colo de la mort, c'est bientôt fini ? C'est terminé, d'être une boloss ?

L'agacement submergea Kylie. À l'évidence, Trey avait raconté cette histoire de boloss à Sara, car Kylie ne se souvenait pas lui en avoir parlé.

– En fait, je rentre seulement pour le week-end. Et je me plais vraiment ici.

Kylie n'évoqua pas le pensionnat, parce qu'elle n'en avait pas envie. Mais elle récita une prière silencieuse pour que sa mère accepte qu'elle y aille. L'idée de retourner dans son ancienne école sans cette bonne vieille Sara lui était insupportable.

– Vraiment, tu t'y plais ? Au début, tu détestais ! La colo des Idiots, ce n'est pas comme ça comme tu l'appelais ?

Sara eut l'air choqué.

C'était avant que je me rende compte que j'étais un monstre, moi aussi. Enfin, pas tout à fait, mais pas complètement humaine, non plus.

– J'imagine que certaines choses changent.

Kylie faisait allusion à sa relation avec son ancienne meilleure amie, ainsi qu'à ce qu'elle ressentait pour le camp.

– Ouais, j'imagine. (Sara marqua une autre pause.) Bon, envoie-moi un texto quand tu seras en ville et j'espère qu'on pourra se voir.

Kylie n'entendrait même pas un « Bien sûr qu'on se verra ! » de la part de Sara. Cela faisait mal.

Repoussant ce sentiment, elle répondit :

– D'accord, je le ferai.

Mais elle n'en était pas sûre. Voir Sara lui procurerait une sensation peut-être un peu trop bizarre pour qu'elle s'en préoccupe tout de suite.

– Bon, ma mère m'appelle pour que je l'aide à faire la vaisselle, lança Sara.

Kylie n'entendait rien en bruit de fond. Mais elle était tout aussi impatiente de raccrocher. Ça avait été dur. Très dur.

– OK, salut, dit Kylie.

Que ta vie soit belle. Ravie de t'avoir connue.

Dès qu'elle raccrocha, le téléphone sonna de nouveau. Cette fois, elle regarda le numéro de l'appelant.

Derek ? Il ne l'appelait jamais.

– Que se passe-t-il ? demanda-t-elle avec une pointe d'inquiétude.

Un froid spectral envahit la pièce pendant qu'elle attendait que Derek parle. Prise de vertiges, Kylie dut s'agripper au bureau. Elle savait que cela signifiait qu'une vision allait bientôt apparaître. Ou était en train d'apparaître, comprit-elle quand elle avisa le cercueil qui se trouvait à la place de la table de la cuisine. La femme allongée dedans était le fantôme. Quelques personnes s'affairaient tout autour, les larmes aux yeux.

– Kylie ?

La voix de Derek se fit entendre au bout du fil.

– Oui.

Elle regarda fixement le cercueil et les gens, et se demanda ce qu'elle était censée apprendre de cette vision. C'était pour cela qu'elles se produisaient, non ? Le fantôme essayait de lui dire quelque chose. Mais quoi ?

« Je suis morte de trouille, maman. »

Au fond, Kylie vit la petite fille prendre la main de sa mère.

« C'est juste mamie. »

Le couple se dirigea vers le cercueil.

– Kylie ? Tu es là ?

La voix de Derek paraissait bouleversée.

Kylie se rappela l'inquiétude que lui inspirait son appel. Cela lui ressemblait si peu.

– Oui, je suis là. Tout va bien ? lui demanda-t-elle.

Sa concentration sur Derek fit disparaître la vision ; comme une vieille photo, elle perdit sa couleur et passa en noir et blanc, comme si la scène s'était déroulée il y avait très longtemps. Puis la vision s'affaiblit, jusqu'à devenir presque transparente.

– Ne pars pas.

– Partir où ? demanda Derek.

– Pas toi, dit-elle.

Trop tard. Il ne restait plus qu'un vague contour de la scène. La femme qui tenait la main de la petite fille se retourna. Kylie ne fit qu'entrapercevoir son visage, mais quelque chose en elle lui était familier.

En secouant la tête, elle se souvint que Derek était toujours au bout du fil et demanda :

– Tout va bien ?

– Non, répondit-il, ça ne va pas.

– Qu'est-ce qui ne va pas ?

Tu n'es pas là.

Elle roula des yeux.

– Je croyais que tu étais sérieux.

– Je suis sérieux. J'ai attendu cet après-midi avec impatience depuis ce matin, en pensant que tu serais là.

– Mais je…

– S'il te plaît, insista-t-il. (Il baissa la voix.) Je ne t'ai jamais vue en maillot de bain.

– Et tu ne me verras toujours pas. Mon haut de bikini ne me va plus, tu te souviens ?

– Ne me le rappelle pas, dit-il, taquin.

– Tu es terrible, le réprimanda-t-elle.

Mais elle n'était pas sérieuse. Elle aimait lui plaire.

– Enfile un short et un tee-shirt, et descends.

Kylie se mordit la lèvre. Elle regarda l'écran de l'ordinateur, qui affichait la liste des Brighten à Dallas qu'elle n'avait pas encore appelés. Della et Miranda l'avaient aidée, mais jusque-là, cela n'avait rien donné.

– S'il te plaît, insista-t-il.

La supplication résonnait dans sa voix et Kylie se surprit à capituler. En plus de tout simplement souhaiter faire plaisir à Derek, elle se rappela qu'elle pouvait lire tous les cerveaux, et voir tout le monde ensemble serait plutôt sympa. Elle pourrait comparer une configuration à une autre.

– Tu as eu une journée difficile, observa Derek. Tu mérites de t'éclater au soleil.

J'ai eu quelques mois difficiles.

– J'arrive dans deux minutes.

– Vraiment ? dit-il, presque surpris qu'elle ait cédé.

Ne savait-il pas combien il comptait pour elle ?

– Vraiment, répéta-t-elle, en souriant.

Ce sourire la réchauffa intérieurement. Le souvenir de Derek la défendant, même face à son père, lui revint. Et elle comprit alors que la prochaine fois qu'il lui demanderait de sortir avec lui, elle accepterait.

Il lui fallut un quart d'heure pour choisir un short et un tee-shirt. Elle voulait être belle. Super belle. Peut-être que Derek et elle pourraient s'enfuir ensemble en cachette et… avec un peu de chance, il lui demanderait de sortir avec lui. Hé ! Elle pourrait même faire le premier pas !

Quand elle s'aperçut du temps qui s'était écoulé, elle passa la porte à toute allure. La route la plus courte pour le point d'eau passait par les bois. Sa rapidité de déplacement la choqua, ainsi que la coordination entre ses yeux et ses pieds grâce à laquelle elle évitait le moindre obstacle.

Si la vitesse et l'agilité n'avaient jamais été sa priorité, elle se surprit à retirer une certaine fierté de ses nouveaux talents. Si seulement elle savait de quelles espèces ils provenaient !

Elle se trouvait à mi-chemin du point d'eau lorsqu'elle la perçut. La sensation d'être suivie. Le duvet sur sa nuque se hérissa. C'est alors qu'elle se souvint de la mise en garde de Burnett : rester sur les sentiers, en dehors des bois.

L'ouïe en éveil, espérant entendre autre chose que ses pieds qui martelaient la terre, elle se sentit mieux quand les bruits habituels des bois emplirent ses oreilles. Quelle que fût la présence qui approchait, elle n'était pas assez menaçante pour que les oiseaux et les insectes cessent de chanter.

Mais Kylie n'en aurait pas mis pour autant sa tête à couper. La sensation s'intensifia… Il y avait quelqu'un. Que devait-elle faire ?

La logique lui disait de continuer : rebrousser chemin ne ferait que l'éloigner davantage des autres et de leur aide potentielle en cas de problème. Elle pensa alors aux filles qui s'étaient fait assassiner en ville et, étonnamment, elle se surprit à courir encore plus vite.

La clairière surgit moins d'une minute plus tard. Le soleil vif l'éblouit et elle entendit les autres campeurs rire et s'éclabousser dans l'eau. Comme rien ne l'attaqua, comme nulle présence malveillante n'apparut en chemise ensanglantée pour essayer de la ramener de force dans les bois, Kylie se demanda si cette sensation d'être observée n'était pas le fruit de son imagination. Pourrait-elle être parano à ce point ?

Elle s'arrêta dans la clairière, hors d'haleine, à côté d'un arbre où elle tenta de reprendre son souffle. Elle y était presque parvenue quand elle vit Derek arriver. Il ne portait qu'un maillot de bain. Son torse était nu et mouillé, comme l'autre nuit sous la douche. Son maillot, classique, un peu trop grand pour lui et porté assez bas sous la taille, était trempé et moulait sa silhouette. Kylie se rappelant comment Derek était sans maillot, elle eut de nouveau le souffle coupé.

– Salut, dit-il.

Quand les yeux de Kylie se posèrent sur sa bouche, elle comprit qu'il voulait l'embrasser. Il regarda tout autour et constata qu'ils avaient un public. Alors, au lieu de l'embrasser, il lui prit la main.

– Viens, l'eau est super bonne !

Kylie passa l'heure suivante à barboter, à jouer au volley, à examiner les configurations de tous les cerveaux… et oublia complètement les problèmes qui pesaient sur ses épaules. Le seul point noir était de voir Perry dévorer des yeux Miranda. Elle était vraiment magnifique en maillot de bain, et Kylie n'était pas la seule à le remarquer. Tous les garçons la reluquaient à la dérobée – même Derek –, et Perry leur jetait des regards menaçants. Ses yeux devenaient d'un noir de jais et évoquaient à Kylie une sorte de serpent.

Malgré cela, entre l'eau et les rires, Kylie ne s'était jamais autant amusée depuis… elle n'aurait su le dire.

Puis tout cela s'arrêta dans un sursaut lorsque Holiday surgit des bois en courant, paniquée, et se dirigea droit vers le lac.

Elle était de plus en plus tendue à mesure qu'elle approchait. Que se passait-il ? Le regard de la directrice trouva Kylie et, brusquement, celle-ci comprit que cela la concernait.

Kylie commença à sortir de l'eau, mais ses orteils s'enfonçaient dans la boue alors qu'elle se rapprochait du rivage. Toutes ses sources de stress du moment s'alignèrent comme des dominos dans sa tête, et elle se demanda à laquelle était relié ce nouveau problème.

Selynn surgit derrière Holiday, et ses yeux aussi se posèrent directement sur Kylie. Ça n'augurait rien de bon.

Kylie croisa le regard de la directrice au bord de l'eau et ignora délibérément Selynn.

– Qu'est-ce qui ne va pas ?

– Nous avons un problème.

Le regard de Holiday dévia sur l'eau et elle fit un signe à quelqu'un d'autre. Kylie se retourna et vit Derek les rejoindre à la nage.

– Que se passe-t-il ? demanda de nouveau Kylie qui continuait à ignorer Selynn qui s'était avancée.

– Tu viens avec nous, cracha le loup-garou, resserrant sa main sur le poignet de la jeune fille. Et tout de suite !

chapitre 23

Kylie se renfrogna et se détacha de l'emprise de Selynn.

– Je n'irai nulle part tant que vous ne m'aurez pas expliqué ce qui se passe. (Ses yeux se reposèrent sur Holiday qui regardait Derek regagner la terre ferme.) Quelqu'un veut bien me dire ce qui ne va pas ?

Holiday la regarda de nouveau. La ride d'angoisse qui lui barrait le front indiqua à Kylie que c'était grave.

– C'est ta mère.

– Ma mère ?

Kylie crut que son cœur cessait de battre. Des bribes de sa conversation avec sa mère envahirent son esprit. Puis l'avertissement du fantôme résonna comme une mauvaise chanson dans sa tête : « Tu dois l'arrêter. Sinon quelqu'un que tu aimes va mourir. »

Oh, mon Dieu, non !

– Qu'est-il arrivé à ma mère ?

Les paroles restèrent bloquées au bord de ses lèvres. Elle se souvint que sa mère avait pris son vol de retour aujourd'hui. Son cœur se serra quand elle imagina le crash de son avion. Non… sa mère était-elle… ?

– Elle est venue te voir, expliqua Holiday. En retard. Nous ignorons pourquoi, mais le nouveau système de sécurité au portail n'a pas fonctionné. Et elle est entrée sans que personne ne s'en rende compte.

– Elle est là ?

Autant Kylie désirait de l'air, autant elle souhaitait plus que tout qu'on lui dise que sa mère était saine et sauve. Que son avion ne s'était pas écrasé. Qu'un monstre ne l'avait pas kidnappée et n'était pas en train de la torturer, comme les rêves semblaient le laisser entendre.

– Oui, elle est là, répondit Selynn de son ton hautain. Contre la politique de l'école. Les heures de visite sont passées depuis longtemps.

Le regard de la jeune fille se posa sur elle. Que racontait donc le loup-garou ? Sa mère allait-elle bien ou pas ? Elle reposa les yeux sur Holiday.

– Que s'est-il passé ? Elle va bien ?

– Elle est… bouleversée. (Le front de Holiday se plissa davantage.) Elle essayait de trouver ton bungalow et a fait demi-tour. Elle… elle a vu des choses qu'elle n'aurait pas dû voir…

– Quoi ? (Kylie se souvint de sa stupéfaction la première fois qu'elle avait vu Perry se transformer en licorne.) Qu'a-t-elle vu ?

– Elle doit se faire effacer, lança Selynn d'un ton sec. Et vite.

Effacer ?

– Qu'est-ce que cela… est censé vouloir dire ?

Le loup-garou attrapa la jeune fille par le bras et l'entraîna en direction des bois.

Kylie résista.

– Que signifie « effacer » ? demanda-t-elle de nouveau,

à des lieues de comprendre et plus encore d'apprécier tout ce que cela présageait.

Elle se dégagea d'un coup sec de l'emprise de Selynn, puis se rapprocha d'elle d'un pas, si près qu'elle pouvait compter les cils de la femme.

– Vous avez intérêt à ne pas poser un seul doigt sur ma mère ! grogna Kylie d'une voix qui lui sembla surnaturelle.

Elle était plus grave. Plus rauque.

– Kylie, écoute-moi.

La main de Holiday se posa dans son dos et diffusa un flot de calme dans ses épaules tendues. Kylie aurait pu écouter, accepter le calme transmis par Holiday si Selynn n'avait pas été là.

– Nous n'avons pas de temps pour ça, lança Selynn d'un ton sec.

Elle attrapa Kylie par les deux bras, ses doigts s'enfonçant dans ses biceps assez fort pour provoquer un bleu.

Comme Kylie essayait de nouveau de se libérer, Selynn resserra son étreinte.

– Elle est humaine, reprit Selynn. Nous devons nous occuper d'elle. Tout de suite.

– Vous occuper d'elle ?

La fureur et la peur pour la sécurité de sa mère menacèrent de submerger Kylie.

– Espèce d'idiote, où est ma mère ?

La voix de Kylie était encore plus grave.

– Arrêtez immédiatement, Selynn ! cria Holiday. Vous la bouleversez. Elle ne comprend pas ce qui se passe !

– Oui, arrêtez ! ordonna Derek.

Kylie sentit de nouveau la main de Holiday sur son épaule. La fée tentait de l'emplir d'une émotion censée apporter la paix, réfréner sa fureur, mais manifestement, Kylie empêchait le flux d'entrer en elle.

– Ta mère se porte bien, lui assura Holiday, dont la voix

semblait résonner d'ailleurs. Elle est dans le bungalow d'Helen en ce moment. Elle…

Une fois que Kylie sut où sa mère se trouvait, elle essaya de nouveau de se libérer de l'emprise de Selynn. Mais le loup-garou resserra son étreinte, enfonçant ses ongles dans les bras de Kylie. Celle-ci perçut la douleur, mais comme si elle était infligée à quelqu'un d'autre.

– Lâchez-moi ! siffla Kylie au visage de Selynn.

Comme la femme ne la relâchait pas, Kylie, agissant sur un instinct qu'elle ne reconnaissait même pas, l'attrapa par sa chemise et la balança hors de son chemin.

Autour d'elle, on entendit plusieurs halètements. L'un d'eux devait sûrement provenir d'elle-même quand elle vit Selynn voler dans l'air telle une poupée de chiffon avant d'atterrir dans l'eau dans un grand plouf. Le loup-garou en ressortit couvert de boue et fou furieux. Il rugit et regagna le rivage à la nage. Une fois sur la terre ferme, il soutint le regard de Kylie, jeta la tête en arrière, grogna et attaqua.

Holiday s'interposa devant Kylie et tendit la main.

– Un pas de plus et j'invoque la colère des anges de la mort. Et si vous croyez que je plaisante, vous ne me connaissez pas.

Mais Selynn ne s'arrêta pas. Elle continuait à avancer.

Alors Derek et Della la plaquèrent au sol.

Kylie ne s'attarda pas pour entendre ou voir ce qui se passait. Elle détala à travers les bois, le sang bouillonnant dans ses veines, tandis qu'elle courait de toutes ses forces pour rejoindre sa mère.

Alors qu'elle avançait à une vitesse inhumaine, elle sentit un courant d'air la croiser à toute vitesse et remarqua un vague mouvement. Le silence brusque des bois lui indiqua que c'était un vampire. Mais elle s'en moquait.

Elle ne voulait qu'une chose : retrouver sa mère avant que quelqu'un ne s'en prenne à elle. Si l'on touchait à un seul de ses cheveux…

Elle entendit les hurlements de sa mère juste avant de sortir des bois, près du chemin qui menait chez Helen. La panique agrippa la poitrine de Kylie comme un animal sauvage qui cherchait à se sauver. Elle se faufila à travers les derniers arbres, fila sur le sentier et parvint devant le bungalow d'Helen.

Burnett, une Holiday ébouriffée par le vent à ses côtés, bloquait la porte. Et Kylie savait que Burnett y avait amené la directrice.

– Laissez-moi sortir !

Le hurlement de sa mère envahit ses oreilles.

La riche odeur de baies qu'elle connaissait désormais, celle du sang, emplit ses narines. Elle regarda fixement Burnett.

– Dégagez !

– Kylie. (Holiday s'interposa devant Burnett.) Écoute-moi, tu veux ? Ta mère va bien. Elle est bouleversée et nous allons devoir la calmer.

– Elle est blessée, dit Kylie qui s'efforçait de reprendre son souffle.

Elle réprima son envie de bousculer Burnett et d'entrer de force.

– Elle n'est pas blessée, insista Burnett.

– Je sens le sang, poursuivit Kylie qui fulminait de rage.

– Ce n'est pas le sien, répondit Burnett, dont les yeux devinrent orange foncé.

– Je te le jure, dit Holiday qui essaya de toucher Kylie, mais celle-ci recula d'un bond. Ta mère n'a rien, Kylie, je te l'assure. Calme-toi, je t'en prie. Nous allons arranger cela, mais j'ai besoin de ton aide.

– Fais-leur confiance, Kylie, dit une voix en même temps qu'un froid familier envahissait son espace.

Kylie se tourna et vit Daniel debout à ses côtés.

– Fais-leur confiance, répéta-t-il.

Des larmes emplirent les yeux de la jeune fille tandis que Daniel la prenait dans ses bras glacés.

– Tout va bien.

Son souffle gelé chatouilla les oreilles de Kylie, tandis qu'une chaleur rassurante gagnait sa poitrine.

Une sensation de paix extraordinaire afflua dans son corps, du même genre que celle qu'elle avait ressentie aux cascades. De celles qui disaient que certaines choses n'allaient pas aussi mal qu'elle le pensait. De celles qui disaient qu'elle devrait y croire.

Elle leva la tête pour regarder Daniel, mais il était parti. Submergée, Kylie sentit ses jambes la lâcher et tomba à genoux sur le perron.

Holiday s'accroupit à côté d'elle.

– Elle ira bien, Kylie, je te le promets.

Kylie la dévisagea.

– Que… qu'est-ce que ma mère a vu ? Perry… ?

– Non. (Holiday dégagea les cheveux de Kylie de son visage.) J'ai autorisé Helen à donner une pinte de sang à Jonathon. Il lui prenait son sang, et contrairement au règlement, il… (Elle marqua une pause, puis poursuivit d'un ton ferme :)… il buvait à même le tube quand ta mère est entrée. Je suis sûre que ça a dû lui faire un vrai choc. Elle a paniqué.

Kylie laissa tomber son visage entre ses mains.

– Oh non !

Comment lui expliquerait-elle donc cela ?

– Jonathon a été surpris, lui aussi, poursuivit Holiday. Il l'a attrapée, l'a poussée dans la salle de bains d'Helen, a coincé la commode contre la porte et a envoyé Helen me chercher. J'ai fait venir Burnett ici le plus vite possible.

– Je ne lui ai pas fait de mal ! lança Jonathon en sortant sur le perron. J'aurais sûrement dû m'y prendre autrement, mais je te le jure, je ne lui ai fait aucun mal. Je suis désolé de tout cela.

Kylie regarda Jonathon. Sa chemise arborait des taches de sang. Celui d'Helen, songea-t-elle, pas celui de sa mère. Derek le suivait sur les marches.

– Voilà ce que nous allons faire, déclara Burnett, ça s'appelle « effacer ».

– Non, dit Kylie, qui se rappela immédiatement ses émotions et sa dispute avec Selynn.

– Ça n'a rien de grave, fit Holiday. « Effacer » signifie que l'on enlève le souvenir de sa tête. Cela ne lui fera aucun mal. Mais plus elle sera calme, plus cela sera facile et plus cela aura de chances de marcher. Et pour l'heure, elle n'est pas calme. Je pense que si tu vas lui parler, tu pourras la rassurer.

– Lui parler ? Elle a vu quelqu'un boire du sang à même une intraveineuse ! Que suis-je censée lui dire pour la calmer ? demanda Kylie. « Oh ! Ça ? Ne t'inquiète pas, maman, ce ne sont que des vampires ! »

Holiday regarda Kylie droit dans les yeux.

– Elle s'inquiète pour toi plus qu'elle n'a peur, l'assura Holiday. Fais-lui savoir que tu vas bien, puis Derek entrera et…

– Derek ? (Kylie se retourna d'un coup.) Pourquoi Derek ?

Un semblant de culpabilité voila ses yeux.

– Nous venons de découvrir qu'il a le don d'effacement, expliqua Holiday.

Derek acquiesça et, durant une fraction de seconde, Kylie se demanda pourquoi il ne lui en avait pas parlé. Elle croyait qu'ils partageaient tout. Puis ses pensées se reportèrent sur sa mère.

– Mais s'il vient d'apprivoiser ce don… que va-t-il se passer s'il se plante ?

– Il ne se plantera pas, affirma Burnett. Il l'a exercé très souvent.

Kylie reposa les yeux sur Derek. Elle ignorait ce que signifiait l'effacement d'un souvenir, mais l'idée la terrorisait.

– Vous n'avez personne qui ait plus d'expérience ?

Derek, et c'était tout à son honneur, ne sembla pas blessé par sa requête.

– Il est sur une autre affaire en ce moment, expliqua Burnett. Et plus vite nous nous occuperons de cela, mieux ce sera. Si nous attendons trop longtemps, il devra peut-être enlever d'autres données de son esprit. Et donc effacer des heures avant que cela ne se soit produit. À l'évidence, moins nous devrons supprimer d'heures de mémoire, mieux ce sera.

– Est-ce dangereux ?

Kylie guetta la réponse de Holiday. Celle-ci secoua la tête.

– Si c'est fait assez tôt, les plus gros effets secondaires seront une migraine et une confusion à cause d'une perte de repères.

Kylie reposa les yeux sur Derek.

– Promets-moi que tu ne vas pas te planter.

– Promis, dit-il.

Percevait-elle un doute dans sa voix ?

– Que dois-tu faire ? demanda-t-elle.

– Juste la toucher, répondit-il.

Kylie opina. Elle se souvint que Daniel lui avait assuré qu'elle devrait leur faire confiance, et elle se leva.

– D'accord, alors.

Puis elle entendit sa mère se remettre à hurler. Elle regarda Burnett.

– Y a intérêt à ce que tout se passe bien.

– Maman ! cria Kylie à sa mère cinq minutes plus tard, derrière la grosse commode que Jonathon avait poussée devant la porte de la salle de bains.

– Kylie ? brailla sa mère. Oh, bébé ! Tu vas bien ? Dis-moi que tu n'es pas blessée ! Dis-moi que ces fous…

– Je vais bien. Je viens te chercher, d'accord ?

– Dépêche-toi, ma chérie, lui intima sa mère. (L'enrouement de sa voix indiqua à Kylie qu'elle pleurait et hurlait depuis beaucoup trop longtemps.) Il faut que l'on sorte d'ici. Il y a des gens dangereux !

– C'est bon, maman.

– Vite, bébé ! Vite avant qu'ils ne reviennent !

Burnett lui indiqua par un geste qu'il avait l'intention de déplacer la commode, puis de partir. Derek opina. Alors Burnett, d'une main, bougea le meuble lourd et, en un éclair, disparut.

La mère de Kylie ouvrit la porte d'un coup sec et s'échappa, serrant sa fille dans une étreinte protectrice.

– Il faut que l'on sorte d'ici ! (Elle remarqua Derek et poussa Kylie derrière elle.) Ne vous approchez pas !

Le jeune homme regarda Kylie, comme s'il ne savait pas comment s'y prendre.

– C'est bon, maman. (Le cœur de l'adolescente se brisa quand elle vit le visage de sa mère inondé de larmes.) C'est Derek, c'est quelqu'un de bien.

– Je ne lui fais pas confiance. Nous ne pouvons nous fier à personne ici. Je veux juste que nous partions. Tout de suite !

Attrapant le bras de Kylie, elle se dirigea vers la porte, en veillant bien à rester entre Derek et elle, comme pour la protéger.

Ne sachant pas quoi faire, Kylie s'arrêta. Elle ne pouvait pas laisser sa mère sortir. Si celle-ci paniquait en la présence de Derek, alors elle perdrait sûrement la tête en voyant Jonathon et Burnett.

– Maman, Derek est quelqu'un de bien. Il nous aidera à partir, mentit-elle. N'est-ce pas, Derek ?

Kylie le regarda.

– Oui… madame Galen. Je vais vous aider, Kylie et vous, à vous en enfuir.

La mère de Kylie contempla le garçon, puis sa fille. La panique étincelait dans ses yeux, mais elle n'eut pas de mouvement de recul lorsqu'il avança d'un pas.

– Laissez-moi m'approcher de la porte, dit-il.

Il se rapprocha, puis tendit la main et toucha son bras.

Kylie ne savait pas ce qui se passait quand on effaçait la mémoire d'une personne, mais dès que les yeux de sa mère se révulsèrent et qu'elle s'écroula comme une masse, elle hurla.

En tremblant, et toujours en criant, Kylie s'affala près de sa mère pour s'assurer qu'elle respirait encore.

– C'est bon. (Derek se laissa tomber à côté de Kylie et lui toucha le coude.) Elle est juste inconsciente. Je te le promets, Kylie, dit-il comme s'il lisait ses peurs.

Burnett surgit et souleva la mère de la jeune fille dans ses bras.

– Je vais la mettre dans la voiture. Tu viens avec moi, ordonna-t-il à Kylie. Nous aurons besoin de toi quand elle se réveillera.

Son regard soutint intensément celui de la jeune fille.

– Tout ira bien. Suis-moi, c'est presque terminé, maintenant.

– Maman, tu vas bien ?

Kylie tapotait sur la vitre de la voiture de sa mère pas moins de cinq minutes plus tard.

Comme elle ne se réveilla pas immédiatement, Kylie se retint pour ne pas ouvrir la portière d'un coup sec et vérifier si elle n'avait pas besoin de réanimation cardiaque. Mais la liste de Burnett des choses à ne pas faire résonnait toujours dans sa tête.

« Ne panique pas, sinon elle risque de faire la même chose, et cela la rendra encore plus nerveuse. »

« Ne te noie pas dans des explications à n'en plus finir. Laisse-la tirer ses propres conclusions sur ce qu'il s'est passé. »

« Ne pleure pas sans raison. »

En même temps, il avait désigné les larmes de Kylie. C'était cette dernière règle que Kylie aurait bien contestée si elle n'avait pas été aussi inquiète au sujet de sa mère.

Elle tapota de nouveau sur la vitre.

– Maman ?

Elle s'efforça de garder une voix calme.

Kylie considérait qu'elle méritait une bonne crise de larmes qui durerait deux semaines au minimum. Le traumatisme émotionnel qu'elle avait vécu pendant cette dernière demi-heure compterait parmi les pires de sa vie. Même la bagarre au parc animalier ne lui avait pas fait aussi mal au ventre.

Elle jeta un coup d'œil sur ses bras, pensant y trouver des bleus et des traces d'ongles aux endroits où Selynn l'avait attrapée. Sa peau était lisse et sans marque. Bizarre. Venait-elle d'acquérir un nouveau don, celui de guérison rapide ?

Les yeux de sa mère s'ouvrirent subitement et Kylie se reconcentra sur la situation présente. Sa mère s'assit et regarda autour d'elle, visiblement surprise. La première pensée de Kylie fut que l'effacement n'avait pas fonctionné.

Puis sa mère tourna la tête et son regard confus croisa le sien.

Kylie colla un sourire sur ses lèvres, en espérant lui faire croire que tout était pour le mieux dans le meilleur des mondes possibles.

– Quand es-tu arrivée, maman ?

Le front de sa mère se plissa. Elle leva le poignet pour consulter sa montre, puis ouvrit la portière. Elle posa les pieds sur le trottoir, mais ne descendit pas de sa voiture.

– Je… (Elle cilla.) Je me suis précipitée ici depuis l'aéroport.

Elle passa une main dans ses cheveux bruns, désormais parsemés de mèches rousses.

– Tu as dû t'endormir après ton arrivée.

Kylie se mordit la lèvre quand elle s'aperçut qu'elle n'avait pas respecté l'une des règles de Burnett.

– Oui.

Sa mère colla une main sur sa tempe, signe que la migraine dont Holiday avait parlé faisait son chemin.

– J'ai veillé toute la nuit à l'aéroport en espérant que je serais sur liste d'attente.

– Tu dois être naze ! lança Kylie.

– Oui, oh là là ! (Sa mère consulta de nouveau sa montre et sortit de la voiture.) Je me souviens à peine de mon arrivée ici. J'ai dû me garer et m'endormir ! Ce qui est une bonne leçon pour nous deux : ne jamais conduire quand on est crevé ! (Elle serra Kylie dans ses bras.) Quel bonheur de te voir !

Tant pis, mais Kylie mourait d'envie d'enfreindre une autre règle. Les larmes emplirent ses yeux et elle étreignit sa mère très fort. Ces larmes n'étaient pas uniquement liées à ces trente dernières minutes, mais à ses seize dernières années et à la rareté des câlins maternels. Et cet instant lui faisait aussi repenser à l'étreinte qu'elle avait partagée avec son père… beau-père, avant qu'il ne parte quelques heures plus tôt.

Quand sa mère s'écarta, elle regarda Kylie.

– Tu vas bien ?

– Oui. (La jeune fille battit des cils.) C'est juste… que tu ne me fais pas souvent de câlins.

– J'imagine qu'il faudra y remédier, d'accord ? dit sa mère, en se touchant de nouveau la tempe.

Oui, acquiesça Kylie, et nous sommes bien parties.

Et c'était vrai. Elle le sentait.

Sa mère consulta sa montre une fois de plus.

– J'ai dû dormir une heure.

– C'est que tu en avais sûrement besoin, dit Kylie, et elle repartit en direction du portail.

– Oui, je voulais appeler pour prévenir ta directrice que j'arriverais un peu en retard. Je me souviens qu'ils avaient fait tout un cinéma sur les heures de visite. Mais devine quoi, ma batterie est morte ! Elle m'a lâchée.

– Heureusement que je suis passée par là, que j'ai vu ta voiture et que j'ai averti Holiday que tu étais là ! Et, oui, ils sont très stricts sur les heures de visite.

Je vous en prie, mon Dieu, faites que je ne revive pas cela.

– Ce qui est idiot, je trouve ! rétorqua sa mère. On dirait qu'ils essaient de cacher quelque chose...

– Pas du tout ! mentit Kylie entre ses dents, à contrecœur. Ils ne cachent rien du tout.

Seulement des trucs du style : des jeunes qui boivent du sang, qui se métamorphosent en n'importe quel genre de créature imaginable, ou des filles qui transforment accidentellement des chatons en mouffettes. La norme pour Shadow Falls, quoi !

– Mais ils sont stricts, c'est vrai, ajouta Kylie. Ils prétendent que c'est pour notre sécurité. De plus, tu sais, c'est ce que tu m'as toujours dit : le règlement, c'est le règlement.

– Je sais, et j'essaierai de le respecter à partir de maintenant.

Merci, mon Dieu !

– Tu veux qu'on aille s'asseoir au réfectoire ? proposa Kylie.

– Pourquoi pas dans ton bungalow ?

– Bien sûr.

Puis Kylie se souvint de Socks, sa petite mouffette.

– Euh… j'ai oublié que… Della et Miranda ont invité des copines. Le réfectoire, ça devrait être mieux.

– C'est très bien. Comme ça, je pourrai avaler quelques

comprimés d'aspirine. J'ai tellement mal au crâne que j'ai l'impression que je vais faire une rupture d'anévrisme !

Un froid glacial se réinstalla autour de Kylie. L'espace d'un instant, elle crut que le fantôme était de retour.

Elle dévisagea sa mère.

– Ne dis pas ça.

– Pas quoi ?

– Ces bêtises d'anévrisme !

C'était précisément l'une des nombreuses craintes de Kylie liées au tripotage de cerveau et à l'effacement des souvenirs, et cela continuait à l'angoisser.

Sa mère sourit.

– C'est juste du cinéma ! Je vais bien.

– Tant mieux, répondit Kylie.

Quand elle regarda sa mère, elle se souvint qu'elle avait eu très peur de ne plus jamais la revoir. Une nouvelle vague d'émotion envahit sa poitrine. Kylie faillit tendre la main pour lui voler un autre câlin. Elle n'en fit rien. Pas uniquement parce que cela aurait risqué d'éveiller les soupçons de sa mère, mais parce que celle-ci avait sûrement épuisé son quota de tendresse pour le mois.

Étonnamment, une demi-heure plus tard, toutes deux n'avaient pas épuisé tous les sujets de conversation. Bien sûr, elles avaient parlé un bon quart d'heure du relooking de sa mère, qui, somme toute, plaisait à Kylie. D'accord, l'idée que celle-ci puisse sortir avec des hommes la laissait tout de même perplexe, mais elle décida qu'à chaque jour suffisait sa peine…

Puis sa mère remarqua sa « poussée de croissance ».

– Dis-moi que c'est un Wonderbra qui te fait de si gros seins !

– J'ai bien peur que non ! répondit Kylie. Je grandis.

Cette conversation poussa sa mère à l'interroger sur sa virée shopping. Mais Kylie ne voulait pas en parler, ni de rien d'autre qui s'était produit durant sa récente escapade en ville.

Elle lui raconta donc que son père était venu lui rendre visite. Elles discutèrent de lui pendant cinq bonnes minutes. Kylie ne lui donna aucun détail sur la scène gênante qu'elle avait provoquée. Elle ne lui avoua même pas qu'elle avait vu son père en ville.

Elle avait également décidé de ne pas annoncer à sa mère que celui-ci avait rompu avec sa copine. Elle ne voulait pas raviver de douleur.

– Je suis contente que vous ayez parlé, vous deux, dit sa mère. Quelles que soient les erreurs qu'il ait commises récemment, c'est un bon père.

– C'est vrai, acquiesça Kylie.

Puis elle passa cinq autres minutes à lui confier qu'elle adorait le camp et le cours de décoration de gâteaux, tout cela pour qu'elle accepte de l'inscrire au pensionnat à l'automne. Elle n'avait pas pour autant l'intention de le lui demander tout de suite. Que sa mère en gardât des souvenirs ou non, sa journée avait déjà été suffisamment pourrie.

– Sérieusement, tu aimes vraiment décorer des pâtisseries ? Moi aussi. Tu te souviens, lorsque j'ai suivi ce cours quand tu étais plus jeune et que je t'ai confectionné le gâteau de Cendrillon ?

– Oui, répondit Kylie. Je l'avais adoré !

Encore un gros bobard. Elle avait quatorze ans et s'était sentie très gênée quand sa mère lui avait servi un gâteau de princesse à l'issue d'une rencontre de foot. Mais qu'était-ce qu'un autre pieux mensonge en plus de tous ceux qu'elle avait déjà dits aujourd'hui ?

Mensonges mis à part, la toute nouvelle orientation que prenait leur relation était plutôt agréable. Si agréable que Kylie décida de tenter sa chance et de demander d'autres informations sur son vrai père.

Elle attrapa son soda et fit tourner la canette dans sa main.

– Maman, peux-tu m'en dire plus au sujet de Daniel ?

Les yeux de sa mère s'écarquillèrent.

– Bien sûr. Mais je pense t'avoir quasiment tout raconté la dernière fois que tu m'as interrogée.

– Tu ne m'as presque rien dit. Par exemple… d'où ses parents sont-ils originaires ?

– Je me souviens qu'il m'avait confié qu'ils venaient d'Irlande.

– Ils sont irlandais ? demanda Kylie, sans trop savoir si cela l'aiderait ou pas. Quand sont-ils arrivés ici ?

– Je l'ignore.

– Daniel est né aux États-Unis ?

– Je suppose que oui. Il n'avait pas d'accent.

– Mais tu n'en es pas sûre, pas vrai ?

Kylie commença à perdre espoir. S'il s'était fait adopter en Irlande, retrouver sa trace serait quasiment impossible.

– Je pense que je serais au courant s'il était né ailleurs.

Kylie hocha la tête.

– Tu m'avais dit que ses parents étaient de Dallas, c'est ça ?

– Près de Dallas. Quelque part par là.

– Où ?

Kylie ne parvenait pas à croire qu'elle avait passé ces deux dernières semaines à enchaîner les coups de fil à Dallas, pour apprendre maintenant qu'ils n'y avaient même pas vécu.

– Je ne me souviens pas. (Sa mère la scrutait.) Tu n'envisages pas d'essayer de les retrouver, tout de même ?

OK, il fallait se décider. La jeune fille avait déclaré au détective qu'elle finirait par parler de sa quête à sa mère. L'heure de vérité avait peut-être sonné.

– Ça t'embêterait si c'était le cas ? demanda Kylie, qui ne tenait pas à ajouter du stress à sa journée.

Sa mère fronça les sourcils.

– Je… je… nous ignorons s'ils sont encore en vie.

– C'est possible, répondit Kylie.

Elle ne pouvait pas lui dire que si elle souhaitait tant les retrouver, c'était surtout pour qu'ils puissent la conduire aux vrais parents de Daniel. Bientôt, sa mère risquerait de l'apprendre, mais chaque chose en son temps. De plus, elle ne voyait pas comment elle pourrait expliquer qu'elle savait que Daniel avait été adopté sans devoir parler de toute cette histoire de fantôme, et c'était une conversation qu'elle ne voulait pas avoir avec elle.

– Sérieusement, ça t'embêterait si j'essayais de les trouver ?

Sa mère laissa échapper un profond soupir.

– Non, Kylie. J'imagine que j'ai juste peur qu'ils soient très en colère contre moi si tu le faisais. J'ai culpabilisé tant de fois de ne leur avoir rien dit à ton sujet !

Quelque chose dans la voix de sa mère attira l'attention de Kylie.

Elle comprit brusquement que si sa mère s'en voulait de s'être tue, c'est qu'elle devait savoir où ils étaient.

– Sais-tu où ils sont, maman ? Sais-tu comment je pourrais les retrouver ?

chapitre 24

Sa mère baissa les yeux.

– Je…

– S'il te plaît, maman, insista Kylie. S'il te plaît. Si tu sais quelque chose, dis-le-moi.

Sa mère semblait préoccupée par son soda, comme si la condensation qui ruisselait sur la canette la fascinait.

– Je n'ai pas pu me résoudre à jeter sa nécrologie, dit-elle enfin. Je l'ai collée derrière la photo de toi bébé, accrochée à la maison. Il y a leur nom et la ville où ils habitaient.

L'espoir se forma de nouveau dans la poitrine de Kylie.

– Quand tu rentreras, peux-tu la scanner et me l'envoyer par e-mail, s'il te plaît ?

Sa mère hocha la tête.

– S'ils sont encore vivants, ils vont me détester.

– Je ne crois pas, maman. Ils seront simplement ravis de faire ma connaissance.

Sa mère toucha la joue de Kylie.

– Je suis désolée, bébé. J'ai fait ce que j'estimais le mieux à l'époque, mais à présent… il semblerait que je n'aie pas pris les meilleures décisions.

– Tu as fait ce qu'il fallait, dit Kylie.

Et sans réfléchir, elle fit un nouveau câlin à sa mère pas très câline.

Une heure plus tard, Kylie regarda la voiture de sa mère descendre la route jusqu'à ce qu'elle ne soit plus qu'une minuscule tache bleue qui finit par disparaître. Burnett et Holiday l'attendaient à la porte quand elle revint.

– Je pense que ça ira, leur dit-elle, supposant que c'était la raison de leur présence.

Puis elle comprit que Burnett avait probablement écouté leur conversation tout du long. Et qu'ils n'étaient pas uniquement là pour sa mère.

– Est-ce que j'aurai des problèmes pour m'être battue avec Selynn ? demanda-t-elle.

Cette idée lui avait traversé l'esprit pendant qu'elle discutait avec sa mère. Que cela plût à Kylie ou non, Selynn faisait partie de l'URF.

Holiday secoua la tête.

– Non, Selynn a mérité ce qu'elle a eu. Elle a très mal géré la situation. Terriblement mal.

Elle jeta un coup d'œil à Burnett, comme si elle s'adressait autant à lui qu'à Kylie.

– Si quelqu'un raconte une seule chose sur ce qui s'est passé au point d'eau, je serai la première à lui rentrer dans le lard.

Alors que Kylie allait lui demander ce qu'elle entendait par là, Burnett haussa les épaules.

– Je crois que personne ne dira rien, l'assura-t-il, l'humour dansant dans ses yeux. Je n'ai jamais compris cette expression. Comment « rentrer dans le lard de quelqu'un » peut-il se traduire par « faire vivre un enfer à quelqu'un » ?

– Je n'en ai aucune idée.

Holiday reposa les yeux sur Kylie. Le regard de Burnett suivit celui de la directrice, puis tous deux se remirent à se fixer, mal à l'aise. Kylie se redemanda ce qui pouvait bien se tramer.

– Si ce n'est pas Selynn, alors quoi ? demanda-t-elle.

Burnett fourra les mains dans les poches de son jean.

– Nous voulions juste nous assurer que tu allais bien.

Kylie allait lui répondre, quand elle se rendit compte que tous les deux la dévisageaient de nouveau.

– S'il n'y a que ça, alors pourquoi me matez-vous, la bouche ouverte, comme si j'allais bientôt avoir une queue ?

– Parce que tu penses que tu vas en avoir une ?

L'inquiétude envahit sa voix.

Oh, merde ! Il est sérieux !

Kylie passa une main sur ses fesses pour s'assurer qu'il ne lui était rien poussé du tout. Rassurée sur ce point, elle les regarda en fronçant les sourcils.

– Qu'est-ce que vous me cachez, alors ?

– Tu as fait preuve de nouveaux talents aujourd'hui, constata Burnett.

– Parce que je cours vite ?

– Et tu as affronté Selynn, ajouta Holiday. Un loup-garou, si près de la pleine lune, est... difficile à attaquer.

– Donc, tu penses de nouveau que j'en suis un, maintenant ?

Holiday jeta un regard à Burnett, et tous deux reposèrent les yeux sur Kylie.

– Nous n'en sommes toujours pas sûrs.

Burnett se remit à scruter Kylie.

– Qu'y a-t-il ? demanda-t-elle.

– C'est la configuration de ton cerveau, expliqua Holiday, comme un aveu.

– Quoi ? (Kylie se toucha le front.) Me suis-je ouverte ? Pouvez-vous dire ce que je suis ?

– Non. C'est juste que ta configuration… bouge.
– Elle bouge ? Tu veux dire qu'elle change ?
Burnett et Holiday hochèrent la tête.
– Qu'est-ce que ça signifie ?
En un éclair, l'expression de Holiday passa de la curiosité à la compassion.
– C'est juste…
– Des suppositions, je sais ! Alors vas-y !
Elle fit signe à la directrice de se dépêcher.
– La seule configuration qui bouge et qui change est celle d'un métamorphe, expliqua Holiday.
– Donc, maintenant, tu crois que je suis une métamorphe ? dit Kylie qui essayait de se faire à cette idée : se muer en lion géant et…
– Elle ne se modifie pas comme un métamorphe, corrigea Burnett. Celle d'un métamorphe ne se modifie que lorsqu'il change de forme.
Kylie baissa les yeux sur sa poitrine et plus bas, presque comme pour s'assurer qu'elle ne s'était pas métamorphosée et que ses seins n'avaient pas pris un bonnet de plus. Enfin, elle tapota de nouveau ses fesses, priant pour qu'une queue n'ait toujours pas poussé.
– Je ne suis pas en train de me transformer, déclara-t-elle.
– Nous le savons, répondit Burnett.
Puis, comme si elle sentait que Kylie avait eu son quota de coups durs pour la journée, Holiday s'approcha et passa un bras autour d'elle.
– Viens. Et si nous allions faire un tour aux cascades ?
Kylie opina. Elle envisageait de retourner à son bungalow pour pleurer un bon coup, mais une virée aux chutes d'eau la tentait davantage.
– Je vous accompagne, proposa Burnett.
– Je pense que l'on va y aller seules, rétorqua Holiday.
– Je ne crois pas que vous devriez vous enfoncer seules

aussi loin dans les bois, répliqua-t-il. Nous ne savons toujours pas pourquoi la sécurité du portail n'a pas fonctionné.

– Je ne crois pas que nous soyons franchement vulnérables, riposta Holiday en désignant Kylie de la tête.

– Je me sentirais mieux si je venais avec vous, insista Burnett. (Il fronça les sourcils.) Vous ne vous rendrez même pas compte de ma présence. Je resterai loin.

Holiday roula des yeux, comme pour dire « N'importe quoi ! », puis elle fit signe à Kylie de tourner les talons, et elles se dirigèrent vers le sentier qui menait aux cascades.

– À cinquante kilomètres, ce serait super ! murmura Holiday.

– Quand te souviendras-tu que je t'entends ? lança Burnett, à une quinzaine de mètres environ.

– Quand as-tu pensé que j'avais oublié ? répliqua-t-elle à voix basse.

Le lundi matin, le froid glacial du fantôme réveilla Kylie. Elle ouvrit les yeux, mais l'esprit ne s'était pas encore matérialisé.

– Tu sais bien que venir me réveiller ne me servira à rien, n'est-ce pas ? Il faut que tu me donnes quelque chose, que tu trouves le moyen de me montrer qui je dois aider.

Aucune réponse. Kylie remonta la couette sur son menton et se contenta d'observer son souffle qui formait de petits nuages de buée au-dessus de son nez. La visite aux cascades avec Holiday avait été à la fois géniale et extrêmement décourageante. Holiday et elle n'avaient même pas discuté. Assises, elles avaient contemplé le mur d'eau qui tombait en rideau devant elles. L'ambiance que Kylie y avait découverte la fois précédente semblait encore plus intense cette fois. Ça, c'était le côté génial.

Le côté extrêmement décourageant ? Le message qu'elle avait retiré de sa visite n'était pas uniquement que tout irait bien. Pas du tout. Mais plutôt : reste concentrée et garde la foi.

Et si elle avait cru qu'elle pourrait se disputer avec la forme présente aux cascades, elle aurait levé les yeux sur le plafond de pierre et aurait beuglé : « Vraiment ? C'est tout ce que tu comptes me donner ? »

Honnêtement ? Comment pouvait-elle rester concentrée alors qu'elle ne savait pas sur quoi se concentrer ? Difficile de se focaliser sur des fantômes quand ils refusaient même d'apparaître !

La température baissa encore de quelques degrés.

– Oui, je parle de toi ! dit Kylie à l'esprit à voix haute.

Garder la foi était presque aussi impossible. Cela revenait à croire qu'il ne se passerait rien de mal. Deux filles qui s'étaient fait tuer par un vampire escroc, n'était-ce pas ce que l'on pouvait qualifier de grave ? Et qui pouvait penser qu'effacer la mémoire de sa mère fût une bonne chose ? À ça il fallait ajouter la configuration changeante de son cerveau qui faisait que tout le monde la regardait comme si elle était un monstre – sans oublier son désir incontrôlable de faire irruption dans les rêves des autres. En résumé, sa foi n'aurait pas été contre un bon paquet de stéroïdes pour se reconstruire intégralement !

Kylie eut un hoquet de frustration lorsque le froid de l'esprit s'évanouit peu à peu. *Super ! Une journée de plus à me réveiller à l'aube sans rien me donner à me mettre sous la dent !* Elle roula sur le côté, martela son oreiller de coups de poing et sentit son humeur s'assombrir à la seconde.

Oh, il ne s'agissait pas non plus de la déprime du lundi ! Pas du tout, c'était plus que cela. Ce soir, c'était la pleine lune. Qui savait ce qui se passerait ? Mais se réveiller d'humeur aussi massacrante était un autre signe qu'elle était peut-être un loup-garou.

Non pas qu'une transformation en loup fût l'unique déclencheur de sa mauvaise humeur. Après s'être enfin décidée à accepter de sortir avec Derek, elle n'avait pas eu l'occasion de le voir seule pour lui donner sa réponse. Il y avait aussi un certain loup-garou qui revenait au camp aujourd'hui ou demain. Enfin, deux loups-garous. Elle n'était pas particulièrement pressée de revoir Fredericka. Et affronter Lucas après le fiasco du rêve ? Oh oui, ce serait vraiment drôle ! Ou pas.

Kylie laissa échapper un grognement, martela encore son oreiller de coups de poing et remonta la couette sur son visage.

Cinq minutes après s'être réveillée et deux minutes après avoir constaté que sa mère ne lui avait toujours pas envoyé le scan de la nécrologie de Daniel, Kylie réussit à s'en prendre à Della et à Miranda. Alors elle prit une décision : elle s'octroierait un jour de repos. Une journée entière coupée du monde. Y compris de tous les surnaturels.

Aujourd'hui, elle resterait en tête à tête avec sa mouffette.

Elle attrapa une bouteille de soda dans le frigo, ramassa Socks, demanda à ses colocataires d'informer Holiday qu'elle prenait un jour de vacances et retourna dans sa chambre dont elle claqua la porte, juste parce qu'elle en avait envie.

À 9 heures, Holiday vint frapper.

– Je voulais simplement m'assurer que tout allait bien.

– J'aimerais juste être seule, répondit Kylie, qui entendit la porte s'ouvrir mais qui ne bougea pas, allongée sur le ventre dans son lit depuis une heure.

– Mauvais poil ?

La question de Holiday avait trop de significations tacites auxquelles la jeune fille préférait ne pas penser.

– Oui, vraiment de sale humeur, acquiesça Kylie en roulant sur le côté.

– Bon, reprit Holiday en se mordant la lèvre. N'oublie pas, je suis là si tu as besoin de moi.

– Je sais, dit Kylie.

À 10 heures, on frappa de nouveau. Cette fois, à la porte de son bungalow.

– Allez-vous-en ! hurla Kylie.

Une minute plus tard, Derek entra dans sa chambre sans y avoir été invité. Cela l'énerva encore plus. Puis elle se rappela autre chose qui l'avait embêtée et dont elle ne lui avait pas encore parlé.

– Pourquoi tu ne m'as rien dit sur cette histoire d'effacement ? lâcha-t-elle.

Il la fit tomber sur son lit.

– Burnett m'a plus ou moins demandé de ne rien dire à personne.

– Et je suis « personne » ? s'enquit-elle.

Kylie s'assit et remonta les genoux contre sa poitrine.

Qu'il s'agisse de son ton, de sa question ou de son humeur contagieuse, elle l'ignorait, mais elle reconnaissait l'agacement chez n'importe qui. Et Derek était agacé.

– Peut-être que si tu t'étais montrée plus accessible, au lieu de craindre que l'on puisse découvrir que tu m'aimes bien, nous aurions pu passer plus de temps à discuter...

– Je t'ai présenté mes excuses pour ça, non ? (Elle serra ses tibias.) Mais ça ne veut pas dire que tu m'aies pardonné ! ajouta-t-elle avec un brin de sarcasme.

Il secoua la tête.

– Bon, très bien, alors je n'ai probablement pas le droit d'être furieux à cause de ça.

Son inflexion sur le mot « ça » l'incita à poser son autre question.

– Mais il y a bien une raison à ta colère, non ?

Il fronça les sourcils.

– Je ne devrais pas.

Il passa une main dans ses cheveux et la regarda. L'intense douleur affective que Kylie décela dans ses yeux chassa sa mauvaise humeur et elle se mit à s'inquiéter pour lui.

– Qu'est-ce qui ne devrait pas te rendre furieux ?

Il se leva et fit les cent pas dans la pièce.

– Tu ne m'as jamais menti. Et j'ai bien vu que tu éprouvais encore des sentiments pour lui. Tu culpabilisais, et j'ai compris que tu pensais probablement à lui. Je le savais, parce que je l'ai senti. Et pourtant, comme un idiot, j'ai continué à te courir après, même quand tu as refusé de sortir avec moi.

Elle secoua la tête.

– Tu racontes n'importe quoi.

Il s'arrêta et laissa échapper un grand souffle. Puis son regard magnifique, chaleureux et toujours plein de douleur, croisa le sien.

– Je ne peux qu'être furieux contre moi.

– Furieux de quoi ? demanda-t-elle de nouveau, sa mauvaise humeur tentant un retour en force.

– Ce que je n'oublierai jamais, c'est que tu ne me l'as pas dit.

– Qu'est-ce que je ne t'ai pas dit ?

Elle était perdue et pourtant… pas vraiment. Elle devinait qu'il faisait allusion à Lucas. Mais peu importait, car Lucas et elle, c'était de l'histoire ancienne. Elle avait pris sa décision.

D'accord, il y avait les rêves. Et elle sentit le sentiment de culpabilité s'insinuer de nouveau en elle.

Il agita une main dans le vide.

– Tu vois, voilà ce que tu ressens la moitié du temps quand je suis avec toi. De la culpabilité. (Il secoua la tête.) Dis-moi que ce n'est pas vrai. Que tu n'as pas reçu de lettres de lui durant tout ce temps.

Sa question rebondit dans la tête de Kylie.

– Je… je ne lui ai jamais répondu.

Elle tenait à assurer à Derek qu'elle n'avait rien fait de mal. Mais la vérité la submergea et refusa de s'en aller. Si Derek avait reçu des lettres d'une fille qui l'avait embrassé,

Kylie aurait été jalouse. Elle n'aurait pas apprécié du tout. Et encore moins s'il avait fait des rêves sensuels à propos d'elle.

– Derek, dit-elle d'un ton doux, je te le jure, je n'ai jamais eu l'intention de…

– De me faire du mal, finit-il à sa place. Je te crois. Je sais que tu n'as pas fait cela pour me blesser. Tu n'es ni cruelle ni méchante. Tu n'es pas sournoise du tout. Tu es juste… perdue.

Elle se leva, se dirigea vers lui, voulut lui prendre la main, mais il recula. Sa réaction la meurtrit. Croisant son regard, elle essaya de trouver le moyen de lui expliquer.

– Tu as raison, je suis paumée à propos de tas de choses. Mais pas en ce qui concerne mes sentiments pour toi. Tu comptes pour moi. Énormément. Lorsque je suis avec toi, je me sens en sécurité, et quand tu m'embrasses, je ressens tout. Tout est si beau… Je veux juste ressentir ça, d'accord ? Je veux sortir avec toi.

– Si tu l'avais vraiment souhaité, tu aurais réagi plus tôt.

– Je le voulais, j'étais simplement… paumée. Comme tu l'as dit.

– À cause de Lucas ?

– Non. (Elle lui donna la réponse qu'elle se donnait.) Parce que j'essaie encore de trouver ce que je suis.

– Mais je t'ai expliqué que ce n'était pas important.

– Pour moi, ça l'est, répondit Kylie, mais, au fond d'elle, elle savait qu'il disait la vérité.

Ignorer ce qu'elle était n'était qu'une partie de la raison pour laquelle elle n'avait pas voulu sortir avec lui plus tôt. L'autre partie, c'était Lucas.

Mais cela ne changeait pas ses sentiments pour Derek. C'était comme pour Stella, la tante de Holiday. Kylie avait beau être attirée par Lucas, elle ne passerait jamais à l'acte. Elle essaya une fois de plus de prendre la main de Derek, mais il ne la laissa pas faire.

– Tu dois te décider, Kylie, parce que je ne peux pas supporter de rester dans l'incertitude. J'ai trop vécu cela avec mon père, et c'est très dur.

– J'ai déjà pris ma décision. C'est toi. J'allais te le dire hier et… tout est arrivé.

Il se rapprocha d'elle et le cœur de Kylie soupira de soulagement. Elle se pencha pour recevoir un baiser. Elle voulait tellement qu'il l'embrasse, elle voulait lui faire comprendre combien il comptait pour elle.

Il lui toucha la joue.

– Tant que tu ne sais pas ce que tu ressens pour lui, alors tu ne peux pas savoir ce que tu ressens pour moi.

– C'est faux.

Elle essaya de l'embrasser, mais il l'arrêta, d'un doigt sur ses lèvres.

– Non, plus maintenant. Tant que tu n'as pas pris ta décision, nous sommes simplement amis. Simplement amis.

La douleur et le chagrin retentirent dans la voix du garçon et, d'un bond, vinrent atterrir dans le cœur de Kylie.

Elle ne voulait pas être simplement son amie. Elle désirait plus.

– S'il te plaît, ne fais pas ça, Derek. Je n'ai jamais voulu…

Il remit son doigt sur ses lèvres.

– Je sais que tu n'as jamais voulu me blesser, Kylie. Mais ça fait mal. Je… ressens tout. C'est ce qui rend les choses si difficiles. (Il recula d'un pas.) Je ferais mieux d'y aller.

La douleur monta en elle. Des larmes emplirent ses yeux. Elle allait le perdre. Elle en était sûre.

Une fois à la porte de sa chambre, Derek se retourna.

– En tant qu'ami, écoute-moi. Fredericka est de retour. Elle veut te faire du mal. Et je ne crois pas qu'elle se contentera de me parler des lettres. Fais attention. Surtout après ce soir. Les loups-garous sont très agressifs avant de se transformer.

Kylie sentit sa propre agressivité monter en elle, et elle essuya les larmes qui ruisselaient sur son visage. Jusqu'à ce qu'il le lui explique, elle n'avait pas cessé de se demander comment il était au courant pour les lettres que Lucas lui avait envoyées. Et maintenant qu'elle savait, cela ne lui plaisait pas du tout.

Fredericka avait parlé des courriers à Derek. Et ce faisant, elle avait fait du mal non seulement à Kylie, mais aussi à Derek.

Kylie serra le poing.

– Ne t'inquiète pas, je ne suis pas aussi impuissante qu'avant.

– Impuissante, non, fit-il. Mais côté méchanceté, elle te bat haut la main. Il ne vaut mieux pas que tu te frottes à elle.

Une heure plus tard, le cœur toujours brisé, Kylie consulta ses e-mails et constata que sa mère lui avait enfin envoyé le scan de la nécrologie de Daniel. Les nerfs déjà à fleur de peau avant cette lecture, Kylie laissa tomber sa tête entre ses mains et éclata en sanglots. Elle pleura pour Derek et pour Daniel.

Elle se rappela le rêve/vision qu'elle avait fait sur la mort de son père. Il avait quitté un village déchiré par la guerre et était revenu pour sauver une femme des insurgés. Il n'avait pas donné sa vie uniquement pour son pays, mais aussi pour une inconnue.

– Je t'aime, Daniel.

Si seulement il venait lui rendre visite...

Elle lut le nom de ses parents et que ceux-ci vivaient dans un lieu dénommé Gladlock, au Texas. Une recherche sur Internet lui indiqua que c'était une petite ville située à cent vingt kilomètres environ de Dallas. Le cœur toujours brisé, elle chercha un numéro de téléphone au nom de Kent B. Brighten. L'ordinateur n'avait pas terminé sa recherche que la porte de son bungalow s'ouvrit d'un coup.

Kylie leva les yeux, s'attendant à voir Miranda ou Della. Raté. Fredericka passait lui faire un petit coucou. Et elle n'avait pas respecté les bonnes manières : frapper avant d'entrer.

chapitre 25

– Ça alors, Fantômette !

Le ton sarcastique de Fredericka prit Kylie à rebrousse-poil.

« Côté méchanceté, elle te bat haut la main. Il ne vaut mieux pas tu te frottes à elle. » Les paroles de Derek résonnaient encore dans sa tête.

D'accord, il avait raison. Elle n'avait pas intérêt à se frotter à Fredericka, mais elle se demandait si elle avait le choix, étant donné que le loup-garou ne se tenait qu'à un mètre d'elle. Kylie ne voyait aucune échappatoire. Trop tard pour courir se cacher sous le lit.

Elle se leva, fixa les yeux noirs de la fille et espéra que le loup-garou ne décèlerait pas son manque d'assurance.

La veille, face à Selynn, Kylie n'avait pas ressenti de peur. À aucun moment. Elle avait agi instinctivement, pour protéger sa mère. À présent, il n'était plus question pour Kylie que de se protéger elle-même, et son instinct de tueuse semblait avoir pris des mini-vacances.

– Ça alors, je ne t'ai pas entendue frapper !

Dans l'espoir de donner le change, Kylie tâchait d'imiter le ton cassant et la posture offensive de Fredericka.

Un semblant de sourire dansa sur les lèvres de Fredericka, comme si son coup de bluff était tombé à l'eau.

– Je me suis dit que ce serait mieux si on discutait de tout ça.

Fredericka passa le bungalow en revue, comme si elle examinait le mobilier. Mais il n'y avait pas grand-chose à voir, ni rien de différent des autres bungalows. Le canapé marron rembourré était assorti à un fauteuil or, lui aussi rembourré, avec lequel il était presque coordonné. La mère de Kylie lui avait offert quelques coussins qui apportaient des touches de couleur à la pièce. Les extrémités du canapé arboraient des marques d'usure, et Miranda avait disposé quelques cristaux par-ci par-là.

Derrière Fredericka, Kylie remarqua Socks, qui s'était figé sur place, paniqué de voir une étrangère dans le bungalow. La mouffette se fit violence pour aller se tapir sous un coussin rouge et or. Kylie ne lui en tint pas rigueur.

– De quoi veux-tu parler ? De cette fois où je t'ai expliqué que c'était impoli d'entrer chez les gens sans frapper ?

Sa remarque ironique risquait bien de faire exploser Fredericka, mais Kylie sentit que c'était un test, et montrer de la peur lui paraissait plus dangereux que provoquer le loup-garou.

Fredericka laissa échapper un grognement sourd, et ses yeux brillèrent. Quand elle dévisagea Kylie de la tête aux pieds, celle-ci dut faire appel à tout son courage pour ne pas aller rejoindre Socks sous le coussin.

Les sourcils de Fredericka remuèrent. Kylie, qui n'avait jamais été plus fière de son nouveau talent, agita les siens en retour. La configuration du loup-garou ressemblait bien à celle des autres, qu'elle avait vus à la rivière la veille, mais les bords assombris ne présageaient rien de bon. Cela avait-il une signification ? Il était vraiment temps qu'elle s'inscrive aux cours de lecture des configurations cérébrales !

– Alors comme ça, il paraît que tu pourrais faire partie des nôtres ? lança Fredericka, dont les yeux se plissèrent.

L'idée de partager une lignée avec cette brute rendait Kylie malade. Son regard se reposa sur le coussin qui tremblait sur le canapé. Elle se souvint de ce que Holiday avait déclaré, qu'elle ne pouvait pas être un loup-garou, car les félins avaient de l'aversion pour eux. Kylie espérait que Holiday avait raison sur ce point. Même boire du sang le reste de sa vie lui paraissait une meilleure option qu'être un loup-garou.

Kylie maintint sa posture défensive.

– À ta place, je ne croirais pas tout ce que j'entends.

– Et à ta place, je n'oublierais pas que si tu te transformais, nous aurions des chances de nous retrouver. Et les soirs de pleine lune, en général, les émotions ne se maîtrisent pas toujours et provoquent beaucoup de victimes.

– Alors je suis sûre que tu ferais attention à toi, rétorqua Kylie qui, à présent, bluffait vraiment.

Les sourcils de Fredericka se froncèrent.

– Surtout lorsqu'une femelle sent qu'une autre fait des avances à son mâle.

– Parce que tu as encore du mal à retenir ton homme ?

Kylie réprima sa peur.

L'or dans les yeux de Fredericka étincela davantage.

– Quelle est cette odeur ?

Fredericka leva le nez. Kylie n'osa pas jeter un coup d'œil au coussin qui cachait Socks.

– Aucune idée, mais si elle t'incommode, la porte est juste derrière toi.

– Ça sent un peu… je ne sais pas, le lion, peut-être ?

Fredericka arqua son sourcil gauche. Kylie ne cilla pas.

– Je me doutais bien que c'était toi !

– Moi qui quoi ?

Le sourire de Fredericka se transforma en un rictus moqueur. Puis elle recula de quelques pas et se vautra dans le canapé en soupirant d'aise, comme si elle avait l'intention d'y rester quelque temps.

Le bruit du canapé sous son poids fut rapidement suivi d'un demi-sifflement et d'un demi-miaulement. Le coussin tomba, et une queue noire et blanche se redressa d'un coup. Fredericka se retourna juste à temps pour prendre le jet en pleine face.

À six mètres de là, Kylie s'était bouché le nez à cause de la puanteur, mais elle ne put s'empêcher de sourire.

Le loup-garou hurla et plongea sur l'animal. Si Socks s'était habitué à son côté mouffette, il n'avait manifestement pas oublié ses réflexes de félin. Il décolla du canapé en mode « chat effrayé ». Son bondissement projeta à terre la lampe qui reposait sur la table contiguë.

S'essuyant les yeux avec ses paumes, Fredericka, tout en braillant, se précipita à la poursuite de Socks. L'animal, désormais perché sur le fauteuil rembourré, réagit en conséquence et rebondit de mur en mur pour tenter de sauver sa peau.

L'idée de ce que le loup-garou pouvait faire à son chat avait lancé Kylie à ses trousses. Des chaises en bois s'écrasèrent par terre, le four à micro-ondes vola à travers la pièce, le bureau et l'ordinateur faillirent tomber, et quelques assiettes qui traînaient sur le bar se fracassèrent à côté des chaises. Tous trois se coururent après à toute allure en décrivant un cercle : un chaton transformé en mouffette, un loup-garou et une surnaturelle non identifiable se pourchassaient dans le salon, chacun poursuivant ses objectifs respectifs.

Socks : vivre.

Fredericka : tuer.

Kylie : protéger.

Malheureusement, Socks ne faisait pas le poids face au loup-garou en colère, et en quelques secondes, Fredericka eut coincé l'animal près du frigo. Un hurlement emplit le bungalow. Une poussée d'adrénaline parcourut Kylie quand Fredericka fonça sur la pauvre bête.

Juste avant que le loup-garou ne donne un coup de patte à Socks, Kylie s'accrocha à ses avant-bras. Elle souleva Fredericka en l'air, la traîna vers la porte d'entrée et la jeta dehors.

Elle atterrit à deux mètres du porche dans un fracas terrible. Ses yeux, à présent or vif et horrifiés, fixèrent Kylie. Le loup-garou se remit à quatre pattes, genoux ployés, s'agita d'avant en arrière, comme s'il s'échauffait, prêt à bondir.

Kylie ne broncha pas.

Elle inspira. Expira.

Elle attendait la suite.

– Connasse ! gronda Fredericka en jetant sa tête en arrière.

– Fais du mal à mon chat, et tu verras que je peux être plus que ça !

La voix de Kylie était aussi animale que celle du loup-garou. Puis, brusquement effrayée, pas à cause de Fredericka mais de ce qu'elle pourrait faire si la fille l'attaquait de nouveau, Kylie recula et claqua la porte d'entrée. L'impact fit trembler tout le bungalow.

À cet instant précis, une présence froide envahit la pièce.

De la compagnie. Super.

Le bungalow empestait la mouffette, un loup-garou hyper énervé l'attendait dehors, et voilà que l'esprit passait lui faire coucou.

Cinq minutes plus tard, Kylie, dos au réfrigérateur, respirait par la bouche afin que l'odeur âcre ne lui donne pas de haut-le-cœur, et essayait de se calmer, tout comme sa mouffette, terrorisée. Peu après que Kylie fut rentrée, Socks était grimpé sur sa jambe et avait enfoui son petit museau pointu sous son aisselle. Kylie se demanda si cela n'était pas sa façon à lui tant d'échapper à l'odeur ambiante que de se cacher.

Le fantôme faisait les cent pas dans le séjour minuscule, comme s'il réfléchissait. Kylie le regarda décrire des cercles, avant de remarquer sa tenue.

– Pourquoi portez-vous une blouse d'hôpital ? s'enquit-elle, mais l'esprit ne répondit pas.

Quand la morte disparut, le soulagement envahit la jeune fille. Elle ferma les yeux et tâcha de se souvenir du calme qu'elle avait trouvé aux cascades et que lui avait inspiré toute cette situation « Quelqu'un que tu aimes va bientôt mourir. »

Puis la porte du bungalow s'ouvrit d'un coup. Pensant que ça pourrait de nouveau être Fredericka, Kylie se tendit, puis se détendit quand elle vit Miranda et Holiday.

– Tu vas bien ? demanda la directrice.

Kylie opina, et Socks, qui percevait une nouvelle agitation, se blottit encore plus sous l'aisselle de sa maîtresse. Miranda et Holiday se bouchèrent le nez et, yeux écarquillés, passèrent en revue le bungalow saccagé.

– Que s'est-il passé ? s'exclama Holiday.

« Fredericka est passée », faillit répondre Kylie, mais elle se retint. Elle n'avait jamais cafté et ne comptait pas commencer.

– Socks a eu peur.

Ce n'était pas tout à fait un mensonge.

Holiday, la main toujours collée sur le nez, regarda Kylie en plissant les yeux.

– Je sais que Fredericka était là.

Sa voix ressortait étouffée derrière sa paume.

– Elle te l'a dit ? fit Kylie.

– Elle n'a pas eu à le faire, ajouta Miranda. Nous l'avons sentie quand elle est passée devant le bureau.

– Que s'est-il passé ?

Holiday avait répété sa question derrière ses doigts.

La sorcière approcha d'un pas.

– Elle était folle furieuse, expliqua-t-elle, de l'humour dans la voix. Plus folle que furieuse. Socks lui a pissé au visage ?

Elle rit et fronça le nez à cause de l'infection, puis agita les mains comme pour exécuter un tour de magie.

Lorsque Kylie inspira de nouveau, elle ne sentit plus la puanteur.

– Merci, dit-elle à Miranda, étonnée que sa colocataire ait fait disparaître le relent sans commettre de gaffe.

– De rien ! répondit celle-ci, plutôt fière. Supprimer les odeurs, c'est du gâteau ! Acquis en même temps que l'apprentissage de la propreté !

Holiday baissa sa main.

– Miranda, puis-je avoir une minute seule avec Kylie ?

Miranda roula des yeux.

– Pourquoi tout le monde me chasse toujours ?

Elle partit dans sa chambre d'un pas furieux, mais adressa un sourire à Kylie avant de fermer la porte.

Holiday croisa le regard de Kylie.

– Alors, que s'est-il passé ?

Fredericka est juste venue me voir pour me rappeler qu'elle avait déjà essayé de me tuer en mettant un lion dans ma chambre, et qu'une fois, ce ne serait peut-être pas suffisant.

Comme Kylie ne répondait pas, la directrice la dévisagea avec méfiance.

– Mon boulot, ici, c'est de montrer à tout le monde que nous pouvons tous nous entendre sans incident. (Elle soupira.) J'ai accepté qu'elle revienne parce que… je sais qu'elle n'a nulle part ailleurs où aller. J'ai peur qu'elle se laisse entraîner dans un gang. Mais si elle cherche les ennuis, Kylie, je lui indiquerai la porte.

Kylie savait que Holiday pensait ce qu'elle disait, et elle appréciait infiniment sa loyauté. Si la tentation de lui avouer la vérité bouillonnait en elle, elle décida de faire preuve de loyauté à son tour. Elle savait qu'il était important pour Holiday de soustraire chaque campeur au côté obscur du monde surnaturel. Même Fredericka.

Elle ignorait si cela valait le coup de sauver le loup-garou ou si c'était même possible. Mais elle ne tenait pas à être à l'origine de son renvoi. De plus, elle ne voulait pas que Holiday soit obligée de résoudre ses problèmes. Elle avait une image mentale de la façon dont elle avait réussi à ficher Fredericka à la porte. Peut-être, juste peut-être, était-elle capable de prendre soin d'elle.

Grattant bien fort son chaton toujours terrorisé derrière l'oreille, Kylie se voulut rassurante :

– Ce n'est pas grave. Socks n'aime pas Fredericka, et Fredericka n'aime pas Socks. Il n'y a pas eu de blessé. (*Pourtant*... fit une petite voix en Kylie, mais elle l'ignora.) Je suis sûre que nous finirons par arranger cela.

Quand Kylie leva les yeux, elle remarqua Della à côté de la directrice sur le pas de la porte, qui articulait silencieusement : « Menteuse. »

Holiday regarda Della, puis de nouveau Kylie.

– Tu en es sûre ?

Kylie acquiesça. Ça ressemblait moins à un mensonge.

Holiday étreignit Kylie, puis s'en alla.

Miranda sortit de sa chambre, et Kylie posa Socks par terre pour remettre de l'ordre. Miranda et Della en firent autant.

– Vous n'êtes pas obligées de m'aider ! lança Kylie.

– Arrête ! dit Miranda, et elles continuèrent à redresser les chaises.

Della reposa le four à micro-ondes sur le comptoir, le rebrancha, et quand la lumière s'alluma, lança :

– Comme neuf !

Une fois le chaos effacé, elles s'assirent toutes à la table de la cuisine.

– Bien, dit Miranda. Donne-nous les détails, sans oublier les croustillants ! Et par là, j'entends quand miss Loup-Garoute s'est fait faire pipi à la figure. Quelque chose me dit que ce sera ma partie préférée ! Zut alors ! Je parie que tu es même super contente que j'aie transformé Socks en mouffette, pas vrai ?

Kylie se cala dans sa chaise et leur raconta toute l'histoire, y compris que Fredericka avait parlé des lettres de Lucas à Derek et qu'elle avait à moitié reconnu avoir mis le lion dans la chambre de Kylie.

– Mais pourquoi tu n'as rien dit à Holiday ? demanda Miranda.

Comme Kylie ne réagit pas tout de suite, Della s'interposa :

– Parce qu'elle est bien trop gentille.

– Ce n'est pas ça, répondit Kylie. (Elle se mordit la lèvre.) Bon, d'accord, en partie, oui. Mais c'est pour Holiday que je m'inquiète, pas pour Fredericka. De plus, je veux m'en occuper toute seule.

– Bon, ça, je le respecte, dit Della en croisant les bras sur sa poitrine. Et il y a ce proverbe qui dit : « Gardez vos amis près de vous, mais gardez vos ennemis encore plus près. »

Miranda fronça les sourcils.

– Fredericka est encore plus méchante qu'un serpent à sonnette. Tu es sûre que tu seras à la hauteur ?

– En tout cas, moi, je suis toujours partante pour botter un petit cul de loup-garou ! proposa Della.

L'émotion envahit la gorge de Kylie et elle eut du mal à déglutir.

– Lucas est arrivé, lui aussi ? demanda Kylie qui revit la douleur dans les yeux de Derek.

– Pas encore, répondit Della. J'ai entendu Fredericka dire qu'il débarquerait demain.

Kylie battit des paupières, espérant contenir ses sanglots. Puis elle se souvint de ses rêves et qu'il serait difficile d'affronter Lucas.

Miranda se pencha.

– Tu crois que Derek désirait sérieusement rompre ?

– Il n'a pas cassé avec elle, la corrigea Della d'un ton dur. Ils ne sortaient pas ensemble.

Mais ça aurait pu être le cas, songea Kylie, et deux larmes s'échappèrent alors.

Elle se leva.

Merci, les filles. Mais je… je veux juste…

– Tu es toujours mal lunée ? demanda Della.

– Oui, répondit Kylie.

Son regard se posa sur le numéro de téléphone de ses grands-parents. Elle était même trop désespérée pour s'en occuper pour l'instant. Demain. Elle se rendit dans sa chambre, s'enferma et s'allongea sur son lit.

Elle venait de fermer les yeux quand elle entendit Miranda soupirer. Un soupir qu'elle n'aurait pas dû percevoir derrière sa porte close.

– Tu crois que c'est un loup-garou ? demanda Miranda.

Kylie attrapa un oreiller et se couvrit la tête, mais la réponse de Della filtra tout de même à travers la mousse et atteignit ses oreilles supersoniques.

– Peut-être, répondit Della. Mais je ne lui en tiendrai pas rigueur pour autant. C'est le loup-garou le plus gentil qui ait jamais existé !

– Moi non plus, dit Miranda. Tous les loups-garous ne sont pas mauvais. Mais bon, je n'en ai jamais fréquenté aucun non plus !

Super, songea Kylie. Ses amies semblaient persuadées

qu'elle était condamnée à une vie où elle enchaînerait les méchantes humeurs et hurlerait à la lune. Elle tâcha de s'imaginer ce que ce serait de se transformer en loup. Puis elle se rappela que Fredericka l'attendrait en retenant son souffle de loup, pour avoir l'occasion de lui rendre la monnaie de sa pièce – à condition qu'elle se transforme !

Puis elle revit Derek lui annoncer qu'il ne voulait pas qu'elle soit un loup-garou parce qu'elle partagerait cela avec Lucas. Était-ce la raison de son éloignement ? Pourquoi fallait-il que la vie soit si difficile ?

Kylie resta dans sa chambre durant les heures suivantes. Sentant une tempête émotionnelle faire fureur en elle, elle essaya de penser à tout ce qui pourrait en atténuer l'effet. Elle fit un petit somme, dormit même à poings fermés, mais se réveilla lorsque la température tomba dans la pièce. Elle chercha le fantôme des yeux, mais l'esprit ne se matérialisa pas. Se souvenant de son apparition après le départ de Fredericka, Kylie demanda :

– Tu as quelque chose à dire ?

Sa demande vibra dans le froid paisible de la pièce. Kylie ne s'était pas attendue à obtenir une réponse, mais poser la question, c'était son job. Elle regarda fixement le plafond et sursauta lorsque quelque chose s'écrasa par terre. Elle se retourna et constata que son portable était tombé de sa table de nuit. Quand elle le ramassa, elle entendit quelqu'un en ligne.

– Allô ?

Elle reconnut la voix de Sara.

– Salut, dit Kylie.

– Quoi de neuf ? demanda Sara.

Kylie se blottit sous la couette pour se protéger du froid.

– Rien. Tu m'as appelée ?

– Non, c'est toi.

– Oh. (Kylie jeta un coup d'œil à son portable.) Mon

téléphone est tombé de la table de nuit et il a dû composer ton numéro tout seul.

– Ah.

L'embarras résonna encore plus fort dans la voix de Sara.

– T'es où ? demanda Kylie, histoire de dissiper le silence gêné, et parce que raccrocher aurait été trop grossier.

Après tout, elle ne pouvait pas dire ce qui lui passait par la tête, du style : « Hé, tu sais quoi ? Je viens de flanquer à la porte de mon bungalow un loup-garou qui a essayé de tuer mon chat qui est devenu une mouffette, et ce soir, je pourrais bien me transformer en loup-garou. » Juste alors, elle se rendit compte qu'elle tenait Sara pour responsable de la distance qui s'était instaurée dans leur relation, prétendant que son amie avait changé. Hum… qui avait donc subi le plus grand changement ?

– Au centre commercial avec Tina, répondit Sara, d'une voix étrangement tendue.

– Tina ? répéta Kylie, qui espérait montrer de l'intérêt pour la vie de son amie.

– Tina Dalton, elle vient d'emménager.

– Elle est sympa ?

Était-elle la nouvelle meilleure copine de Sara ?

Sara gloussa.

– Pas vraiment, mais son frangin est canon !

– Hum ! la taquina Kylie. Heureusement que je n'ai pas de frère, sinon je croirais que toutes ces années, c'était juste lui qui t'intéressait !

Sara rit, et Kylie aussi. La gêne disparut quelque peu.

– C'est bizarre que tu aies appelé, reprit Sara. Je pensais justement à toi. Tu te souviens quand nous avions treize ans, que tu as fait ce salto arrière et que tu nous as fait tomber toutes les deux du trampoline ? Nos mères nous ont emmenées aux urgences parce qu'elles croyaient que tu avais le bras cassé, et moi, j'avais un œuf sur la tête.

– Oui, qu'est-ce qui t'a fait penser à ça ?

– Va savoir… répondit Sara avec la même voix tendue.

Kylie s'allongea sur le coussin.

– Tu trouvais le médecin mignon.

– Il l'était, acquiesça Sara. (Elle avait l'air de nouveau normal.) De beaux gosses au camp ?

– Oui.

Kylie prit une bonne inspiration, et quand elle relâcha cette bouffée d'air, celle-ci sortit sous la forme d'un brouillard. Étrange. Elle avait cru l'esprit parti, mais non, il se rapprochait.

– Tu es sorti avec l'un d'eux ? demanda Sara.

Le cœur de Kylie se serra.

– Plus ou moins, mais… on a… rompu.

Il a rompu, plutôt. Un frisson parcourut le dos de Kylie qui chercha de nouveau le fantôme des yeux. Il ne s'était toujours pas matérialisé, mais son froid glacial avait envahi la pièce.

– Trop nul ! lança Sara, tandis qu'en bruit de fond Kylie entendit quelqu'un crier le nom de son amie. Ne quitte pas une seconde.

Silence total, comme si son amie avait recouvert le micro. Mais les oreilles de Kylie reconnurent son souffle. Sara avait-elle simplement bougé la main ou était-ce une nouvelle performance de son ouïe supersonique ? Kylie l'ignorait. Elle ne voyait toujours pas comment toute cette histoire de super ouïe fonctionnait. Elle allait et venait. Comme sa force.

– Non, je ne me sers pas de ma mutuelle. (La voix de Sara envahit la ligne.) Je paie en espèces. Bien sûr que ma mère est au courant ! Écoutez, le médecin va me recevoir ou non ?

Kylie se renfrogna quand elle comprit que son amie lui avait raconté des bobards. Elle n'était pas au centre commercial. Les raisons de son mensonge la taraudèrent.

Était-elle à court de pilule ? Ou croyait-elle qu'elle était de nouveau enceinte ? Resserrant son étreinte sur le téléphone, Kylie se rappela alors combien elles étaient différentes toutes les deux. Comme c'était triste qu'elles ne puissent rien partager – ni les loups-garous ni le sexe.

– Kylie, dit Sara, il faut que j'y aille.

– OK, salut.

Kylie reposa son portable sur sa table de nuit. Quand elle leva les yeux, le fantôme était assis au pied de son lit, affichant une tristesse incroyable. Kylie se mit à parler, mais l'esprit disparut.

– Super, marmonna-t-elle. Communiquer avec les esprits, c'est presque aussi dur que communiquer avec de vieilles copines !

À 23 h 30, Kylie se rendit au feu de camp en compagnie de Della et de Miranda. Son cœur se gonfla de peur à l'idée de ce qui se passerait ce soir, mais elle refusait de le laisser paraître. Bien sûr, Della savait très bien ce qu'elle ressentait, car elle ne cessait de scruter Kylie, remplie de compassion.

À la minute où toutes les trois traversèrent la clairière, Kylie remarqua Derek au milieu d'un groupe de quatre autres Fae. Il lui jeta un coup d'œil. La pleine lune offrait suffisamment de lumière pour qu'elle puisse distinguer une tendre inquiétude dans ses yeux.

Pas de doute, il pouvait lire sa peur. Elle s'arrêta et marmonna à Della et Miranda de continuer et de la laisser parler à Derek. Ses deux colocataires s'en allèrent.

Kylie attendit que Derek vienne lui proposer son contact réconfortant, juste pour faire disparaître la frayeur dans son cœur. Elle accepterait volontiers un peu de son calme, sans parler de son toucher. Son regard croisa le sien, mais au lieu de la rejoindre, Derek reposa les yeux sur son cercle de copains. Elle comprit alors comment ce serait entre eux désormais.

À l'évidence, être juste amis signifiait plus de baisers ni de contacts.

Le premier instinct de Kylie fut de le supplier de cesser ces idioties. Son deuxième, de ne rien faire. La colère étouffait une partie de sa peur. Même si elle savait que Derek avait en partie raison – au début, il était vrai que la confusion de ses sentiments pour Lucas l'avait empêchée de sortir avec lui –, ne lui faisait-il pas suffisamment confiance pour se douter qu'elle ne le tromperait jamais ? Son manque d'assurance la rendait vraiment furieuse. Vraiment.

Certes, son agressivité irrépressible de loup-garou était peut-être à l'origine de cette fureur, mais pour elle, ça ne changeait rien. Et une fois de plus, être furieuse, c'était mieux qu'être blessée, mieux encore qu'avoir peur. Alors elle se raccrocha à la colère et espéra que Derek la lirait. Elle se rapprocha même davantage, pour mieux lui en donner l'occasion.

Elle comprit que cela avait marché lorsqu'il se retourna et que ses yeux verts croisèrent les siens. Elle ne cilla pas, n'essaya pas de se détourner, voulant s'assurer qu'il avait lu toute sa colère. Un froncement de sourcils, et il tourna les talons, souhaitant probablement s'éloigner de quiconque savait lire ses sentiments. Si elle fut tentée de le suivre et de l'envelopper sous toutes ses émotions, elle n'en fit rien.

Va-t'en. Sa poitrine se serra alors que la douleur étouffait la colère. *Souviens-toi, ce n'est pas moi qui t'ai plaqué.*

Respirant un bon coup, elle regarda autour d'elle et remarqua une autre âme esseulée qui semblait presque aussi malheureuse qu'elle. Perry, tout seul, adossé à un arbre, regardait Miranda papoter allégrement avec un groupe de garçons – dont l'un était Kevin. Sachant que peine partagée est divisée, Kylie alla rejoindre Perry.

Celui-ci grogna quand elle s'approcha de lui.

– Quoi ? Tu vas encore me dire combien elle m'aime ?

– Pas du tout, répondit Kylie. Je viens d'arriver à la conclusion que tout ce qui concerne le sexe opposé devrait être proscrit et considéré comme illégal.

Perry la scruta avec ses yeux noisette.

– De l'eau dans le gaz ?

– Ouais.

Il soupira.

– On devrait peut-être sortir ensemble et donner une bonne leçon à certains !

– Dans tes rêves.

– Même pas. (Il se rembrunit.) La seule fille qui apparaît dans mes rêves ces jours-ci est trop occupée à flirter avec tout le monde pour ne serait-ce que me dire bonjour.

Kylie regarda Perry, bouche bée.

– Tu es gonflé !

D'où sortait-il que Miranda devrait lui adresser la parole alors que c'était lui qui l'avait plaquée ? Comme Derek.

Avant qu'elle ne puisse lui donner son avis, Luis, le loup-garou en chef, demanda l'attention générale. La colère de Kylie envers Perry et Derek disparut pour laisser place à la peur.

Son cœur battait la chamade. Elle sentit les rayons de la lune sur elle comme si c'était le soleil. Sa peau la piquait même, et elle dut faire tout son possible pour ne pas fixer l'immense orbite dans le ciel et lui hurler d'arrêter.

– Ce n'est pas aussi flippant que tu le crois, dit Perry.

Kylie croisa son regard.

– Tout le monde sait ce qui m'arrive ?

– Plus ou moins. (Ses yeux, maintenant bleu vif, l'examinèrent.) Ce n'est pas grave.

Ils se rapprochèrent du lieu de la cérémonie. Elle leva les yeux sur Perry et lui fut reconnaissante de l'inquiétude sincère qu'il éprouvait pour elle.

– Je ne pensais pas que les métamorphes et les loups-garous se ressemblaient.

– Nous ne sommes pas pareils, rétorqua-t-il. Mais nous nous transformons, nous aussi, et j'ai passé beaucoup de temps à en parler avec les autres. Ils répètent tous la même chose : « Pas la peine d'en faire tout un plat. C'est comme une crampe musculaire. »

Elle se mordit l'intérieur de la joue et revit Lucas lui servir la même description. Malheureusement, elle n'avait jamais aimé les crampes musculaires. Un millier de questions se mirent à s'agiter dans sa tête. Pourquoi n'avait-elle pas trouvé plus de réponses ? Elle sentit son cœur s'arrêter, redémarrer, puis voleter comme un papillon pris au piège.

Ravalant sa peur, Kylie chercha Fredericka dans la foule.

– Est-ce que je vais savoir qui je suis ? demanda-t-elle à Perry.

Ses poumons étaient trop tendus pour respirer, même si elle ne voyait pas Fredericka.

– Bien sûr que oui.

Le regard de Perry se posa derrière l'épaule de Kylie. Celle-ci redoutait qu'il voie Fredericka derrière elle.

– Tu vas bien ? chuchota la voix réconfortante de Holiday à son oreille.

Kylie se retourna juste au moment où la directrice faisait signe à Perry de poursuivre son chemin.

Kylie se pencha et, la voix entrecoupée, avoua la vérité :

– Je suis morte de trouille. Je ne suis pas prête pour cela.

Un nouveau besoin de pleurer lui piqua les yeux.

– Ça ira. Je ne crois même pas que… (Holiday ne finit pas sa phrase. Mais elle mit une main sur l'épaule de Kylie et, en majeure partie, sa panique disparut.) Viens, je resterai à tes côtés.

Elles rejoignirent la foule et formèrent un autre cercle, un peu comme lors de la cérémonie des vampires. Luis se tenait au milieu, un crâne dans ses mains. Pas d'un homme, mais plutôt d'un loup. Il le souleva. Le crâne semblait capter le clair de lune et étinceler. Luis se mit à raconter l'histoire du premier loup-garou, puis à parler des multiples dons de son espèce. Mais Kylie ne parvenait pas à écouter. Rien n'allait. Son regard se posa brusquement sur la lune, et elle put jurer voir l'homme dans le cercle argenté lui faire un clin d'œil.

Puis elle constata que de nombreux campeurs disparaissaient. Les loups-garous. Elle jeta un coup d'œil à Holiday, des interrogations plein les yeux.

– La plupart préfèrent ne pas se métamorphoser en public, expliqua-t-elle.

Kylie ne leur en voulait pas. Elle non plus ne le souhaitait pas. Ses vêtements tomberaient-ils ? Verrait-on les poils pousser sur sa peau ?

Sa seule pensée fut de courir, mais Luis se tut, et le bruit qui sortit de sa bouche fut un cri de terreur absolue. En bruit de fond, Kylie perçut ce qui ressemblait à des hurlements, tandis que les autres, à leur tour, se transformaient. L'air se bloqua de nouveau dans sa gorge. Ses pieds étaient cloués au sol. Elle ne voulait pas entendre cela, ne voulait pas le voir, mais comme un accident sur le bord de la route, elle ne réussissait pas à détourner les yeux.

Luis tomba, le dos voûté, et les bruits – mi-grognements, mi-gémissements – se prolongèrent. Kylie regarda son corps se tordre comme aucun corps humain ne pouvait se contorsionner. Il arqua le cou si loin que l'on aurait dit qu'il allait se briser. Sa mâchoire grandit, ses joues s'allongèrent, et à la place du visage de jeune homme, un museau de loup apparut. Puis des poils.

Le cœur de Kylie tressauta. Elle se mit à avoir la chair de poule. Son estomac se noua.

Oh non ! Il lui arrivait quelque chose !

chapitre 26

Kylie eut l'impression que de l'eau pétillante coulait dans ses veines. Elle vit Luis, à présent intégralement loup, détaler dans les bois. Puis tout le monde se tourna vers elle.

L'observa.

Attendit.

Elle regarda Holiday.

– J'ai besoin… d'être seule.

Elle s'en alla, sans courir. Elle ne voulait pas attirer davantage l'attention sur elle, mais elle marcha vite, de crainte que des bruits de terreur ne se mettent à sortir de sa gorge à tout moment.

Elle parvint dans les bois avant que le besoin de courir ne la submerge. Elle avançait à une vitesse incroyable, esquivait des arbres, sautait par-dessus des souches et passait sous des branches. Combien de temps courut-elle ? Elle l'ignorait. Mais à bout de souffle et d'énergie, elle finit par s'effondrer, les muscles tétanisés.

Toujours hors d'haleine, elle regarda fixement ses mains. Elle toucha son visage pour s'assurer qu'elle n'avait pas commencé à se transformer.

Rien. Pas de changement. Elle ferma les yeux et tâcha de faire disparaître cette sensation de chair de poule.

Alors, elle l'entendit. Un grognement bas, lourd de menaces.

Elle ouvrit les yeux et vit le loup avancer vers elle. Blanc avec quelques taches grises, ses yeux étincelant d'un or vif. Ses lèvres se retroussèrent, exposant des dents acérées. Ce n'était pas un loup ordinaire. C'était un loup-garou.

Kylie essaya de se redresser, mais ses muscles tremblants refusèrent d'obéir. Le loup sembla remarquer sa faiblesse, sa posture devint plus agressive. Les poils rêches de son dos se hérissèrent, et lorsque la jeune fille le regarda dans les yeux, elle comprit : c'était Fredericka. Le grognement du loup-garou s'intensifia, puis elle chargea.

Kylie trouva la force de se lever d'un bond, prête à courir, quand un autre loup, encore plus gros, s'invita entre deux arbres. Fredericka s'arrêta. Kylie pensa d'abord que les deux bêtes allaient l'attaquer. Mais le second loup, gris foncé, aux yeux qui brillaient d'un or plus clair, surgit comme l'éclair et grogna contre celui qui approchait.

Kylie entendit les grognements des adversaires et les vit tous les deux converger. Elle entendit un claquement de dents, puis, estimant qu'elle avait là l'occasion de s'enfuir, elle fila à travers bois. Elle courut, pas aussi vite que précédemment, car elle n'avait plus d'énergie, mais elle se força à avancer et ne s'arrêta pas avant d'arriver à son bungalow.

Elle s'effondra sur les marches du porche et tenta de retrouver son souffle. Quand elle regarda vers les bois, elle vit une paire d'yeux or clair qui la fixaient. Lorsqu'elle put enfin absorber de l'oxygène, elle comprit alors. Elle ignorait comment elle le savait, mais cela lui vint avec une telle clarté qu'elle ne le mit pas en doute.

Lucas est de retour.

Le lendemain matin, Kylie eut droit à son réveil quotidien par une baisse de température dans sa chambre. Elle grommela, se retourna et foudroya le réveil du regard ; elle ne voulait pas croire que c'était l'aube. Mais si. 4 h 59. L'esprit était pile à l'heure.

C'était injuste. Et pas uniquement parce qu'elle ne souhaitait pas encore affronter Lucas. Ne venait-elle pas de poser sa tête sur l'oreiller ? Elle n'avait jamais vu trois heures passer aussi vite – il était 2 heures lorsqu'elle s'était écroulée sur son lit.

Quand Kylie s'était ruée dans son bungalow après avoir vu Lucas, elle était tombée sur Holiday qui l'attendait pour s'assurer que tout allait bien. Della et Miranda patientaient avec elle, attablées dans la cuisine, l'air sombre. Ses deux colocataires avaient paru choquées quand elle était arrivée. Pas de doute, elles pensaient sérieusement qu'elle s'était transformée en loup-garou. Mais Holiday n'avait pas eu l'air aussi surpris.

Après y avoir réfléchi, Kylie ne pouvait s'empêcher de se montrer méfiante. Holiday lui cachait-elle quelque chose ? Elle adorait Holiday, mais sa foi dans ces idioties de découverte de soi, dans l'idée que l'on doive trouver ses propres réponses toute seule, tout cela commençait à lui taper sur les nerfs.

Le froid qui emplissait la pièce la ramena au présent.

– Tu dois la sauver.

En parlant de taper sur les nerfs…

Kylie grommela. Le fantôme était posté au pied de son lit. L'odeur de sang sucrée l'agressa avant qu'elle constate que la morte avait revêtu sa robe ensanglantée. L'esprit croisa son regard et s'agrippa le ventre, comme sur le point de vomir.

– Si tu veux vomir, lança Kylie, ça te dérangerait de t'éloigner ?

Le bruit froid et insensible de sa propre voix la frappa comme une gifle en pleine figure.

– Je suis désolée, murmura-t-elle. Je... je veux juste comprendre, et c'est frustrant de ne pas y arriver.

Le fantôme posa une main sur les pieds de la jeune fille. Le froid glacial se répandit à travers la couette.

– Tu as la possibilité de l'arrêter. S'il te plaît, arrête-le.

– Arrêter quoi ? Ça a déjà commencé ? demanda Kylie, la poitrine serrée.

Quelqu'un qu'elle aimait souffrait-il déjà ? Kidnappé et torturé par les Frères de sang ? Ou pire encore ?

– Zut alors, réponds-moi ! cria Kylie. Ou au moins, donne-moi une vision pour que je puisse comprendre. Même si ça me fiche la trouille, fais-le !

La vision des funérailles ne voulait toujours rien dire.

Le fantôme disparut, ainsi que la froideur de son contact. Mais Kylie sentit ensuite des picotements de chaleur se répandre depuis ses tendons jusqu'à ses orteils et des voûtes plantaires à ses chevilles. Elle colla une main sur ses pieds. Elle n'avait jamais ressenti cela auparavant en présence de Daniel. Était-ce censé signifier quelque chose ?

La frustration monta en elle, mais le bruit de l'eau qui tombait en cascade envahit sa tête. Étaient-ce les anges de la mort qui voulaient lui dire que tout irait bien ?

Le téléphone de Kylie bipa. Elle avait des messages. Trois : un du détective, un de Sara et un de sa mère.

Se souvenant de la peur qu'il puisse se passer quelque chose, et se moquant bien de l'heure, Kylie composa le numéro de sa mère.

Plus tard, à 8 heures ce matin-là, Kylie déposa son plateau de petit déjeuner sur la table et s'assit à côté de Della et Miranda. Délibérément, elle se garda bien de regarder autour d'elle de peur de le voir. Ou de les voir. Elle n'était pas plus impatiente de rencontrer Derek que Lucas. Le soin que Derek avait mis à l'esquiver la veille au soir lui faisait encore mal. Oh ! Elle savait bien qu'elle l'avait fui durant ces quelques semaines passées, mais les choses étaient différentes. Elle ne l'avait pas évité parce qu'elle ne voulait pas être avec lui, mais parce qu'elle désirait trop être avec lui.

En contemplant ses œufs baveux, à peu près aussi appétissants qu'un animal écrasé, Kylie se rappela la conversation avec sa mère. Franchement, elle ne savait pas si celle-ci avait cru à son speech : « J'ai fait un cauchemar et je n'avais pas vu l'heure. » Mais quand elle lui avait avoué qu'elle aussi avait fait des mauvais rêves, Kylie n'avait pu s'empêcher de se demander si c'était à cause de l'effacement. Sa mère avait-elle rêvé de ce qu'elle avait vu à Shadow Falls ?

D'un seul coup, Kylie sentit le duvet de sa nuque se hérisser. Sans même regarder derrière elle, elle comprit que quelqu'un ne la quittait pas des yeux. Incapable de résister, elle jeta un coup d'œil derrière son épaule. Elle aurait dû s'en douter.

Fredericka.

Kylie se retourna. Son regard se posa à l'autre bout de la pièce, et elle se surprit à fixer Derek. Les yeux du jeune homme exprimaient de l'inquiétude, de l'affection, mais pas suffisamment pour qu'il décide de la rejoindre. Ne pouvait-il pas sentir combien Kylie avait besoin de lui ? Elle se détourna, mais fut prise au piège de deux yeux bleus. De magnifiques yeux bleus qui la ramenèrent en enfance, quand elle essayait de trouver des éléphants cachés parmi les nuages.

Lucas jeta un regard à la porte, puis hocha la tête, comme s'il lui demandait de venir le retrouver dehors.

Kylie s'arma de courage.

Elle s'empara de sa fourchette et empila de la nourriture dans sa bouche, comme si elle avait trop faim pour s'en aller. Eh oui, elle préférait encore avaler des animaux écrasés froids, des œufs brouillés baveux, plutôt que sortir discuter avec Lucas. En clair, elle n'était pas prête à l'affronter, ni lui ni ses rêves. Et puis sortir de ce réfectoire pour retrouver Lucas ferait sans aucun doute du mal à Derek. Elle ne voulait pas le blesser. Peu importait qu'il se moque bien, lui, de la faire souffrir.

Après le cours de dessin, Kylie rentra passer deux coups de fil dans son bungalow. Assise au bureau, elle attrapa la souris de l'ordinateur pour mettre la main sur le numéro de ses grands-parents. Elle s'était demandé qui appeler en premier : le détective ou ses grands-parents. Elle avait choisi ces derniers. Mais rien à faire, elle ne voyait pas ce qu'elle allait leur dire. Comment s'y prenait-on pour annoncer à des personnes que l'on était leur petite-fille perdue de vue depuis longtemps, mais pas complètement, car on savait, en l'occurrence, que leur défunt fils avait été adopté ?

Oh oui, ce serait simple !

Lorsque l'ordinateur se réveilla, l'écran afficha une liste d'accidents de la route survenus à Springville. Chez Della. La poitrine de Kylie s'alourdit quand elle s'aperçut que son amie ne savait toujours pas ce qu'elle avait pu fabriquer au cours de sa transformation.

Elle jeta un coup d'œil à la porte de la chambre fermée de Della. Elle rentrait souvent faire la sieste au bungalow après le déjeuner.

Ouvrant une autre fenêtre, Kylie chercha les coordonnées de Kent B. Brighten à Gladlock, au Texas. Sans savoir ce qu'elle allait dire, elle composa le numéro avant de perdre courage.

Après trois sonneries, un répondeur s'enclencha : « Bonjour, vous êtes bien chez Kent et Becky Brighten. Nous ne sommes pas là pour le moment, mais vous pouvez nous laisser… » La voix continua.

Ils étaient encore en vie.

Le cœur de Kylie fit un bond dans sa poitrine. Un bip sur la ligne.

Se décider. Laisser un message ? Ne pas en laisser ?

Elle raccrocha.

Dix inspirations et trente secondes plus tard, elle appela le détective. Encore un répondeur. Cette fois, elle laissa un message, l'informant qu'elle avait trouvé le numéro des parents adoptifs de Daniel.

Tâchant de se faire à l'éventualité de rencontrer les Brighten en chair et en os, Kylie se rendit compte qu'elle voulait aussi faire leur connaissance pour des raisons autres que retrouver simplement les parents biologiques de Daniel. Ce serait bien d'en savoir plus sur son père.

Elle ferma la fenêtre sur l'écran et une autre apparut. Il s'agissait de deux articles de journaux sur deux accidents de la route différents, dont chacun avait fait des victimes.

Kylie se mit à lire. L'un des articles portait sur un homme d'une petite cinquantaine d'années, et l'autre… Le cœur de Kylie se serra. Une femme et son bébé de six mois.

Comment Della pouvait-elle croire qu'elle avait fait une chose pareille ?

Un coup sur la porte retentit dans le bungalow et la panique envahit sa poitrine. Était-ce Lucas ? Ou encore Fredericka ? Kylie passa de nouveau la pièce en revue, espérant que Socks allait se cacher. On frappa plus fort.

– Kylie ?

La voix grave de Burnett résonna.

Sachant qu'il pouvait l'entendre, Kylie répondit :

– Entrez.

Il se dirigea vers la table de la cuisine. Elle s'inquiéta immédiatement de la raison de sa présence. Il n'était sûrement pas revenu pour essayer de lui soutirer d'autres informations sur Holiday. Si c'était le cas, il serait déçu.

Il lui désigna une chaise d'un signe de tête.

– Je peux m'asseoir ?

– Oui. (Puis, incapable de s'en empêcher, elle lâcha :) Si c'est au sujet de Holiday, je…

Il leva la main.

– Ce n'est pas au sujet de… Holiday. (Il se renfrogna.) Bien que je doive admettre que je n'arrive toujours pas à la comprendre.

– Peut-être que si Selynn n'était pas là…

Kylie se tut quand elle s'aperçut qu'elle recommençait.

– Selynn est ici sur ordre de l'URF, je ne pouvais donc pas la renvoyer. Mais dès aujourd'hui, elle s'en va.

Si Kylie n'avait pas vu le loup-garou depuis l'incident du lac, elle avait entendu dire qu'elle se trouvait encore à Shadow Falls. Quelqu'un avait déclaré qu'elle était là à cause de l'incident avec le vampire escroc. Si elle partait, cela signifiait-il qu'ils avaient attrapé…

– Il s'est passé quelque chose ? Vous l'avez arrêté ?

Elle pensa aux deux filles qui avaient été assassinées, et cette vision laissa des marques douloureuses dans son cœur.

Burnett se cala sur sa chaise.

– C'est ce que je suis venu te dire. Je viens d'apprendre que le conseil des vampires a arrêté le coupable. Ils vont… gérer la situation.

– Comment ça, « gérer » ?

– Ils vont la gérer.

– Y aura-t-il un procès… ou autre chose de ce genre ?

Kylie devrait-elle témoigner ?

Burnett la regarda droit dans les yeux comme s'il se souvenait de la promesse faite, que ce type ne resterait pas impuni.

– Pas un vrai procès. Le conseil des vampires décidera, en gros, de sa destinée, mais… ils m'ont assuré qu'ils ne prenaient pas l'assassinat des normaux à la légère.

Kylie préférait ne pas penser à son destin. Cela risquerait d'atténuer le soulagement de savoir qu'elle ne devrait plus jamais affronter ce vampire escroc. Mais jusqu'à quel point pouvait-elle être soulagée ? Cet incident avait-il un rapport avec la mise en garde du fantôme ? Quelqu'un qu'elle aimait était-il encore en danger ?

Elle regarda fixement ses mains, pour essayer de digérer l'information et de mettre de l'ordre dans ses questions. Lorsqu'elle leva les yeux, elle vit ceux de Burnett rivés sur l'écran de l'ordinateur.

– Qu'est-ce que c'est ? demanda-t-il d'une voix sinistre.

Comme elle ne tenait pas à ce qu'il soupçonne Della d'un crime aussi horrible, elle prit la souris et ferma la fenêtre.

– Rien.

Trop tard. Elle se rappela qu'il pouvait deviner quand elle mentait.

Son regard se reposa sur celui de Kylie.

– Kylie, ne fais pas ça.

– Quoi ? demanda-t-elle, sans trop savoir ce qu'il pensait.

– Dis-moi que tu ne cherches pas de renseignements sur des accidents de voiture et des incidents « code rouge ».

Code rouge. Kylie se souvint que c'était ainsi que l'URF qualifiait un accident de la route monté de toutes pièces pour dissimuler une mort imputable à un surnaturel. Elle reposa les yeux sur l'écran vide.

– Alors… l'un de ces accidents était un code rouge ?

Peut-être pour couvrir un meurtre commis par un vampire ? Comme Della avait craint que cela se soit produit au cours de sa transformation ?

Burnett tourna la tête et la scruta. Il lut en elle :

– Si ce n'est pas toi qui cherches des renseignements, alors qui est-ce ?

Oh, mince ! Que dire ? Elle ne pouvait pas mentir, il le devinerait.

– Della ? demanda-t-il.

– Non.

Kylie mentit de nouveau, sans réfléchir.

Il ferma les yeux.

– Je vous en prie, dit Kylie, sans même savoir pourquoi elle le suppliait.

Ses yeux foncés s'ouvrirent et il la regarda.

– Elle n'aurait pas pu faire ça, reprit-elle. C'est quelqu'un de bien.

Burnett jeta un regard en direction de la chambre de Della. Il posa une main sur l'épaule de Kylie et la serra affectueusement, puis partit sans rien ajouter.

Deux secondes après son départ, Della sortit de la chambre. Des larmes de culpabilité brillaient dans les yeux de Kylie.

– C'est bon, dit Della, mais elle avait l'air terrorisée. J'allais lui en parler de toute façon.

Elle tourna les talons, comme pour trouver Burnett.

– Tu n'aurais pas pu faire ça ! lança Kylie.

Della regarda derrière son épaule. Des larmes illuminaient ses yeux.

– J'espère que tu as raison.

Kylie, rongée de remords, resta assise une demi-heure sans bouger. Si elle n'avait pas été en train de lire les articles quand Burnett était arrivé, cela ne se serait pas produit. Alors elle comprit qu'elle ne pouvait pas continuer à se tourner les pouces. Elle devait agir.

Elle sortit du bungalow, courut de toutes ses forces jusqu'au bureau où elle espérait tomber sur Burnett et Della.

Comme tout le monde se trouvait en cours ou en réunion, le sentier était désert. Kylie n'était pas allée bien loin lorsqu'elle la sentit – cette sensation d'être observée –, mais Della occupait bien trop son cœur et son esprit pour qu'elle pense à autre chose.

Kylie était parvenue à l'entrée du chemin quand elle remarqua la voiture de Burnett, et Della à l'intérieur, qui sortait du parking.

– Non.

– C'est bon, dit Holiday derrière elle.

Kylie se retourna, et parce que l'inquiétude qu'elle ressentait était aussi gravée sur le visage de la directrice, elle comprit que celle-ci avait été informée des événements.

– C'est ma faute.

La culpabilité envahit ses poumons ; elle avait du mal à respirer.

Holiday la conduisit dans le bureau où elle la serra dans ses bras.

– C'est bon, répéta-t-elle en transmettant une vague de calme à la jeune fille.

– Où l'emmène-t-il ?

Kylie ravala une boule d'émotion.

– Dans les bureaux de l'URF pour passer des tests. ADN et marques de morsures.

– Donc, l'un des accidents était un code rouge ? demanda Kylie.

– Les deux, avoua Holiday.

Kylie eut l'impression que son cœur se repliait sur lui-même.

– Tout va bien ? demanda une voix masculine sur le pas de la porte.

Lucas se tenait sur le seuil, de l'inquiétude plein les yeux.

– Tout va bien.

Holiday lui fit signe de sortir. Il ne bougea pas.

– Tu vas bien ? demanda-t-il à Kylie, comme s'il avait besoin de l'entendre de sa bouche.

Elle n'avait pas encore parlé à Lucas depuis son retour, et pour une raison quelconque, son larynx refusait de fonctionner. Hocher la tête fut tout ce qu'elle réussit à faire. Il s'éloigna, laissant une inquiétude sincère dans son sillage.

Holiday entraîna Kylie vers le canapé, où elles s'assirent.

– Ça ira, ne t'inquiète pas.

Elle posa une main dans le dos de la jeune fille et lui transmit une chaleur réconfortante.

Mais l'image de Della, le regard apeuré, envahit l'esprit de Kylie. Della et la peur ne faisaient pas bon ménage. Della était forte, audacieuse et bien trop gentille pour faire du mal à quiconque.

– Elle n'y est pour rien, confia Kylie à Holiday. C'est ridicule de lui infliger ces tests.

– Della y tenait. Elle a besoin de savoir.

– Mais elle n'y est pour rien ! répéta Kylie qui s'aperçut que Holiday n'avait pas dit qu'elle était d'accord avec elle.

– C'est ce que nous espérons, Kylie. Mais si elle l'a fait, il y a des circonstances atténuantes. Elle était en pleine métamorphose. L'URF fermera les yeux, j'en suis sûre.

Les paroles de Holiday firent tressaillir Kylie intérieurement. Elle ne savait pas ce qui l'embêtait le plus – que son amie puisse croire Della capable de cela, ou que de nouveaux vampires puissent tuer des humains innocents sans être tenus pour responsables.

Holiday appela Kylie trois heures plus tard pour lui annoncer le retour de Della. Elle lui donna l'autorisation ainsi qu'à Miranda de prendre le reste de l'après-midi pour l'attendre.

Les filles s'assirent à la table de la cuisine et prirent leur mal en patience. Kylie fit tourner un Coca light entre ses mains. Miranda ne bougea même pas.

– Elle n'a pas fait ça… ne cessait de répéter Kylie. Comment peuvent-ils croire que ce soit possible ?

Miranda grommela, comme si la litanie de son amie la fatiguait.

– Nous ne vivons pas dans le même monde que celui dans lequel tu vivais jusqu'à présent. Ici, il se passe des tas de choses. Et pas cool, en plus. Des adolescentes meurent. Des chats se font transformer en mouffettes. Des loups-garous entrent dans ton bungalow pour essayer de te tuer. Et quand un vampire connaît sa première métamorphose, il peut… faire des trucs qu'il ne ferait pas s'il avait toute sa tête.

– Tu la crois coupable ! l'accusa Kylie.

– Je ne sais pas. Mais si c'était le cas, ce ne serait pas sa faute et je ne cesserais pas de l'aimer. Et toi non plus, Kylie, tu ne devrais pas ! Elle ferait n'importe quoi pour toi. Si tu lui tournais le dos, ça la tuerait !

Des larmes emplirent les yeux de Kylie à l'idée même que Della puisse avoir commis quelque chose de si terrible. Mais au fond d'elle, elle savait, même si c'était vrai, qu'elle ne lui tournerait pas le dos.

Dix minutes plus tard, Della, les yeux rouges, entra dans le bungalow et se laissa tomber sur une chaise.

– Les marques de morsures n'étaient pas les miennes. Les traces de doigts non plus.

Un sourire s'étala sur le visage de Kylie et dans son cœur.

– Je te l'avais dit !

Des larmes coulèrent des yeux foncés de Della et ruisselèrent sur ses joues pâles.

– Ils croient que c'est Chan qui l'a fait.

Miranda laissa aller son regard de Della à Kylie.

– Qui est Chan ?

– Mon cousin, lui expliqua Della, qui se moquait bien de garder le secret, désormais. Il m'a aidée à me transformer. Il n'était pas obligé, mais il l'a fait.

– Oh ! fit Miranda.

– Maintenant, ils veulent que je découvre s'il l'a fait, poursuivit Della. Que je trouve clandestinement la preuve de sa culpabilité. (Elle hoqueta.) Mais lui, il était là pour moi quand tout le monde me tournait le dos, et voilà que je dois…

– Refuse, suggéra Kylie.

– On ne dit pas non à l'URF, répondit Della qui respira un bon coup. De plus… ils m'ont montré les photos. (Le chagrin envahit ses yeux sombres.) Il y avait un bébé. C'était horrible. Si Chan est vraiment responsable, il faut l'arrêter avant qu'il ne recommence avec quelqu'un d'autre. Je ne crois pas que je pourrais me regarder en face si je laissais ce genre de chose se produire.

Cette nuit-là, Kylie assista à une réunion obligatoire parce que l'on avait de nouveau touché au système de sécurité. Selon Burnett, l'alarme avait été coupée – il ignorait si c'était par quelqu'un de l'intérieur ou de l'extérieur, mais il était bien déterminé à le découvrir.

Kylie se demanda si ce sentiment d'être observée coïncidait avec la désactivation du système de sécurité. Parce que maintenant que l'alarme était sous surveillance, elle ne ressentait rien, à part la sensation d'être plus en sécurité.

Après la réunion, elle était rentrée au bungalow toute seule et montait la première marche lorsqu'un bruit la fit sursauter.

N'avait-elle pas déclaré qu'elle se sentait plus en sécurité ? Son cœur battit la chamade et elle se retourna. Elle pensa immédiatement à Fredericka.

– Pendant combien de temps crois-tu pouvoir m'éviter ? demanda Lucas en sautant sur le perron.

Kylie se rapprocha légèrement de l'ampoule au-dessus de la porte où des insectes bourdonnaient, et regarda sa montre.

– Visiblement pas plus de douze heures, répondit-elle en constatant qu'il était 21 heures exactement.

Tout à l'heure, quand elle l'avait croisé au bureau, elle se faisait trop de souci pour Della pour se préoccuper de Lucas et de ses histoires de rêve. Mais pas ce soir. Elle sortit de la lumière, en espérant qu'il ne verrait pas la gêne colorer ses joues.

– Alors comme ça, tu reconnais que tu me fuyais ?

L'humour imprégnait sa voix grave. Un humour qu'elle n'apprécia pas. Elle croisa son regard avant de détourner les yeux.

– Je le nierais bien, mais tu ne me croirais pas.

Éviter tout ce qui me met mal à l'aise, c'est ma spécialité.

Immédiatement, elle se rappela avoir avoué à Holiday que braver son père lui avait vraiment fait du bien. Était-ce trop d'espérer qu'une confrontation avec Lucas produirait le même effet ?

Un autre coup d'œil à la porte du bungalow, et elle comprit qu'elle n'avait pas le choix. Elle devait l'affronter et en finir une bonne fois pour toutes.

– Donc, si tu as l'intention de le nier, puis-je espérer que tu m'en expliqueras la raison ?

Kylie leva de nouveau les yeux, et si elle voulait plus que tout croire qu'il n'était pas au courant de ses rêves, elle en fut incapable. À l'évidence, elle était bien plus douée pour l'évitement que pour le déni.

– Parce que, répondit-elle.

– Parce que quoi ?

Il se rapprocha, et son odeur, riche et boisée, imprégna l'air.

– J'ai plusieurs raisons.

– D'accord.

Il attrapa le bout d'une mèche blonde qu'il frotta entre ses doigts.

– Donne-les-moi.

Kylie recula d'un pas.

– Te les donner ? Et te priver du plaisir de les trouver tout seul ?

Elle avait voulu que ses paroles le blessent, mais elle avait dû rater son coup parce qu'il ricana.

Elle fronça les sourcils. Sa belle humeur s'évanouit.

– OK, d'abord, je dirais que tu commences à te rendre compte de certains de tes dons. L'effraction de rêve, par exemple ?

Kylie rougit, mais, cette fois, elle ne détourna pas les yeux.

– Maintenant que je le comprends, ça ne sera plus un problème.

Elle pria pour que ce soit vrai. Holiday avait affirmé que Kylie le maîtriserait de plus en plus. Elle entendait sûrement par là qu'elle arriverait à le canaliser définitivement. Si seulement elle pouvait avoir raison !

Lucas la scruta.

– C'est dommage.

Son ton était redevenu séducteur.

Kylie regarda de nouveau vers la porte. Elle avait dit ce qu'elle avait à dire. Quand elle toucha la poignée, il lui prit le bras. Son contact n'était pas brutal, pas le moins du monde. Il était tendre et lui donna à réfléchir. Elle avait passé une journée pourrie et se souvenait encore qu'il avait eu l'air sincèrement inquiet pour elle dans le bureau.

– Accorde-moi quelques minutes.

Elle continua à fixer la porte, parfaitement consciente qu'il gardait la main sur son bras. Tellement consciente que son contact lui procura des frissons d'euphorie.

– Alors quelles sont les autres raisons ? s'enquit-il. (Comme elle ne répondait pas, il poursuivit :) Pourquoi es-tu si en colère contre moi, Kylie ? Et ne le nie pas, je ne suis peut-être pas capable de lire tes émotions… comme certains… mais je le vois dans tes yeux.

Kylie ne lui demanda pas à qui il faisait allusion. Il avait dû entendre parler de Derek. Tant mieux, songea-t-elle. Mais tout cela appartenait au passé. Derek y avait mis un terme.

Son étreinte se resserra légèrement sur son bras.

– Dis-moi ce qui t'énerve, afin que nous puissions aller au-delà de tout ça.

Elle avait un seul mot sur le bout de la langue : Fredericka. Mais reconnaître que leur romance l'agaçait revenait à admettre qu'elle l'aimait bien, comme un petit copain. Elle refusait de l'avouer à Lucas. Et à elle aussi. Et ce n'était même pas la vérité. Elle était paumée, voilà tout.

– Je suis fatiguée.

Elle se risqua à le regarder. Ses yeux bleus étaient plus clairs à la lueur dorée du porche. Il avait encore sa main sur son bras et se mit à caresser sa peau avec son pouce.

– Tu as bien reçu mes lettres ?

– Oui.

– Ce sont les rêves que tu as faits qui t'ont énervée ou… parce que je n'ai pas…

– Je sais. C'était moi, pas toi.

Elle retira son bras.

Il arqua les sourcils, comme s'il réfléchissait.

– Ce n'était pas que toi, avoua-t-il, comme si cela lui coûtait cher de l'avouer. Pas le premier rêve. Je…

Comme il hésitait, elle prit le relais.

– Alors comme ça, c'était toi ? Tu es entré dans mon rêve ?

– Non, je ne possède pas ce don. Mais quand tu es venue dans le mien, la première fois, je rêvais déjà de toi. (Il haussa les épaules, comme pour en faire tomber un peu de culpabilité.) Au début, je n'avais pas compris que tu étais vraiment là. Pas tant que ce n'était pas devenu aussi vivant et réel. Et plus tard, je n'ai rien dit parce que j'avais deviné que tu n'avais pas réalisé ce qui s'était passé. À condition que ce soit cela qui t'énerve. J'aurais probablement dû y mettre un terme, mais… c'était un rêve. Et je ne voulais pas l'arrêter…

Même si elle devait lui reconnaître le mérite d'être honnête, elle n'en était pas moins énervée. Il aurait dû l'arrêter. Ou, du moins, le lui dire pour qu'elle ne revienne pas la deuxième fois. Mais bon, elle ne savait pas comment elle aurait réagi s'il le lui avait avoué à ce moment-là. Il s'était passé beaucoup d'événements, ces dernières semaines. Elle avait accepté certaines choses entre-temps qu'elle n'aurait alors sûrement pas acceptées.

– Le deuxième rêve, en revanche, toi seule en étais à l'origine.

Ses sourcils s'arquèrent comme si cette pensée lui faisait plaisir.

Prise au dépourvu par l'étincelle bleue dans ses yeux, Kylie lui lança la première chose qui lui vint à l'esprit :

– Je parie que tante Stella rêvait aussi de Tom Selleck.

chapitre 27

Lucas devint confus.

– Quoi ? Tom Selleck ?

La gêne envahit la poitrine de Kylie. Avait-elle vraiment dit cela ?

– Ce que j'essaie de te faire comprendre, c'est que je ne crois pas que ça se reproduira. Alors oublions, OK ?

– Pourquoi ça ne recommencerait pas ? (Son regard s'alourdit et il rapprocha son visage de quelques centimètres du sien.) Il est évident que tu ressens la même chose pour moi que…

– Que toi pour Fredericka ?

Elle aurait bien voulu rattraper sa question en plein vol avant qu'elle n'arrive aux oreilles du garçon.

Le front de Lucas se plissa et il se pencha en arrière sur ses talons.

– C'est donc ça qui t'énerve !

Elle ne le nia pas. Pas parce qu'elle ne le souhaitait pas,

mais parce qu'elle se voyait mal retirer ce qu'elle venait de dire.

– Écoute, Fredericka et moi…

– Ça n'a aucune importance.

– Pour moi, si. Je ne l'ai jamais touchée pendant notre absence. Pas une seule fois.

– Peu importe, parce que… ce que vous êtes l'un pour l'autre, ou ce que vous faites, ça vous regarde. Parce que toi et moi… nous sommes juste amis.

– Nous pourrions devenir plus, répliqua-t-il. Nous le sommes déjà, j'ai l'impression.

– Non.

Kylie le fixa droit dans les yeux, dans l'espoir de lui faire comprendre qu'elle était sincère.

Il plaça une mèche derrière l'oreille de la jeune fille et son pouce effleura sa joue.

– La dernière fois, quand nous étions sous le porche, tu m'as invité à entrer, et je pense que ce n'était pas pour que nous restions amis.

Elle se revit l'implorer, désirant… bien plus que sa seule compagnie. Mais c'était avant – avant que ses sentiments pour Derek s'intensifient.

Elle prit la main de Lucas et l'éloigna de son visage.

– Mais tu as refusé. Et tu avais raison.

– Tu le crois sincèrement ?

Il replia tendrement ses doigts sur sa main.

Oui, elle le croyait, parce qu'il s'était enfui avec Fredericka.

– Elle m'a suivi, Kylie. Je ne lui ai pas demandé de venir. Je l'aurais bien renvoyée chez elle, mais il se trouve que j'avais besoin d'elle.

Kylie tâcha de se dégager, mais son étreinte se resserra.

– Quand je disais que j'avais besoin d'elle, ce n'était pas… ce que tu crois. Je suis parti pour aider quelqu'un. (Il marqua une pause.) Je ne te l'ai pas précisé dans les lettres, parce que si Holiday l'avait appris, elle aurait fait une attaque. J'ai une demi-sœur. Elle a été enrôlée dans un gang. Je devais l'en faire sortir, Kylie. Elle a appelé pour me demander si je pouvais lui donner un coup de main il y a quelques mois, mais je ne l'ai pas fait parce que j'aurais dû affronter mon père. Si cela s'est passé, c'était ma faute, et je devais lui donner ce coup de main. Puis Fredericka m'a aidé.

Kylie pencha la tête en arrière.

– Elle t'a aidé ? Elle a essayé de me tuer !

Il secoua la tête.

– Elle ne t'aurait pas tuée la nuit dernière.

C'était donc lui. Elle l'avait bien compris, mais l'entendre le lui confirmer rendait les choses plus réelles.

– Elle voulait juste te faire peur, poursuivit-il. Elle ne t'aime pas, parce qu'elle sait ce que j'éprouve pour toi.

– Tu as dû te battre contre elle pour qu'elle ne m'attaque pas.

– Ça ne veut rien dire. C'est ce que nous faisons quand nous sommes transformés.

– Mais hier soir, ce n'était pas la première fois qu'elle m'attaquait. Elle avait mis un lion dans ma chambre avant ton départ.

Il s'assombrit.

– Elle avait fait quoi ?

– Elle avait mis un lion dans ma chambre. De la réserve animalière. Si Derek n'avait pas été là, je serais sûrement morte.

L'incrédulité envahit le visage de Lucas.

– Elle n'aurait jamais fait une chose pareille !

Kylie retira sa main d'un coup sec. Elle ne parvenait pas à croire qu'il défendait Fredericka. Mais pourquoi était-ce incroyable ? Il avait reconnu coucher avec elle. Puis il s'était enfui avec elle.

Il passa une main dans ses cheveux.

– Elle n'est pas comme ça, Kylie. Je sais qu'elle est dure, mais… tu ne la connais pas comme moi.

– Tu as raison. Je ne la connais pas comme toi. Et comme vous avez tant de choses en commun tous les deux, pourquoi ne vas-tu pas la voir tout de suite pour… rester avec elle ?

– Ce n'est pas avec elle que je veux être. (Ses paroles étaient laconiques.) Mais avec toi. Depuis… la première minute où je t'ai vue.

Kylie ferma les yeux et secoua la tête. Tout cela allait beaucoup trop vite. Elle s'était enfin faite à son départ, et voilà qu'il revenait bouleverser sa vie.

– Dis-moi que tu ne l'as pas ressenti, murmura-t-il. Dis-moi que tu n'as pas ressenti notre lien la première fois que nous nous sommes rencontrés.

Elle l'avait ressenti, mais elle avait cinq ans. Elle croisa de nouveau son regard.

– Je ne sais pas quoi penser, Lucas. Tu es en train de me dire qu'il n'y a rien entre Fredericka et toi, mais, manifestement, elle a d'autres idées en tête. Tu devrais peut-être mettre les choses au point avec elle avant d'envisager de commencer quelque chose avec moi.

Son cœur se serra quand elle s'aperçut qu'en gros, Derek lui avait déclaré la même chose.

– À t'entendre, on dirait que je n'ai pas déjà essayé de le faire.

Elle haussa les épaules.

– Ma vie est hyper compliquée en ce moment. Si tu avais été là ces dernières semaines, tu le saurais. Donc, pour l'instant, nous pouvons être amis. Rien de plus.

Kylie entendit des voix sur le sentier. Quand elle leva les yeux, Derek passa devant elle avec des copains. Il ne regarda même pas dans sa direction. Elle pensait que c'était parce qu'il les avait déjà vus. Et avait imaginé le pire.

La culpabilité l'envahit, mais elle repoussa cette émotion,

espérant que Derek n'ait pas été assez près pour la ressentir. Elle n'avait rien fait de mal. Retenant son souffle, elle observa le groupe de garçons s'éloigner, puis disparaître de sa vue.

Quand elle se retourna, Lucas la scrutait.

– C'est lui, la raison ? C'est sérieux, vous deux ?

– Ça n'a aucune importance. Toi et moi, nous sommes seulement amis, Lucas. Seulement amis.

Elle ouvrit la porte. Juste après l'avoir refermée, elle l'entendit dire :

– Pas si je peux te faire changer d'avis, Kylie Galen !

Le lendemain matin, Della assistait à un rituel et ne se présenterait pas au petit déjeuner. Miranda annonça qu'elle le zapperait, elle aussi. Kylie avait le sentiment que la sorcière manigançait quelque chose. Elle essayait probablement d'inverser le sort jeté sur Socks. Kylie avait failli l'interroger, mais elle avait lutté contre le sommeil durant la plus grosse partie de la nuit, de peur de sombrer dans un rêve avec Lucas, et elle n'avait pas la force d'entamer une longue conversation sur d'éventuelles inversions de sort.

Quand elle entra, seule, dans le réfectoire, Kylie sentit tous les regards sur elle et comprit qu'ils agitaient leurs sourcils comme des fous pour découvrir la configuration de son cerveau. Après s'être servie de pâtisseries fourrées et de fruits, elle hésita et chercha une place au fond de la salle. Aujourd'hui, tout le monde avait choisi de déjeuner avec les siens. Comme Kylie n'appartenait à aucune espèce, ou du moins ignorait à quel genre elle appartenait, elle se dirigea vers une table libre.

Elle se demandait pourquoi il était si difficile de déjeuner toute seule. Elle devrait avoir plus d'amour-propre et ne pas laisser quelque chose d'aussi bête la mettre mal à l'aise. Mais reconnaître que c'était idiot ne changeait pas ce qu'elle ressentait. Elle regarda fixement sa pâtisserie tout en essayant de ne pas avoir l'air aussi pathétique extérieurement qu'intérieurement.

En entendant des rires familiers, Kylie leva les yeux et vit la table des fées, hilares. Elles semblaient toutes heureuses au sein de leur petit cercle d'amies, tranquilles. Toutes, sauf Derek. Ses yeux étaient emplis de douleur. Mais qu'était-elle censée faire ? Elle n'était pas responsable. Lui, si. Et elle avait le sentiment bien net que si elle allait le voir, il s'éloignerait. Cela lui ferait trop mal.

Elle mordit dans sa pâtisserie. C'était sa préférée, à la framboise et au fromage frais, mais elle y goûta à peine. Elle avala une autre bouchée insipide et eut l'impression que tout le monde la dévisageait dans la salle. On ne parlait plus que de sa nouvelle configuration cérébrale changeante.

Tout à coup, un plateau atterrit sur la table à côté d'elle. Pensant que c'était Della, rentrée plus tôt de sa cérémonie matinale, elle soupira un « merci », puis se retourna, tout sourire.

Pas de Della.

Lucas sourit.

– Merci pour quoi ?

– Rien, répondit-elle, et elle faillit lui demander de s'en aller.

Oh, et puis zut ! Ne lui avait-elle pas dit qu'ils étaient amis ? Elle ne voyait donc pas pourquoi il ne pourrait pas s'asseoir à table avec elle. Enfin, à part un certain loup-garou qui voudrait la tuer pour cette même raison.

L'humour étincela dans les yeux bleus de Lucas.

– Tu as de la confiture.

Il passa un doigt sur sa lèvre. Puis il fourra le doigt dans sa bouche.

– C'est pour cela que l'on a inventé les serviettes, dit-elle en en attrapant une et en essuyant soigneusement ses lèvres qui la picotaient.

Il gloussa.

Persuadée que Derek devait la regarder, Kylie posa les yeux sur sa table. Il était parti. Ce qui signifiait qu'il les avait vus et qu'il s'était enfui. Super. Elle culpabilisa une seconde, puis s'énerva. Elle ne se trouverait pas dans cette situation s'il était venu s'asseoir à côté d'elle.

Respirant profondément, elle attrapa son verre de lait et en but une longue gorgée. Puis elle jeta un coup d'œil à Lucas qui la regardait.

– Tu es très belle, lança-t-il.

Elle roula des yeux et reposa son verre.

– Juste amis, insista-t-elle.

– OK. Mais ça ne t'empêche pas d'être magnifique. (Son sourire s'élargit.) Même avec une moustache. (Il lui tendit une serviette en gloussant. Puis il retrouva son sérieux.) Burnett m'a parlé de ce qui était arrivé à Della. Est-ce que ça ira ?

– Je crois.

Elle n'entra pas dans les détails et n'évoqua pas Chan non plus. Elle ignorait ce que Burnett avait raconté précisément, et même si Della était censée parler des incidents « code rouge » à quelqu'un.

– J'ai appris ce qui s'était passé en ville, puis avec ta mère, ajouta-t-il. On dirait que ça a été plutôt pourri, en mon absence !

– Oui, plutôt pourri.

Il prit une bouchée de sa pâtisserie sans s'en mettre partout, bien sûr.

– J'ai aussi entendu parler de ce que… (L'humour brilla dans ses yeux.) ta mouffette avait fait à Fredericka. Je suis sûr qu'elle l'avait mérité !

– Oui.

Était-ce sa façon à lui de montrer plus de loyauté envers Kylie qu'envers Fredericka ? Non pas qu'il dût choisir entre elles deux. Kylie et Lucas étaient juste amis. Et si seulement elle cessait de se rappeler comme ça avait été agréable de l'embrasser, elle croyait sincèrement qu'ils pourraient le devenir.

– Tes dernières semaines n'ont pas eu l'air super, non plus. Ta demi-sœur, ça ira ?

Il opina.

– Je pense que oui. Elle est chez des amis. Je demanderai à Holiday de l'inscrire ici, à l'école. Tu t'inscris toujours, hein ?

Kylie détacha un morceau de gâteau.

– Je l'espère. Ma mère m'a assuré qu'elle y réfléchissait.

Imaginer ce qu'elle deviendrait si jamais sa mère refusait lui noua l'estomac. Sa place était ici, avec les autres. Elle passa les tables en revue, qui accueillaient les différentes familles de surnaturels. Avec un peu de chance, elle découvrirait bientôt à laquelle elle appartenait.

« Nous ne vivons pas dans le même monde que celui dans lequel tu vivais. » Kylie entendit les paroles de Miranda de la nuit précédente résonner dans sa tête. Non, ce n'était pas le même monde. Celui-ci était obscur et parfois très dangereux, mais c'était désormais le sien.

chapitre 28

– Comment puis-je arrêter ça ? demanda Kylie à Holiday.

Épuisée par ses nuits blanches, elle se laissa tomber sur une chaise en face du bureau de la directrice.

– Je ne veux plus de ces rêves débiles.

Holiday se cala dans son siège et fit la moue.

– Ce don est trop exceptionnel pour le qualifier de « débile ». Et tu ne peux pas l'arrêter, juste le maîtriser avec un peu d'entraînement.

– D'accord, alors comment puis-je contrôler cette saleté ?

Holiday gloussa.

– Tu ne t'es jamais sentie entrer dans le monde des rêves ?

– Tu veux dire, voler ?

– Oui, voler.

– Si, parfois, mais je ne me réveille pas tant que je ne suis pas déjà dedans.

– Alors, voilà ce que tu vas faire : avant d'aller te coucher…

Holiday lui énuméra une série de techniques pour s'entraîner à se réveiller d'un rêve. Cela ne garantissait pas qu'elle puisse les maîtriser, mais Holiday estimait que c'était un premier pas.

Elles discutaient du fantôme lorsque le portable de la directrice sonna. Elle jeta un coup d'œil au numéro de l'appelant. Ses yeux s'illuminèrent.

– Je… je dois prendre cet appel. Tu m'excuses cinq minutes ?

Kylie commençait à se lever, mais Holiday bondit de sa chaise en premier et se dirigea vers la porte.

– Bonjour, monsieur Eastman.

Elle referma la porte derrière elle dans un grand « clac », et Kylie se rassit, puis ferma les yeux.

– Oui, je suis vraiment ravie que vous examiniez ma proposition.

Les paroles de Holiday envahirent les oreilles de Kylie.

Elle rouvrit les yeux d'un coup. Non, pas encore cette ouïe supersonique !

– Vous ne pouvez pas savoir comme Shadow Falls a besoin de quelqu'un comme vous.

Kylie, qui ne voulait pas espionner, colla ses mains sur ses oreilles.

– Oui, cent mille devraient faire l'affaire.

Kylie se renfrogna alors que la voix continuait à se faufiler entre ses paumes. Puis elle comprit ce que cela signifiait : Holiday avait trouvé un autre investisseur pour Shadow Falls, et de ce fait Burnett partirait.

Une étrange douleur envahit sa poitrine, le sentiment que tout cela n'allait pas. Mais elle n'y pouvait rien du tout.

Au bout de quelques minutes, elle entendit Holiday lancer à M. Eastman qu'elle le recontacterait très vite et lui enverrait les papiers à signer. Quand elle raccrocha, Kylie se mit à réfléchir : devait-elle lui avouer qu'elle avait entendu sa conversation téléphonique ?

De longues minutes s'écoulèrent et Kylie tira la conclusion qu'elle n'avait pas besoin de le lui dire. Comme Holiday ne revenait pas dans le bureau, la jeune fille alla la trouver.

Dans la pièce du fond, Holiday regardait le terrain de basket par la fenêtre. Lorsque Kylie la rejoignit, elle remarqua que Burnett faisait des paniers avec un groupe de garçons. Le regard de Kylie se posa brusquement sur Derek, mais elle se doutait bien que ce n'était pas lui qui intriguait son amie. Pas de doute, la directrice éprouvait des regrets, d'immenses regrets, même, de ne pas avoir accepté l'offre de Burnett.

Juste alors, Derek se retourna. Ses yeux se posèrent sur la fenêtre, et Kylie comprit qu'il l'avait sentie. Il ne sourit pas, n'agita pas la main. Il retourna à sa partie et l'ignora. Alors Kylie prit une décision. Trop, c'était trop. Derek et elle devaient parler.

Le lendemain matin, Kylie se réveilla revigorée. Quand le froid vint la frapper à l'aube, elle avait dormi cinq heures d'affilée. Les conseils de Holiday pour se réveiller avant que les rêves ne commencent avaient fonctionné. Elle s'était réveillée deux fois avec la sensation de voler. Une fois, elle avait même vu Lucas, mais elle avait pu se retirer avant qu'il ne la voie. Elle était sûre qu'il ne s'était même pas douté de sa présence. Ou du moins, elle l'espérait.

Remontant la couette sur son menton, elle regarda autour d'elle. Aucun fantôme n'apparut, mais le froid refusait de s'en aller, et Kylie comprit que l'esprit aussi. Lorsque son téléphone tomba de la table de nuit – une fois de plus –, elle se souvint qu'il s'était produit la même chose l'autre jour.

– C'est toi qui fais ça ? demanda-t-elle à l'esprit. Tu veux me dire quelque chose ?

Aucune réponse. Elle attrapa son portable et se demanda si elle retrouverait quelqu'un au bout du fil, mais elle fut soulagée de constater qu'il n'y avait personne. Puis, voyant son avertisseur de message clignoter, elle se souvint qu'elle n'avait pas effacé ses anciens messages.

Elle avait donné au détective les dernières informations qu'elle avait trouvées sur ses grands-parents. Il l'avait assurée qu'il essaierait de contacter les Brighten. Mais cela n'avait pas empêché Kylie de les appeler de son côté. Elle avait passé une douzaine de coups de fil l'après-midi de la veille, mais, chaque fois, elle était tombée sur leur répondeur.

Elle allait effacer les messages quand elle s'aperçut qu'elle en avait un de Sara qu'elle n'avait pas encore écouté. Se rappelant les émotions mitigées qu'elle avait ressenties lors de leur dernière conversation, elle reposa le téléphone et s'autorisa à remettre l'écoute du message à plus tard. De plus, elle devait mettre son laïus au point pour faire entendre raison à Derek. Elle espérait que son plan fonctionnerait.

Kylie, à la recherche de Chris, patienta dans le réfectoire avant le petit déjeuner. *Pourvu que Derek ne soit pas avec lui !* pria-t-elle.

Quand elle remarqua Chris, qui arrivait en compagnie de Jonathon, elle se détendit. Comme il se rapprochait, elle lui fit signe. Celui-ci dit quelque chose à Jonathon, puis vint la rejoindre. Elle vit la curiosité étinceler dans ses yeux.

Ce n'était un secret pour personne : Chris, l'un des vampires en chef, se prenait pour un super beau gosse. Et Kylie le reconnaissait : avec ses cheveux blonds et ses yeux clairs, son look de surfeur californien jouait en sa faveur. Et il était plutôt bien fait, en plus. Mais s'il croyait qu'elle craquait pour lui, il serait déçu.

– Oui ? dit-il en souriant.

Elle n'avait pas beaucoup réfléchi à la façon d'aborder les choses, alors elle lâcha spontanément :

– J'ai besoin d'un service.

Chris était chargé de l'animation « Une heure pour faire connaissance », au cours de laquelle on mélangeait les noms de tous les campeurs dans un pot avant d'en tirer un au sort et de passer une heure avec cette personne.

– Quel genre ?

Son regard se posa brusquement sur ses seins.

Elle faillit le remettre à sa place, mais comme elle avait besoin de lui, elle renonça.

– Il paraît que si l'on veut s'assurer de tirer un certain nom, tu peux arranger les choses.

– Oh. (Il eut l'air déçu, ce qui lui prouva qu'il avait bien cru qu'elle l'avait fait venir pour d'autres raisons. Mais il recouvra rapidement ses esprits.) As-tu aussi entendu dire qu'il fallait payer un prix pour cela ?

– Une pinte, c'est ça ?

– Ouais.

– Bien. Je vais prévenir Holiday que je donne mon sang.

Elle commença à tourner les talons, mais il lui prit le bras.

– Tu as oublié de me préciser qui c'était. (Il fronça les sourcils.) Laisse-moi deviner : Lucas ?

Kylie se rembrunit.

– Derek.

Comme Derek n'était pas là quand on tira les noms, Kylie partit le chercher. Il discutait avec Steve et Luis dans le réfectoire. Il se renfrogna lorsqu'elle se planta devant lui. Dur dur. Forçant un sourire, elle se pencha et murmura :

– Devine quoi ?

Elle agita le morceau de papier sous son nez.

Derek dit au revoir aux garçons et lui fit signe de le suivre. Ils passèrent devant la foule au-dehors. Kylie se demanda s'il avait prévu de se rendre à leur endroit à eux, au rocher, mais il s'arrêta.

Ses yeux verts la scrutèrent.

– Tu as bidouillé ça ?

– Bidouillé quoi ?

Elle feignit l'innocence.

Il lui retourna le bras. Elle savait qu'il cherchait un pansement, ou une marque de piqûre, mais son contact envoya de minuscules décharges douloureuses en elle, comme une punition.

– Tu as acheté mon nom avec du sang ?

Il lâcha son bras.

Elle carra les épaules.

– Et alors ? Tu l'as bien fait pour moi. Deux fois.

Une telle émotion envahit ses yeux qu'elle en eut le souffle coupé.

– Il faut qu'on parle, Derek. C'est… (Elle agita une main entre eux.) C'est nul.

Il passa une main dans ses cheveux châtains.

– Ce qui est nul, c'est que je t'aime, alors que toi, tu en aimes un autre.

– Très bien ! (Kylie sentit la colère la gagner et perdit espoir.) Est-ce que j'aime Lucas ? Oui. Mais pas comme je t'aime, toi.

Il secoua la tête.

– Tu ne peux pas me mentir, Kylie. Je peux lire des émotions, et lorsque tu es avec lui, il… t'attire.

– OK. Je suis prête à avouer qu'il me plaît. Mais ça ne veut rien dire.

Tu parles !

Il fit mine de s'en aller. Kylie lui attrapa le bras.

– Tu es exactement pareil.

– Quoi ?

Ses yeux étincelaient de colère et de douleur.

– Je t'ai vu mater Miranda quand nous nagions.

– Je n'ai pas…

– Si !

– C'est ridicule.

Il recommença à s'en aller. Kylie faillit le laisser partir, mais elle se souvint qu'elle devait une pinte et elle voulait en avoir pour son sang.

Elle le rattrapa.

– Même Perry s'en est rendu compte, parce qu'il t'a lancé un regard noir.

Il continuait sa route et elle aussi.

– Est-ce que j'ai pété un plomb à cause de ça ? Non, car je sais que même si tu l'as trouvée jolie en maillot de bain, ça ne voulait pas dire que tu ne m'aimais pas.

Derek se retourna vers elle.

– Ce n'est pas la même chose.

– Comment ça ? Si je pouvais lire tes émotions, comme toi, les miennes, j'aurais lu du désir sexuel, clairement.

– Ouais… mais je suis un mec.

La bouche de Kylie s'ouvrit en grand.

– Donc, seuls les garçons peuvent être attirés par quelqu'un ? Arrête ! Dans quel siècle vis-tu ?

Les yeux de Derek se plissèrent.

– Ce n'est pas ce que je voulais dire.

– Alors quoi ?

– Je… (Il serra la mâchoire.) Je ne sais pas, mais c'est tout de même différent !

– Non, Derek ! Tu ne comprends pas. Tu déprimes parce que tu es jaloux et que tu n'as aucune raison de l'être.

– C'est plus que ça. Tu viens d'avouer que tu l'aimais bien. Ce n'est pas uniquement…

– Oui, je l'aime bien. Nous nous connaissons depuis longtemps. Et peut-être que ça nous lie d'une certaine façon. Et, oui, il est beau gosse. Mais… je veux être avec toi.

Elle crut qu'elle avait marqué un point, mais il détourna les yeux.

– Je ne peux pas, Kylie. Sauf si tu me prouves qu'il ne compte pas pour toi. Sinon, je ne peux pas faire ça.

Il s'en alla de nouveau.

– Derek ! cria-t-elle.

Il se retourna.

– Quoi ?

Sa poitrine s'alourdit.

– Tu m'as menti.

– À propos de quoi ?

La frustration colorait sa voix.

– Tu as dit que nous serions amis. Ce n'est pas comme ça qu'on traite une amie.

Il leva les yeux au ciel avant de croiser son regard.

– Tu as raison. Je suis désolé. J'imagine que je ne peux pas être ton ami.

Il s'en alla.

Cette fois, elle le laissa partir.

Kylie eut bien du mal à survivre à cette journée. Elle voulait demander à Holiday l'autorisation de sécher les cours, mais elle s'était déjà trop souvent fait excuser. Elle assista donc aux cours de dessin, partit en randonnée et se perdit dans la décoration de gâteaux.

Chaque fois qu'elle se mettait à penser à Derek, elle faisait claquer mentalement un élastique autour de sa tête. Elle était tellement concentrée sur la décoration de ses gâteaux que la moitié du cours s'écoula avant qu'elle ne se rende compte de l'absence de Miranda.

Dès que ce cours fut terminé, elle sécha la musique et alla trouver Della qui se rendait au lac pour des cours de kayak. Celle-ci s'était montrée plutôt discrète ces jours-ci, et ne s'était pas encore remise de la visite de l'URF et des tests qu'elle avait dû passer. Et elle redoutait de devoir, en secret, aider l'URF à arrêter son cousin pour meurtre. Bien sûr, penser à cela évitait à Kylie de penser au week-end chez ses parents. C'était au moins une diversion !

– Tu as vu Miranda ? demanda Kylie.

– Non. Quelque chose ne va pas ?

– Elle n'était pas au cours de décoration de gâteaux. J'allais vérifier si elle était au bungalow.

– Tu veux que je t'accompagne ?

– Non, dit Kylie qui se souvint que son amie adorait le kayak. Si je ne la trouve pas, je viendrai te chercher. Je suis certaine que ce n'est rien.

Malheureusement, juste avant d'arriver chez elles, Kylie fut sûre qu'elle s'était trompée. Son premier indice ? Le cri perçant qui provenait du bungalow.

Piquant un sprint, elle parvint à la porte d'entrée avant de se rendre compte que ce n'était pas Miranda qui criait. Mais cela ne la ralentit pas. Il y avait quelqu'un dans son bungalow, qui hurlait comme un putois. Et Miranda avait disparu.

Ouvrant à la volée, Kylie se précipita à l'intérieur.

– Miranda ?

– Par ici ! cria celle-ci depuis sa chambre, à peine audible à cause des beuglements.

Kylie poussa la porte. Elle croyait avoir tout vu. Comme elle était loin de la vérité !

chapitre 29

Kylie contempla, bouche bée, la rousse qui hurlait, enfermée dans la grande cage pourpre au milieu de la chambre de Miranda. Puis son regard se posa sur son amie, allongée au milieu de son lit, en train de se faire les ongles des pieds comme un dimanche matin tranquille.

– Laisse-moi sortir, pauvre andouille !

La fille secouait la cage.

Miranda finit d'appliquer du rose fuchsia sur son petit orteil, puis leva les yeux.

– Qu'y a-t-il ?

Elle gratifia Kylie d'un sourire extra large.

– Connasse ! hurla la fille à Miranda, puis elle jeta un regard noir à Kylie. Dis-lui de me laisser sortir !

– Je pense que je devrais te demander ce qui se passe, dit Kylie à Miranda avant de reposer les yeux sur la fille.

Un rapide reniflement lui indiqua qu'il n'y avait pas eu de sang.

Pas encore, en tout cas.

– Libère-moi ! grogna la prisonnière.

Kylie reposa les yeux sur Miranda et arqua un sourcil.

– Regarde ce que j'ai capturé ! lança la sorcière en gloussant. Tu te souviens que je t'affirmais que quelqu'un se planquait derrière notre bungalow ? J'ai tendu un piège. Et voilà, j'ai attrapé Tabitha Evans !

– Tu la connais ? demanda Kylie.

– Ouais, c'est l'une des sorcières contre lesquelles je serai en compétition dans deux semaines.

Tabitha secoua les barreaux si fort que la cage se balança.

– Je suis la sorcière qui va te jeter un sort si tu ne la laisses pas sortir !

– Ne t'inquiète pas, dit Miranda. Ses pouvoirs ne fonctionnent pas tant qu'elle est prisonnière de ma cage spéciale. Et j'ai installé un silencieux à une centaine de mètres, comme ça, personne ne peut l'entendre brailler.

– Que fait-elle ici ? s'enquit Kylie, qui se tracassait pour sa captive.

– Elle essaie de saper ma confiance pour que je me retire de la course.

– Et si j'avais su que tu étais aussi nulle, je n'aurais pas perdu mon temps ! hurla la fille.

OK, Tabitha méritait bien d'être mise en cage.

– Crois-tu que c'est elle qui a débranché le système d'alarme ? demanda Kylie.

Elle jeta un coup d'œil à la fille en cage. Tabitha siffla :

– C'est toi qui es pathétique !

Miranda la regarda avec aplomb.

– Et toi, tu es en cage !

La fille se remit à hurler. Miranda rayonna de fierté.

Pas de doute, avoir attrapé Tabitha flattait l'ego de Miranda. Kylie détestait faire redescendre son amie sur Terre, mais…

– Aussi mignonne soit-elle en cage, tu sais que tu ne peux pas la garder prisonnière.

– Je n'en ai pas l'intention. Je lui ai promis que dès qu'elle transformerait Socks en chaton, elle pourrait partir.

– Et je te répète que je n'y peux rien ! C'était ton foirage, pas le mien !

– Arrête ! répliqua Miranda. Depuis des semaines, je plante presque tout ce que j'essaie de faire.

Elle balança ses jambes en dehors du lit et se rapprocha de la cage.

– Change la mouffette en chaton, et tu pourras t'en aller.

– Et pour la millionième fois, je n'y suis pour rien !

Miranda reposa les yeux sur Kylie.

– Tu veux que je te fasse les ongles ?

– Écoute, lança Tabitha d'un ton sec, si ce n'est pas toi, alors c'était peut-être ce vieux.

– J'ai de beaux rouges, poursuivit Miranda, ignorant Tabitha.

Ignorer, Kylie ne savait pas faire.

– Quel vieux ?

– Ne crois pas un mot de ce qu'elle raconte, lança Miranda.

– Je ne sais pas qui c'est, mais c'est un vampire. Et il a d'autres pouvoirs, parce qu'il était là, je l'ai vu qui utilisait le même sort que moi. Un vieux bien flippant.

– Arrête tes mythos ! répliqua Miranda.

– Mais c'est la vérité ! protesta Tabitha.

Miranda roula des yeux. Puis elle agita le petit doigt.

– Attends ! lança Kylie, mais trop tard, la cage et Tabitha disparurent.

– Attendre quoi ?

– Où est-elle allée ?

– Tu as déclaré que je ne pouvais pas la retenir.

Kylie se renfrogna.

– Et si elle disait la vérité à propos du vieux ?

– Arrête, elle raconte des bobards ! Della aurait senti un vampire. Tabitha est folle.

Kylie dut reconnaître que Miranda avait raison. Della pouvait sentir un vampire à des kilomètres.

Miranda se laissa tomber sur le lit.

– Tu arrives à croire que j'ai attrapé Tabitha Evans ? Je suis trop forte !

Socks se glissa furtivement dans la pièce. Sa queue noire et blanche pelucheuse était toute droite, comme s'il était prêt à faire pipi, au cas où. Kylie reposa les yeux sur son amie. Miranda avait beau être douée pour tendre des pièges, elle n'avait pas réussi à trouver le sort qui retransformerait Socks en chaton.

Puis elle se rappela sa conversation avec Derek. Elle attrapa mentalement l'élastique pour ne plus penser à lui, mais ce fichu élastique n'était pas là. Elle ne sentait plus qu'un gros trou vide dans sa poitrine, à la place de son cœur.

– Je vais m'allonger.

Avant de se rendre dans sa chambre, elle s'arrêta devant le frigo. Elle ouvrit le congélateur d'un coup sec et prit l'un des nombreux litres de glace que Miranda avait achetés pour soigner son cœur brisé.

Elle sortit une cuillère du tiroir et se demanda s'il y avait suffisamment de glace au monde pour la réconforter.

Elle en doutait.

La semaine suivante passa dans le brouillard d'un immense chagrin. Kylie donna sa pinte de sang et en avala au moins dix de crème glacée. Derek continua à l'éviter. Lucas continua à se manifester. Mais elle ne pouvait même pas se mettre en colère contre lui. Il ne lui faisait jamais aucune avance. Il se comportait en ami. Avec son cœur en voie de guérison, elle n'aurait pas été contre un nouveau copain.

Bien sûr, ils ne discutèrent pas de Fredericka ni des rêves. Et heureusement, elle avait réussi à tenir ceux-ci en échec. En revanche, Lucas l'avait interrogée au sujet de Derek et elle lui avait expliqué que c'était un sujet douloureux. La seule chose que Lucas avait déclarée, c'était que Derek était un idiot. Pour une raison quelconque, Kylie apprécia que Lucas l'exprime.

Elle apprécia aussi que Fredericka reste en dehors de son chemin. Elle n'en était pas sûre, mais elle croyait que Lucas n'y était pas étranger non plus.

La morte se manifestait tous les matins ; parfois elle parlait, mais elle ne proposait rien à Kylie qui puisse l'aider à comprendre qui était en danger. Dès que Kylie se remettait à penser à l'avertissement du fantôme, Holiday l'emmenait aux cascades. Elles s'y étaient rendues trois fois. Kylie continuait à repartir avec le même message : reste concentrée et garde la foi.

Holiday n'évoquait pas Burnett. La jeune fille se demanda si elle lui avait annoncé qu'elle avait trouvé un autre investisseur ou si elle réfléchissait à son offre. Elle la surprit à six reprises au moins en train de regarder Burnett et les autres jouer au basket. Kylie était même restée à ses côtés deux ou trois fois, rien que pour pouvoir observer Derek. Mais il savait très bien qu'elle le regardait. Il jetait systématiquement un coup d'œil à la fenêtre. Leurs regards se croisaient. Kylie se dit qu'il lui manquait beaucoup, et quant à lui, il avait l'air embêté.

– Tu veux en parler ? lui avait demandé Holiday la dernière fois que cela s'était produit.

Kylie avait accepté de se confier à elle, mais uniquement devant une bonne glace. Elle avait épuisé tout le stock de Miranda et était encore en manque.

Alors Kylie et Holiday prirent leur après-midi et retournèrent au salon de thé où elles avalèrent sans retenue des cuillerées crémeuses de pur bonheur.

– Pourquoi est-ce que « crème glacée » rime avec « cœur brisé » ? demanda Kylie.

– Parce que si tu en manges suffisamment, elle congèle ton cœur et anesthésie ta douleur pour un moment, répondit Holiday, et toutes les deux éclatèrent de rire.

Daniel n'avait pas rendu visite à Kylie depuis le jour où la mère de la jeune fille avait fait irruption au camp et avait dû se faire effacer. Mais son beau-père l'appela deux fois. Kylie prit son deuxième appel. Ils parlèrent de son travail, de la pluie et du beau temps, puis il évoqua l'éventualité que la jeune fille s'inscrive au pensionnat de Shadow Falls. Il ne se montra ni affirmatif ni négatif, et déclara que cela dépendait de sa mère.

Quand Kylie raccrocha, elle réalisa que sa mère et son père devaient discuter, puisqu'il était au courant du pensionnat. Kylie ne savait pas trop ce que cela lui inspirait. Sa mère était-elle prête à lui pardonner ? Elle faillit l'appeler pour le lui demander, mais avec le week-end des parents dans moins d'une semaine, elle se dit qu'elle attendrait pour le faire de vive voix.

Miranda ne parlait pratiquement plus de Perry. Mais cela n'empêchait pas le garçon de la regarder. Dès qu'il se trouvait à une trentaine de mètres, il ne la quittait pas des yeux. Kylie savait que Miranda le voyait mais avait décidé de l'ignorer. Pas trop difficile, étant donné son stress lié au concours, auquel sa mère l'avait inscrite pour le week-end.

Au bout de deux semaines, le chaton sembla se moquer complètement d'être devenu une mouffette. Il avait compris le pouvoir de sa queue et la soulevait en guise de menace à la moindre provocation. Il avait même poussé Della dans ses retranchements. Heureusement, il n'avait plus arrosé personne.

Della redoutait de rentrer chez elle. Et à présent, elle appréhendait d'effectuer le petit boulot qui l'attendait à l'URF. Tâcher de découvrir clandestinement si son cousin était responsable des meurtres ne serait pas facile pour la jeune fille. Une Della ronchonne et une Miranda stressée, et voilà que les deux étaient toujours en train de se chamailler. Kylie se demandait souvent ce qu'elle ferait si ses amies se tuaient pour de bon. Mais elle les aimait bien trop fort pour les laisser faire.

Le détective privé avait fini par apprendre que Kent et Betty Brighten avaient pris de longues vacances en Irlande. La quête de Kylie pour découvrir ce qu'elle était se retrouvait donc temporairement sur pause. Génial !

Le seul point positif, ces jours-ci, c'était que Kylie ne ressentait plus cette étrange sensation d'être observée. Elle se demanda si la coupable était Tabitha. Mais quand elle repensait à elle, Kylie se souvenait aussi que la fille avait déclaré qu'un vieux vampire rôdait dans le coin. Elle ignorait pourquoi, mais cela la tracassait. Pas suffisamment, toutefois, pour en parler à Holiday, parce qu'elle pourrait attirer des problèmes à Miranda. Et après l'incident de Burnett avec Della, attirer des problèmes à ses amis était la dernière chose que Kylie souhaitait.

Mardi matin, un froid glacial la réveilla. Soit le fantôme essayait de lui envoyer un message, soit il n'y avait pas qu'un seul esprit qui traînait dans le coin. Super. Il ne lui manquait plus que ça, un autre mort !

– Que veux-tu ?

Kylie tremblait sous sa couette.

Son téléphone se mit à croasser. Soit la sonnerie avait été changée, soit Miranda avait réussi à le transformer en grenouille. Kylie attrapa son portable. Il cessa de produire l'horrible son et bascula directement sur sa messagerie.

D'abord, il délivra le message que son père lui avait laissé, puis celui du détective, quelques jours plus tôt. Ensuite, celui que Kylie n'avait pas écouté. De Trey, son petit copain du passé. Comment avait-elle pu manquer cet appel ? Il lui demandait de le rappeler, c'était très important.

– Mais oui, bien sûr ! marmonna-t-elle. Quoi, tu as découvert que mes seins avaient grossi et tu veux les voir ?

Elle coupa le téléphone, mais pas avant d'avoir supprimé son message. À peine l'avait-elle reposé sur la table de nuit qu'il se remit à croasser. Elle l'attrapa, regarda l'icône de la sonnerie pour s'assurer qu'il était en mode silencieux. Oui. Alors comment pouvait-il faire ce bruit ? Elle appuya de nouveau sur la touche « off ». Le croassement continua.

– C'est toi qui fais ça ? demanda-t-elle à l'esprit. Si oui, arrête. Parce que ce n'est pas drôle. Et ça ne m'éclaire pas du tout sur ce que je dois savoir.

Le téléphone se tut. Le fantôme apparut au pied de son lit.

– Tu dois faire quelque chose. Et vite. Elle est en train de mourir.

Comme avant, l'esprit ne lui offrit pas le moindre indice sur l'identité de la mystérieuse « elle ».

Kylie s'habilla et décida de rendre visite à Holiday. Elle doutait qu'entendre celle-ci lui ressasser que tout irait bien atténue la peur qu'elle ressentait, mais elle devait tenter le coup.

Elle n'était même pas arrivée sous le porche du bureau que des voix résonnèrent à ses oreilles.

– Dis-moi que ce n'est pas dangereux ? insista Holiday, l'air furieux.

– Je ne peux pas te le promettre, répondit Burnett. Ce travail est toujours dangereux.

– Alors non. Il ne peut pas y aller.

– Je ne suis pas venu te demander l'autorisation, reprit Burnett, l'air tout aussi ennuyé. Il a eu la permission de sa mère. Il partira demain vers midi.

Kylie se mit à repartir dans la direction opposée. Elle aurait pu se boucher les oreilles, mais cela n'avait jamais

marché. Elle continua donc à avancer, en espérant que l
voix disparaîtraient.

– Ce n'est pas bien, dit Holiday. D'abord, tu impliques Lucas, et maintenant Derek. Je dois réagir.

– Ce sont deux jeunes gens exceptionnels.

– Justement, ce sont des jeunes, Burnett.

– J'avais seize ans quand je suis parti travailler pour l'URF. Lucas en a dix-huit, et Derek les aura dans quelques mois. Et c'est un effaceur, Holiday. Sais-tu combien ils sont ?

– Je m'en moque. Celui qui compte, c'est Derek.

– Il ne sera parti que pour un mois, voire moins. Il rentrera à temps pour le début de l'année scolaire.

– À supposer qu'il ne se fasse pas tuer en essayant de faire le boulot du gouvernement, le rembarra Holiday d'un ton sec.

– Je suis désolé, dit Burnett, avec du regret dans la voix.

Kylie entendit une porte claquer. Burnett était parti, mais elle ne bougea pas. Elle resta plantée sur le chemin, digérant ce qu'elle venait d'entendre. Derek s'en allait. Il partait travailler pour l'URF. Il ne reviendrait que dans un mois.

« À supposer qu'il ne se fasse pas tuer en essayant de faire le boulot du gouvernement. » Les paroles de Holiday repassèrent dans la tête de Kylie. Son cœur se glaça. Elle redescendit le chemin, en direction du bungalow de Derek.

chapitre 30

Kylie arriva en vue du bungalow de Derek une demi-heure plus tard. Elle repéra Chris en jogging qui en sortait, et s'arrêta. Elle serait bien partie se cacher dans les bois, mais Chris était un vampire, il l'avait probablement déjà entendue. Elle se mit donc à courir doucement et espéra qu'il ne s'arrêterait pas pour lui poser des questions.

Quand ils se croisèrent, elle agita la main. Il sourit et continua son chemin. Elle descendit le sentier, passa devant le bungalow, jusqu'à ce qu'elle croie qu'il n'était plus à portée de voix. Puis elle se retourna d'un coup, fila dans le bungalow et entra directement dans la chambre de Derek.

Encore au lit, il dormait. Son torse musclé était nu. Le drap arrivait tout juste à sa taille et Kylie ignorait s'il portait quelque chose en dessous. Elle avait entendu dire que la plupart des garçons se passaient de pyjama.

– Derek ?

Il fit tomber une main sur son visage.

Elle se dirigea vers le lit et lui toucha l'épaule.

– Derek ?

Ses yeux s'ouvrirent d'un coup et il se leva sans attendre. Il la regarda fixement, mais n'avait pas l'air réveillé.

– Tu es habillée, donc ce n'est pas un rêve.

Il tressaillit, comme s'il venait de s'apercevoir qu'il avait dit cela à voix haute, puis il se laissa retomber sur le lit et fixa le plafond.

– Ce n'est pas un rêve. (Elle s'assit à côté de lui.) Je suis au courant de ce que tu as l'intention de faire et je ne veux pas que tu t'en ailles. S'il te plaît, reste.

Il la regarda, les paupières lourdes, mais elle constata qu'il était bien réveillé.

– Comment l'as-tu appris ?

– Tu comptais partir sans même me dire au revoir ?

Des larmes emplirent ses yeux.

Il s'assit et remonta le drap autour de sa taille.

– J'allais le faire.

Elle chassa l'émotion d'un battement de cils.

– C'est à cause de moi, n'est-ce pas ?

– Non, pas complètement.

Il lui toucha le bras, et les vannes s'ouvrirent. Kylie laissa libre cours à ses émotions.

– Je t'en prie, ne pars pas, dit elle, en larmes.

– Il le faut. Je dois reprendre le dessus. (Il cilla.) Tu avais raison. Enfin, en partie. Je continue à croire que tu as des problèmes à résoudre, concernant Lucas. Mais… tu ne t'étais pas trompée : je suis jaloux. Mon aptitude à lire les sentiments est de plus en plus forte. Et j'ignore pourquoi, mais avec toi, c'est comme si je ressentais tout ce que tu ressens… en plus intense. Je ne sais pas si c'est parce que tu comptes tant pour moi. Mais quand tu ressens quelque chose que je n'aime pas, de l'attirance pour un autre, de la colère, voire de la déception à cause de quelqu'un… je… je deviens fou intérieurement. C'est comme si l'on me faisait une piqûre d'adrénaline émotionnelle. (Il passa une main sur son visage.) Je dois apprendre à faire avec ou…

– Ou quoi ? demanda-t-elle.

Il ne répondit pas, mais Kylie savait ce qu'il voulait dire. Il devrait apprendre à gérer les émotions qu'elle déclenchait en lui, ou s'éloigner. Mais n'était-ce pas ce qu'il était en train de faire ? S'éloigner ?

– Tu dois affronter Lucas et… (Il marqua une pause.) Quant à moi, je vais affronter mon père. Et quand je reviendrai, dans un mois, je verrai où en sont les choses. Si ça se trouve, entre-temps, tu seras tombée amoureuse de Lucas. Et si c'est le cas, je devrai faire avec.

– Ce serait si facile à accepter ?

– Non, mais je ne crois pas avoir le choix.

– Mais si, tu as le choix. Reste. Donne-nous une chance. Nous essaierons de la saisir.

Il secoua la tête.

– Je ne peux pas, Kylie. Je ne peux pas.

Elle le regarda, et aussi dur fût-il de l'accepter, elle y parvint enfin. Derek s'en allait. Il avait fait son choix. Et ce n'était pas elle.

La tête haute, convaincue d'avoir fait tout ce qu'elle pouvait, Kylie tourna les talons et sortit. Il lui avait peut-être brisé le cœur, mais il ne gâcherait pas son humeur. Elle l'oublierait. Elle y arriverait.

Une semaine plus tard, Kylie s'installa sur une couverture près de la rivière, où sa mère et elle s'étaient assises et avaient parlé de Daniel. Elle désirait juste être seule pour réfléchir, pour essayer de trouver comment elle allait convaincre sa mère de l'inscrire au pensionnat de Shadow Falls. Et peut-être que Daniel passerait la voir ici.

Elle s'allongea sur la couverture et fixa du regard le ciel bleu, puis elle entendit quelqu'un approcher.

– Tu vois des éléphants ? dit une voix familière.

Elle sourit à Lucas.

– Non, mais je viens de voir une girafe.

Il contempla le ciel à son tour.

– Où ?

– Là-bas. (Elle fit un geste vers la gauche.) Son cou n'est plus attaché à son corps, mais tu peux toujours la voir, si tu plisses les yeux.

Il se laissa tomber à côté d'elle. Elle pensait qu'il contemplait les nuages, mais quand elle jeta un coup d'œil sur lui, elle le surprit en train de la regarder. Il sourit.

– Tu es chaque jour plus jolie, Kylie Galen !

Elle roula des yeux.

– Ne commence pas.

– OK. Je peux dire que tu vas me manquer ?

Elle s'assit bien droite.

– Tu vas chez ta grand-mère ?

– Oui, à Houston.

Elle scruta le bout de sa tennis et décida de poser la question :

– Lucas, travailles-tu pour l'URF ?

Les yeux du jeune homme s'écarquillèrent.

– Qui te l'a dit ?

– J'ai entendu Burnett et Holiday en parler, par hasard.

– Après avoir intégré le gang qui détenait ma sœur, j'ai convaincu Burnett de m'aider à faire tomber de vrais sales types. Donc oui, j'ai plus ou moins bossé pour lui. Et je l'ai prévenu que s'il avait besoin de moi pour quoi que ce soit, je serais disponible.

– N'est-ce pas dangereux ?

Il la scruta.

– Tu me poses la question par égard pour moi ou pour Derek ?

– Les deux.

Elle avait accepté le départ de Derek. Elle n'avait pas totalement surmonté le chagrin, mais elle y parviendrait.

– Ce n'est pas si dangereux que ça. Si tu suis le protocole, tout se passe bien en général.

Il dégagea une longue mèche de la joue de Kylie.

– Tu sais que je désire être plus que ton ami, hein ?

Elle se remit à contempler sa tennis.

– Je n'attends pas de réponse de ta part. Je voulais juste que tu le saches avant qu'un autre vienne te draguer. (Il se rapprocha.) Je suis patient, Kylie. Je t'ai attendue onze ans. Je peux patienter jusqu'à ce que tu sois prête.

Il colla un baiser sur sa joue. Cela n'avait rien à voir avec ceux qu'ils avaient déjà échangés – surtout dans ses rêves. Mais sa proximité, son odeur boisée, la sensation de ses lèvres sur sa peau lui donnèrent le trac, un trac fou.

Quand elle reposa les yeux sur lui, il était parti.

Et manifestement, le bon sens de Kylie aussi. Parce qu'elle n'avait pas la moindre idée de ce qu'elle aurait fait : le rembarrer pour l'avoir embrassée… ou lui rendre son baiser.

Et peut-être valait-il mieux qu'elle ne réponde pas à sa propre question.

Vendredi matin, Kylie, Miranda et Della remontèrent le chemin pour retrouver leurs parents, en tirant chacune une valise. Elles avançaient lentement, comme des prisonnières condamnées qui se rendent à l'échafaud.

– Je devrai faire pipi sur un bâtonnet de contrôle antidopage toutes les heures ! marmonna Della.

Miranda soupira.

– Je vais me planter à mon concours et ma mère me proposera à l'adoption !

– Je vais participer à une chasse aux fantômes, ajouta Kylie. (Ses amies la dévisagèrent.) Ne me posez pas de question.

Holiday les retrouva au bout du chemin, canalisant son naturel plutôt enjoué.

– Souriez, les filles. Ce n'est que pour quelques jours.

Les trois amies se retournèrent et se regardèrent de nouveau. Kylie lâcha sa valise, et étreignit Miranda et Della.

– J'espère que vous me téléphonerez au moins deux fois par jour.

– Deux fois par jour, acquiesça Della. J'espère que ça ne vous dérange pas si je vous appelle en faisant pipi sur une bandelette, parce que je ne ferai rien d'autre !

– Mais ne tire pas la chasse, dit Miranda. Je déteste quand on fait ça au téléphone !

Cinq minutes plus tard, au réfectoire, Kylie serra Holiday bien fort dans ses bras.

– Prends soin de Socks, lui demanda-t-elle.

– J'ai l'intention de l'emmener chez moi, répondit Holiday.

Lorsque Kylie et sa mère sortirent du réfectoire, Perry vint lui donner un petit coup de coude. Pour le garçon, c'était l'équivalent d'une étreinte. Kylie le gratifia d'un sourire affectueux.

– Il semblerait que tu te sois fait de bons amis ici, observa la mère de Kylie.

– Oui, maman, ils sont vraiment à part.

Kylie faillit s'enfuir en courant quand Lucas se planta devant elle.

– Bonjour, madame Galen. Lucas. Je voulais juste dire au revoir à votre fille.

Le cœur de Kylie battit la chamade : elle avait peur que sa mère le reconnaisse.

– Enchantée, Lucas, répondit-elle, et elle s'éloigna pour leur laisser un peu d'intimité.

Il sourit.

– Prends soin de toi.

– Promis.

Il s'approcha.

– Rêve de moi, murmura-t-il.

Elle roula des yeux, mais il se fendit d'un grand sourire et s'en alla. Kylie rejoignit sa mère.

– Il est plutôt mignon ! observa cette dernière, sur le ton qu'elle utilisait avant de distribuer des brochures sur le sexe.

Elles sortirent du réfectoire et se dirigèrent vers la voiture.

– Oui, acquiesça Kylie.

Pour la énième fois, elle espérait que le week-end se passerait bien. Pas de surprises, pas de longs silences gênants entre elles.

Quand la voiture démarra, le froid qui envahit le véhicule fut plus puissant que n'importe quelle climatisation.

– Waouh ! La voiture ne s'est jamais rafraîchie aussi vite, observa sa mère.

Quand elle déboîta, Kylie jeta un coup d'œil sur la banquette arrière et remarqua le fantôme dans sa robe ensanglantée. Tout à coup, la morte fut projetée en avant et vomit partout par-dessus l'épaule de Kylie. L'odeur était insupportable.

La jeune fille tâcha de réprimer des haut-le-cœur.

– Alors, dit sa mère, totalement inconsciente de ce qui se passait, où aimerais-tu aller déjeuner ? Je meurs de faim !

chapitre 31

Kylie ne savait pas qui avait déclaré que quand on rentrait chez soi, ce n'était plus jamais pareil. En tout cas, c'était en partie juste. On rentrait chez soi et tout était très bizarre. Étonnamment, sa mère n'y était pour rien. Le trajet de retour de trois heures avait même été plutôt agréable, mis à part le vomi de fantôme. Le problème, c'était la maison. Elle était glaciale, pas uniquement parce que l'esprit avait décidé de la suivre, mais à cause de son père. Ou de l'absence de père. Il n'y avait rien, pas une chose qui pouvait rappeler à Kylie qu'il avait vécu là. Même les clichés de leurs petites escapades père/fille avaient disparu, remplacés par des photos de Kylie, seule.

Elle ne pouvait pas le reprocher à sa mère, mais pour la première fois depuis que tout cela était arrivé, Kylie redoutait la réaction de sa mère si elle s'inscrivait au pensionnat. Et peut-être comprenait-elle même qu'elle souhaitât mettre la maison en vente.

– C'est bon d'être de retour, non ?

Sa mère l'étreignit.

De retour ? Bof. Mais le câlin était chouette, en revanche. Si chouette que Kylie se sentait moins mal à l'aise chez elle.

Lorsqu'elle entra dans sa chambre, elle ne put s'empêcher de rire. Sur sa table de nuit, il y avait tout un tas de brochures sur la sexualité parues en son absence.

Sa mère avait prévu des activités pour tout le week-end, issues de sa liste « Nos choses à faire ensemble » : « Préparer nos biscuits préférés. Manger à la nouvelle pizzéria. Être à la maison hantée à 18 heures. »

Kylie y ajouta une chose capitale : « Convaincre maman de m'inscrire au pensionnat. » Même si elle émettait des réserves à l'idée de quitter sa mère, Kylie était une surnaturelle et elle ne se sentait pas dans son élément ici.

À 18 heures ce soir-là, après avoir préparé des biscuits et savouré du temps en tête à tête avec sa mère, Kylie poussa ses fesses-pas-dans-leur-élément dans la voiture, direction la chasse aux fantômes. Et, sérieusement, elle espérait que le propriétaire de la chambre d'hôte se moquerait bien qu'elle amène une visiteuse, parce que le fantôme de Kylie était assis sur la banquette arrière – toujours en sang et toujours en train de vomir – et pas plus expansif qu'à Shadow Falls.

Toutefois, la morte disparut juste avant qu'elles n'arrivent à destination.

Une fois qu'ils se furent tous rassemblés dans l'entrée, la propriétaire, une fausse rousse grande et forte, d'une petite soixantaine d'années, leur fit signe de prendre place, en demi-cercle.

– Bienvenue dans la chambre d'hôte Anderson. Je suis Céleste Bell. Certains d'entre vous se souviendront peut-être de moi pour m'avoir vue à la télévision.

Les autres invités hochèrent la tête. Céleste, qui prétendait communiquer avec les esprits, était intervenue à plusieurs reprises dans une émission sur le câble en tant qu'experte ès apparitions. Elle portait une longue robe blanche, comme si s'habiller en fantôme rendait l'expérience plus intense.

– La demeure fut construite à la fin du XVIIIe siècle, par Joshua Anderson, mais un drame survint avant même qu'il n'emménage : sa jeune fiancée fut tuée dans un accident de calèche le jour de leur mariage. Joshua mit fin à ses jours dans la suite principale. La maison fut donc vendue et rouvrit en tant que bar. De nouvelles tragédies s'ensuivirent bien vite. Maintenant, avant de commencer, parlons du règlement.

Il était simple. Rester ensemble. Pas de bavardage superflu. Céleste insista également pour que les hôtes éteignent leurs téléphones, parce que ce genre d'énergie pouvait faire fuir les fantômes.

Bizarre, songea Kylie. Son expérience lui montrait que les morts adoraient tripoter son portable !

La jeune fille voulut examiner la configuration cérébrale de Céleste, mais cette dernière n'était évidemment pas une surnaturelle. Les dix participants, à l'exception de Kylie et de sa mère, étaient tous des seniors. En avançant lentement en groupe, dont la moitié à l'aide de déambulateurs, ils suivirent la femme au premier étage de la maison. Dans chaque pièce, Céleste s'arrêtait pour raconter une nouvelle anecdote de fantômes, qui provenait généralement de l'époque où la demeure était un pub.

Jusque-là, la maison ne semblait pas peuplée d'esprits.

Si Céleste avait été très mauvaise pour communiquer avec les fantômes, c'était une bonne conteuse, et tout le monde trépignait littéralement en écoutant ses histoires qui faisaient froid dans le dos.

– Maintenant, nous allons dîner. Et je vous révélerai ce qui s'est passé au début du XIXe siècle. Allez donc vous asseoir. (Elle leur désigna la table de la salle à manger, où des assiettes étaient déjà remplies de spaghettis.) Je ne sais pas pourquoi, murmura-t-elle, mais cette pièce est toujours un peu plus fraîche que le reste de la maison !

À cet instant précis, la température perdit au moins quatre degrés. Le fantôme de Kylie se matérialisa à côté d'elle. Les hôtes se serrèrent tous les uns contre les autres, alors que de la buée s'échappait de leurs lèvres. L'expression de Céleste aurait, à elle seule, largement rentabilisé la chasse aux fantômes, si Kylie n'avait pas lu la terreur absolue sur le visage de sa mère.

– C'est bon, maman, murmura-t-elle.

– Merde alors ! Ce que ça peut ficher les boules !

Sa mère ne disait jamais « merde » ni « ficher les boules ».

– Ça doit être une blague, mentit Kylie.

– Le moment est venu que tu fasses quelque chose ! hurla le fantôme.

– *Montre-moi ce que je fois faire !* répondit Kylie mentalement.

À cet instant, tous les portables dans la pièce se mirent à sonner. Enfin, tous à l'exception de celui de Kylie. Le sien croassa comme une grenouille devenue folle. Et comme les hôtes les avaient tous coupés, cela provoqua de sérieux halètements de surprise.

Pas autant, toutefois, que lorsque le lustre vint s'écraser sur la table et fit valser les assiettes de spaghettis à travers la pièce.

Céleste, la star du câble, la prétendue experte ès communication avec les fantômes, s'évanouit. Kylie ne savait pas que des personnes qui s'aidaient d'un déambulateur pouvaient marcher aussi vite. Mais pas encore assez vite pour sa mère. Kylie crut une seconde que celle-ci allait renverser deux ou trois vieux sur son passage en s'enfuyant la première de la salle à manger.

Kylie s'agenouilla à côté de Céleste. Alors que le dernier des invités se frayait un chemin vers la sortie, elle en entendit un autre dire :

– Qui est Trey Canon ?

Elle leva les yeux sur le vieil homme.

– Sais pas, répondit une dame. Mais il m'a appelée, moi aussi.

Kylie attrapa son téléphone et, en effet, elle avait un message de Trey.

Pourquoi le fantôme enverrait-il ce message à tout le monde dans la salle ?

Kylie leva les yeux sur la morte qui se tenait en plein milieu de la pièce, des spaghettis tapissant sa robe maculée de sang – ce qui calmerait assurément toutes ses envies de pâtes pendant un long moment.

– *C'est Trey ? Je suis censée aider Trey ? Mais tu as dit… « elle » a besoin d'aide !*

Le fantôme disparut peu à peu.

– Et ne t'avise pas de partir ! cria Kylie d'une voix grinçante.

– Je suis vraiment désolée, ma belle, je pensais que tu étais juste derrière moi ! cria sa mère depuis l'autre pièce. (Quelques secondes plus tard, elle revint en courant et se laissa tomber à côté de sa fille.) Oh non ! Est-ce qu'elle est morte ?

Céleste rouvrit les yeux et hurla.

Vingt minutes plus tard, pendant que la mère de Kylie s'entretenait avec l'ambulancier qui allait emmener l'hôtesse et un invité qui se plaignait de douleurs à la poitrine, Kylie prit le téléphone de sa mère et effaça le message de Trey. La dernière chose qu'elle désirait, c'était qu'elle se mette à avoir des soupçons. Elle espérait qu'elle n'avait pas entendu le nom de Trey dans toute cette effervescence.

Kylie écouta son message. Tout ce qu'il disait, c'était de le rappeler. Elle le fit. Et tomba sur sa messagerie. Génial !

Lorsqu'elle se réveilla le lendemain matin à 9 heures, Kylie fit deux découvertes surprenantes.

Premièrement, le fantôme ne l'avait pas réveillée à l'aube. Cela signifiait-il quelque chose ? De positif ? De négatif ?

Deuxièmement, et ce fut horrible, elle n'était pas seule. Pas du tout. À côté d'elle gisait un corps, complètement enfoui sous la couette. Mort ou vif, elle l'ignorait.

Réprimant un hurlement, elle le toucha. Ou plutôt lui donna un petit coup. Il n'était pas froid. Il produisit même une espèce de « oumph ».

La tête de sa mère sortit brusquement de sous la couette. Quand elle vit l'expression de Kylie, elle se releva brutalement.

– Qu'y a-t-il ?

Kylie cligna des yeux.

– Que fais-tu dans mon lit ?

– Oh ! (Sa mère passa une main dans sa nouvelle coiffure qui lui allait vraiment très bien.) Je suis venue voir comment tu allais. J'imagine que j'ai dû… m'endormir.

Kylie gloussa.

– Tu étais morte de trouille, oui !

Sa mère leva les yeux au ciel – elle aurait fait honte à Sara, la spécialiste des roulements d'yeux.

– Noooon ! (Elle s'effondra et éclata de rire.) OK, d'accord. C'était flippant. J'étais choquée que tu puisses dormir.

– Ce n'était qu'un fantôme ! lança Kylie, tout sourire.

– On dirait que tu en vois tout le temps ! (Elle lui toucha la joue.) Je suis tellement contente que tu sois rentrée ! Tu vois comme on s'amuse, ici ? Pas besoin de t'inscrire au pensionnat !

Kylie eut le souffle coupé.

– Mais j'y tiens vraiment, maman.

L'étincelle dans les yeux de sa mère perdit de son éclat.

– Ne parlons pas de cela maintenant. Une merveilleuse journée nous attend.

En dépit de cette conversation anti-pensionnat et de l'incapacité de Kylie à joindre Trey, la jeune fille resta d'humeur optimiste. Le fantôme avait manifestement décidé de lui laisser un peu de répit. Ou bien elle avait décrété qu'elle avait provoqué suffisamment de problèmes avec la scène de la veille.

Un coup de fil à la chambre d'hôte les informa que Céleste et le vieil homme qui s'était plaint de douleurs à la poitrine étaient tous les deux sortis de l'hôpital.

Elles décidèrent d'aller déjeuner d'une pizza et s'apprêtaient à partir lorsque le téléphone de Kylie sonna. Quand elle vit que c'était Miranda, elle demanda à sa mère de la laisser quelques minutes. Celle-ci alla consulter ses e-mails.

– Salut, dit Miranda. Je nous ai organisé une conversation à trois. Dis bonjour, Della.

– Un ménage à trois verbal, ajouta Della.

– Beurk ! fit Miranda.

– Vous en voulez, du « beurk » ? lança Della. Je viens de pisser sur ma main en essayant de faire pipi sur ce foutu bâtonnet pendant que je discutais avec vous !

Kylie rit.

– Vous me manquez, les filles.

Le bruit d'une chasse d'eau envahit la ligne.

– Oh, double « beurk » ! s'exclama Miranda. Je t'ai dit de ne pas faire ça quand je suis au téléphone !

Kylie se laissa tomber sur le canapé.

– Miranda, tu as participé à ton concours ?

– C'est à 16 heures.

Son amie semblait désespérée.

– Tu t'en sortiras très bien, la rassura Kylie.

– Bien sûr, ajouta Della. Et toi, Kylie, ta chasse aux fantômes ?

Celle-ci s'assura que sa mère ne se trouvait pas dans les parages.

– Vous n'allez pas y croire !

Elle leur raconta ce qui s'était passé. Elles rirent toutes un bon coup, puis la conversation dériva sur leur très forte envie de retourner à Shadow Falls. Lorsque Kylie s'aperçut qu'elle discutait depuis près de dix minutes, elles décidèrent de se reparler dans l'après-midi et se dirent au revoir.

– Je suis prête, maman !

On sonna à la porte. Kylie fila ouvrir tandis que sa mère lui hurlait qu'elle éteignait l'ordinateur. Tout l'embarras de la veille lui sauta alors au visage. Vraiment drôle : son malaise en revenant chez elle avait été dû à l'absence de son père et, maintenant, il était dû à sa présence.

– Salut, ma bichette !

La question qui taraudait Kylie était la suivante : sa mère savait-elle que son père allait venir ?

– Es-tu prête pour…

Les tennis de sa mère freinèrent brutalement à l'entrée. Les traces de dérapage sur le sol de marbre et le choc visible sur le visage de la jeune femme apportèrent à Kylie la réponse à sa question.

Elle ne savait pas. Et ce qui était encore plus évident, c'est qu'elle n'était pas contente.

Le regard de son père se posa sur sa mère.

– Salut, chérie.

Le sourire de son père s'évanouit.

Sa nervosité troubla Kylie. D'accord, il méritait de stresser. Mais, tout de même, c'était franchement bizarre pour Kylie de lui ouvrir la porte alors que cette maison avait été son chez-lui. Son château. À présent, il ne savait plus s'il était le bienvenu. Et à en juger par l'expression de son ex-femme, il ne l'était pas.

– Je m'étais dit que j'aurais pu vous inviter à déjeuner, les filles ! lança-t-il.

Sa mère recula d'un pas.

– J'aurais dû me douter que tu voudrais la voir. (Elle désigna la porte de la main.) Allez-y, vous deux.

– Pourquoi tu ne viendrais pas, toi aussi ? insista-t-il.

– Je ne crois pas.

– Kylie y tient. (Le regard de son père se posa sur elle.) N'est-ce pas, bichette ? Comme au bon vieux temps, tous les trois !

Sa mère fronça les sourcils. Et Kylie aussi. La nervosité de son père prit de l'ampleur. Et la tension dans la pièce aussi.

Sa mère releva le menton.

– Et pourquoi pas à quatre ? Ta traînée peut venir, elle aussi !

– Oh… Ce n'est pas le bon moment, n'est-ce pas ?

La voix de Trey surgit derrière le père de Kylie.

Sa mère monta l'escalier quatre à quatre. Trey parut embarrassé. Son père eut l'air stupéfait.

Puis il regarda Kylie d'un air renfrogné.

– Tu ne lui as pas expliqué que c'était terminé ?

Avait-elle bien entendu ?

– Pardon ?

– Tu ne lui as pas dit que c'était terminé avec Amy ?

– Je devrais peut-être m'en aller ? proposa Trey.

– Oui, répondit le père de Kylie.

La jeune fille eut des vertiges. Elle regarda Trey partir. Elle entendit sa mère pleurer. Elle regarda fixement son père – son beau-père. Qu'il ait voulu se servir d'elle pour récupérer sa mère toucha un point sensible en elle. Qu'il ait compté sur elle pour la mettre au courant de l'état de ses histoires d'amour atomisa carrément ce point sensible.

Elle montra son père du doigt.

– Ne t'avise pas de te servir de moi pour récupérer maman !

– Je croyais…

– Alors, arrête de croire !

Kylie claqua la porte. La maison trembla et la petite fenêtre en verre du châssis se fracassa. Elle remarqua l'expression de surprise de son père par la vitre brisée avant qu'il ne parte.

Elle inspira. Expira.

Puis elle monta à l'étage pour voir comment allait sa mère.

Kylie mit une heure à convaincre sa mère de sortir manger une pizza. Elle avait essayé de joindre Trey afin de comprendre ce qui était si important pour que le fantôme ait envoyé son message à tout le monde dans la salle, mais elle n'eut pas plus de chance.

Elles déjeunaient, sans avoir toutefois retrouvé leur humeur joviale, quand le téléphone de Kylie croassa brusquement.

– Oh, chérie ! dit sa mère. Change cette sonnerie ! (Elle croisa les bras pour se réchauffer et appela le serveur.) Pourriez-vous baisser la climatisation, s'il vous plaît ?

Kylie prit son téléphone. Il n'y avait pas d'appel, mais un vieux message vocal repassait.

« Salut, Kylie, c'est Sara. Je suis désolée d'avoir dû raccrocher comme ça. Je… je devais faire quelque chose d'important. Écoute, je tiens vraiment à te voir quand tu rentreras. Pourrais-tu m'appeler, s'il te plaît ? »

– Qui était-ce ? demanda sa mère, puis elle baissa la voix. Ton père ?

– Non, un message de Sara.

Kylie regarda fixement sa pizza et eut un étrange pressentiment.

– Maman, ça te dérange si je passe la voir après déjeuner ?

– Bonjour, Kylie, dit Mme Jetton une heure plus tard. Sara sera ravie de te voir !

Kylie scruta l'expression de la mère de Sara. Ses yeux étaient rouges, et son visage, pâle. L'atmosphère lugubre amplifia irréversiblement le souci qu'elle se faisait pour son ancienne meilleure amie.

– Elle est dans sa chambre, ajouta Mme Jetton.

Kylie faillit lui demander ce qui n'allait pas, mais le frisson qui parcourut sa colonne vertébrale l'en empêcha. Le court trajet du séjour à la chambre fit ressurgir des dizaines de souvenirs. Et pour une raison étrange, ceux-ci lui mirent les larmes aux yeux.

« Tu dois la sauver, tu dois la sauver. » Les paroles du fantôme vibraient dans la tête de Kylie. Elle déglutit et se dit qu'elle exagérait, que tout allait bien.

La porte de la chambre de Sara était entrouverte, et quand Kylie la vit, elle haleta.

Elle avait... très, très mauvaise mine. Elle était si pâle que Kylie regarda sa poitrine pour s'assurer qu'elle respirait.

Sara ouvrit les yeux.

– Elle t'a dit, non ?

Kylie se servit de ses deux mains pour essuyer les larmes sur ses joues.

– M'a dit quoi ?

– Ce que le médecin... Si elle ne t'a rien dit, alors pourquoi pleures-tu ?

– Parce que je suis contente de te voir.

Elle tâcha de sourire.

– Tu as toujours été une très mauvaise menteuse. (Sara remonta les couvertures.) Maman, peux-tu couper la clim' ? cria Sara. Je gèle, ici !

– Chérie, je l'ai déjà fait, répondit sa mère depuis le séjour. J'ai appelé l'électricien. La climatisation ne marche plus, encore une fois.

Un album photo tomba de la table de nuit. Kylie le ramassa. Elle ne fut pas surprise quand elle vit la personne sur le cliché. Puis elle regarda au pied du lit de Sara : le même esprit. Elle n'avait plus ni spaghettis ni la robe maculée de sang, mais son expression était toujours aussi affreuse.

– Qui est-ce ?

Kylie passa le doigt sur la photo. Sara se pencha pour voir. Apparemment, tout mouvement la faisait souffrir.

– Ma grand-mère. Elle est morte quand j'avais quatre ans. Du même genre de cancer. C'est flippant, non ?

Cancer. Ce mot coupa de nouveau le souffle de Kylie, qui fit de son mieux pour que ses lèvres ne tremblent pas. Elle regarda l'esprit.

– Je ne peux rien faire.

– Si, tu peux ! s'exclama-t-il.

– Comment ça, rien faire ? demanda Sara.

Elle fixa l'album du regard, comme si Kylie avait cassé quelque chose.

– Rien.

Kylie s'assit à côté de Sara. Les souvenirs qu'elles avaient partagés sur ce lit, les secrets, les fous rires pour des bêtises envahirent son esprit.

Elle ravala les émotions qui menaçaient de la submerger.

– Tu te souviens quand on s'allongeait et qu'on s'entraînait à embrasser des miroirs avant la soirée dansante en sixième ?

Sara sourit.

– Oui.

Elle s'adossa à l'oreiller et ferma les yeux. Ses longs cheveux châtains semblaient plus clairsemés et n'avaient plus leur brillance habituelle. Le silence s'amplifia. S'attrista.

Kylie caressa le bras de Sara.

– Qu'a dit le médecin ?

chapitre 32

Sara rouvrit les yeux.

– L'oncologue a dit qu'il essaierait de me faire passer des tests expérimentaux, mais… il pense que c'est trop tard. (Des larmes brillèrent dans les yeux de l'adolescente.) Maman insiste pour que je le fasse, mais… (Elle déglutit.) Je ne veux pas mourir. (Ses lèvres tremblèrent.) J'entends encore maman répéter des dizaines de fois que si jamais elle avait un cancer, elle préférerait mourir plutôt que subir ce qu'ils avaient fait vivre à sa propre mère. Elle a dit qu'ils l'avaient charcutée. Je refuse de connaître la même chose. Ma seule opération a été assez difficile.

Kylie se souvint des rêves de couteaux qui l'attaquaient. Elle regarda le ventre de son amie.

– Quand t'es-tu fait opérer ?

– La semaine dernière. Je n'avais plus mes règles. La gynéco a senti une boule quand elle m'a examinée. Deux jours plus tard, j'étais à l'hôpital.

– Pourquoi ne m'as-tu pas appelée ?

Sara se mordit la lèvre.

– Je l'ai fait. Je ne t'ai pas dit que je pensais avoir un cancer, mais…

La culpabilité emplit la poitrine de Kylie. Le fantôme, la grand-mère de Sara, avait essayé de lui faire écouter son message. Le même que tout à l'heure.

– Ils n'ont pas pu l'enlever ?

Sara secoua la tête.

– Il y en a trop. Il est partout.

La douleur redoubla dans le cœur de Kylie. Elle se rappela le message de Trey que tout le monde avait reçu dans la chambre d'hôte. Pourquoi le fantôme l'avait-il envoyé ?

– Trey ?

Sara regarda ses mains.

– Je suis désolée. Je te jure que je ne voulais pas que ça se produise. J'avais trop bu. Il avait trop bu.

– Quoi ?

Sara leva les yeux.

– Merde. Il ne t'a rien dit, n'est-ce pas ?

Il ne fallut qu'une seconde à Kylie pour digérer les paroles de Sara – et moins encore pour comprendre que ce n'était pas important.

– Je lui ai demandé de t'en parler parce que ça m'était insupportable. Il a promis qu'il le ferait.

– Il a essayé. Je n'ai pas pris ses coups de fil. Mais je m'en fiche, Sara. (Elle serra affectueusement sa main.) Trey et moi… c'est vraiment fini. C'est toi qui comptes.

Une autre larme coula sur la joue pâle de Sara.

– Tu ne dis pas ça uniquement parce que je suis en train de mourir, hein ?

Sara essayait de plaisanter. Kylie ne rit pas.

– Non.

Sara dégagea sa main.

– Tu es chaude.

– Tu peux le faire. (La voix du fantôme surgit juste derrière l'oreille de Kylie.) Grâce à ton contact.

Kylie regarda l'esprit.

– Tu veux dire… comme Helen ?

– Quoi ? demanda Sara.

Kylie continua à sonder le fantôme.

– Fais-le, dit-il. S'il te plaît. Guéris-la. Avant qu'il ne soit trop tard.

– Je ne sais pas comment, murmura Kylie.

– J'hallucine ou tu parles toute seule ? s'exclama Sara. C'est vrai, je prends des drogues plutôt fortes en ce moment !

Kylie reposa les yeux sur Sara.

– Non.

Elle sentit le froid du fantôme se rapprocher légèrement.

– Non, je n'hallucine pas ? Ou non, tu ne parles pas toute seule ?

– Les deux.

Kylie tâcha de réfléchir. Pouvait-elle vraiment le faire ?

Elle regarda la photo de la grand-mère de Sara.

– Comment s'appelait-elle ?

– Fanny Mildred Bogart. (Sara rit.) Heureusement que maman ne m'a pas donné le même nom !

À l'évidence, Sara souffrait quand elle riait parce qu'elle gémit et se laissa retomber sur l'oreiller. Lorsqu'elle rouvrit les yeux, elle regarda fixement la photo.

– Tu veux que je te dise quelque chose de fou ?

– Quoi ? demanda Kylie, mais elle pensait déjà savoir ce que Sara allait dire.

– Parfois, j'ai l'impression qu'elle est là.

– Elle est là.

Kylie reprit la main de Sara et essaya de trouver comment lui expliquer les choses.

Sara gloussa.

– Alors maintenant, tu crois aux fantômes, hein ?

– Ouais. (Kylie inspira.) Tu serais étonnée si tu savais tout ce en quoi je crois !

– Du genre ?

– Du genre, aux miracles.

Kylie regarda Fanny.

– Je ne serais pas contre un miracle. (Sara sourit et essaya de retirer sa paume.) Pourquoi ta main est-elle si chaude ?

– Comment est-ce que je fais ça ? demanda Kylie à l'esprit, en tenant la main de son amie.

– Fais quoi ? s'enquit Sara, dont la voix était aussi fatiguée que les yeux.

– Je ne sais pas, je sais simplement que tu as le pouvoir.

– Ça ne m'aide pas beaucoup ! répondit Kylie.

– Tu parles encore toute seule, observa Sara, qui avait renoncé à essayer de retirer sa main.

– Je sais.

Puis elle se souvint qu'Helen, la fée qui avait le don de guérir, lui avait touché la tête quand elle cherchait des tumeurs. Et elle avait prétendu que c'était comme cela qu'elle avait guéri le cancer de sa sœur.

Lâchant la main de Sara, Kylie s'approcha de la tête de lit. Elle dégagea sa frange du front de son amie. Puis avec l'autre main, elle toucha les tempes de Sara.

– Que fais-tu ? demanda celle-ci en regardant Kylie avec une drôle d'expression.

– J'essaie de t'aider à te détendre, répondit Kylie, qui savait que c'était nul.

– OK… Cette colo t'a rendue hyper bizarre ! observa Sara, et elle se mit à gigoter pour écarter les mains de son amie.

– Dis-lui que c'était ce que ta mère faisait quand tu ne te sentais pas bien, dit Fanny.

Bonne idée.

– Ma mère me faisait ça, et ça me soulageait vraiment.

Sara fit tomber ses mains.

– OK, mais si tu essaies de m'embrasser, j'appelle maman en hurlant.

Sara gloussa.

– Quoi ? Je ne suis pas ton genre ? dit Kylie en ricanant, avant de se concentrer sur son processus de guérison.

Il était plus de 21 heures lorsque Kylie s'en alla de chez Sara. Au bout d'une heure, elle s'était esquivée aux toilettes d'où elle avait téléphoné à sa mère. Elle avait pleuré en évoquant le cancer de son amie. Sa mère lui avait dit qu'elle passerait un coup de fil à Mme Jetton le lendemain et qu'elle pouvait rester chez Sara autant de temps qu'elle le voudrait, mais qu'elle la prévienne avant de se mettre en route.

Kylie attendit que Sara s'endorme pour partir. Elle avait oublié d'appeler sa mère, mais comme elle habitait à côté, elle ne se faisait pas de souci.

Son quartier était sombre – pas de lampadaires dans les rues ni lumières dans les maisons. *Une coupure de courant ?* songea-t-elle en réprimant une sensation de malaise.

Et c'est alors que cela se produisit.

Quelque chose d'énorme heurta le pare-brise de sa voiture.

chapitre 33

Le cœur de Kylie s'arrêta quand elle vit le corps sur son pare-brise. Elle écrasa la pédale de frein. Elle avait sûrement blessé quelqu'un !

Puis elle remarqua le visage qui la regardait fixement à travers la vitre. L'escroc, le vampire qui avait tué les deux filles à Fallen. Comment était-ce possible ? Ne s'était-on pas « occupé » de lui ?

Elle accéléra et donna un coup de volant pour le faire tomber de la voiture. Cela ne suffit pas. S'accrochant au véhicule comme une araignée, il s'approcha, sourit et asséna un coup de poing dans la vitre. Des tessons de verre volèrent dans tous les sens. Kylie hurla et appuya plus fort sur l'accélérateur. Le vampire l'attrapa. Son poing se referma sur son cou et il serra. Elle ne pouvait plus respirer. Ni bouger. Des feux d'artifice explosèrent devant ses yeux. Sa dernière pensée fut pour Sara. Elle espérait qu'elle l'avait guérie. Il fallait que l'une des deux vive.

Quand Kylie se réveilla, elle était assise sur une chaise en bois, lourde et froide. Elle avait mal à la tête et à la gorge. Elle voulut se frotter la tempe, mais ses mains refusèrent de bouger. Elle entendit un tintement, comme du métal sur du métal. Des chaînes ?

Elle ouvrit les yeux de force mais ne vit rien. Une obscurité totale l'entourait.

Traînant les pieds, elle perçut de nouveau un bruit de chaînes. Consciente de la présence des bracelets de métal froid sur ses chevilles et ses poignets, elle rationalisa : ses bras et ses jambes étaient attachés par une sorte de chaîne en métal. Elle essaya de lever les jambes pour mettre sa théorie à l'épreuve.

Oui, c'étaient bien des chaînes.

Elle détestait avoir raison. Le souvenir du vampire escroc envahit sa tête. Un hurlement emplit sa gorge.

Kylie cligna des yeux et espéra voir autre chose que l'obscurité. Elle inspira. L'odeur de crasse et de béton chatouilla son nez.

Un infime souffle d'air frôla ses oreilles.

– Il y a quelqu'un ?

Aucune réponse.

– Je sais qu'il y a quelqu'un, répéta-t-elle.

Pour tester sa force, elle tira sur les chaînes. Elle put à peine les bouger.

– Alors comme ça, les rumeurs sur ta force n'étaient que des rumeurs !

Une voix masculine râpeuse résonna dans le noir.

– Libérez-moi !

Encore plus paniquée, Kylie se débattit contre les chaînes qui la retenaient prisonnière, en vain.

– Tu ne devrais pas t'agiter comme ça, Kylie. Tu vas dépenser ton énergie inutilement. Garde ta force pour réfléchir. Pour faire des choix avisés.

Se forçant à se calmer, Kylie écouta. La voix résonnait

dans la pièce. Elle ne la reconnaissait pas. Elle se rappela le vampire escroc qui s'était écrasé sur son pare-brise, et la panique saisit sa gorge sèche et irritée. Elle essaya de se souvenir de sa voix. Elle l'entendait très bien dans sa tête, mais ce n'était pas la même. Si ?

– Quel genre de choix ? demanda-t-elle.

– Nous avons beaucoup de choses à nous dire.

Ce n'était sûrement pas le vampire, et sûrement pas une voix qu'elle connaissait. Elle était… rouillée… presque… vieille. Aux échos dans la salle, Kylie en déduisit qu'elle se trouvait dans un tunnel.

– Où suis-je ? Qui êtes-vous ?

Elle lui aurait bien demandé ce qu'il voulait, mais elle avait trop peur de le savoir. Quand vous vous retrouviez enchaînée dans une pièce sinistre, ce n'était sûrement pas pour vous proposer du thé et des scones.

Le seul bruit qu'elle entendait était celui de sa propre respiration et le souffle plus court de l'homme à la voix rouillée. Son esprit se focalisa brusquement sur les visions de fantôme, et elle se demanda si elle les avait mal interprétées. Kylie se ferait-elle torturer ?

Respirant un bon coup, elle tira sur les chaînes. Elle ne parvint toujours pas à se libérer. Où était passée sa force ?

– De quoi devons-nous parler ? s'enquit-elle.

La lumière tremblota avec une intensité aveuglante. Kylie cligna de nouveau des yeux, et quand elle releva ses paupières pour la deuxième fois, elle le vit. Il portait une robe étrange, comme celle d'un moine. Sa peau était ridée, tannée.

Kylie fronça les sourcils et lut sa configuration cérébrale. Comme elle le craignait, c'était un vampire.

Un vieux vampire bizarre, comme Tabitha, l'ennemie de Miranda, l'avait décrit. Au fond d'elle, Kylie avait essayé de ne pas l'ignorer. Elle espérait que ce ne serait pas, en l'occurrence, l'erreur qui la perdrait.

– Vous me surveilliez.

– Tu as des instincts très subtils ! (Il s'approcha, si près que c'en était effrayant. Ses yeux étaient froids et gris. D'un gris mortel.) Fais-tu exprès de garder ton esprit fermé ?

Kylie se demanda ce qu'elle devrait lui dire ou si elle devait même lui parler. Mais s'il croyait qu'elle l'empêchait volontairement de la lire, il risquerait de se mettre en colère. Et elle devait se souvenir de ne pas mentir.

– Je ne sais pas m'ouvrir.

Le bruit du métal qui raclait le béton résonna. Kylie regarda une porte que l'on tirait derrière le vieillard. Son cœur cessa de battre, et elle eut mal à la gorge quand elle revit la main du nouveau venu qui bloquait sa respiration.

– Je t'ai demandé d'attendre, le réprimanda le vieux.

– Mais papy, je suis simplement impatient de voir ma nouvelle fiancée !

Le vampire escroc se rapprocha.

Fiancée ? Kylie, dégoûtée par cette idée, tira sur ses chaînes.

– Va-t'en immédiatement ! gronda le grand-père.

Sa voix avait beau être rouillée et usée, son ton appelait à l'obéissance. Une obéissance effrayante.

L'escroc s'arrêta à une cinquantaine de centimètres de Kylie. Ses cheveux auburn n'étaient pas trempés de sang, cette fois, mais elle le voyait encore dans sa tête. À la minute où elle sonda ses yeux gris et froids, elle devina qu'il s'agissait du même vampire que celui qui s'était glissé dans sa cabine d'essayage – et qui s'était écrasé sur son pare-brise.

– Elle est si jolie ! Ne la retiens pas trop longtemps loin de moi.

Il détala. Le bruit de la porte en fer qui claquait résonna dans toute la pièce.

Kylie regarda le vieil homme d'un œil noir.

– Il a assassiné deux jeunes filles.

– Oui. (Il baissa la tête, comme s'il avait honte.) Mon

petit-fils a commis de nombreuses erreurs. Mais avec le temps, il s'assagira.

– Le conseil des vampires était censé… (Kylie se rappela ce que Della avait déclaré à leur propos, qu'ils étaient tous âgés… et alors elle comprit.) Vous faites partie du conseil. Vous leur avez menti.

Il leva les yeux.

– Je n'ai pas menti. J'ai dit que je m'en occuperais. Tu fais partie de mon plan.

– Il m'a kidnappée.

La honte pousserait-elle le vieillard à la libérer ?

– Sur mes ordres.

Raté.

Il s'approcha. Une sensation de puissance l'accompagnait.

– Jadis, quand nos jeunes hommes passaient à l'acte, une seule chose arrivait à les dompter : une femme suffisamment forte, suffisamment jolie pour leur donner une raison de s'assagir.

– On ne peut pas le sauver.

Ses pulsations s'accélérèrent alors que le vieillard se rapprochait.

– Il est sauvage, à présent, mais tu le fascines. As-tu la moindre idée du nombre d'heures qu'il a passées dans les bois, près de ton camp, à risquer de se faire prendre, pour avoir simplement la chance de t'apercevoir ?

Kylie frissonna de dégoût ; c'était donc lui qui l'avait espionnée toutes ces fois !

– J'étais curieux de savoir qui avait volé le cœur de mon petit-fils et je l'ai suivi. Une fois que je t'ai vue, j'ai pu comprendre ce qui l'avait motivé. Tu es fascinante, en effet.

Il se baissa, son visage à quelques centimètres du sien. Son souffle vint effleurer sa joue, et partager le même espace la mit mal à l'aise.

– Qu'es-tu, Kylie Galen ? Le sais-tu seulement ? As-tu du sang de vampire ?

– C'est un assassin, et je préférerais mourir plutôt que de le laisser poser un seul doigt sur moi.

– La mort est toujours une option. Bien que je ne la recommande pas.

La panique essaya de s'agripper de nouveau à la poitrine de Kylie.

– Je t'ai vue boire le sang. (Le contact glacial sur son bras lui donna la chair de poule.) Mais tu es encore chaude. J'ai vu le loup étrange se soumettre devant toi, mais tu ne t'es pas transformée le jour de la pleine lune. Normalement, je rechercherais un vampire comme partenaire, mais tu… Mon petit-fils a raison. Tu es exceptionnelle !

Kylie tira de nouveau sur ses chaînes.

– Laissez-moi partir.

– Tu recherches une famille, Kylie Galen. Nous devrions t'en offrir une. Tu porteras mes arrière-petits-enfants, et avec mes gènes et les tiens, ils seront encore plus puissants. Et tu apprendras à mon petit-fils à devenir un homme.

– Même pas en rêve ! ricana Kylie.

– Nous saurons te persuader.

– Je ne suis pas du genre à me laisser facilement convaincre. Et si votre petit-fils n'est pas un homme, c'est peut-être parce qu'il n'a eu personne à qui s'identifier.

Les yeux du vieillard se plissèrent.

– Je tolérerai bien des choses, mais j'exige que tu me respectes.

– Le respect se mérite.

C'était le dicton préféré de sa mère, et il ne lui avait jamais paru aussi vrai qu'en cet instant.

Le vieillard secoua la tête.

– Dans notre monde, le respect est gagné par celui qui a le plus de pouvoir. Pour l'heure, ma chère enfant, c'est moi qui le détiens, intégralement.

Soudain, il disparut. Se volatilisa. Kylie ne le vit même pas se transformer en masse indistincte. Qu'était-il ? Elle se rappela Tabitha, la sorcière que Miranda avait surprise en train de fureter autour du bungalow, qui affirmait qu'il était plus qu'un vampire, et Kylie craignait que celle-ci ait raison.

Il détenait peut-être le pouvoir, songea-t-elle, mais elle ne le respectait toujours pas. Et jamais de la vie elle ne donnerait naissance à son arrière-petit-fils.

Elle tira de nouveau sur ses chaînes, cherchant la force avec laquelle elle pourrait se libérer. Mais la force ne vint pas. Elle envisagea de hurler, mais quelque chose en elle lui dit que ce serait là un gaspillage d'énergie. Elle avait besoin de réfléchir. Elle avait besoin de se servir de son cerveau pour se sortir de là.

Elle appela Daniel. Il était aux abonnés absents. Les anges de la mort ou ceux qui se trouvaient aux cascades viendraient-ils à sa rescousse ?

Elle ferma les yeux et demanda de l'aide. Supplia, même. L'idée que l'escroc puisse la toucher la rebutait tellement que supplier ne lui faisait pas peur.

Tout au fond de sa tête, une voix murmura :

– Tu as le pouvoir en toi.

– Arrête, on se croirait dans un vieux *Star Wars* !

Comme seul le silence lui répondait, elle poursuivit :

– Ce n'est pas le moment de se lancer dans la découverte de soi !

Elle tira de nouveau sur ses chaînes, pensant que le pouvoir qu'elle détenait était de se libérer. Elle se débattit jusqu'à ce qu'elle sente que ses poignets et ses chevilles lui faisaient mal.

Il veut que je donne naissance à ses arrière-petits-enfants ? Je ne serais pas contre un petit coup de main !

Tâchant de ne pas oublier de respirer, elle réfléchit aux pouvoirs dont parlaient les anges de la mort. Elle communiquait avec les fantômes, elle courait vite et, de temps en temps, elle trouvait une force inconnue pour balancer des loups-garous sur de longues distances. Et elle possédait une ouïe exceptionnelle intermittente. Il y avait aussi l'éventualité qu'elle sache guérir – elle l'espérait, pour Sara –, et elle pouvait entrer dans les rêves par effraction.

Je pratique l'effraction de rêve ! N'était-ce pas aussi pratique qu'un téléphone portable ? Si elle parvenait à joindre Lucas, celui-ci pourrait joindre Burnett. Et ce dernier viendrait la sortir de là. Il mettrait toute l'équipe de l'URF aux trousses de ce vieux schnock.

Elle compta les moutons. Cent, deux cents. Le moindre bruit – et parfois le manque de bruit – la tenait éveillée. Ses yeux se fatiguèrent. Elle finit elle-même par se fatiguer. Enfin, la sensation de flottement vint titiller son inconscient. Puis elle vola, passa entre les nuages. Alors elle le vit.

– Tu es venu.

Lucas s'assit sur un lit gigantesque. Il arborait un sourire sexy et pas de chemise. Mais ce n'était pas le moment de remarquer ce genre de détail.

– L'escroc m'a attrapée. Préviens Burnett.

Kylie parla rapidement, de peur de se réveiller.

– Quoi ?

– Tu m'as entendue.

– Où es-tu ?

– J'sais pas. Un tunnel. Il y a beaucoup de béton. Des portes de fer, aussi.

Il la regarda, paniqué.

– Il faut que je sache où tu te trouves.

– J'étais inconsciente quand ils m'ont amenée ici.

« Ils » ?

– Le grand-père de l'escroc. Il fait partie du conseil des vampires.

Lucas passa ses mains dans ses cheveux.

– Écoute, Kylie. L'effraction de rêve te permet de voler. Tu vas donc rentrer dans ton corps en volant, mais lentement. Regarde en bas, les grands bâtiments. Puis reviens me dire où tu te trouves. Il faut que je sache où tu es, sinon je ne pourrai pas t'aider.

– Et si je n'y arrivais pas ? Et si je me réveillais et que je ne pouvais pas te le dire ?

La panique lui donna l'impression d'être lourde, et cela se ressentit dans sa voix. Elle ne voulait pas quitter Lucas. Même si elle savait que c'était un rêve, elle s'y sentait plus en sécurité.

– Tu peux y arriver, Kylie ! Vas-y ! (Il la chassa d'un geste.) Vas-y !

Elle fit ce que Lucas lui demandait. Elle se mit à voler dans l'autre sens. Trop vite. Elle se concentra jusqu'à ce qu'elle trouve comment réduire sa vitesse. Puis elle regarda en bas. Elle identifia une ligne d'horizon. Celle de Houston. Elle descendit encore, puis vit un bâtiment immense, le Toyota Center. Elle se souvint que son père l'avait emmenée en ville dans les tunnels de Houston.

Traversant le tunnel en volant, sans que les murs l'arrêtent, Kylie ne ralentit pas jusqu'à ce qu'elle se voie. Son cœur battit très fort contre ses côtes. Se voir effondrée sur une chaise, enchaînée comme dans une scène de film d'horreur, l'angoissa au plus haut point. Elle entendit un bruit. La porte en fer s'ouvrit tout doucement. Elle se sentit retomber dans son corps.

– Non !

Il fallait qu'elle retrouve Lucas. Qu'elle lui donne des instructions pour venir la chercher.

chapitre 34

Luttant contre la force d'attraction pour regagner son corps, Kylie virevolta sur elle-même et retourna d'où elle venait. La vitesse l'empêchait de respirer.

Quelqu'un cria son nom. Pas Lucas. Mais le vieux vampire.

Les nuages étaient épais. Lucas ne se trouvait-il pas juste derrière la couche de brouillard ? Elle sentit qu'on la tirait en arrière d'un coup. Elle allait se réveiller.

– Lucas, je suis dans les tunnels de Houston. Sous le Toyota Center. M'entends-tu ?

– Que fais-tu ? grommela la voix grave et rouillée.

Kylie ouvrit brusquement les yeux. Le vieux vampire la regardait fixement. Elle se souvint qu'elle ne pouvait pas mentir.

– Je rêvais.

Quel genre de rêve ? J'ai senti l'énergie.

– Un rêve inquiétant. Je… j'avais des terreurs nocturnes quand j'étais plus jeune.

Pas de mensonge, pour le coup.

Il semblait résigné à la croire mais demeurait suspicieux. Avait-il des raisons de l'être ? Lucas l'avait-il entendue ?

– J'ai de vieux amis qui aimeraient te rencontrer. Pour ton bien, j'espère que tu te comporteras au mieux.

– De qui s'agit-il ? Et pourquoi veulent-ils me voir ?

– Je pense, Kylie Galen, que tu es encore plus exceptionnelle que tu ne le crois.

– En quoi le suis-je ?

Il ne répondit pas.

– Si tu peux me promettre que tu n'essaieras pas de t'échapper, je briserai tes chaînes.

L'idée qu'on lui enlève les lourds bracelets de métal lui offrait une vision de paradis. Ces mots-là étaient sur le bout de sa langue, mais c'eût été un mensonge.

– Nous savons tous les deux que s'il existait une échappatoire, je sauterais dessus. Votre boulot consiste à vous assurer qu'il n'y en ait pas.

Il rit.

– J'apprécie ton honnêteté.

– Suffisamment pour m'enlever mes chaînes ?

– Pas à ce point.

Elle croisa son regard gris usé.

– Je ne vois aucun moyen de m'échapper de cette pièce. À moins que vous ne croyiez que j'ai le pouvoir de vous doubler quand la porte sera ouverte. Et comme je ne peux pas briser ces chaînes, êtes-vous en train de dire que vos pouvoirs sont plus faibles que ce métal ?

Il la scruta.

– Tu es très intelligente, mon enfant. Dois-je craindre que tu sois aussi rusée que futée ?

– Si je l'étais à ce point, est-ce que je serais ici ?

– Faisons un compromis.

Il ferma les yeux, et les bracelets en métal disparurent autour des bras de Kylie, ainsi qu'un autre, à l'une de ses chevilles. Sa cheville droite était désormais seule attachée à une chaîne longue et lourde.

Choquée par ses capacités, elle le regarda fixement.

– Qu'êtes-vous ?

Il sourit.

– Tu vois, je gagne déjà ton respect.

– Vous confondez curiosité et respect, répliqua Kylie.

Ses yeux se plissèrent, mais un petit sourire se faufila derrière sa colère.

– Qu'êtes-vous ? demanda-t-elle de nouveau.

Il plia ses vieux bras sur son torse.

– Qu'est-ce qui ne va pas, chérie ? Les points communs te font-ils peur ?

Sur quoi, il se volatilisa dans le froid.

– Qu'est-ce que cela est censé signifier ? cria-t-elle, et elle se leva pour voir jusqu'où elle pourrait aller avec la chaîne attachée à sa cheville.

Pas assez loin.

Kylie tâcha de se rendormir, de retrouver Lucas, en vain. Elle ne pouvait qu'espérer que son message soit bien passé, qu'il ait déjà appelé Burnett et qu'ils soient en route pour la rejoindre. Combien de temps leur faudrait-il ?

Et s'ils ne venaient pas ? Et si son message ne passait jamais ? Elle essaya de se détacher, mais elle n'avait plus de force. Où était passée sa force ? Pourquoi faisait-elle ces allées et venues ?

Kylie se mit à faire les cent pas, tout en traînant la chaîne. Elle ne pouvait pas atteindre la porte épaisse, mais même si elle y était arrivée, cela n'aurait servi à rien. Quand le vampire avait disparu, la poignée aussi. L'ouvrir eût été impossible. Mais Kylie essaya tout de même de trouver un moyen de sortir, avec ou sans l'aide de Burnett. Elle jeta un coup d'œil à la porte et à sa poignée manquante. Qui était-il donc ? Et qu'avait-il voulu dire par toutes ces bêtises de « points communs » ?

La chaîne cliqueta de nouveau sur le sol en béton. Kylie se souvint qu'elle n'avait pas appelé sa mère avant de partir de chez Sara et elle espérait du fond du cœur qu'elle ne se faisait pas de souci. Se retournant encore, elle fit les cent pas en direction du mur, cette fois, et fut surprise d'entendre des voix. Le vieil homme était-il revenu avec ses amis ? Elle cessa de bouger et écouta.

Ce n'était pas la voix du vieux, mais celle de l'escroc. Oh, super ! Avait-il l'intention de lui rendre de nouveau visite ? Son corps se tendit et elle chercha quelque chose qui puisse faire office d'arme. Avant de parcourir la salle du regard, elle entendit l'escroc plus clairement.

– Qui êtes-vous et que faites-vous ici en train de fouiner ?

D'où venaient ces voix ? Elle hésita et se rapprocha du mur. Tout à coup, un grand bruit résonna, comme si l'on avait projeté quelque chose de lourd à travers la pièce.

Ou quelqu'un...

Son cœur s'arrêta. Elle s'approcha du mur, pour essayer de percevoir si les voix venaient de derrière. Un autre cliquetis, et elle en fut presque certaine.

– Vous avez intérêt à me le dire ! siffla l'escroc.

La peur envahit Kylie. À qui parlait-il ? Était-ce… quelqu'un qui était venu la chercher ? Ses pensées et son cœur allèrent vers Lucas.

– Détache-moi et bats-toi comme un homme ! fit la voix de Lucas, tonitruante.

La poitrine de Kylie se gonfla de regrets. Elle était allée lui demander de l'aide et…

– Pourquoi ? Tu ne te battrais que comme le chien que tu es !

Un grand bruit s'ensuivit, et Kylie comprit que Lucas avait reçu un coup.

Ses muscles se tendirent. Elle sentit l'énergie la traverser.

Elle attrapa la chaîne d'une seule main et l'arracha d'un coup au béton. Puis, se tournant vers le mur, elle fonça dessus, son épaule en avant. Juste une seconde avant de le toucher, elle se dit que cela pourrait faire mal.

Étrangement, elle ne ressentit rien. Des blocs de béton tombèrent autour d'elle. Elle dégagea les morceaux de son visage, puis, s'apercevant qu'elle se tenait à l'autre bout de la pièce, elle regarda fixement à travers le nuage de poussière. Lucas était allongé sur le flanc, toujours enchaîné à une chaise, un peu comme elle l'avait été quelques instants plus tôt. Elle vit sa figure, en sang, et ses yeux étaient fermés comme s'il était inconscient.

Ou mort.

Elle inspira, de fureur absolue, et chercha le vampire du regard. Quand elle le vit, le choc sur son visage ne la surprit pas. Elle fonça vers lui, mais juste avant d'avoir pu lui mettre la main dessus, il disparut.

– Alors comme ça, tu n'es pas si inoffensive !

La voix du vieux vampire retentit autour d'elle, bien qu'elle ne pût pas le voir. Le mur de béton derrière elle se reforma.

– Qu'êtes-vous ? siffla-t-elle, sachant qu'aucun vampire ordinaire ne pouvait reconstruire un mur.

– Ne t'ai-je pas posé la même question ? demanda-t il.

Elle se précipita vers Lucas. Une main sur sa poitrine lui indiqua qu'il était encore vivant. Elle ôta ses chaînes d'un coup et se laissa tomber à ses côtés, à genoux. Le gravier sur le sol de béton lui piqua la peau.

Se souvenant qu'elle avait peut-être le pouvoir de guérir, elle déplaça ses mains sur lui et, comme pour Sara, elle colla ses paumes sur sa tête.

– Parle-moi, Lucas, s'il te plaît. (Elle le revit en train de la sauver des grosses brutes et de chercher des éléphants dans le ciel, et ce souvenir lui mit les larmes aux yeux.) Je t'en prie, guéris !

Elle essaya la pensée positive, songeant à ses paumes qui communiquaient de la chaleur à son corps. Elle ne savait pas si c'était ainsi que cela marchait, mais pour Lucas et Sara, elle pria pour que ce soit le cas. Son cœur s'emplit d'espoir quand le gonflement disparut du visage de Lucas.

– Maintenant, parle-moi, murmura-t-elle, et elle se pencha tout doucement.

Les yeux du garçon s'ouvrirent d'un coup. La panique l'envahit et il essaya de lui donner un coup de poing. Kylie tâcha de l'attraper en plein vol, mais quel que soit le pouvoir qu'elle avait, celui-ci avait disparu. Elle réussit à éviter le coup en pleine figure, mais il s'écrasa contre son épaule. La douleur fut fulgurante. Le choc la projeta à l'autre bout de la pièce.

– Bon sang ! (Il se releva d'un bond.) Je suis désolé. (Il l'aida à se redresser et la berça tendrement contre sa poitrine.) Tu vas bien ?

Kylie acquiesça. Heureusement, il n'était pas un vampire et ne pouvait pas savoir qu'elle mentait. Son épaule l'élançait comme une mauvaise rage de dents.

– Couché ! parvint-elle à dire.

Il s'exécuta, mais ses jambes se dérobèrent sous lui et il dut la rattraper.

– Je suis désolé.

Elle fixa ses yeux bleus.

– C'est bon. (Il n'avait pas voulu lui faire mal.) Je crois qu'il n'y a rien de cassé.

– Tu as pu joindre…

Elle se tut, se souvenant que le vieux vampire devait probablement écouter.

« Burnett ? »

Elle avait articulé le nom silencieusement et leva des yeux interrogateurs sur lui.

Lucas hocha la tête, et elle pria pour qu'il ait lu correctement sur ses lèvres et que cela signifie que Burnett et l'URF allaient arriver.

Son épaule l'élançait. Ses jambes tremblaient. Elle s'adossa au mur et se laissa glisser en position assise jusqu'au sol en béton. Lucas s'installa à côté d'elle. Elle frissonna ; il devait le sentir, car il la prit dans ses bras. Son corps diffusait de la chaleur. Elle se colla à lui pour l'absorber.

– Tu es si chaud, observa-t-elle.

– Il était temps que tu t'en rendes compte ! la taquina-t-il.

Elle aurait volontiers souri si elle avait encore eu de l'énergie. En dépit de la douleur, elle se sentait en sécurité.

– C'est un truc de loup-garou, dit-il. Notre température corporelle se réchauffe.

– Quelle heure est-il ?

– Minuit passé, répondit-il.

Elle se dit que sa mère devait paniquer. Puis, trop épuisée pour réfléchir, elle ferma les yeux et se blottit encore plus contre le torse de Lucas en veillant bien à ne pas bouger son épaule. Il la déplaça sur ses genoux. Sa chaleur l'entourait. Elle le sentit passer une main dans sa chevelure.

– Tu as quelque chose dans les cheveux.

– Sûrement du béton, quand j'ai… traversé le mur.

– Quel mur ? demanda-t-il.

Elle se souvint qu'il était inconscient, à ce moment-là. Savait-il même qu'elle l'avait guéri ?

– Celui-là. (Elle le désigna d'un signe de tête.) Mais il l'a reconstruit.

– Je crois que je t'ai frappée plus fort que je ne le pensais !

Elle n'avait pas la force de le contredire.

– Si fatiguée...

– Repose-toi. (Il la rapprocha encore de lui.) Bientôt… murmura-t-il.

Insinuait-il que ce serait bientôt terminé ? Comme elle l'espérait !

– Kylie, c'est l'heure.

Les paroles de Lucas la réveillèrent un peu plus tard.

Elle sentit qu'il se levait d'un bond en la portant dans ses bras, et elle fut immédiatement sur le qui-vive. Des bruits provenaient de l'autre côté du mur, et, en un petit bond, il avait gagné le fond de la pièce, loin du vacarme. Avant qu'elle ne puisse insister pour qu'il la repose, le mur de devant s'écroula, et Burnett, accompagné des membres de l'URF, se fraya un chemin sous le béton qui tombait en cascade.

Burnett se précipita.

– Elle va bien ?

– Ça va, dit-elle, gênée que Lucas la porte comme une enfant. Repose-moi.

– Son épaule, expliqua celui-ci. Je crois qu'elle est cassée. Ma faute. C'était un… accident.

– Je vais bien.

Elle entreprit de la bouger pour lui montrer qu'elle disait la vérité, mais elle grimaça.

– Ils sont ici ! hurla quelqu'un, en bas du couloir.

Lucas, Burnett et les autres traversèrent les décombres qui avaient autrefois fait office de murs. Kylie resta seule dans le nuage de poussière que leur départ précipité avait produit. Le bruit d'hommes qui se battaient au loin atteignit ses oreilles. Se sentant inutile, elle décida de les suivre, espérant que sa force reviendrait, mais elle n'avait pas fait un pas qu'elle sentit le courant d'air la croiser à toute allure.

Le jeune vampire escroc aux yeux fous s'arrêta à côté d'elle, et avant que Kylie ne puisse faire autre chose que hurler, il la tenait dans ses bras. Oubliant son épaule, elle se débattit. La douleur explosa dans son bras, mais elle continua à se battre. Or, l'étreinte du vampire était puissante, et l'adolescente, à bout de forces.

– Non !

Le grondement grave de la voix de Lucas emplit ses oreilles.

– Repose-la ! exigea-t-il.

– Elle est à moi ! siffla le vampire.

– Il faudra me tuer d'abord ! rugit Lucas, et ses yeux s'assombrirent pour se teinter d'orange foncé.

– Avec grand plaisir, rugit le vampire en retour, dont les yeux gris étincelaient à présent de rouge.

Saisissant sa chance, Kylie enfonça sa paume dans la gorge de l'escroc. Elle tomba en arrière, et à peine avait-elle touché le sol qu'elle vit Lucas attaquer. Le bruit de poings qui broyaient des os emplit la pièce. Horrifiée, elle regarda son ami, projeté à l'autre bout de la salle. Elle sentit sa propre force revenir, mais avant qu'elle ne se soit relevée, Lucas était de retour et tenait le vampire par la gorge. Le son qui en sortait ne laissa pas le moindre doute à Kylie : Lucas bouchait ses voies respiratoires.

– Lâche-le ! (La voix du vieillard emplit la pièce et alourdit l'atmosphère.) Lâche-le, sinon elle meurt.

Si Kylie ne vit personne, elle sentit une main se refermer sur sa gorge. Elle griffa la force invisible qui l'étranglait et essaya de faire entrer de l'air dans ses poumons. En vain.

Elle vit le regard de Lucas se poser brusquement sur elle. Des étincelles sombres se mirent à obscurcir sa vision, et juste avant que tout ne devienne noir, elle vit Lucas relâcher le vampire, qui disparut ensuite. Pas de vent, pas d'air. Manifestement, la magie du vieil homme l'avait emporté.

Tentant toujours d'inspirer, elle s'écroula, à genoux. Lucas l'aida à se relever.

Burnett apparut brusquement à leurs côtés.

– Il est revenu la chercher, expliqua Lucas.

– Nous devons l'emmener, annonça Burnett, et il prit Kylie dans ses bras.

– Je les accompagne, décida Lucas en montrant les autres membres de l'URF.

– Non ! dit Kylie.

Mais elle ne se trouvait déjà plus dans la pièce. Le vent cinglait sa figure si fort qu'elle ne parvenait pas à respirer. Burnett la redressa et enfouit le visage de Kylie dans sa poitrine, une poitrine loin d'être aussi chaude ou rassurante que celle contre laquelle elle venait juste de s'assoupir…

Quand Burnett s'arrêta devant un immeuble à un étage, Kylie leva la tête.

– Où sommes-nous ?

Elle se toucha le cou.

– Une clinique, répondit-il, et il déplaça sa main pour vérifier son cou.

– Je vais bien, reposez-moi.

– Pas encore. Tu vas peut-être bien, mais Holiday me tuerait si je ne demandais pas à un médecin de t'examiner.

Elle repensa à Lucas.

– Vous auriez dû empêcher Lucas de courir après les vampires escrocs…

– Je n'aurais pas pu. Les loups-garous sont beaucoup trop têtus. Mais Lucas est assez grand pour prendre soin de lui.

– Il s'est fait capturer.

– Juste pour venir te chercher.

Cette prise de conscience lui tordit le ventre.

– Il aurait pu se faire tuer.

– Non.

Les lumières s'allumèrent dans l'immeuble et Burnett entra.

Kylie lut la pancarte sur la porte quand il la porta à l'intérieur : PROTÉGEZ VOS ANIMAUX DOMESTIQUES DES VERS DU CŒUR.

– Attendez, vous m'amenez chez un vétérinaire ?

Elle passa en revue le petit bureau aux murs ornés de photos d'animaux et remarqua l'odeur.

– Un véto et médecin surnaturel, dit-il.

Un homme sortit d'une porte au fond.

– Par ici, lança-t-il.

Burnett la présenta au docteur Whitman quand il lui fit passer la porte dans ses bras. Un gros chat rouquin les suivit. Dès que Burnett déposa Kylie sur une table d'examen, le matou sauta à côté d'elle.

– Je vais bien, dit-elle à Burnett et au médecin.

– Son épaule, expliqua Burnett. Et son cou.

Lorsque le médecin toucha l'épaule de la jeune fille, elle tressaillit.

– Ce n'est qu'un bleu. (Elle reposa les yeux sur Burnett.) Je dois retourner chez ma mère. Elle doit déjà être au poste de police.

Burnett décrocha le téléphone et se rendit à l'autre bout de la salle.

Le docteur Whitman bougea l'épaule de Kylie et l'examina. Kylie grimaça un peu, mais son épaule n'était pas cassée. Les sourcils du médecin s'agitèrent quand il fixa son front.

– Qu'êtes-vous ?

– Si je le savais ! dit-elle, et elle regarda la configuration de son cerveau.

Il était en partie Fae. Le chat passa sur Kylie pour aller se frotter au médecin. Elle avait le sentiment qu'il communiquait avec les animaux, lui aussi – comme Derek. Cette pensée lui rappela combien il lui manquait, mais elle la chassa.

Bon, la jeune fille a raison. Son épaule n'est pas cassée, déclara le docteur Whitman quand Burnett vint les rejoindre.

– Je vous l'avais dit, lâcha Kylie. Maintenant, pourriez-vous me déposer chez ma mère, s'il vous plaît ?

– Merci, dit Burnett au docteur Whitman, et il lui fit signe de sortir de la pièce.

Une fois qu'ils furent seuls, Burnett se retourna vers Kylie.

– Je vais te raccompagner. Mais d'abord, je dois savoir ce qui s'est passé ce soir.

Kylie lui raconta tout ce dont elle se souvenait à partir du moment où le vampire escroc avait atterri sur sa voiture, jusqu'au moment où Burnett avait surgi à travers les murs de béton. Elle l'informa que l'escroc qui avait tué les filles à Fallen était le petit-fils de l'un des membres du conseil des vampires, et que c'étaient eux qui avaient espionné le camp pendant tout l'été.

Le récit de la jeune fille fit étinceler de fureur les yeux du vampire.

– Pourquoi souhaite-t-il que j'épouse son petit-fils ? demanda-t-elle quand elle eut terminé.

Burnett haussa les épaules.

– Dans le passé, c'étaient nos grands-parents qui choisissaient nos partenaires.

– Même si le partenaire n'était pas d'accord ?

– J'ai bien peur que oui. (L'expression de Burnett s'emplit de remords.) Tu avais raison, Kylie. C'était toi qui l'intéressais. J'aurais dû t'écouter. Je ne referai pas la même erreur.

Elle hocha la tête, devinant que ce devait être dur pour lui de reconnaître qu'il s'était trompé.

– Le vieux est bizarre. La configuration de son cerveau indique que c'est un vampire, mais il est plus que cela.

– Je connais l'homme dont tu parles. Je l'ai rencontré au cours de mes visites au conseil. C'est un vampire, mais tu as raison, il est étrange.

– C'est plus qu'un vampire, dit Kylie. Il a reconstruit le mur après que je l'ai détruit.

– Peut-être a-t-il obtenu de l'aide de quelqu'un qui a d'autres pouvoirs…

– Je pense que c'est plus que cela.

– Probablement, répliqua-t-il, mais Kylie devina qu'il n'était pas d'accord. OK, je te raccompagne. Et je vais faire surveiller ta maison pour que tu sois en sécurité.

Il la reprit dans ses bras.

– Attendez.

Cette fois, elle sut comment enfouir sa tête dans sa poitrine.

Quelques secondes plus tard, Burnett la reposa devant chez elle.

– Que vais-je lui dire ? demanda-t-elle.

– Aucune idée. Les parents, ça n'a jamais été mon truc. Mais sois créative !

– Vous ne m'aidez pas beaucoup. (Elle se mordit la lèvre.) Oh, mince ! Ma voiture !

– Nous l'avons trouvée en te cherchant. Quelqu'un fera remplacer la vitre, et tu la récupéreras avant l'aube.

– Merci.

Il opina.

– Je suis content que tu ailles bien, Kylie. Nous reparlerons de tout cela demain soir, quand tu seras de retour au camp. Et appelle Holiday dès que tu peux. Elle ne dormira pas tant qu'elle ne t'aura pas parlé.

Kylie l'étreignit. Visiblement, cette démonstration d'affection le surprit.

– Merci, dit-elle.

– Avec plaisir, répondit-il.

À l'évidence, la conversation le gênait autant que l'étreinte.

Elle passa l'obscurité en revue. Le silence ne lui faisait pas peur, parce qu'elle savait que Burnett en était à l'origine.

– J'ai mis deux hommes en faction devant la maison, expliqua-t-il, comme s'il avait mal interprété son expression.

– Je vous crois.

Elle le regarda partir. Puis elle se rendit à la porte. Quand elle s'aperçut qu'elle n'avait pas les clés, elle trouva celles que sa mère cachait à l'intérieur de la fausse crotte de chien derrière les azalées.

À peine eut-elle ouvert que sa mère lui sauta dessus et la prit dans ses bras.

– Oh, mon Dieu ! J'allais prévenir la police ! Où étais-tu passée, jeune fille ?

Sa mère l'étreignit si fort qu'elle lui fit mal à l'épaule. Elle s'écarta et essaya de dissimuler la douleur dans sa voix :

– J'ai oublié d'appeler. J'étais tellement bouleversée à cause de Sara que j'avais juste besoin de réfléchir.

Des larmes envahirent les yeux de sa mère.

– Oh, bébé ! Je suis vraiment désolée. Il y a eu une coupure de courant, je me suis endormie sur le canapé en t'attendant, et je me suis réveillée il y a un quart d'heure. Quand je me suis rendu compte que tu n'étais pas rentrée, j'ai appelé chez Sara. Sa mère m'a dit que tu étais partie, mais elle ne savait pas à quelle heure.

Heureusement, la mère de Sara était déjà couchée lorsque Kylie était partie.

– Je vais bien.

– Je n'ai pas entendu ta voiture.

Réfléchis, et vite !

– Je l'ai garée dans la rue.

Elle espérait que Burnett avait raison et que le véhicule serait de retour à l'aube.

Kylie feignit de bâiller.

– Tu sais, maman, je ne serais pas contre piquer un petit somme.

Elle voulait aller appeler Holiday dans sa chambre. Mais elle devrait se servir du téléphone de la maison, car son portable se trouvait dans la voiture.

– D'accord, mais nous parlerons de Sara demain.

Ouais, songea Kylie. Elles devaient aussi évoquer sa rentrée à Shadow Falls à l'automne. Mais elle décida de penser à cela plus tard, aussi. Elle se rua dans sa chambre où elle composa le numéro de Holiday.

– As-tu eu des nouvelles de Lucas ? demanda-t-elle quand la directrice répondit.

– Oui. Il va bien. Mais… aux dernières nouvelles, les responsables de ton enlèvement n'ont pas été capturés. Burnett te fait surveiller, ne t'inquiète pas.

– Je sais.

– Tu vas bien ? Si seulement je pouvais te toucher pour te calmer !

– Oui, mentit-elle.

– Si tu fermes les yeux et imagines les cascades, cela te permettra de chasser la panique.

– D'accord, répondit Kylie, et cette fois, elle disait la vérité.

Le dimanche matin, le téléphone réveilla Kylie vers 10 heures. Elle s'assit, attrapa le combiné et regarda autour d'elle, dans l'espoir de trouver le fantôme. Après avoir passé plus d'un mois à le voir dès l'aube, il lui manquait un peu !

En décrochant, elle se souvint de sa conversation avec Holiday la nuit passée. Cela avait marché : imaginer les chutes d'eau avait atténué sa panique.

– Allô ? répondit-elle.

– Tu vas bien ?

Les voix de Miranda et Della explosèrent en même temps au bout du fil.

– Oui. (Kylie reposa sa tête sur l'oreiller.) Comment l'avez-vous su ?

– Comme tu n'as pas décroché de toute la soirée, j'ai appelé Holiday, expliqua Della. Vas-y, raconte !

Kylie leur donna la version courte et leur promit tous les détails glauques pour plus tard. Puis elle les interrogea sur leur week-end. Miranda se plaignit, mais finit par leur avouer qu'elle était arrivée deuxième au concours.

– Et cette garce de Tabitha, quatrième ! annonça-t-elle, toute fière.

– Et toi, Della, comment vas-tu ? demanda Kylie.

– Ça vous dit quoi, ça ?

Le bruit d'une chasse d'eau envahit la ligne.

– Dégueulasse ! lança Miranda.

– Je crois que mes parents sont choqués que je n'aie pas encore été testée positive à leurs tests !

Elles bavardèrent quelques minutes, puis se dirent au revoir. Se souvenant de la voiture, Kylie se leva non sans mal et regarda par la fenêtre. Burnett avait tenu parole. La voiture, flambant neuve, était garée dans la rue devant la maison.

Si seulement tout le reste dans sa vie pouvait s'arranger aussi facilement...

– Tu es réveillée, constata sa mère quand Kylie sortit de la chambre quelques minutes plus tard. (Une serviette était enroulée autour de sa tête et elle portait un peignoir, comme si elle sortait de la douche.) Une minute, je vais nous préparer le petit déjeuner.

Une demi-heure plus tard, Kylie mangeait des pancakes et des œufs avec sa mère. Elles discutèrent d'un tas de choses, mais surtout de Sara. La mère de Kylie lui raconta que celle de Sara avait appelé pour s'assurer qu'elle était bien rentrée.

Puis elle ramassa son assiette, qu'elle alla déposer dans l'évier.

– La mère de Sara m'a appris qu'elle se sentait bien aujourd'hui. Elle est censée voir le médecin demain pour parler de ses options. Naturellement, j'espère que ça va marcher.

Kylie se leva pour l'aider à débarrasser.

– Elle n'a pas besoin d'options, murmura une voix derrière Kylie. Tu as réussi.

La température dans la pièce baissa de six degrés.

– Je te jure, la climatisation débloque depuis un mois !

Sa mère frissonna et alla vérifier le thermostat. Kylie se demanda si la climatisation était vraiment HS ou si Daniel était à l'origine du froid.

Elle se retourna et vit la morte. Elle paraissait jeune et en pleine santé.

Magnifique ! Kylie se dit que, à trente ans, Sara serait sa copie conforme.

– Merci. Je savais que tu y arriverais.

– Tu n'as pas besoin de me remercier, c'est mon amie.

– Tu as dit quelque chose ?

Sa mère se tenait sur le pas de la porte de la cuisine.

Le fantôme sourit et disparut.

– Ouais, répondit Kylie. J'ai dit qu'il fallait que l'on parle de l'école.

Elle prit sa mère dans ses bras. Son épaule ne lui faisait presque plus mal. Quand elle se détacha, elle débita son discours à toute allure avant de perdre courage :

– Je sais que c'est dur pour toi. Je sais que tu m'aimes. Mais j'en ai besoin. Maintenant.

Sa mère lui toucha le visage. Puis des larmes emplirent ses yeux.

Elle prit une profonde inspiration.

– Bébé, je suis désolée, mais je ne peux pas te laisser partir.

chapitre 35

Le cœur de Kylie se serra.

La pièce redevint froide. Daniel apparut. Il souriait.

– Rappelle-lui… commença-t-il, mais avant qu'il ne puisse finir sa phrase, il disparut.

Kylie comprit ce qu'il avait voulu dire.

– Maman, dit-elle, tu te souviens lorsque tu m'as affirmé que quand tu avais rencontré Daniel, tu savais qu'il était fait pour toi ?

Sa mère eut l'air choqué que Kylie mêle son père au débat.

– Oui, mais…

– Cette école, c'est mon Daniel, maman. Je sais qu'elle est faite pour moi. Je le sais au fond de mon cœur. S'il te plaît, ne me l'enlève pas. Ne me l'enlève pas, comme on t'a enlevé Daniel.

– Je ne peux même pas t'accompagner à l'intérieur ? demanda sa mère après s'être garée sur le parking de Shadow Falls plus tard cet après-midi-là.

– Ce n'est pas le jour des visites, répondit Kylie, et elle regarda à peine le nouvel esprit qu'elles avaient pris en stop quand elles étaient passées devant le cimetière de Fallen.

Brune, elle portait une robe d'intérieur rose pelucheuse et semblait avoir une petite trentaine d'années. Elle était aussi complètement paumée, et ne cessait de fixer Kylie et de lui demander où elle était. Kylie avait essayé de lui parler mentalement, mais la femme n'entendait pas. De plus, la mère de Kylie avait gâché tout le trajet en racontant que la climatisation de la voiture devait être fichue, elle aussi.

Kylie serra sa mère dans ses bras.

– Merci, lui dit-elle.

La mort dans l'âme, sa mère avait accepté de signer les papiers d'inscription au pensionnat de Shadow Falls cet automne.

Dans un soupir, elle se recula et posa la main sur la joue de Kylie.

– Mais ça ne me réjouit pas pour autant.

– Je sais.

– N'oublie pas les conditions.

Kylie n'avait pas l'intention de se disputer, mais les mots lui échappèrent :

– Je ne comprends pas. Tu refuses de lui pardonner, tu ne veux même pas le voir, mais tu me demandes de l'appeler deux fois par semaine !

– C'est ton père.

C'est Daniel, mon père.

Sa mère grimaça.

– Oui, mais Tom t'aime comme sa fille.

– Je sais, et je compte bien lui pardonner, mais… cela fait tout de même mal. Et lorsqu'il a essayé de se servir de moi pour te récupérer, eh bien…

– Je sais. Il a eu tort. Il n'est pas parfait. Moi non plus.

Je suis désolée d'avoir provoqué un drame quand il est venu.

Kylie la fixa dans les yeux.

– Tu l'aimes encore ?

– Je ne sais pas. Une fois que ça cessera de faire aussi mal, j'aurai peut-être la réponse.

Elles s'étreignirent de nouveau et, quelques minutes plus tard, Kylie regarda sa mère s'éloigner. L'esprit, qui avait décidé de ne plus lâcher la jeune fille, se tenait à présent à côté d'elle. Il ouvrit sa robe d'intérieur et contempla un gros trou béant dans son ventre. Pourquoi Kylie ne pouvait-elle pas se faire poursuivre par un fantôme mort paisiblement dans son sommeil ?

– Que m'est-il arrivé ? demanda-t-il.

– Je ne sais pas.

Kylie regarda l'esprit disparaître. Mais elle avait le sentiment qu'il reviendrait. Et il comptait sur elle pour l'aider à trouver des réponses, ce qui, en soi, la frustrait infiniment. Comment pourrait-elle résoudre les problèmes de la morte alors qu'elle ne parvenait pas à démêler les siens ?

Elle consulta son téléphone pour vérifier si le détective l'avait rappelée suite au coup de fil qu'elle lui avait passé après avoir récupéré son portable dans sa voiture. Il avait envoyé un texto lui annonçant qu'il avait des nouvelles, mais sans faire la moindre allusion à leur nature.

Lorsque Kylie arriva au portail, le sentiment d'être enfin chez elle emballa son cœur. Elle était vraiment à sa place ici. Holiday et Burnett l'attendaient.

Holiday, attendrissante, la serra dans ses bras. Burnett prit sa valise et lui fit signe de le suivre.

Quand ils passèrent devant le réfectoire, Kylie constata que d'autres campeurs étaient eux aussi revenus plus tôt.

Holiday l'avait appelée pour lui demander de rentrer une heure en avance pour discuter. Tous trois allèrent dans le bureau, et Kylie fut stupéfaite de trouver Lucas derrière la porte.

Ses yeux bleus croisèrent les siens.

– Ton épaule, ça va ?

Kylie eut le sentiment qu'il voulait la toucher, mais il attendait qu'elle fasse le premier pas. Bien que tentée de le prendre dans ses bras, elle ne trouvait pas cela totalement légitime. La veille au soir, c'était tout à fait normal, mais à présent, elle en doutait.

– Juste une petite plaie. Merci.

– Si jamais tu lui refais du mal, accidentellement ou non, je devrai te poursuivre avec une fourche ! lança Holiday.

À la dureté dans ses yeux, Kylie comprit que la directrice ne plaisantait qu'à moitié.

– Ce n'était pas sa faute.

Kylie se rapprocha de Lucas, et c'était manifestement le signe qu'il attendait. Il tendit sa main et lui toucha le poignet. Un simple effleurement, mais qui diffusa une douce chaleur en elle.

– Si, rétorqua Lucas. (Il croisa son regard. La culpabilité résonnait dans sa voix.) Il faut que j'apprenne à réfléchir davantage avant de donner un coup de poing.

Il regarda Burnett, et Kylie eut le sentiment que Holiday n'était pas la seule à avoir passé un savon à Lucas.

Lentement, la main du garçon se glissa dans la sienne et il la serra affectueusement. L'ambivalence rebondit dans le ventre de Kylie. Elle ne savait pas si elle était prête à envisager les conséquences de ce geste, mais elle n'avait pas non plus l'intention de le repousser. Il avait risqué sa vie pour sauver la sienne. Se souvenant qu'elle devrait se concentrer sur autre chose que Lucas, elle regarda Burnett.

– Une chance de les retrouver ?

– Non.

Ses yeux étincelaient de colère.

– Mais nous les trouverons, dirent Burnett et Lucas en même temps.

– Les autres membres du conseil des vampires ont été informés des événements. J'imagine qu'il y aura des conséquences.

Au bout de quelques minutes, Lucas fut prié de s'en aller, puis Burnett et Holiday entraînèrent Kylie dans le bureau de la directrice. Burnett fit raconter à Kylie trois ou quatre fois ce qui s'était passé. Si c'était à peu près aussi facile que d'avaler des pierres, Kylie ne se plaignit toutefois pas de l'exercice. Les yeux de Holiday se remplirent d'orgueil quand la jeune fille leur confia qu'elle avait guéri Lucas et peut-être Sara.

Enfin, la question qui couvait depuis un moment fit irruption :

– Ce que je ne comprends pas, c'est pourquoi je n'ai pas pu me servir de cette force pour me sauver.

Holiday hoqueta comme si elle venait brusquement de comprendre.

– Tu es une protectrice ! J'aurais dû le deviner après l'incident avec Selynn ! Quand nous étions au lac, tu n'as pris de la force que lorsque tu as cru que ta mère était en danger. Cela explique aussi pourquoi Daniel, ton vrai père, n'a pas été en mesure de s'enfuir le jour de sa mort.

– Est-ce que… cela te dit ce que je suis ? Ce qu'il était ?

– J'ai bien peur que non, mais… (Le regard de Holiday se posa sur Burnett qui semblait aussi surpris et stupéfait.) Être une protectrice, c'est très rare, et cela n'est accordé qu'aux plus doués.

– Extrêmement doués, reprit Burnett, l'air légèrement intimidé. Je n'en ai rencontré qu'un autre dans ma vie.

Une protectrice ? Kylie ignorait ce que cela signifiait.

– Je possède donc d'autres dons en plus de ceux que j'ai actuellement ?

– Probablement. (Holiday sourit.) Je savais que tu étais

exceptionnelle, Kylie. Je l'ai deviné à la minute où je t'ai vue !

– Parmi ces dons, je ne pourrais pas avoir celui qui consiste à trouver ce que je suis ?

La frustration colorait sa voix.

Après une minute à répéter la même rengaine – cela finirait bien par arriver, il fallait qu'elle soit patiente, que ce soit sa quête… bla… bla… bla… –, Burnett se remit à lui poser des questions :

– Mario a-t-il dit qui étaient les copains qu'il voulait te présenter ?

– Mario ? dit Kylie.

– Mario Esparza, c'est le nom du vieux vampire.

Elle ferma les yeux, ignorant si cela lui faisait plaisir de connaître son identité.

– Non. (Elle frissonna, imaginant le genre d'amis qu'il devait avoir.) D'après vous, à quoi songeait-il quand il évoquait nos prétendus points communs ? Pense-t-il que je suis comme lui ? Pourrait-il être un protecteur ou…

– Je ne sais pas ce qu'il voulait dire, répondit Burnett. Mais je ne crois pas qu'il soit un protecteur.

– Tu n'es pas comme lui, Kylie, insista Holiday. Il n'est pas né à minuit.

– Alors il est mauvais ? demanda Kylie.

Burnett regarda Holiday, comme s'il ne savait pas quoi répondre. D'un hochement de tête, celle-ci lui donna son feu vert.

– Oui, il est mauvais. C'est la bête noire de l'URF depuis des années. Nous avons essayé de l'évincer du conseil, mais nous n'avons jamais trouvé assez de preuves.

Kylie respira profondément.

– Croyez-vous qu'il viendra de nouveau me chercher ?

Une fois de plus, Burnett jeta un coup d'œil à Holiday avant de poursuivre.

– J'aimerais pouvoir te dire que je pense que c'est

terminé. Mais il n'aime pas perdre. Toutefois, je te garantis personnellement qu'il ne gagnera pas cette bataille. Je l'arrêterai, quel qu'en soit le prix.

Holiday serra affectueusement la main de Kylie.

– Finissons-en, dit-elle à Burnett. La plupart des campeurs nous attendent au réfectoire.

Il n'eut pas l'air heureux.

– D'accord, mais j'aurai peut-être des questions à te poser plus tard.

Kylie opina. Tous trois se levèrent. Burnett sortit le premier.

– Burnett ? dit Holiday, la voix pleine d'incertitude.

Il se retourna et, l'espace d'un instant, son expression fut celle d'un chiot qui recherchait l'affection et l'acceptation.

Kylie regarda Holiday sortir un papier du tiroir de son bureau.

– Tu devrais peut-être le prendre. Lis-le attentivement avant de signer.

– Qu'est-ce que c'est ? demanda-t-il.

Holiday hésita.

– De la paperasse. Je croyais que tu voulais investir dans Shadow Falls.

Il jeta un coup d'œil au papier, puis à la jeune femme.

– Alors comme ça, tu n'as pas pu trouver d'investisseur ?

Elle arqua le sourcil droit.

– Je suppose que l'école n'est pas considérée comme le meilleur des placements !

Kylie dut réprimer un sourire en reconnaissant la méthode de Holiday pour éviter un mensonge dans le but de cacher une vérité. Elle ne tenait pas à ce que Burnett sache qu'elle avait reçu une autre proposition, et Kylie savait également pourquoi. Admettre qu'elle l'avait choisi parmi les autres revenait à avouer qu'elle ne voulait pas le perdre.

– J'insisterai pour avoir davantage mon mot à dire sur la gestion des choses ici, l'avertit Burnett.

– Et je suis sûre que je te battrai sur presque tout ! répliqua Holiday.

Un léger sourire effleura ses lèvres.

– Exact.

Holiday acquiesça.

– Tu trouveras la liste de la plupart de mes conditions.

Burnett alla signer le papier sur le bureau de Holiday.

– Tu ne crois pas qu'il aurait fallu le lire d'abord ? demanda-t-elle.

– Disons simplement que j'ai hâte de me battre contre toi.

Il lui remit le papier et sortit, laissant une douce tension à sa place.

Kylie attendit d'être sûre que Burnett ne puisse plus l'entendre avec son ouïe supersonique.

– Je sais que tu avais un autre investisseur en lice.

Holiday roula des yeux.

– Et tu sais aussi que tu n'en parleras pas, d'accord ?

Kylie se fendit d'un grand sourire.

– Tu ne voulais pas le perdre, Holiday.

– Il me plaît de plus en plus, avoua-t-elle. Mais ça ne veut pas dire…

– Bien sûr ! s'exclama Kylie en riant.

Holiday fronça les sourcils.

– Je parie que Della et Miranda t'attendent !

Kylie l'étreignit avant de partir. Quand elle sortit du bureau, elle regarda en direction du réfectoire et, soudain, elle ne fut plus aussi certaine d'être prête à affronter tout le monde. Il s'était passé tant de choses, et elle n'avait même pas eu le temps de s'y habituer. À cet instant, elle sentit une main se glisser dans la sienne.

Elle sursauta et voulut s'en débarrasser, mais elle s'immobilisa en reconnaissant la chaleur de la paume.

– Salut, dit Lucas, et il la tira doucement. Allons nous promener.

Elle le laissa la conduire derrière le bungalow qui abritait le bureau. À la minute où ils pénétrèrent dans le coin tranquille sous les arbres, il s'arrêta et se retourna vers elle.

– Je suis vraiment désolé de t'avoir fait du mal, dit-il.

Il resserra son étreinte sur sa main.

Kylie secoua la tête.

– Tu ne l'as pas fait exprès.

– Mais quand même ! (Il l'attira vers lui.) Burnett a affirmé que… tu m'avais guéri.

– Oui, reconnut-elle, en sentant la chaleur de sa poitrine, même si elle n'était pas tout contre lui.

Elle inspira et se rendit compte que Lucas sentait le bois. L'odeur des arbres et de la terre humide lui collait à la peau.

– Si ça se trouve, tu m'as sauvé la vie.

– Oui, mais à la base, si tu t'es fait blesser, c'est à cause de moi.

– Peu importe. (Il la gratifia d'un sourire espiègle.) Tu connais la vieille légende vampirique qui affirme que si quelqu'un te sauve la vie, tu dois rester avec lui pour toujours ?

Elle leva les yeux sur lui.

– Tu n'es pas un vampire.

Il se baissa. Ses lèvres étaient si près des siennes qu'elle aurait presque pu y goûter.

– Et pour la première fois de ma vie, je le regrette. (Il inspira.) Mais comme je n'en suis pas un, je pense que le moins que je puisse faire, c'est t'embrasser pour te remercier.

– Le moins que tu puisses faire, dit-elle, et ses lèvres touchèrent les siennes.

Ce baiser ne fut pas franchement sexy comme le baiser qu'ils avaient échangé aux cascades ou dans les rêves, mais il n'en était pas moins exceptionnel. Et Kylie avait du mal à vouloir y mettre fin. Mais elle parvint à reculer. C'était juste… trop rapide. Mais plus tard, peut-être… oui, peut-être.

– Nous… devrions rejoindre les autres.

– Oui.

Ils marchèrent en silence, et Lucas ne lui lâcha pas la main jusqu'à ce qu'ils entrent dans le réfectoire.

Kylie fut presque submergée par tous ses amis qui voulaient s'assurer qu'elle allait bien. Elle ignorait qui avait raconté ce qui lui était arrivé, mais il était évident que tout le monde était au courant.

Della, Miranda, Perry, Helen et Jonathon se rassemblèrent autour d'elle. Lucas resta en retrait, comme s'il lui laissait sa place. Mais il croisait son regard toutes les deux minutes. Une fois, elle lui fit même signe d'approcher, mais il secoua la tête, comme s'il savait qu'elle n'était pas sûre de vouloir l'inviter. Ou peut-être était-ce parce qu'il était un loup-garou et que son espèce ne se mêlait pas aux autres. Quoi qu'il en soit, Kylie avait l'étrange intuition qu'il la protégeait. Elle se rappelait qu'il l'avait défendue contre les grosses brutes quand elle avait six ans, et une fois de plus elle ressentit ce lien qui les unissait. À présent, Kylie avait juste besoin de découvrir la signification exacte de cet attachement.

Une heure plus tard, les meilleurs amis de Kylie racontaient encore leur week-end chez eux autour d'une pizza.

– Oh ! dit Miranda, de sa voix habituellement énergique. Je crois que j'ai compris ce que j'ai fait foirer avec Socks ! Je vais faire revenir ton chat comme avant en moins de deux !

– Alors, Miranda, ton concours s'est bien passé ?

Perry, l'air nerveux, avait spontanément lâché la question. C'était la première fois qu'il lui adressait la parole depuis son affrontement avec Kevin. Kylie savait que c'était sa façon de lui annoncer qu'il voulait repartir de zéro avec elle, et elle l'aurait volontiers serré dans ses bras si elle n'avait pas eu peur que Miranda ne la fasse disparaître avec son petit doigt primé.

– Très bien, répondit-elle, sans que Kylie réussisse à déchiffrer son expression.

– Pourquoi vous ne vous faites pas de bisou pour vous réconcilier, vous deux ? s'enquit Della. Et ensuite, vous pourrez aller vous rouler une pelle ailleurs, en tête à tête !

Miranda regarda Della en fronçant les sourcils, ce qui annonçait à coup sûr une dispute. Les yeux de Perry s'assombrirent quand il fixa Della, et il partit, l'air légèrement exclu. Kylie se cala dans son siège et se demanda si cela changerait un jour.

Mais… certaines choses avaient déjà changé, non ? Elle se surprit à chercher un autre visage. Même si elle faisait de son mieux pour ne pas se l'avouer, Derek lui manquait. Plus que cela, elle se demandait s'il allait bien. Elle décida de questionner Burnett, mais son téléphone bipa. Elle avait un message.

Elle jeta un coup d'œil au numéro qui s'affichait. C'était le détective.

Puis Kylie constata qu'elle avait reçu un autre appel de Sara. Son message disait : « Qu'as-tu fait ??? Ne mens pas. Je sais que c'est toi. »

Le cœur de Kylie fit une embardée. Super ! Qu'allait-elle raconter à son amie ?

Son téléphone bipa de nouveau. Quand elle lut le message du détective, elle haleta. « Grands-parents de retour. Parlé hier. Veulent te voir. Tout de suite. »

L'espoir s'agita dans son cœur. Cela lui donnerait-il la réponse sur ce qu'elle était ?

– Kylie ?

Miranda hurlait son nom depuis la porte.

Kylie se retourna.

– Ouais ?

– Holiday veut que tu passes la voir. Il y a quelqu'un pour toi.

– Qui est-ce ? demanda Kylie, paniquée à l'idée que ce soit eux.

Était-elle vraiment prête ? Prête à rencontrer les parents adoptifs de Daniel ? Ses grands-parents ?

– Je ne sais pas, mais un couple bizarre frappait au portail il y a quelques minutes.

Et juste alors, Kylie entendit le bruit de l'eau qui tombait en cascade. Quelque chose attirait son attention, et elle regarda en direction du mur en rondins, où un mélange d'ombres et de lumières tourbillonnait en décrivant des motifs doux, presque hypnotiques. Les anges de la mort qui dansaient.

Kylie jeta un coup d'œil à Della et à Miranda. Aucune ne réagissait. Apparemment, elle était la seule à assister au spectacle qui se déroulait à l'autre bout de la pièce.

Puis elle entendit :

– Va découvrir ton passé, ainsi tu pourras découvrir ta destinée.

– Tout va bien ? demanda Della, l'air inquiet.

Kylie respira un bon coup.

Oui. Tout va bien

Et elle espérait qu'elle avait raison.

L'HISTOIRE DE KYLIE CONTINUE…

Découvrez un extrait du tome 3

Ils étaient là. Vraiment là.

Kylie Galen sortit du réfectoire, dans le soleil brillant, et jeta un coup d'œil au bureau de Shadow Falls. Des oiseaux gazouillaient au loin, un coup de vent fit bruisser les feuilles, mais surtout, elle entendait le bruit de son cœur qui martelait sa poitrine.

Papam, papam.

Ils étaient là.

Son pouls s'accéléra à l'idée de rencontrer les Brighten, le couple qui avait adopté et élevé son vrai père. Un père qu'elle n'avait jamais connu, mais qu'elle avait appris à aimer lors des brèves visites de celui-ci depuis l'au-delà.

– Daniel ?

Elle murmura son nom, comme si elle exigeait sa présence. Puis un coup de vent brusque et inattendu sembla arracher ce mot et l'emporter. Elle avança d'un pas, puis d'un autre, ignorant la tempête émotionnelle qui couvait en elle.

Peur.

Excitation.

Curiosité.

Peur. Oui, une grande peur.

Mais de quoi ?

Une goutte de sueur, plus due à la nervosité qu'à la chaleur du Texas en ce mois d'août, perla sur son front.

« Va découvrir ton passé, ainsi tu pourras découvrir ta destinée. » Les paroles mystiques des anges de la mort résonnèrent dans sa tête. Elle avança encore d'un pas, puis s'arrêta. Alors que son cœur mourait d'envie de résoudre le mystère de l'identité de son père, de la sienne et, avec un peu d'espoir, de ce qu'elle était, ses instincts lui hurlaient de courir se cacher.

Était-ce ce qu'elle craignait ? Apprendre la vérité ?

Quelques mois plus tôt, avant d'arriver à Shadow Falls, elle était sûre de n'être qu'une ado paumée, que sa sensation d'être différente était normale.

Aujourd'hui, elle n'était plus dupe.

Elle n'était pas normale.

Elle n'était même pas humaine. Du moins, pas complètement.

Et la découverte de son côté non humain était une énigme.

Une énigme que les Brighten pourraient l'aider à résoudre.

Elle avança d'un autre pas. Le vent, comme s'il était aussi impatient qu'elle de s'échapper, passa devant elle d'un coup et souleva quelques mèches blondes indisciplinées qu'il éparpilla sur son visage.

Elle cligna des yeux. Quand elle les rouvrit, l'éclat du soleil s'était dissipé. Elle vit un immense nuage furieux planer dans le ciel, juste au-dessus de sa tête. Il projeta une ombre autour d'elle et du terrain boisé. Ignorant si c'était de bon augure ou juste une tempête estivale, elle sentit son cœur danser plus vite.

En respirant profondément l'odeur de pluie, elle avança d'un pas lorsqu'une main se referma sur son coude.

Et maintenant ?

La panique parcourut ses veines.

Elle se retourna d'un coup.

– Waouh ! Tu vas bien ? demanda Lucas, alors que son emprise sur son bras se détendait.

Kylie reprit son souffle et regarda fixement ses magnifiques yeux bleus.

– Ouais… euh… tu m'as juste…. prise au dépourvu. Mais tu me surprends toujours. Il faudrait que tu chantonnes ou siffles quand tu t'approches !

– Que je chantonne ou siffle ! répéta-t-il.

Et il sourit presque. Bien sûr, pour lui, c'était de l'humour. Les loups-garous étaient bien connus pour être doux, silencieux et passionnés. Or Lucas était à cent pour cent loup-garou, et, en tout cas pour elle, totalement passionné. Complètement.

– Désolé.

Son pouce décrivait de petits cercles doux dans le creux de son coude. Elle sentit son pouls s'accélérer et palpiter à son contact. Elle trouva même ce léger effleurement du doigt… intime. Comment parvenait-il à faire passer un simple contact pour un doux péché ?

Un coup de vent, qui annonçait désormais la tempête, souffla dans les cheveux bruns de Lucas et les colla sur son front.

Il continua à la regarder intensément, le soupçon d'humour dans ses yeux ayant disparu.

– Tu n'as pas l'air bien. Qu'est-ce qui ne va pas ?

Il plaça une mèche de Kylie derrière son oreille droite.

Elle détourna les yeux et regarda le bungalow qui abritait le bureau.

– Mes grands-parents… les parents adoptifs de mon vrai père sont là.

– Je croyais que tu les recherchais ? Que tu voulais les rencontrer ?

– Oui. Je suis juste…

– Terrorisée ? finit-il à sa place.

Elle n'aimait pas l'admettre, mais comme les loups-garous pouvaient sentir la peur, mentir ne servirait à rien.

– Oui.

Elle reposa les yeux sur Lucas et revit l'humour dans son regard. L'idée qu'il puisse se moquer d'elle fit apparaître une moue boudeuse sur ses lèvres.

– Qu'y a-t-il de si drôle ?

– Toi, répondit-il, comme si elle l'amusait. J'essaie encore de te lire. Quand un vampire escroc d'un monde surnaturel clandestin t'a kidnappée, tu ne flippais pas autant. Et là, tu empestes la peur.

– Je sens mauvais ?

Visiblement, il réprima un sourire.

– Tu ne sens pas mauvais… C'est juste que… (Il marqua une pause, puis se pencha et baissa la voix.) Sérieux, s'il s'agit du couple que je viens de voir entrer il y a quelques minutes, ce ne sont que des humains d'un certain âge. Je crois que tu peux les accepter tous les deux, les yeux fermés.

« Que des humains. » Si elle ne connaissait pas Lucas et ne l'aimait pas si fort, le choix de ses mots aurait pu l'embêter.

– Je n'ai pas peur à ce point. C'est juste que…

Kylie ferma les yeux une seconde, sans trop savoir comment expliquer quelque chose qu'elle-même avait du mal à comprendre ; mais les paroles se déversèrent ensuite, comme si elles étaient restées sur le bout de sa langue, en attendant l'occasion de sortir :

– Que vais-je leur dire ? « Oh ! Je sais que vous n'avez jamais dit à mon père que vous l'aviez adopté, mais il l'a deviné après sa mort. Et il est venu me voir. Et il n'était pas humain ! Alors, s'il vous plaît, pourriez-vous me dire qui sont ses vrais parents, afin que je puisse deviner ce que je suis ? »

Lucas avait dû percevoir l'angoisse dans sa voix parce

que son expression passa immédiatement de l'amusement à l'inquiétude.

– Tu trouveras sûrement un moyen.

– Oui.

Elle aurait bien voulu partager son assurance.

Consciente qu'elle devait se dépêcher, elle se mit en route. La présence chaleureuse de Lucas atténua sa peur quand ils gravirent les marches.

Il s'immobilisa à ses côtés, près de la porte, et effleura son bras de la main.

– Tu veux que je rentre avec toi ?

Elle faillit lui répondre oui, mais s'abstint. Il l'avait sauvée de ce vampire escroc, mais elle savait que c'était là une chose qu'elle devait accomplir toute seule. Elle crut entendre des voix venir de l'intérieur et jeta un coup d'œil à la porte.

Elle ne serait pas vraiment seule.

Holiday, la directrice de la colo, l'attendait sûrement, prête à lui offrir un soutien moral, voire à la toucher pour la calmer. En temps normal, Kylie protestait lorsque l'on manipulait ses sentiments, mais là, ce pourrait constituer une exception.

– Merci, mais je suis sûre que Holiday est là.

Lucas acquiesça et posa son regard sur la bouche de Kylie. Il inclina très légèrement la tête et ses lèvres s'approchèrent dangereusement des siennes.

Remerciements

À mes fabuleux critiques, qui ont ri avec moi au cours de déjeuners, qui m'ont accordé leur soutien indéfectible quand mes personnages se tenaient mal et qui ont bu des Martini-chocolat avec moi pour fêter tous les bons moments de la vie. Aux libraires géniaux de Katy Budget Books, qui m'ont toujours été d'un grand soutien ; vous êtes trop forts, les gars ! À Pete Hunt, mon père, et Ginger Curtis, ma mère, qui m'ont transmis la valeur du rire et de l'amour. Et à Nina Makepeace, ma fille, et Steve Craig Jr., mon fils : vous êtes ce que j'ai fait de mieux dans ma vie. Et enfin, sur la liste, je ne voudrais pas oublier ma merveilleuse éditrice et agent, dont la foi en moi constitue le tremplin de mon inspiration.

Composition PCA
44400 – Rezé

Impression réalisée par
Corlet Imprimeur
14110 Condé-sur-Noireau
pour le compte des Éditions Michel Lafon

IMPRIM'VERT® PEFC™ 10-31-1510

Imprimé en France

Dépôt légal : octobre 2013
N° d'imprimeur : 158800
ISBN : 978-2-7499-1624-8
LAF 1416B